HEYNE BÜCHER

SCIENCE FICTION

Herausgegeben
von Wolfgang Jeschke

Vom gleichen Autor erschienen außerdem
als Heyne-Taschenbücher

Retter einer Welt · Band 3058
Die Todeswelt · Band 3067
Die Sklavenwelt · Band 3069
Agenten im Kosmos · Band 3083
Die Barbarenwelt · Band 3136
Der Daleth-Effekt · Band 3352
Rachezug im Kosmos · Band 3393
Die Stahlratte · Band 3417
Jim Di Griz, die Edelstahlratte · Band 3678

HARRY HARRISON

DAS PROMETHEUS-PROJEKT

Science Fiction-Roman

WILHELM HEYNE VERLAG
MÜNCHEN

HEYNE-BUCH Nr. 3730
im Wilhelm Heyne Verlag, München

Titel der amerikanischen Originalausgabe
SKYFALL
Deutsche Übersetzung von Thomas Piltz

Redaktion: Wolfgang Jeschke
Genehmigte, ungekürzte Taschenbuchausgabe
Die Originalausgabe »Skyfall« erschien 1976 im Verlag A. P. Watt & Son, London

Printed in Germany 1980
Umschlagbild: Eddie Jones
Umschlaggestaltung: Atelier Heinrichs, München
Gesamtherstellung: Mohndruck Graphische Betriebe GmbH, Gütersloh

ISBN 3-453-30626-0

1

BAIKONUR – UdSSR

»Mein Gott, ist es riesig.« Harding flüsterte heiser. »Ich hätte nicht geglaubt, daß es *so* riesig sein würde.«

›Riesig‹ war ein bescheidener Ausdruck. Ein schimmernder Wolkenkratzer erhob sich über der weiten Ebene, ein fensterloser Turm aus Metall zwischen Gebäuden, die neben ihm zwergenhaft klein wirkten. Kein Wolkenkratzer – ein Raumschiff. 20000 Tonnen, die bald unter dem Donner ihrer Triebwerke erzittern würden, dann aufsteigen, langsam erst, dann immer schneller, pfeilgleich auf ihrem flammenden Weg ins All. Das größte Raumschiff, das Menschen je gebaut, je erträumt hatten.

So groß der vierstrahlige Jet auch war, neben diesem Riesen schrumpfte er zur Winzigkeit einer Fliege, die um einen Kirchturm kreist. Jetzt erkannten sie die sechs gigantischen Booster in ihrem metallischen Glanz. Jeder einzelne war größer als das größte amerikanische Raumschiff, das je gebaut worden war. Die fünf äußeren Treibsätze sollten sich nach dem Start abtrennen und weich zur Erde zurückkehren, während der mittlere mit der Nutzlast weiterraste. Doch ›Nutzlast‹ war ein zu prosaisches Wort für *Prometheus.* Der Titan, der den Göttern das Feuer stahl und es auf die Erde brachte, hatte einem Raumschiff seinen Namen gegeben, das in einer Umlaufbahn in 36000 Kilometer Höhe ein silbriges Netz entfalten und die Strahlung der Sonne zur Erde lenken würde. Die Antwort auf alle Energieprobleme; die endgültige Lösung, die die Menschheit mit einem unerschöpflichen Energievorrat versorgen sollte. Für alle Zeiten.

Dies war der Plan. Wie ungeheuerlich er war, wurde Patrick Winter angesichts der schieren Größe des Prometheus bewußt. Als die Maschine ihre Runde beendet hatte, legte er das Ruder gerade und ging in den Landeanflug über. Aber er war nicht bei der Sache, und er wäre kein guter Pilot gewesen, wenn er es nicht selbst als erster bemerkt hätte.

»Bringen Sie sie bitte runter, Colonel?« fragte er.

Harding nickte und übernahm das Steuer. Er kannte die Gedanken, die den anderen beschäftigten. Auch er hatte noch das Bild jenes glänzenden metallischen Turms vor Augen. Er verscheuchte es und konzentrierte sich auf die Landung. Das Hauptfahrwerk setzte auf, er drückte die Nase herunter, schaltete die Schubumkehr ein, bremste. Erst als die Maschine über die Rollbahn zu den Hallen rumpelte, sprach er wieder.

»Und Sie sollen diesen fetten Vogel fliegen?«

Es war halb Frage, halb Feststellung, vielleicht die Andeutung eines Zweifels, daß etwas so Gigantisches sich jemals vom Boden erheben könnte. Patrick hörte die Skepsis heraus und verstand; er schmunzelte, während er die Gurte löste und sich erhob.

»Ja, ich soll den fetten Vogel fliegen.«

Er ging in die Passagierkabine, wo I. L. J. Flax ihn zu sich winkte. Flax räkelte sich auf dem Sofa; der Telefonhörer verschwand fast in seiner massigen Hand. Eigentlich flog er ungern, da er sich meistens beengt fühlte. Bei einer Größe von 1,80 Meter betrug sein Bauchumfang fast ebensoviel. Die Beine weit gespreizt, füllte er allein das ganze Sofa aus. Wie immer war sein kahlgeschorener Schädel mit feinen Schweißtropfen übersät.

»Ja, verstanden«, sagte er in seinem klaren, fast akzentfreien Englisch. »Halten Sie mir die Verbindung frei. Ich rufe zurück, sobald die Formalitäten hier überstanden sind.« Er konnte mit jedem Teil der Welt gesprochen haben. Die Präsidentenmaschine verfügte über die Kommunikationskapazität eines Flugzeugträgers. Flax legte auf und schob den Apparat von sich, während er düster aus dem Fenster starrte.

»Er ist noch unter Beobachtung, aber die Medizinmänner sind sicher, es ist der Blinddarm. Sie operieren in ein paar Stunden. Man sollte meinen, ein Arzt könnte besser auf sich aufpassen. Warum, zum Teufel, muß ausgerechnet ein Arzt Blinddarmentzündung bekommen?« Zweifelnd schüttelte er den Kopf.

»Auch wenn Sie's nicht für möglich halten, Flax, aber Ärzte haben auch einen Blinddarm.« Patrick stand vor dem wandhohen Spiegel und band seine Krawatte. Für siebenunddreißig sah er nicht schlecht aus — neben dem aufgeschwemmten Flax sogar wie Apoll persönlich, aber das war keine Kunst. Um den Bauch noch alles flach, und auch sonst einigermaßen in Form. Immerhin so attraktiv, daß die Mädchen nicht schreiend vor ihm davonliefen, obwohl sein Kinn etwas markant geraten war und der Haaransatz von Jahr zu Jahr höher rutschte. Er rückte die Krawatte zurecht und griff zu seiner Jacke. »Schließlich haben wir einen Ersatzmann für Kennelly. Sie kennen Feinberg doch auch. Er wird den Job schon machen.«

»Zwanzig gegen zehn, daß er ihn nicht macht«, konterte Ely Bron.

Ely saß am Fenster, seine lange Nase, wie üblich, in einem Buch. Er besaß die irritierende Fähigkeit, gleichzeitig zu lesen und sich zu unterhalten. Er konnte über das schwierigste Thema diskutieren und erinnerte sich nachher an jedes Wort, das er währenddessen gelesen hatte.

»Wogegen steht die Wette?« erwiderte Patrick. »Feinberg ist unser einziger Ersatzmann. Er muß einspringen.«

»Muß er das? Ich fürchte, Sie sind zehn Dollar ärmer!«

»Es ist eine Wette«, warf Flax ein. »Oder wissen Sie mehr als wir, Ely?«

»Ob ich's weiß oder rate — es kommt auf das gleiche raus.«

»Ich laß es mich noch mal zehn kosten, wenn Sie Ihr Geld zum Fenster rauswerfen«, murmelte Patrick, während er seine Uniformjacke zuknöpfte und einige unsichtbare Staubkörner von den Majorsabzeichen wischte. Wahrscheinlich war er es, der sein Geld zum Fenster hinauswarf, denn Dr. Ely Bron pflegte informiert zu sein und Wetten zu gewinnen. Und er ließ es einen auch merken. Patrick gab sich Mühe, Sympathie für den Kernphysiker zu empfinden, aber er spürte, daß es ihm nicht immer gelang.

Die Maschine rollte aus und stand schließlich still. Flax hievte seinen massigen Körper hoch. »Gehen wir«, stöhnte er: »Hymnen, Ehrengarde, Politiker, der ganze übliche Bahnhof.«

»Soll ich ›Guten Tag‹ sagen, oder schon ›Guten Abend‹?« fragte Patrick mit einem Blick auf seine Uhr.

»*Dobry wetscher* paßt immer«, antwortete Flax. »Oder *Sdrawstwuitje*.«

Durch die geöffnete Tür hörte man die ersten Takte des *Star Spangled Banner,* ungewohnt in Tempo und Tonart, so daß man eher an ein russisches Volkslied denken mochte, als an die Belagerung von Fort McHenry. Die Motorkameras der Fotografen klickten unisono, als sie oben auf der Treppe erschienen, während sich unten das Empfangskomitee in Bewegung setzte. Einige gnädig kurze Begrüßungsworte auf russisch wurden gegen ebenso knappe englische Beteuerungen getauscht, wie sehr man sich freue, gekommen zu sein. Dann ging es hinein, zu Wodka, Kaviar und der Presse. Patrick war erleichtert, daß Flax die meisten Fragen beantwortete. Er konnte sich in Russisch, Polnisch, Deutsch und Englisch gleich gut verständigen. Ely Bron hielt immerhin in Französisch und Deutsch mit. Wahrscheinlich hatte er diese Sprachen zur Erholung gelernt, als er noch am Massachusetts Institute of Technology war und Diplome und Doktorhüte sammelte. Patrick selbst beherrschte zwar das technische Russisch, das er für den Raumflug brauchte, auf dem glatten Parkett eines Presseempfangs aber gab es für ihn nur Englisch oder Schweigen. Ein kleiner Mann in einem zerknitterten Anzug schob sich durch das Gedränge auf ihn zu. Seine Brillengläser waren fleckig und seine Aussprache feucht.

»Pilkington, vom *World Star,* London«, stellte er sich in leichtem Cockney vor und hielt Patrick ein Mikrofon unter die Nase. »Major Winter, Sie sind der Kommandant dieses risikoreichen Raumfluges. Sicher können Sie uns einige Auskünfte geben. Zunächst, was die Gefährlichkeit...«

»Ich glaube, ›risikoreich‹ war nicht der richtige Ausdruck«, erwiderte Patrick lächelnd. Journalisten dieses Schlages hatte er auch auf der anderen Seite des Atlantik schon kennengelernt. Es gab Reporter, die harte Facts wollten, Tatsachen. Und es gab diese Pilkingtons, die für ein Publikum schrieben, das nur noch sechsspaltige Schlagzeilen lesen konnte. Er kannte den *World Star* flüchtig und hätte ihn nicht einmal zum Auspolstern einer Katzenkiste verwendet. Aber er dachte an das, was man ihm bei der NASA eingebleut hatte: ›Immer freundlich zur Presse.‹

»Das Unternehmen Prometheus ist ein gemeinsames, sowjetisch-amerikanisches Projekt, bei dem die spezifischen technischen und organisatorischen Fähigkeiten beider Staaten der ganzen Erde nutzbar gemacht werden sollen.«

»Sie meinen, es gibt Dinge, die die Russen besser können als die Amerikaner?« Das Mikrofon lauerte vor seinen Lippen, und Patrick dachte, immer lächelnd, man sollte es besser benutzen, um Pilkington den Mund zu stopfen.

»Unser Projekt ist jenseits aller nationalen und politischen Rivalität. Zu einem Zeitpunkt, zu dem die Energiereserven der Erde zur Neige gehen, wird das Unternehmen Prometheus die Energielücke ohne die geringste Umweltverschmutzung schließen können. Und eines Tages wird diese Energie allen Ländern zur Verfügung stehen...«

»Aber zunächst nur den Russen und den Amerikanern?!«

»Zunächst haben nur die Sowjetunion und die USA dieses Projekt entwickelt und finanziert — bis jetzt mit 22 Milliarden Dollar.

Ist Prometheus erst einmal im All, wird der weitere Ausbau sehr viel weniger kosten. Davon abgesehen ist eine Steigerung des Energiepotentials von übernationaler Bedeutung.«

Pilkington wischte sich mit dem Handrücken über die Lippen, dann nahm er einen neuen Anlauf. »Was die Öffentlichkeit am meisten beschäftigt, ist das Risiko. Dieser Todesstrahl, den Sie zur Erde funken, könnte doch ganze Städte auslöschen?«

»Es tut mir leid, Mr. Pilkington, aber das müssen Sie in Ihrem Blatt gelesen haben.« Patrick bedauerte den Seitenhieb, kaum daß er ihn ausgesprochen hatte. »Im Weltraum wird elektrische Energie aus der Sonnenstrahlung auf einfachem thermischem Weg, durch Turbogeneratoren, gewonnen. Diese Elektrizität wird dann als hochenergetische, kurzwellige Strahlung zur Erde gefunkt und dort in Strom zurückverwandelt. Oberst Kusnezow hat das Verfahren entwickelt, und alle nur denkbaren Störungen sind durchgespielt worden.«

»Aber könnte der Todesstrahl nicht außer Kontrolle geraten und ganze Landstriche verwüsten?«

»Es handelt sich um eine elektromagnetische Strahlung, wie die Radiowellen, die uns ständig umgeben. Nur eben viel konzentrierter. Natürlich würden Sie gegrillt werden, wenn der Strahl Sie träfe.« Sein Tonfall ließ keinen Zweifel daran, daß er nichts dagegen hätte. »Aber das ist extrem unwahrscheinlich. Die Empfangsantennen liegen in einem dünnbesiedelten Gebiet, und selbstverständlich gibt es eine ganze Menge Kontrolleinrichtungen, die die Übertragung sofort unterbrechen, wenn eine Störung eintreten sollte.« Patrick blickte über den Kopf des Reporters hinweg und sah Nadja auf der gegenüberliegenden Seite des Raumes. »Sie müssen mich entschuldigen, ich werde drüben erwartet. Aber machen Sie Ihren Lesern klar, daß gerade auch Großbritannien eine Energiequelle braucht, die ohne Verschmutzung, ohne Entsorgungsprobleme und ohne Raubbau an unersetzlichen Bodenschätzen arbeitet. Vielen Dank!«

Er drückte sich am Mikrofon vorbei, nahm zwei der winzigen Wodkagläser von einem Tablett und bahnte sich einen Weg durchs Gewühl. Sie wandte sich um, als er näher kam. Da war das unvergessene Gesicht mit den leuchtenden, eisblauen Augen, das goldene Haar, das ihn an endlose ukrainische Weizenfelder erinnert hatte... Sie trug Uniform; ein Ledergürtel umschlang ihre Taille, eine Reihe kleiner Orden blitzte auf ihrer Brust.

»Nadja ...«

»Willkommen in der Sowjetunion, Major Winter.« Sie nahm eines der Gläser und hob es, ohne Anzeichen eines Lächelns.

»Ich danke Ihnen, Major Kalinina.« Er kippte seinen Wodka, ohne den Blick von ihren Augen zu lassen. Ihre Miene blieb starr. »Nadja, wenn der Zirkus hier überstanden ist, möchte ich gerne mit Ihnen sprechen ...«

»Während unserer Dienststunden werden wir genügend Gelegenheit zur Konversation finden, Major.«

»Nadja, Sie wissen doch, wie ich es meine. Ich möchte erklären ...«

»Ich weiß, wie Sie es meinen, Major, und darum sind Erklärungen überflüssig. Wenn Sie mich entschuldigen wollen.«

Ihre Stimme war so unbeteiligt wie ihr Gesichtsausdruck, doch als sie sich abrupt abwandte, schwang ihr Rock weit aus, ehe er gegen die glänzenden Lederstiefel stieß. Patrick blickte ihr lächelnd nach. Sie war trotz allem eine Frau. Vielleicht haßte sie ihn, aber er war ihr weiß Gott nicht gleichgültig.

Vier Monate war es nun her, seit sie das Trainingsprogramm im Prometheus-Flugsimulator in Houston abgeschlossen hatte. Damals war es Patrick erst ähnlich ergangen wie den anderen Amerikanern im Team: Er war aufgebracht, daß die Sowjets ihm eine Frau als Kopilotin geschickt hatten. Es war keine Überraschung — seit Valentina Tereschkowa hatte es immer wieder Kosmonautinnen gegeben. Doch das Unternehmen Prometheus war zu wichtig, um in andere als die besten Hände gelegt zu werden. Und die Sowjets hatten eine Frau geschickt. Ohne Zweifel ein Publicity-Gag: Die gute alte UdSSR, Hochburg der Gleichberechtigung, leuchtendes Vorbild für die kapitalistischen USA, wo männliche Chauvinisten ihre Peitsche über Frauen und anderen Minderheiten schwangen. Vielleicht war das tatsächlich der Grund gewesen, warum man Nadja ausgewählt hatte. Aber sie beherrschte ihren Job — sie beherrschte ihn so glänzend, daß keiner ihrer männlichen Kollegen je die geringste Gelegenheit fand, ihr eins auszuwischen. Von der ersten Begegnung an war Patrick in der Defensive ...

»*Ja otschen rad wstretitsa s wami*«, hatte er sie begrüßt.

»*How do you do,* Major Winter. Ihre Aussprache ist sehr gut, und ich bin sicher, daß wir während des Fluges keinerlei Verständigungsschwierigkeiten haben werden. Aber wäre es hier nicht besser, Englisch zu sprechen?«

Natürlich Täubchen, dein Englisch ist perfekt, und ich höre mich wahrscheinlich an wie ein Köhler vom hinteren Kaukasus. Doch ehe er sein Vorurteil glauben konnte, fügte sie schnell hinzu, daß sie noch nie in einem englischsprachigen Land gewesen sei und die Gelegenheit zur Übung nutzen wolle. In der angenehmen Erwartung, ihr dabei helfen zu sollen, hatte Patrick zugestimmt.

Das Training war hart gewesen, aber nicht hart genug, um auch nur Nadjas Frisur aus der Fasson zu bringen. Wie Patrick, hatte auch sie als Fluglehrerin und Testpilotin angefangen. Anders als er, war sie später auf die Schulbank zurückgekehrt, um ein Diplom in orbitaler Navigation zu machen. Dann folgten Flüge auf Sojus-Raumschiffen und der Saljut-Station. Insgeheim war Patrick froh, daß er wenigstens einen Flug mehr absolviert hatte als sie, und daß die letzte Stufe des Prometheus eine amerikanische Konstruktion war. Andernfalls hätte er sich als ihr Kopilot fühlen können. Sogar zum Major war sie einen Monat früher befördert worden als er. Das alles reichte mehr als aus, einem Mann wie ihm sein Gefühl natürlicher Überlegenheit zu verleiden.

Daß sie verdammt gut aussah mit ihren hellblonden Haaren und den blauen Augen über der Stupsnase, machte die Sache nicht eben leichter. Dabei lächelte sie fast nie und trug beim Training einen unförmigen Fallschirmspringeranzug. Außer sonntags, denn Sonntage waren nach gutem NASA-Brauch in Houston frei. Schon in der zweiten Woche hatte sie eine Einladung zum Barbecue bei Doc Kennelly angenommen. Vielleicht hätte sie sich lieber gedrückt, aber gegenüber Doc gab es kein Nein. Er war ein bulliger Ire, dessen Lebenszweck in Whiskey, Witzen, einem liebenden Weib und sieben lärmenden Kindern zu bestehen schien, während er nebenbei als der erfahrenste Raumfahrtmediziner der NASA galt. Nadja erschien in einem russischen Baumwollkleid von so überwältigender Häßlichkeit, daß sie darin nur um so attraktiver wirkte. May Kennelly hatte das textile Unding kaum bemerkt, als sie ihren Gast schon ins Haus scheuchte, wo ein Wort unter vier weiblichen Augen, unterstützt vom Houstoner Treibhausklima, die Metamorphose bewirkte: Heraus kam eine Nadja im Bikini, empfangen vom anerkennenden Applaus der Männerwelt, den sie mit einer ironischen Verbeugung und einem Kopfsprung in den

Swimmingpool quittierte. Damit war der Nachmittag gerettet. Endlich aus der Uniform geschält, schien Nadja viel gelöster und zugänglicher zu sein. Als Doc mit dem Grillen so weit war, holte Patrick zwei Pappteller und lud sie für beide voll. Nadja frottierte sich gerade die Haare; sie war wirklich ein Anblick in Mays blauem Bikini.

»Hungrig?« fragte er.

»Und ob! Wie ein sibirischer Wolf im Winter!«

»Dann bricht Ihr Frühling an. Docs Hamburger sind Lichtjahre von dem ledernen Zeug entfernt, das wir in der Kantine kriegen. Gehaktes Sirloin, Bermudazwiebeln, Cheddarkäse und dazu Frites, Krautsalat, Gewürzgurken und Bohnensalat nach Mays Geheimrezept. Vergessen Sie den Ketchup nicht!«

Beide aßen mit großem Appetit und spülten mit mehreren Dosen *Rheingold*-Bier nach. »Es schmeckt sehr gut«, meinte Nadja anerkennend.

»Das will ich meinen. Solide amerikanische Hausmannskost für einen Sonntagnachmittag. Was würden Sie jetzt essen, wenn Sie in Rußland wären?«

»Das käme darauf an, wo. Die Sowjetunion ist ein sehr großer Staat mit vielen Völkern. Bei mir in Leningrad gäbe es vielleicht Hering und Roggenbrot, oder Gurken mit saurem Rahm; das ist im Sommer sehr erfrischend. Und natürlich Kwas.«

»K-was?«

»Das kennen Sie in Amerika nicht. Ein Getränk, das aus Brot und Hefe gegoren wird.«

»Klingt nicht besonders...«

»Oh, es schmeckt. Eine Art Bier, sehr gut, wenn es heiß ist.«

So plauderten sie, oberflächlich, aber angenehm. Nadja hatte sich im Gras ausgestreckt und die Arme unter dem Kopf verschränkt. Ihre Brüste hoben und senkten sich im Rhythmus ihres Atmens.

»Haben Sie Familie in Rußland?«

»Ja, einen Bruder und eine Schwester. Beide sind verheiratet und ich bin schon dreimal Tante. Wenn ich nach Hause komme, gibt's immer viel Verwandtschaft zu besuchen.«

»Und Sie selbst sind noch nicht verheiratet?«

»Nein. Später vielleicht; bis jetzt war ich immer zu beschäftigt. Aber Sie sollten doch ganz still sein, Patrick. In allen Presseinformationen der NASA kann man nachlesen, daß Sie der einzige Junggeselle im Astronautenteam sind. Was haben Sie für eine Entschuldigung?«

»Pardon braucht nicht gegeben zu werden, Nadja. Es ist wohl so, daß ich mich nicht an die Kette legen lasse. Es macht mir einfach Spaß, möglichst viel mitzunehmen.«

»Diesen Ausdruck verstehe ich nicht.«

»Umgangssprache. Ich meine, möglichst viel Spaß mit Mädchen haben. Ein gesundes Sex-Life, aber keine Hochzeitsglocken!«

Nadja setzte sich abrupt auf und zog das Handtuch über ihren Schultern zusammen. Plötzlich zeigte sie wieder das unpersönliche Majorsgesicht: »In der Sowjetunion spricht man nicht über solche Dinge!«

»Tatsächlich? Nun, bei uns ist das ganz anders. Reden Sie mal unter vier Augen mit einigen dieser Damen hier, und Sie werden ein paar faszinierende Stories aus dem ehelichen Schlafgemach hören. Regen Sie sich nicht auf, Nadja; es ist ein Teil des Lebens. Ich bin ein kerngesunder Mann von siebenunddreißig Jahren; würden Sie denn glauben, daß ich noch Jungfrau bin? Und Sie sind dreißig und sehen dazu noch atemberaubend aus...«

Nadja erhob sich eisig. »Entschuldigen Sie mich. Ich möchte Dr. und Mrs. Kennelly für die Einladung danken.«

Von da an hatte es kein persönliches Wort mehr zwischen beiden gegeben. Nicht, daß Nadja unfreundlich oder feindselig gewesen wäre. Aber ihre Beziehung blieb auf das sachlich Notwendige beschränkt. Gab es Trainingspausen im Simulator, weil der Computer umprogrammiert werden mußte, so unterhielten sie sich über vollkommen banale Dinge. Monatelang, bis zum Ende der gemeinsamen Ausbildung, verhielten sie sich wie zwei Fremde, die der Zufall für einen Flug zusammengeführt hat. Sie arbeiteten nach Vorschrift und erfüllten die gemeinsamen Aufgaben planmäßig. Punkt. Außerhalb des Trainingszentrums sahen sie einander nur bei offiziellen Anlässen. Zuletzt bei der Abschiedsparty: Diese Phase der Flugvorbereitung war beendet. Am Morgen sollte das sowjetische Team nach Baikonur, der ›Sternenstadt‹, zurückfliegen. Dort würde man sich wiedersehen, zum Start.

Die Nacht war schwül und die Klimaanlage überlastet. Patrick hatte es aufgegeben, die Trinksprüche zu zählen, die jeder auf jeden ausbrachte. Als er auf seine Armbanduhr blickte, erkannte er die Zeiger erst beim dritten Versuch. Zwei Uhr vorbei. Es war Zeit für ihn, zu gehen. Er fühlte sich nicht gerade nüchtern, aber immer noch in der Lage, durch die breiten, leeren Straßen nach Hause zu fahren. Falls er nichts mehr trank. Über die Scherben eines zerbrochenen Glases bahnte er sich seinen Weg zur Vordertür. Auf den Stufen schwankten zwei Russen unter der Last eines zusammengesackten dritten. Patrick drückte sich seitlich vorbei und suchte nach den Wagenschlüsseln. Als er den Parkplatz erreichte, erkannte er Nadja im Schatten eines Baumes.

»Gute Nacht«, verabschiedete er sich. »Wir sehen uns in Baikonur.« Doch nach wenigen Schritten wandte er sich um. »Stimmt etwas nicht?«

»Nein, nein; ich möchte nur nicht mit den dreien fahren.«

»Sie haben recht. Wenn die nicht schon auf dem Weg zum Wagen umfallen, finden wir sie morgen in der Unfallstatistik. Ich bring' Sie nach Hause.«

»Vielen Dank, aber ich habe schon ein Taxi gerufen.«

»Viele werden gerufen, aber wenige fühlen sich auserwählt. Samstag, nachts, um diese Zeit hat es kein Taxi nötig, hier herauszufahren. Steigen Sie ein, Sie wohnen ja nur einen Block von mir.«

Patrick wußte, daß er viel getrunken hatte. Er fuhr bewußt langsam und konzentriert, hielt an jedem Stopschild, statt, wie üblich, langsam durchzurollen, und blieb immer unter fünfzig. Doch trotz seiner Vorsicht wäre es fast passiert.

Der Wagen schleuderte plötzlich um die Kurve und raste, Fernlicht aufgeblendet, auf der falschen Straßenseite auf sie zu. Patrick reagierte mit den blitzartigen Reflexen des Testpiloten: Links war frei, aber vielleicht schleuderte der andere zurück, dann gab es einen Frontalzusammenstoß. Rechts die Häuser hatten Vorgärten, Gras und Sträucher, keine Bäume. Er riß das Lenkrad nach rechts, der Wagen krachte gegen den Bordstein, schlidderte quer über den Gehweg und drehte sich im Gras. Der andere schoß vorbei und verschwand, ohne anzuhalten, hinter der nächsten Biegung. Dann hatte Patrick sein Fahrzeug wieder unter Kontrolle, brachte es auf die Straße zurück und zum Stehen.

»Verdammtes Arschloch!« brüllte er mit einem vergeblichen Blick in den Rückspiegel.

»Ist alles in Ordnung?«

»Wie man's nimmt! Dieser Mistkerl hatte es auf uns abgesehen!«

Rundherum war es still. Die Fenster blieben dunkel, niemand interessierte sich für das, was draußen vorging. Vielleicht war das

Kreischen der Bremsen hier ein gewohntes Geräusch. Die Reifenspuren wühlten sich mitten durch die Wiese und ein Blumenbeet. »Ich bring' Sie jetzt nach Hause und rufe gleich die Polizei an. Meine Versicherung wird den Leuten hier ein paar neue Rosenstöcke zahlen.«

Patrick fühlte sich wieder stocknüchtern. Er parkte in der Zufahrt und folgte Nadja in ihr Appartement. Als er die Polizei von Houston am Telefon hatte, ärgerte er sich, daß er überhaupt anrief. Keine Verletzten, so gut wie kein Sachschaden — wozu den Vorfall eigentlich aufnehmen? Er erzählte seine Geschichte trotzdem und knallte den Hörer auf die Gabel. Jetzt, nachdem der Schreck überstanden und der Adrenalinstoß abgebaut war, hatte er wieder einen Drink nötig. Nadja kam mit einem großen Scotch und wenig Eis.

»Der Himmel soll dir's danken«, sagte er und nahm einen großen Schluck. Dann stellte er das Glas auf den Tisch und faßte sie leicht um die Taille. »Das sah einen Moment lang brenzlig aus.«

»Es war gefährlich.«

»Lebensgefährlich. Dieser Sonntagsfahrer hatte es auf uns abgesehen. Hätte das sowjetisch-amerikanische Raumfahrtprogramm um zehn Jahre zurückgeworfen.« Plötzlich wurde er ernst. »Ich hatte Angst. Nicht meinetwegen... Ich hatte Angst, daß... dir etwas passiert...«

Die Worte versagten. Ohne zu wissen, was er tat, zog er sie an sich und küßte sie mit einer Leidenschaft, deren Glut ihn selbst überraschte. Und sie erwiderte seinen Kuß, öffnete ihre Lippen, gab ihm ihre Zunge, zog sich nicht zurück, als seine Hände an ihrem Körper hinunterglitten.

Sie trug schwarze, zarte Spitzenwäsche, weder rot noch proletarisch. Der Flokati war weich unter ihnen, und alles spielte zusammen. Bis er plötzlich spürte, daß er allein war. Sie lag da, bildschön und nackt, aber sie reagierte nicht. Ihr Körper blieb steif und ihre Hände lagen leblos auf dem Teppich. Was sie gemeinsam gefühlt hatten, was sie gefühlt haben mußten, war verflogen. Ratlos strichen seine Finger über ihre Brüste und den flachen Bauch, sie selbst lag still da.

»Nadja«, flüsterte er, dann wußte er nicht mehr weiter. Ihre Augen waren weit geöffnet, doch sie blickten ihn nicht an. »Vergewaltigungen sind nicht mein Fall.« Er erschrak über sich, kaum daß die verhängnisvollen Worte heraus waren.

Doch es war zu spät. Die Schlafzimmertür knallte hinter ihr ins Schloß, und nur das zerknüllte Kleid auf dem Fußboden erinnerte noch an das, was eben geschehen war. Er versuchte, sich durch die geschlossene Tür hindurch zu entschuldigen, zu erklären, doch er bekam keine Antwort mehr. Er wußte auch selbst kaum, was er sagen sollte — er begriff ja gar nicht, was passiert war. Schließlich zog er sich an, goß sich noch einen Scotch ein, ließ das Glas unberührt stehen und ging benommen in die drückende Nacht hinaus. Im letzten Augenblick erwischte er die zufallende Tür hinter sich und klinkte sie leise ein. Verbitterung wich der Sorge, doch die Verwirrung blieb bestehen. Was war mit ihm und Nadja los?

Er wußte es auch heute noch nicht. Einzelheiten glaubte er inzwischen zu durchschauen, doch als er sie in dem stickigen Raum in Baikonur wiedersah, war alles wie damals. Wie damals ließ sie ihn stehen, wie vor vier Monaten schloß sich wieder die Tür. Er bewunderte die Festigkeit ihrer Entscheidung, während er seine eigenen Gefühle noch immer nicht verstand.

»*Towarischtsch*« — dankbar drehte er sich um und griff nach dem Wodka, den ihm ein sowjetischer Offizier entgegenstreckte.

»Freundschaft, Genosse, im Orbit und auf Erden«, erwiderte er und trank.

»Reilly, merkst du, daß wir erst neun Uhr früh haben und schon so eine Hitze, daß man auf dem Oszilloskop Spiegelei braten könnte? Dieses Kaff hier ist schlimmer als das Cape.«

»Du tust mir ja so leid, Duffy! Aber wenn's dir nicht gefällt, warum hast du dich gemeldet?«

»Aus dem gleichen Grund wie du. Als die C5-A eingestellt wurde, blieb nur die NASA *für uns übrig. Was bedeutet dieser Buchstabensalat?«*

»Der Salat ist kyrillisch, Duffy, tu nicht so dumm. Semlja 445L *— der Schaltkreis mit dieser Nummer. Jewgeni...« Er wandte sich zu dem gelangweilt hinter ihnen auf der Arbeitsbühne stehenden Techniker und rasselte eine Frage auf russisch herunter. Jewgeni murmelte Bestätigung, blätterte in einem armdicken Ordner und produzierte schließlich das gesuchte Diagramm. Reilly blinzelte gegen die grelle Sonne, dann las er die Übersetzung: »Triebwerk 4 Sekundärkreis Servosystem: Kontakte prüfen.«*

Duffy entfernte die Schrauben von der Haltemanschette aus rostfreiem Stahl und inspizierte die Steckverbindung, die den Kabelsatz durch die Wandung des Helium-Druckbehälters führte. Vorsichtig löste er die Siche-

rung, zog den oberen fünfzigpoligen Stecker ruckweise heraus und sprühte Kontaktspray auf die vergoldeten Stifte. Dann stellte er die Verbindung wieder her und nickte Jewgeni zu, der den Punkt in seiner Checkliste abhakte.

»Dreizehn fertig und noch vier Millionen vor uns«, stöhnte Duffy. »Frag deinen Spezi mal, wo der nächste an diesem Triebwerk sitzt. Wie kommt es eigentlich, daß ein netter Junge wie du dieses Kauderwelsch beherrscht?«

»Mein Tutor im College sagte, es wäre die Sprache des Raumfahrtzeitalters; Russisch, und Englisch.«

»Sieht so aus, als hätte er recht gehabt. Ich hab' zwei Jahre Spanisch belegt, und das hat nicht mal ausgereicht, um die Kleine in Tijuana einen einzigen Dollar runterzuhandeln.«

Der russiche Techniker drückte einen Hebel, und die Arbeitsplattform stieg langsam zwischen den Türmen der Booster nach oben. Hundert Meter unter ihnen wirkten die Menschen winzig wie Ameisen, während sich die Stahlwand über ihren Köpfen noch weitere fünfzig Meter hoch erhob. Gewaltige Streben verbanden die Booster untereinander und mit der eigentlichen ersten Stufe, die zentral in der Mitte lag. In ihnen verliefen hydraulische Leitungen, die Kabelsysteme der Stromversorgung, Steuerung und Telemetrie, Rohre für Kühlmittel und die Schächte, durch welche nach Brennschluß der Booster deren Treibstoffreste in die Hauptstufe umgepumpt werden sollten.

Alle Funktionen dieser Riesenrakete griffen ineinander. Alle mußten einzeln und in ihrem Zusammenwirken überprüft werden, denn das Versagen der winzigsten Komponente konnte das gesamte Projekt gefährden.

Wenn Prometheus explodierte, würde er zur größten chemischen Bombe in der Geschichte der Menschheit.

2

Gregor Salnikow hörte den Wagen, lange bevor er ihn sehen konnte. Von ferne war es nur ein Summen, kaum lauter als das Summen der Bienen vor seinem Fenster. Autos waren für die Beamten und Militärs in Baikonur keine Mangelware — nur an asphaltierten Straßen fehlte es immer noch. Jeder Wagen zog eine Staubfahne hinter sich her, und sie war das einzige, was Gregor von dem Verkehr vor seiner Tür hatte. Sorgfältig strich er Pfirsichmarmelade auf die dicke Brotschnitte, dann goß er sich Tee ein. Der Wagen hielt vor seinem Haus, dann wurde der Motor abgestellt. Hier? Er hörte die Autotür zufallen und trat ans Fenster: Es war ein schwarzer, tschechischer Tatra, mehr ein Panzer als eine Limousine, mit dreigeteilten Heckflossen. Dieses alte Modell gab es in der Sternenstadt nur einmal. Er ging in den Hausflur und hatte die Hand schon an der Klinke, als geklopft wurde.

»Kommen Sie rein, Oberst.«

»Wladimir, wenn Sie sich dran gewöhnen können, Gregor. Ich finde, wir kennen uns jetzt lange und gut genug. Und was würden die Amerikaner wohl denken, wenn wir uns während des ganzen Fluges nur mit ›Oberst Kusnezow‹ und ›Ingenieur Salnikow‹ anredeten?«

»Tut mir leid, Wladimir, kommen Sie bitte rein. Die Hitze macht mich noch frostiger, als ich schon bin.«

»Keine Klagen, aber vor allem keine Selbstanklagen, habe ich den Männern in meiner Einheit immer gepredigt. Sie gehören zwar nicht dazu, aber ich gebe Ihnen denselben Rat gratis.«

Die beiden waren in jeder Hinsicht eine Studie in Kontrasten. Oberst Kusnezow war ein untersetzter Mittfünfziger, ein Fels von einem Mann, verläßlich, zäh und grauhaarig. Gregor Salnikow war einen ganzen Kopf größer und zwanzig Jahre jünger, ein sensibler Georgier, dem man seinen heimatlichen Tonfall zuweilen noch anhörte. Er führte den Oberst in die Küche und goß eine weitere Kanne Tee auf.

»Ich wollte Sie mit meinem Wagen zur Pressekonferenz abholen«, erklärte Kusnezow. »Alle hohen Tiere werden da sein, und die ganze Welt sieht zu.«

Gregor schaute auf die Uhr. »Aber wir haben noch über eine Stunde Zeit.«

»Um so besser; wir können in Ruhe unseren Tee trinken.« Kusnezow nahm eine Zitronenscheibe und zerdrückte sie in der Tasse. Den Zuckerwürfel löste er nicht im Tee auf, sondern klemmte ihn zwischen die Zähne und trank durch ihn hindurch. Er hatte viele solche altmodischen Gewohnheiten, aber es wäre ein Fehler gewesen, ihn deswegen für einen Hinterwäldler zu halten. »Sie haben wirklich ein gemütliches Haus hier, Gregor«, sagte er anerkennend.

»Ein Haus, aber kein Heim«, erwiderte jener, sofort verstimmt. Er hatte es nie gelernt, seine Gefühle zu zügeln. Kusnezow nickte väterlich.

»Hören Sie, Gregor, ich glaube, wir sind Freunde genug, um auch dieses Thema einmal anzugehen. Sie tragen ein schwarzes Band an Ihrem Ärmel, aber sie tragen auch ein schwarzes Band um Ihr Herz. Ich weiß, es schmerzt Sie, davon zu sprechen. Aber Sie sind doch nicht allein auf der Welt. Wie lange liegt der Absturz jetzt zurück? Zwei Monate? Diese alten Iljuschins, ein paar sollten schon vor zehn Jahren ausgemustert werden und fliegen heute noch. Und ausgerechnet Ihre Frau und Ihre kleine Tochter. Aber für Sie muß das Leben weitergehen!«

Gregor war auf seinem Stuhl zusammengesunken und blickte, die Hände im Schoß verkrampft, zu Boden. »Manchmal glaube ich, es geht nicht mehr weiter.«

»Deshalb sage ich, Sie sind nicht allein auf der Welt. Nehmen Sie mich: Heute bin ich in Ehren ergrautes Familienoberhaupt mit zwölf Enkeln. Aber mit neun Jahren stand ich vor dem Nichts. Damals kamen die Deutschen in unser Dorf...« Kaum merklich wurden Stimme und Gesichtsausdruck härter, emotionsloser. »Schwarze Uniformen, Totenköpfe an den Aufschlägen. Unsere Leute waren ihnen im Weg, so löschten sie sie aus. Wie Ungeziefer. Ich selbst hatte Glück. Ich war Kühe hüten, und sie haben mich nicht gesehen. Aber sogar die Kühe haben sie erschossen.« Er straffte sich, um der Erinnerung Herr zu werden, und schlürfte einen Schluck Tee, ehe er fortfuhr:

»Was sollte ich tun? Ich war ganz auf mich gestellt, und die Nazis standen zwischen mir und dem freien Land. Ich ging in den Wald, um nachzudenken, und dort traf ich Pjotr, der in der gleichen Klemme steckte. Nur hatte er schon etwas dagegen getan. Er besaß ein nagelneues deutsches Gewehr und einen Tornister voller Patronen. Und eine Axt mit blutiger Schneide.« Aufatmend trank Kusnezow seinen Tee aus und stellte die Tasse zurück. »Für den Rest des Krieges war ich bei den Partisanen und kämpfte hinter den feindlichen Linien. Noch ehe ich zehn war, hatte ich gelernt zu töten, um zu überleben. Ich erzähle Ihnen das nur, damit Sie sehen, daß das Leben weitergehen muß. Auch Ihr Leben muß weitergehen. Ich weiß, Sie sind deprimiert; aber wenn Sie dem zu sehr nachgeben, wird man Sie aus dem Prometheus-Programm nehmen. Und wer auch immer dann für Sie einspringt, wird Ihre Aufgaben weniger gut erfüllen.«

»Ich weiß; ich habe auch versucht, mich zusammenzunehmen. Aber es ist so schwer...«

»Nichts ist einfach, mein Freund. Aber Sie sind sich selbst und uns allen schuldig, es zu versuchen.«

»Ja, natürlich... Danke, Wladimir!«

»Verschwenden Sie keine Zeit mit Danksagungen. Kommen Sie zu meinem achtzehnjährigen Schlachtroß, und wir fahren einen neuen Rekord über zwei Kilometer aus dem Stand!«

3

»Mr. President, die Damen und Herren der Bürgergemeinschaft für eine gerechte Regierung von Topeka, Kansas.«

Schüchterne Begrüßungsworte wurden gemurmelt, einige Damen der Delegation verbeugten sich unsicher. Präsident Bandin nickte feierliches Willkommen und sah dabei mindestens so achtunggebietend aus wie Papst Johannes während seines Segens für Stadt und Erdkreis. Obwohl er saß, begegnete er seinen Besuchern in Augenhöhe, da sein Sessel hinter dem imposanten Schreibtisch auf einem Podest stand. Seine O-Beine wirkten weniger würdevoll als seine hohe Stirn, aber hier, im legendären *Oval Room* des Weißen Hauses, fühlten sich selbst abgebrühte Spötter zu ergriffen, um dergleichen zu bemerken. Sie standen am Nabel der amerikanischen Welt, und vor ihnen, unter dem großen Präsidentschaftssiegel, saß das Oberhaupt ihres Staates.

»Es ist mir eine Freude, Sie wackere Bürger aus dem Mittelwesten zu empfangen. Worte reichen kaum aus, Ihnen zu sagen, wie sehr ich hinter Ihrem Engagement für eine gerechte Regierung stehe. Doch welcher konkrete Grund hat Sie von so weit zu mir geführt?«

Präsident Bandin beugte sich erwartungsvoll vor, neigte sein markantes Haupt und mimte Interesse. Charley Dragoni, sein persönlicher Assistent, gab dem Sprecher der Delegation einen sanften Stoß und nickte in Richtung Schreibtisch. Der Mann trat einen Schritt vor, räusperte sich, um sein Lampenfieber zu verbergen, und begann:

»Mr. President, ich, ich meine, wir... wir wollen Ihnen danken, daß Sie uns empfangen haben. Das ist 'ne große Ehre, das können Sie mir glauben! Weswegen wir da sind, ist nicht so sehr die gerechte Regierung, Sie wissen schon, so wie wir heißen...«

»Nun mach schon, Frank«, zischte eine ältere Dame hinter ihm. Der Erwählte geriet vor Schreck ins Stottern.

»Sehen Sie, es g-g-geht um die Getreidepreise an der Börse. Wir zahlen oft genug drauf bei den Termingeschäften, und andere verdienen ein Vermögen, wenn sie unser Korn nach Rußland verkaufen. Und wir müssen uns Kredite leihen, um überhaupt Saatgut anschaffen zu können. So was ist unfair!«

»Mein Herr, meine Damen, Gentlemen, Ihr Problem ist mir bekannt.« Kaum begann Bandin zu sprechen, verstummte der Wortführer ehrerbietig. »Es ist mir wohlvertraut, und, ganz offen gesagt, es beschäftigt mich ständig. Zufällig...«, er klopfte auf den prallen Aktenordner unter seiner rechten Hand, »...habe ich hier auf meinem Schreibtisch die jüngste Studie über diese meine Sorge liegen. Und nicht nur sie — auch meinen Entwurf, wie man ihr abhelfen könnte. Wenn es skrupellose Profitmacher gibt, werden wir ihnen ihr Handwerk legen. Eurer Hände Arbeit macht unser Land fruchtbar — ihr sollt den Lohn der Mühe ernten, nicht gierige Spekulanten. Euer Kansas ist das Herz unserer großen Nation, euer Getreide ist das Blut in unseren Adern. Was ihr sagt, wird gehört werden. Leben Sie wohl!«

Bei diesem Zeichen und Bandins letztem, gravitätischem Nicken begann Charley Dragoni, die ihm zunächst Stehenden in Richtung Tür zu bugsieren. Zitternd vor mühsam beherrschter Erregung drängte sich ein alter Mann zum Schreibtisch vor und stammelte:

»Mr. President, ich hab' etwas auf dem Herzen; ich hab' Sie nicht gewählt letztes Mal. Aber jetzt, wo ich Sie selber kenne, das ist schon was, Mr. President, jetzt haben Sie mich und meine ganze Familie!«

»Ich danke Ihnen für Ihre Offenheit und Ihre freie Wahl in dieser freien Gesellschaft.« Der Präsident zögerte einen Augenblick, dann zog er die Anstecknadel mit dem Präsidentschaftssiegel aus seiner Krawatte. »Ihre Aufrichtigkeit beschämt mich. Hier, nehmen Sie dies als Erinnerung an Ihren Besuch. Es ist die letzte, die ich habe.«

Dragoni überreichte die Nadel und drängte den Mann zum Ausgang. Der Wortschwall seiner Dankesbezeugungen war noch zu hören, als sich die Tür hinter dem letzten Besucher schloß.

»Das war's hoffentlich für heute, Dragoni.« Erleichtert ließ sich Bandin in seinen Sessel zurücksinken und öffnete den obersten Kragenknopf, während sein Assistent im Terminkalender blätterte.

»Ja, die letzten bis vier Uhr nachmittag; dann empfangen Sie eine Delegation der puertoricanischen Kongreßabgeordneten.«

»Ärger mit den Rics? Diese Zombies werden langsam lästiger als die Neger.« Er zog sein Jackett aus, das Dragoni ihm eilig abnahm, um es in den Ankleideraum zu bringen. »Nützen Sie Ihre Zeit da drin richtig«, rief Bandin ihm nach. Dragoni verstand und kehrte mit einem großen Glas Bourbon aus der Geheimbar zurück. Der Präsident trank einen Schluck und schmatzte anerkennend mit den Lippen. Dann holte er eine neue Anstecknadel mit Siegel aus der obersten Schublade des Schreibtisches, befestigte sie sorgfältig an seiner Krawatte und öffnete den dicken Ordner, der vor ihm lag. Er entnahm ihm ein Wettformular und schob es Dragoni hin.

»Das Pferd, das ich rot unterstrichen habe, viertes Rennen in Santa Anita. Ein Tausend-zu-eins-Tip. Was macht unser Prometheus-Doktor?«

»Der Fall ist abgeschlossen, Sir. Kennelly wollte sich erst querlegen, aber inzwischen versteht er unsere Gründe. Ein nationaler Notstand, und er ist ja Beamter.«

»Ein Notstand war das allerdings, als dieser Bastard Poljarni mit seiner Kosmonautin rausrückte. Auf der Landmaschinenausstellung noch das ganze Gefasel von Kooperation, ein Band über den Ozean, gemeinsame Sache und so weiter. Und währenddessen hatte er das Frauenzimmer schon im Wandschrank, um uns damit auszustechen. Ich freu' mich schon auf den Augenblick, wenn er seinen Genossen im ZK beibringen muß, was *wir* im Wandschrank hatten. Ich gäb' was dafür, in dem Moment sein Gesicht zu sehen. Hundert Riesen würde ich unserem Mann in Moskau hinblättern, wenn er nur dieses eine Mal eine Wanze in den Kreml schmuggeln könnte.«

»Ist das ein ernsthaftes Angebot, Sir?«

»Sie sind ein Witzbold, Dragoni. Gießen Sie mir lieber noch mal voll.«

4

Jeder kümmert sich nur um seine winzige Weltecke, dachte I. L. J. Flax resigniert.

»Meine Herren, begreifen Sie endlich, in einer dreiviertel Stunde beginnt die große Pressekonferenz über Prometheus. Intervision, NBC, Eurovision senden alle live. Ich muß pünktlich sein...«

Er sagte es auf englisch zu Vandelft, dem Chef der amerikanischen Techniker, und wiederholte es auf russisch zu Gluschko, dem entsprechenden sowjetischen Funktionär. Das wenige, was beide von der Sprache des anderen kannten, hatten sie in der Hitze der Auseinandersetzung längst verdrängt. Der eine stammte aus Sibirien, der andere aus Wisconsin — Flax staunte, wie ähnlich sie sich vom Typ her waren; schmalrandige Brillen, schütteres Haar, nikotingelbe Fingerspitzen, die Brusttaschen voller Zeichenstifte und im Gurt, wie eine Pistole, der elektronische Taschenrechner.

»Ich weiß, Flax«, versuchte Vandelft ihn zu beschwichtigen, während er selbst nervös mit einem Rechenschieber spielte. »Aber das braucht nur zehn Minuten. Sie müssen es sich bloß ansehen und eine Entscheidung treffen. Wozu die ganze Pressekonferenz, wenn alle Endkontrollen verzögert werden? Auf diese Weise gibt es erst gar keinen Start!«

»Ich sehe das Problem nicht«, erwiderte Gluschko kalt und ohne sein Gegenüber dabei auch nur anzublicken. »Die Amerikaner haben die Arbeiten unterbrochen. Meine Männer könnten sofort weitermachen.«

»Na gut, wenn's den schönen Schein von Eintracht wieder herstellt, gehen wir«, sagte Flax in beiden Sprachen und schob sich schwerfällig durch die Tür. Unvermittelt traf ihn die volle Hitze des Tages und verwandelte vornehme Transpiration in einen ordinären Schweißausbruch. Er quetschte sich neben Vandelft in einen der Golfkarren, die das NASA-Personal benutzte, um sich auf dem weitläufigen Gelände zu bewegen. Die Sowjets verachteten solche dekadenten Transportmittel, und so schwang sich Gluschko auf ein Fahrrad, um den Weg zu zeigen.

Man gewöhnt sich einfach nie an die Größe, überlegte Flax. Und in ein paar Tagen sitze ich als Flugdirektor in Mission Control und helfe dem Vogel in die Umlaufbahn. Es ist ein langer Weg seit Pszczyna.

Er dachte selten an seinen Geburtsort zurück, denn seit dem elften Lebensjahr war Amerika seine Heimat. Aber geboren war er in Pszczyna, dem alten Pleß in Oberschlesien. Polnisch und Deutsch waren die Sprachen, mit denen er aufgewachsen war, und schon früh begann sein Vater, Schulmeister und darüber hinaus ein aufgeklärter, gebildeter Mensch, ihm Russisch beizubringen. Diese Dreisprachigkeit wurde auch weitergepflegt, nachdem die Familie, kurz vor Kriegsausbruch, in die USA emigriert war. Als Bücherwurm und wegen seiner Fettleibigkeit gehänselt, hatte Flax selten Freunde — und noch seltener Freundinnen — gehabt. Als ihn sogar die amerikanische Armee wegen seines Übergewichts ablehnte, trieb ihn diese Demütigung nur noch tiefer in seine Studien. Damals wurde an der Columbia-Universität, wo er Maschinenbau studierte, der erste Kurs in Elektronik angeboten. Flax witterte seine Chance. Das Fach war so neu, daß die Studenten sich ihr Lehrbuch im Lauf des Semesters selber schreiben mußten. Er spezialisierte sich auf Grundlagenforschungen für Radargeräte und arbeitete plötzlich als gesuchter Fachmann für die Armee, die ihn wenige Jahre zuvor zurückgewiesen hatte. In diesem Augenblick spürte er, daß es bergauf zu gehen begann. Als die Raketenbauer aus Peenemünde, den Russen um Haaresbreite entwischt, in die USA kamen, sicherten ihm seine Sprachkenntnisse den Anschluß. Bei Gründung der NASA im Jahr 1958 war er schon ein Veteran im Raketengeschäft, und heute waren Flax und Mission Control fast identische Begriffe. Prometheus brachte ihn nun auf den Gipfel seiner Karriere. Aber die Luft hier oben war verdammt dünn.

Der Expreßaufzug schoß im Inneren des Wartungsturms nach oben. Sie stiegen aus und befanden sich in der wohltuenden, vollklimatisierten Atmosphäre der Prometheus-Montagehalle. Die PMH war ein Gebäude ohne Fundamente, eine fünfstöckige, allseitig geschlossene Konstruktion auf der Spitze des Wartungsturms, die den gesamten oberen Teil des Raumschiffs umgab. Man hatte sich zu dieser Lösung entschlossen, da die gigantischen Booster nicht nur eine zu große Montagehalle erfordert hätten, sondern nach dem Zusammenbau auch nicht mehr transportabel gewesen wären. Daher waren sie direkt auf der Startrampe montiert worden. Man hatte sie entsprechend robust ausgelegt, so daß nur für die empfindlichsten Strukturen ein leichter, mobiler Wetterschutz notwendig gewesen war.

Prometheus selbst durfte nicht so respektlos behandelt werden. Die Raumstation war im Kennedy Space Flight Center unter den dort üblichen vollklimatisierten und sterilen Bedingungen gebaut worden, um jegliche Korrosion an elektrischen Bauteilen und Temperaturschäden am Bordcomputer zu verhindern. Dann hatte man sie in handliche Teile zerlegt, die immer noch so groß waren, daß die größten vorhandenen Transportflugzeuge umgebaut werden mußten, um sie aufzunehmen. Eine ganze Flotte solcher modifizierten *Galaxies* brachte sie in die Sowjetunion, wo sie nun wieder zusammengesetzt worden waren.

Techniker standen herum und diskutierten, während die drei Männer zur Einstiegsluke gingen. Flax zwängte sich als erster hindurch und blickte sich in der Kommandozentrale um.

Wie in allen Raumfahrzeugen beherrschten Kontrollinstrumente und Schalter das Bild. Juri Gagarin war 1961 noch mehr oder minder als Passagier geflogen — sein Instrumentenbrett umfaßte ganze zwölf Anzeigen. Seit damals hatte sich einiges geändert. Mit jedem System, das die Konstrukteure dazuerfunden hatten, kamen neue Anzeigen und neue Kontrollsysteme, und damit weitere Anzeigen. Rund um die beiden Liegen der Piloten war jeder Quadratzentimeter mit Instrumenten und Hebeln gespickt. Allein um sich ihre Plazierung und Bedeutung einzuprägen, brauchte es Tausende von Stunden, und abermals Hunderte waren nötig, um im Flugsimulator mit ihnen vertraut zu werden.

»Sehen Sie sich das an«, rief Vandelft empört. »Sehen Sie sich an, wie die Iwans alles versaut haben!«

»Ferr-saut?« Gluschko lief vor Wut dunkel an. Aber wenigstens englische Schimpfwörter verstand er noch.

»Ich bitte Sie, meine Herren«, versuchte Flax zu beschwichtigen. »Das Problem ist klar. Wenn Sie jetzt freundlicherweise still sein wollen, können wir versuchen, es zu lösen.«

Er mußte eine Lösung finden, die beide zufriedenstellte — und das war nicht leicht. Unter allen Skalen, Schaltern und Anzeigen war ein Schild befestigt, das die Funktion angab. Kürzel wie PGNCS GYRO oder ATT HOLD sagten dem Außenstehenden zwar wenig, erleichterten den Piloten aber die Orientierung im Irrgarten der Instrumentenkonsolen. Neben den amerikanischen Abkürzungen gab jedes Schild die gleiche Information auch auf russisch. Doch hier war etwas hinzugefügt worden.

Rund um die Originalschilder klebten Papierfetzen in allen Formen und Farben. Einige überdeckten sogar Teile der Instrumente, und alle waren mit kyrillischen Buchstaben vollgekritzelt.

»Es sieht aus wie ein Schwarzes Brett in einem Supermarkt«, meinte Vandelft. »Nur, daß wir hier keine Babysitter vermitteln, sondern ein Raumschiff starten wollen.«

»Diese Notizen sind notwendig, weil Ihre Beschilderung unzureichend ist«, fiel Gluschko ihm ins Wort. »Meine Techniker müssen die Schaltungen prüfen, und dafür brauchen sie genauere Angaben, und zwar auf russisch. Übrigens — Sie machen ja das gleiche!«

Triumphierend deutete er auf die übersichtlich beschrifteten Karteikärtchen, die Patrick Winter neben einigen Anzeigen angebracht hatte.

Sie gaben Maxima, Minima und Sollwerte an, die er während des Starts beachten mußte.

»Das ist wohl nicht ganz dasselbe«, sagte Flax und hob abwehrend die Hand, als Gluschko protestieren wollte. »Aber treffen wir uns doch in der Mitte: Ihre Zettel bleiben, solange Ihre Techniker hier arbeiten. Dann verschwinden sie — alle! Was Sie hier am Boden brauchen, ist für Ihre Pilotin uninteressant. Gluschko! Lassen Sie mich ausreden, ehe Sie beleidigt abziehen! Die Fetzen kommen weg, aber Ihre Pilotin kann für sich genauso Notizen anbringen, wie es unser Pilot getan hat. Das sollen sie unter sich ausmachen, und wir richten uns danach. Okay?«

Das war ein Kompromiß, den alle akzeptieren mußten. Er sah nach der Uhr. Um Gottes willen, es war spät.

Man hatte ohne ihn angefangen. Der Saal war von den Scheinwerfern des Farbfernsehens hell erleuchtet und etwa zur Hälfte mit Journalisten und Pressefotografen besetzt. Das Podium dagegen wirkte überfüllt, da sich jeder, der an dem Projekt beteiligt und irgendwie abkömmlich war, vor den Kameras produzieren wollte. Die hohen Tiere von der NASA waren anwesend, ebenso die Funktionäre der Sowjetischen Staatskommission für Weltraumforschung. Die wenigen Astronauten und Kosmonauten nahmen sich in der Menge ganz verloren aus. Direkt neben ihnen war ein Platz für Flax freigehalten worden. Er haßte verspätete Auftritte, zumal man ihm sicher mehr Aufmerksamkeit schenken würde als dem sowjetischen Redner, der gerade an der Reihe war. Aber es mußte sein. Er holte tief Luft, als ihn jemand am Arm faßte. Hinter ihm stand ein Hauptmann der Militärpolizei in Begleitung zweier Feldwebel mit umgehängten Seitengewehren.

»Eine Top-Secret-Meldung, Sir, soeben entschlüsselt. Bitte Ihren ID.«

»Was soll das, Hauptmann, Sie kennen mich doch schon über ein Jahr!« Die steinerne Miene zeigte ihm, daß Protest sinnlos war. Er suchte seinen Dienstausweis und gab ihn dem Offizier, der ihn studierte, als habe er ihn nie zuvor gesehen.

»Feldwebel, notieren Sie diese Nummer, Zeit und Datum.«

Flax stieg ungeduldig von einem Fuß auf den anderen, während der Angesprochene bedächtig buchstabierte. Nun erst öffnete der Hauptmann den an sein Handgelenk geschlossenen Diplomatenkoffer und entnahm ihm einen versiegelten braunen Umschlag, auf den in nervösem Rot TOP SECRET gestempelt war. Flax stopfte ihn hastig in seine Tasche und wollte gehen, aber das Wichtigste kam noch.

»Bitte quittieren Sie den Empfang, Sir. Hier... hier bitte noch mal; in dieses Kästchen bitte Ihre Initialen. Und die zweite Ausfertigung...«

Endlich erlöst, huschte er eilig zum Fuß des Podiums. Er fühlte die Blicke, die er auf sich zog, wie Messerstiche, doch der Redner bemerkte wenigstens nichts. Nun wartete er, bis das rote Licht an der Kamera ausging, die die Totale aufnahm. Während nur das Rednerpult im Bild war, kletterte er so eilig wie möglich auf das Podium und schlich so gebückt, wie er nur konnte, zu seinem Platz. Ely Bron, der einen offensichtlich maßgeschneiderten, anthrazitgrauen Anzug trug, beugte sich vor und flüsterte ihm ins Ohr:

»Hoffentlich war die Dame die Verspätung wert, Flax. Geben Sie mir die Adresse, wenn Sie sie nicht mehr brauchen?«

»Ruhe, Ely! Sie sind noch der letzte Nagel zu meinem Sarg«, zischte er zurück.

Der russische Redner ging unter träge plätscherndem Applaus an seinen Platz zurück. Nun sprach ein NASA-Beamter, der auf englisch ungefähr dasselbe noch mal sagte. Flax wischte sich so dezent wie möglich den Schweiß von der Stirn und wartete, daß sein Atem sich beruhigte. Der Umschlag in der Jackentasche fiel ihm wieder ein.

Geheim war so ziemlich alles, was über seinen Schreibtisch lief; der TOP SECRET-Stempel und das ihn begleitende Theater bei der

Übergabe kam schon seltener vor. Was immer in der Meldung stand, es würde mit Sicherheit interessanter sein als die Ansprachen. Er zog das Kuvert aus der Tasche und öffnete es vorsichtig im Schutz seiner übergeschlagenen Beine. Als die Kamera wieder auf den Redner gerichtet war, zog er die Nachricht heraus und überlas sie rasch.

Er mußte sie ein zweites Mal lesen. Schweiß brach ihm aus allen Poren.

Dann saß er wie betäubt da. Ely schüttelte ihn am Arm.

»Flax, aufgewacht, Sie sind dran! Zeigen Sie's ihnen!«

Flax ging langsam zum Rednerpult und stellte das Mikrofon auf seine Höhe. Fotoapparate klickten, und die bläulichen Augen der Fernsehkameras starrten ihn an. Die ganze Welt hatte ihn auf dem Präsentierteller. Er räusperte sich und begann zu sprechen.

»Als Flugdirektor in Mission Control bin ich die Verbindungsstelle zwischen der Besatzung des Prometheus und den Menschen und Maschinen am Boden. Es ist meine Aufgabe, beide Systeme zu koordinieren und zu einer funktionierenden Einheit zu machen. Heute bin ich hier, um Ihnen die Astronauten und Kosmonauten vorzustellen, die an diesem ersten Flug teilnehmen werden. Zunächst möchte ich jedoch eine Nachricht vorlesen, die ich gerade aus dem Raumfahrtzentrum in Houston erhalten habe. Wie Sie sehen, sitzen auf diesem Podium nur fünf Besatzungsmitglieder, statt der angekündigten sechs. Dr. Kenelly, der als Arzt mitfliegen sollte, ist plötzlich erkrankt. Es ist nichts Ernstes, das heißt, nichts Lebensgefährliches. Er ist gestern wegen einer akuten Blinddarmentzündung mit einigen Komplikationen operiert worden, und wir erwarten seine baldige Genesung. Aber an diesem Flug wird er natürlich nicht teilnehmen können. Für seine Stelle hat die NASA eine andere Disposition getroffen. Wie Sie wissen, haben wir Ersatzleute für jeden an dieser Mission Beteiligten, da das Projekt nicht vom Gesundheitszustand eines einzelnen abhängig sein darf. Ich verlese jetzt die Meldung, die soeben eingegangen ist.«

Flax entfaltete das Papier unter erwartungsvollem Klicken der Kameras.

»Sie beginnt mit einer Beschreibung von Dr. Kennellys Zustand; dann heißt es: ›Nachdem der Vorgenannte nicht einsatzfähig ist, wurden Maßnahmen zu seinem Ersatz eingeleitet. Eine qualifizierte Vertretung befindet sich bereits auf dem Weg von

Houston nach Baikonur, Ankunft ca. 15.00 Uhr Ortszeit. Es handelt sich um Dr. C. Samuel, ein Mitglied des raumfahrtmedizinischen Forschungszentrums in Houston. Dr. Samuel ist zweiunddreißig Jahre alt und promovierte an der Johns Hopkins-Universität in Baltimore, Maryland. Anschließend arbeitete sie als Assistenzärztin im Johns Hopkins-Krankenhaus ...«

Plötzliche Unruhe unter den Journalisten, die Englisch verstanden, zwang ihn zu unterbrechen. Sekunden später, als die Simultandolmetscher aufgeholt hatten, begannen auch die sowjetischen Berichterstatter zu tuscheln. Flax stand starr und wartete.

»Ely, was sagen Sie dazu?« flüsterte Patrick aufgeregt.

»Politik, mein Lieber, pure Politik.«

»Sie haben verdammt recht. Eins zu null für Moskau mit der Kopilotin, also brauchen wir einen Ausgleichstreffer. Sie müssen jedes NASA-Labor nach Frauen durchgekämmt haben, als Kennelly krank wurde. Aber so schnell kann sie gar nicht ausgebildet worden sein. Unsere Apparatschiks verhökern Prometheus scheibchenweise, nur um politische Punkte zu machen ...«

»Wenn ich bitte fortfahren dürfte ...« Flax verschaffte sich Gehör. »Nach der Promotion arbeitete Dr. Samuel im Johns Hopkins-Krankenhaus. Vollständiges biographisches Material wird der Presse im Anschluß an diese Veranstaltung zugänglich gemacht. Dr. Samuel stammt aus dem Mittelwesten, das heißt, um genau zu sein, sie ist in Detroit aufgewachsen, aber in Mississippi geboren. Vor Aufnahme ihres Medizinstudiums hatte sie bereits eine pädagogische Ausbildung im Tuskegee-Institut abgeschlossen.«

Diesmal horchten nur die Amerikaner auf. Elys Schweigen war beredt genug, während Patrick sich nur mit äußerster Anspannung beherrschen konnte. Nadja, die neben ihm saß, hörte seinen unterdrückten Fluch. Nun wurde auch sie wütend.

»Warum sagen Sie so etwas?« flüsterte sie. »Glauben Sie, Frauen sind zu minderwertig, um an diesem Flug teilzunehmen?«

»Politik. Sie spielen ihr schmutziges Spiel mit uns.«

»Was soll daran schmutzig sein? Wenn Dr. Samuel qualifiziert ist, ist sie willkommen.«

»Bemerken Sie denn die Spekulation nicht, die dahintersteckt? Die Sowjets haben eine Frau an Bord, also brauchen die Amerikaner auch eine. Aber unsere ist besser; mit unserer kann man nicht nur daheim Stimmen fangen, man kann die halbe Dritte Welt reinlegen!«

»Warum sind Sie so zynisch?«

»Verstehen Sie denn nicht? Sie haben doch gehört, daß sie aus Tuskegee kommt!«

»Ja, ich kenne dieses Institut nicht.«

»Aber ich. Tuskegee ist schwarz. Ein College nur für Schwarze. Nun sagen Sie selbst: Wenn man für einen rotbäckigen Irisch-Amerikaner eine Negerin eintauscht — ist das Politik oder nicht?«

5

COTTENHAM NEW TOWN – ENGLAND

»Dreh schon mal die Glotze an, ich spüle inzwischen das Teezeug«, rief Irene aus der Küche.

»Gut.« Henry Lewis stemmte sich aus dem Sessel, ging zum Empfänger und drückte auf den Knopf. Es war ein altes Gerät, das seine Zeit zum Warmwerden brauchte. Er rückte den Stuhl zurecht und griff sich einen Zigarillo aus der Packung, die auf dem Beistelltisch lag. Dann schlug er den *Fernsehspiegel* auf.

»Das dachte ich mir«, rief er erfreut. »Sie wiederholen das Leeds-United-Spiel, das wir verpaßt haben, als wir bei deiner Mutter waren.«

Als der Bildschirm zu flimmern begann, schaltete er auf den ITV-Kanal: Ein Mann mit einem Bulldoggengesicht redete in einer völlig fremden Sprache, während aus dem Off übersetzt wurde. Verwundert drückte er BBC-1, wo sich ihm dasselbe Bild bot. Zurück auf ITV hatte es sich noch immer nicht verändert, so schaltete er, was er selten tat, in letzter Verzweiflung auf BBC-2. Sein Leichtsinn wurde bestraft: Auf gotisch nachempfundenen Stühlen saß ein Quartett und blies Krummhorn.

Verärgert schleuderte er seine Pantoffeln von den Füßen und griff nach den Stiefeln. Er zog die bequeme, alte Lederjacke an und rief seiner Frau zu: »Keine Ahnung, was das soll; ich geh' statt dessen spazieren.«

»Dann sehe ich dich vor der Sperrstunde wohl nicht mehr!«

Es war ein milder Sommerabend, und er bereute nicht, im Freien zu sein. Am Ende der Sackgasse bog er in die Hauptstraße ein, wo die neuen Hochhäuser standen. Ihm gefielen sie gar nicht; mehr Wohnfabriken als richtige Häuser. Er kam zum ›Silbernen Schwan‹ und ging vorbei. Alles Plastik, das Bier eiskalt und aus Flaschen, dazu dauernd die Musikbox. Kein Pub für ihn. Bis zum alten Dorf waren es zehn Minuten, aber das lohnte.

Das Dorf war eine Oase in der Steinwüste. Die Hälfte war zwar der Zufahrtsstraße zur Fabrik zum Opfer gefallen, aber der Rest hatte inmitten der Wohnsilos überlebt. Wohl nur, weil er steil in den Hang gebaut war und Neubauten hier zu teuer gekommen wären. Ein paar Höfe standen noch, zwei Läden, und das Haus mit dem baumelnden Schild aus Eisen, auf das er jetzt zusteuerte:

›Zum alten Schmied‹. Mühsam stemmte er die schwere Holztür auf.

»N'Abend, Henry«, begrüßte ihn der Wirt hinter der Theke.

»N'Abend, George.«

Henry lehnte sich mit beiden Ellenbogen auf das schwarze, von zahllosen Ärmeln blankpolierte Holz der Theke und sah zu, wie George bedächtig einen Krug Dunkles zapfte und ihm hinüberschob. Er nahm einen tiefen Zug und atmete auf. George nickte verständnisvoll.

»Ein gutes Faß ist das.«

»Auch nicht mehr so wie früher«, entgegnete Henry.

»Wieso?«

»Weil nichts mehr so ist, wie's mal war. Sogar das Wetter spielt verrückt.«

»Man sagt, das kommt von den Raketen!«

»Raketen! Sogar das Fußballspiel im Fernsehen haben sie mir vermasselt. Statt dessen Amis, Russen und Raketen. Gott sei Dank haben wir die Finger nicht mit drin.«

»Wir können's uns nicht leisten, das ist alles. An den smarten Jungs in der Regierung liegt's bestimmt nicht.«

»Du wirst recht haben, George. Bescheuerte Politiker und teures Bier.« Er streckte ihm den geleerten Krug entgegen.

»Darauf trink' ich noch eins!«

6

»Flax, es ist noch nicht zu spät, ich zieh' die Notbremse!«

»Denken Sie erst mal nach, Patrick; Sie sind doch nicht von gestern. Sie wissen, daß man ohne Kompromisse keine Politik machen kann und daß die NASA von den Politikern abhängt. Das muß ich Ihnen doch nicht erst erzählen.«

Sie standen hinter der schweren Glastür und blickten in die untergehende Sonne, die auf einem violetten Wolkenkissen rot über dem Horizont lag. Im Gebäude sorgte die Klimaanlage für erträgliche Temperaturen. Draußen hatten die beiden Militärpolizisten, ein Russe und ein Amerikaner, Schwitzflecken unter den Armen. Die Straße vor ihnen war staubig und leer.

»Sie sagten, sie sei schon unterwegs?« fragte Patrick.

»Die Maschine ist gelandet, und der Wagen stand bereit. Sie kennen ja die Verspätungen, die auf russischen Flughäfen entstehen.«

»Bron muß etwas gewußt haben. Erinnern Sie sich an die Wette? Oder er hat zumindest richtig kombiniert. Aber wer hätte gedacht, daß sie es so weit treiben würden? Diese Schweinerei ist selbst für die NASA-Bonzen eine Nummer zu groß. Da steckt kein anderer als Bandin dahinter.«

»Es ist keine Schweinerei, Pat. Sie ist ausgebildete Ärztin...«

»Ärzte gibt's wie Sand am Meer, aber wie viele davon kann man in eine Raumstation mitnehmen? Erinnern Sie sich an seinen Spitznamen, als er noch im Senat war? Gummi-Bandin. Weil sein Gewissen so elastisch war wie ein Gummiband. Konnte sich überall hinstrecken, wo es einen Dollar oder eine Wählerstimme zu holen gab. So ist er heute auch noch, nur merkt es keiner, weil er die besseren Public-Relations-Leute hat.«

»Er ist kein schlechter Präsident...«

»Aber auch kein besonders guter. Vielleicht nicht so verlogen wie Tricky Dick es damals war, aber mindestens ebenso skrupellos. Sehen Sie sich den jüngsten Streich an: Daß er das ganze Projekt gefährdet, wenn er die eingespielte Mannschaft auseinanderreißt, kümmert ihn keinen Deut; dafür hat er bei der nächsten Wahl die Stimmen der Frauen und der Schwarzen. Aber ich werd' ihm seine Suppe gründlich versalzen.«

»Beruhigen Sie sich doch, Patrick«, Flax' feuchte Finger krallten sich in seinen Arm. »Sie sind jetzt neun Jahre dabei. Dieser Flug wird der Höhepunkt Ihrer Laufbahn sein, und Sie sind der verantwortliche Kommandant. Wenn Sie jetzt das Maul aufreißen, werden Sie abgesägt, soviel ist klar. Die Zeitungsmagnaten stehen hinter Bandin, und die Schreiber sind von ihnen abhängig. Keiner wird Ihre Argumente überhaupt erfahren. Sie werden mit allen Zeichen des Bedauerns ans Kreuz genagelt, und Prometheus startet pünktlich mit einem anderen Kommandanten. Sind Sie sicher, daß Ihr Ersatzmann genauso gut ist wie Sie? Wenn nicht, dann haben *Sie* die eingespielte Mannschaft auseinandergerissen und das Projekt gefährdet!«

»Es bleibt ein schmutziges Spiel, Flax, da beißt die Maus keinen Faden ab.«

»Die Politik ist, wie sie ist, Patrick; es bringt uns nicht weiter, sie schmutzig zu nennen. Erinnern Sie sich an die alten Zukunftsromane über den Schuß zum Mond? Ein spleeniger Millionär oder ein wahnsinniger Professor basteln im Hinterstübchen eine Rakete, und los geht's. Keiner von den Autoren konnte sich vorstellen, daß es in Wirklichkeit biedere, kurzgeschorene Armee- oder Marineoffiziere sein würden, die eines Tages oben stehen. Keiner konnte sich vorstellen, daß es ein banales Wettrennen sein würde, die Fahne hoch, Geld spielt keine Rolle, nur damit es eine amerikanische Schuhsohle ist, die den ersten Abdruck im Mondstaub macht.«

»Da kommt der Wagen. Und Sie meinen, das ist es heute noch?«

»Im Grunde, ja. Die Sowjets haben die gigantischen Booster, wir haben das Know-how und die *Hardware* für den Rest. Keiner hätte das Sonnenkraftwerk innerhalb der nächsten zehn Jahre allein an den Himmel hängen können. Daraus ein Gemeinschaftsprojekt zu machen, war die größte und mühseligste Leistung schöpferischer Politik in der Geschichte des Planeten. Machen Sie das nicht im letzten Augenblick kaputt. Zugegeben, Bandin schlägt politisches Kapital heraus. Na und? Wenn's klappt, klappt's für uns alle, darauf kommt's an.«

Ein schwarzer Lincoln Continental mit amerikanischem Stander auf dem Kühler bremste in der Auffahrt. Ein Oberst und ein Attaché der Botschaft sprangen heraus und öffneten die Fondtür, um der Insassin beim Aussteigen behilflich zu sein. Patrick wartete ab und versuchte, Zweifel und Zorn im Zaum zu halten. Er wußte noch nicht, wie er sich verhalten sollte. Inzwischen war eine junge Frau ausgestiegen und kam auf ihn zu.

Sie war zierlich, ziemlich klein und dunkelhäutig — keineswegs schwarz, aber für den Zweck, dem sie ihren Einsatz verdankte, dunkel genug. Kurzes, krauses Haar umrahmte ein hübsches Gesicht. Vor allem die Nase war geradezu klassisch, aber auch die Figur stimmte. Der Gang, die wiegenden Hüften — was tat er eigentlich? War er bei einer dämlichen Schönheitskonkurrenz oder begrüßte er die Bordmedizinerin, von der das Gelingen des Fluges abhängen konnte?

Dann öffnete sich die Glastür, und Dr. Samuel war da. Ihr Händedruck war angenehm kühl und fest.

Die Eskorte stellte vor, salutierte, ging; Patrick, die Ärztin und Flax blieben allein zurück.

»Tut mir leid, daß Sie gleich an die Arbeit müssen, Doktor, aber das Interview war schon eingeplant...«

»Nennen Sie mich doch Coretta, Dr. Flax.«

»Ich danke Ihnen; ich selbst werde einfach Flax genannt. Wie Sie sich denken können, brauchen wir eine gute Presse. *Newsweek* hat bis jetzt sehr positiv geschrieben. Der Reporter, der auf Sie wartet, Redditch heißt er, ist einer der Top-Leute. Er wird die Titelgeschichte schreiben und ist nur noch Ihretwegen hier. Die anderen hat er schon gesprochen. Wenn Sie nicht zu müde sind...«

»Nicht im geringsten. Der Flug war wundervoll, und ich bin noch ganz aufgedreht. Ich unterhalte mich gern mit ihm.«

»Prima. Hier lang, Patrick zeigt Ihnen den Weg.«

Es war natürlich kein Zufall, daß das Panoramafenster des Pressezentrums in Richtung der Startrampe lag, auf der Prometheus stand. Vor den rosigen Abendwolken, vom Fenster eingerahmt, bot das gigantische Raumschiff einen irrealen Anblick. Coretta blieb wie vom Donner gerührt stehen.

»Mein Gott, was für ein Saurier!«

»Darf ich das zitieren«, fragte es hinter ihr von der Bar, wo ein hagerer Mann mit hängenden Schultern und einem Drink in der Hand saß. Er hatte große Ohren, eine rote Nase und wirkte unscheinbar, als könne er kein Wässerlein trüben. Aber seine Augen waren lebhaft und übersahen nichts.

»Dr. Samuel, das ist Mr. Redditch von *Newsweek*«, stellte Flax vor. »Möchten Sie etwas zu trinken, bevor wir anfangen?«

»Einen Bourbon mit Eis, nicht zu stark.«

»Ich geh' schon«, sagte Patrick und wandte sich zur Bar. Sie war so reichhaltig bestückt, wie das nur in Pressezentren der Fall zu sein pflegte. Er spendierte sich selbst einen großen Chivas Regal mit Soda und schenkte für Coretta einen Jack Daniels Green Label ein. Die anderen hatten an einem Tisch Platz genommen, auf dem Redditch gerade seinen Kassettenrecorder aufbaute. Patrick setzte die Gläser ab und blickte Flax dabei fragend an. Der schüttelte ablehnend den Kopf.

»Ihnen ist hoffentlich klar, daß ich kein Wissenschaftsjournalist bin«, eröffnete Redditch das Gespräch. »Unsere Spezialisten haben die Diagramme, Zeitpläne und so weiter schon fertig, daran wird es uns nicht fehlen. Ich schreibe die Story, und dafür brauche ich Hintergrundmaterial, Anekdoten, Persönliches und dergleichen. All right?«

»Alles klar«, erwiderte Flax, »wir tun unser Bestes.«

»Fein. Darf ich mit Ihnen anfangen, Coretta, da Sie die Überraschung sind und ich alle anderen schon interviewt habe. Können Sie mir etwas über Ihr Leben erzählen?«

»Mehr, als in der Pressemappe steht, kann ich auch nicht über mich sagen. Nur Schule, Forschung, und bei der NASA noch mehr Forschung.«

»Ihre Bescheidenheit ehrt Sie, aber sicher war Ihr Werdegang viel aufregender. Eine Frau, die sich in einem Männerberuf durchsetzt, interessiert die Leute. Eine Negerin erst recht. Könnte man sagen, daß Sie unter fast aussichtslosen Bedingungen angetreten sind und gewonnen haben?«

»Das wäre überspitzt«, entgegnete sie ruhig. »Amerika ist ein modernes Land, in dem eine Frau, gleiche Befähigung vorausgesetzt, genausoviel erreichen kann wie ein Mann. Auch die Hautfarbe spielt da keine Rolle.«

»Wirklich?« fragte Redditch mit erhobenen Augenbrauen. »In den Ghettos wird man das gerne lesen.« Er machte eine Notiz. »Darf ich ganz offen sein, Coretta? Ich bin seit Jahren im Nachrichtengeschäft, ich kenne die Facts. Und ich kann Schönfärberei auf den Tod nicht ausstehen.«

Ihr Gesicht blieb unbewegt, aber ihre Stimme war eisig:

»Was ich sagte, hat mit Schönfärberei nichts gemein.«

In gespielter Kapitulation hob Redditch beide Arme. »Okay, wir werden uns nicht streiten. Sie schildern die Dinge, wie Sie sie sehen, und ich gebe es so wieder.« Er blätterte in einem Bündel Pressemitteilungen. »Komisch, in dem, was die NASA über Sie schreibt, steht kein Wort von Ihrer gescheiterten Ehe.«

»Sie haben Ihre Hausaufgaben gemacht«, sagte sie lächelnd und nippte an ihrem Drink. »Diese Ehe dauerte noch nicht einmal ein Jahr. Er war ein alter Schulfreund. Wir haben uns beide geirrt. Kinder gibt es keine. Seit der Scheidung sehen wir uns hin und wieder. Möchten Sie Namen oder Daten?«

»Danke, die habe ich schon. Mich interessiert nur Ihre subjektive Meinung. Nun noch eine Frage: Sie sind ein Neuling in der Raumforschung. Sehen Sie in Ihrer Berufung zu diesem Flug so etwas wie eine politische Entscheidung?«

Das war der Hammer, die Frage, auf die Redditch hingearbeitet hatte. Alles andere war nur Vorspiel gewesen. Patrick saß versteinert und beobachtete, wie Flax feuerrot anlief. Keiner sprach. Redditch korrigierte die Aussteuerung des Recordes, während Coretta wieder an ihrem Glas nippte. Dann antwortete sie gelassen:

»Ich glaube, ich kann das verneinen. Ich bin kein Neuling bei der NASA; um ganz genau zu sein, bin ich schon fünf Jahre mit Raumfahrtmedizin befaßt. Es war immer mein Wunsch, meine Kenntnisse dort nutzbar zu machen, wo sie gebraucht werden — im All. Ich nehme an, daß mein Alter eine Rolle gespielt hat. Einige Kollegen haben mehr Erfahrung, aber nicht mehr die körperliche Widerstandskraft für einen langen Raumflug. Natürlich war auch Glück dabei, daß meine Nummer gerade jetzt, bei diesem wichtigen Flug, gezogen wurde. Ich bin sehr glücklich, zu dieser Besatzung zu gehören.«

Sehr ordentlich, dachte Patrick und stand auf, um sich einen neuen Drink zu holen. Eiskalt aufgesagt, obwohl jede Silbe nach NASA-Pressestelle stank. Redditch würde seine liebe Not haben, sie aufs Glatteis zu locken.

Es gelang ihm nie. Er ging dieselbe Frage von verschiedenen Seiten an, dann schien er das Interesse zu verlieren. War Corettas Lächeln ein wenig gelöster, als er sich abwandte? Flax stand an der Bar und goß sich ein großes Glas Eiswasser ein, dann noch eins. Redditch drehte die Kassette um und trat zu Patrick.

»Jetzt sind Sie dran mit der Frage, die Sie bestimmt schon tausendmal beantwortet haben. Hoffentlich macht Ihnen das tausendunderste Mal nichts aus. Wozu ist Prometheus gut? Ich höre.«

»Darf ich etwas weiter ausholen, bevor ich Ihnen das Projekt selber schildere?«

»Machen Sie, was Sie wollen; ich habe Zeit. Aber ersparen Sie mir Zahlen. In dieser Hinsicht bin ich Adam Zwerg.«

»Gut. Das erste wäre die Energieknappheit. Wir sind von den Arabern abhängig, von den gewinnsüchtigen Ölgesellschaften, und so weiter. Wenn wir weitermachen wie bisher, werden wir die gesamten Erdölvorräte der Erde in ein paar Jahren aufgebraucht haben. Wir müssen total umdenken, und Prometheus ist das Ergebnis dieses Umdenkens. Das Erdöl hat ja eigentlich zwei Seiten: Es ist nicht nur der Energieträger, den wir für unsere Autos und Flugzeuge brauchen, sondern es ist auch ein unentbehrlicher Rohstoff für fast alle Industrien. Kunststoffe, Strümpfe, Düngemittel, alles mögliche wird daraus gemacht. Jeder Tropfen, den wir durch den Schornstein jagen, ist für diesen Zweck verloren. Wenn wir also unseren Energiebedarf aus anderen Quellen decken, steht uns mehr Öl als Rohstoff zur Verfügung. Soweit alles klar?«

»Perfekt, klar wie Glockenklang; weiter.«

»Gut. Alternative Energiequellen. Im Grunde kommt alle Energie von der Sonne.«

»Moment, das verstehe ich nicht. Kohle? Öl? Wind? Was haben sie mit der Sonne zu tun?«

»Alles. Kohle und Öl enthalten Sonnenenergie, die Pflanzen vor Millionen von Jahren gespeichert haben. Die Atmosphäre wird von der Sonne aufgeheizt, so entsteht Wind. Der Wind erzeugt Wellen, so ist sogar die Energie des Meeres indirekte Sonnenenergie. Und nun sind wir so weit, die saubere, ewige Energie der Sonne direkt zu nutzen: Das Projekt Prometheus.«

»Langsam. Allein die erste Ausbaustufe dieses Projekts verschlingt Milliarden von Dollar. Könnte man mit so viel Geld nicht auf der Erde das gleiche erreichen? Zum Beispiel eine Wüste in ein Sonnenkraftwerk verwandeln?«

»Negativ. Einmal liegt die Atmosphäre dazwischen und absorbiert Energie; zweitens scheint nachts keine Sonne, so daß die Versorgung nicht kontinuierlich wäre. Man sollte es trotzdem versuchen, aber es würde Prometheus nicht überflüssig machen. Das Projekt Prometheus ist so ausgelegt, daß es in der Endstufe die gesamte Energieversorgung der Erde übernehmen kann. Das ist jedenfalls der Plan.«

»Und wie soll er verwirklicht werden?«

»Schauen Sie aus dem Fenster: das größte Raumschiff, das je gestartet wurde. Aber es ist nur das erste von fünfzig. Unsere Erde ist groß und dicht bevölkert; sie braucht viel Energie.«

»Das alles klingt nicht eben billig.«

»Sie haben recht«, mußte Patrick einräumen. »Aber sobald Prometheus im Orbit ist, erhält er sich selbst. Der Strom soll, nach der derzeitigen Kalkulation, für zweieinhalb Cent pro Kilowattstunde angeboten werden, und das wird ausreichen, um Betrieb und weiteren Ausbau zu finanzieren. Die Stromerzeugung selbst ist einfach. Der größte Teil der Nutzlast besteht aus hauchdünner Kunststoffolie, dasselbe Zeug, in dem Sie Lebensmittel frischhalten. Da es in der Umlaufbahn weder Schwerkraft noch atmosphärische Reibung gibt, kann diese dünne Folie viele Quadratkilometer weit ausgespannt werden. Auf einer Seite ist Aluminium aufgedampft, so daß sie als riesiger Brennspiegel wirkt, der die Sonnenstrahlung bündelt. Im Zentrum wird ein flüssiges Arbeitsmedium erhitzt, das dann die Turbogeneratoren antreibt. Es ist eigentlich alles ziemlich simpel.«

»Äußerst simpel. Aber Sie haben mir noch nicht erzählt, wie der Strom nun auf den Boden kommt. Ist da nicht die Sache mit dem Todesstrahl?«

Patrick schmunzelte. »Die dümmsten Gerüchte sind die langlebigsten. Absolut jede Strahlung kann ein ›Todesstrahl‹ sein, wenn sie nur stark und konzentriert genug ist. Eine Glühbirne wärmt Ihre Hand, aber stehen Sie vor einem großen Suchscheinwerfer, und Sie schmoren. Stärke und Konzentration. In unserem Fall wird der Strom von Röhren, die denen in Radargeräten ganz ähnlich sind, in Mikrowellen verwandelt. Diese Wellen, die eine Frequenz von einigen Gigahertz haben, werden dann von zwei Richtantennen zu beiden Empfangsanlagen in Sibirien und im Staat Washington gefunkt. Der Teil, den die UdSSR erhält, wird ausreichen, um fast ganz Sibirien zu versorgen; unser Anteil reicht für die fünf westlichen Staaten der USA aus. Gratis aus dem All!«

»Klingt plausibel, aber ich möchte doch noch bei dem Todesstrahl bleiben. Mir scheint, daß die Energiemenge, von der Sie sprechen, selbst in Form von Radiowellen ein wenig gefährlich sein könnte, wenn sie unten ankommt.«

»Sie ist enorm groß, aber nicht gefährlich. Erstens ist die Sendeantenne im All keinerlei Bewegungskräften ausgesetzt, die sie ins Schwanken bringen könnten. Sollte dies dennoch passieren, würde, zweitens, ein automatischer Ausgleich erfolgen. Und drittens gibt es die automatische Notabschaltung. Obwohl die Strahlung theoretisch nicht stark genug ist, um Sachschäden auf der Erde anzurichten, wird die ganze Empfangsanlage zusätzlich noch im Hochgebirge liegen, viele Kilometer von der nächsten Siedlung entfernt.«

Redditch griff nach dem Kassettenrecorder und schaltete ihn aus. »Das klingt einleuchtend und schließt das Ganze ab. Ich danke Ihnen für das Gespräch. Wenn ich mich beeile, erwische ich die Abendmaschine noch.«

Man verabschiedete sich höflich, die Tür fiel zu, sie waren unter sich. »Jetzt kann ich einen Drink brauchen«, stöhnte Flax und schleppte sich zur Bar. »In Gegenwart von diesem Schnüffler habe ich es nicht riskiert, auch nur nach dem Sprit zu schielen. Für Sie auch noch mal, Coretta?«

»Danke, ja.« Sie saß, die Hände im Schoß gefaltet, entspannt und ruhig da. Patrick goß auch sich ein neues Glas ein und staunte über ihre Beherrschung.

»Sie kommen direkt aus Houston«, wandte er sich an Coretta. »Gibt's was Neues von Doc Kennelly?«

»Nichts, was Sie wahrscheinlich nicht schon wissen. Die Operation ist geglückt und die Aussichten sind gut.«

»Ein erstaunlicher Zufall, nicht wahr?«

»Was für ein Zufall?«

»Der Zeitpunkt, zu dem er krank wurde. Und was ist eigentlich mit dem ursprünglichen Ersatzmann, Feinberg? War ein Jude nicht Minderheit genug für Prometheus?«

»Patrick«, ging Flax dazwischen, »wollen Sie nicht lieber still sein und Coretta etwas Ruhe gönnen? Sie hatte einen langen Tag.«

»Nein, Flax, tragen wir es gleich hier offen aus. Ich habe keine Ahnung, was mit Feinberg los ist. Keiner hat sich die Mühe gemacht, mich darüber zu informieren. Vor sieben Wochen wurde ich plötzlich in eine verkürzte Grundausbildung für Bordpersonal genommen. Es war eine ganz schöne Hetze. Zentrifuge, Raumanzüge, Verhalten bei Schwerelosigkeit und so weiter. Daß ich zu Prometheus komme, habe ich erst vor zwei Tagen erfahren. Mehr weiß ich selbst nicht.«

Patrick lachte bitter: »Sieben Wochen! Seit sieben Wochen hat es dieser Bastard Bandin so geplant! Ich frage mich, ob Docs Blinddarm wirklich entzündet ist. Da könnte auch einer dran gedreht haben...«

»Jetzt reicht es aber«, fuhr Flax hoch. »Ziehen Sie sich lieber zurück, Patrick. Sie haben zuviel getrunken; schlafen Sie sich aus.«

Coretta sprang auf. »Nein, Flax, das bringen wir hier und jetzt hinter uns.« Sie ging zu Patrick, stellte sich vor ihn hin und blickte ihn herausfordernd an. Erstmals zeigte sie eine Emotion: Sie war wütend. »Was Sie denken, ist offensichtlich. Dieser Bastard Bandin, wie Sie ihn nennen, hat uns politisch ausgeschlachtet. Die Kommies hatten eine Frau im Projekt und drohten ihm politisch die Schau zu stehlen. Wenn er nun seinerseits nicht nur mit einer schlichten Frau, sondern mit einer Negerin konterte, war es an ihm, die politische Schau abzuziehen. War das zu machen? Konnte Kennelly krank genug werden, um auszuscheiden? Den Ersatzmann konnte man vorher aus anderen Gründen abberufen, da war keine Schwierigkeit. Aber wenn es soweit gutging — wo die Alibinegerin hernehmen? Gott sei Dank sitzt da die niedliche kleine Dr. Coretta Samuel im Hinterhof irgendeines NASA-Labors und analysiert Blutproben. Das kann sie wirklich gut. Also warum ihr nicht eine Chance im Prometheus-Team geben? So ungefähr stellen Sie sich die Sache doch vor, oder?«

In ihrer Erregung war sie so nahe an Patrick herangetreten, daß er ihren warmen Atem auf seinem Gesicht spürte. Er schwieg verwirrt und antwortete nur mit langsamem Nicken. Coretta trat zwei Schritte zurück, seufzte und wandte sich ab.

»Nun muß ich Ihnen etwas sagen, mein Herr Pilot: Ich selbst hab' mir das Ganze auch so ausgemalt.« Sie wirbelte auf dem Absatz herum und blickte ihn bohrend an: »Ich finde, die Art, wie das gemacht wurde, stinkt. Sie stinkt von Washington bis hierher. Aber ich möchte Ihnen noch etwas sagen: *Es ist mir egal.* Wie ich zu Prometheus gekommen bin, ist vollkommen egal — ich bin *da.* Redditch wußte, daß es Schönfärberei war, was ich über die Rolle der Farbigen in den USA sagte — von den farbigen Frauen ganz zu schweigen. Aber ich bin es nicht, der aus Prometheus Propaganda macht, das tun andere. Ich bin hier, um den Flug zu machen,und ich weiß, das kann ich schaffen. Ich werde den Flug machen und die Aufgaben erfüllen, für die ich ausgebildet bin, und rechtzeitig zur Konfettiparade wieder zurück sein. Ich habe lange genug geschuftet, um dorthin zu kommen, wo ich jetzt bin. Man hat mich Coretta getauft nach der Witwe von Martin Luther King, der ermordet wurde von Weißen. Tausende von schwarzen Mädchen sind Coretta getauft worden nach der Frau, die sein Werk fortgeführt hat. Aber ich werde diesen Namen in den Weltraum tragen. Ich werde meine Aufgaben erfüllen, und es wird eine Frau gewesen sein, die diese Aufgaben erfüllt hat, und es wird eine Schwarze gewesen sein, und niemand wird uns das jemals wieder nehmen können.«

Sie knallte ihr Glas so heftig auf den Tisch, daß es umstürzte und der Bourbon sich über die glänzende Platte ergoß. Ehe ihr jemand antworten konnte, hatte sie die Tür hinter sich zugeschlagen und war verschwunden.

»Reilly, dieses Zeug hier ist der Alptraum jedes ehrlichen Klempners. Davon abgesehen, daß ich kein Wort lesen kann.«

»Ich bring dir's bei, Duffy, für zehn Dollar die Stunde. Das ist es wert! Bald sprichst du Russisch wie Puschkin in Petrograd und verdienst als Zweisprachiger auch noch fünfzig pro Woche mehr.«

»Ich kaum. Ich kann doch nicht mal Englisch. Jetzt erklär' mir mal, was die ganzen Schnörkel auf der Weiche hier bedeuten?«

»Zweiweg-Reservekraftstoffpumpe Tank 23 Rohr 19 nach Rohr 104 Tank 16b Druckmeßpunkt für Nullabgleich 734 LU.«

»Danke, jetzt ist mir wohler!«

Der Hauptschaltplan des Segments war auf der Plattform ausgebreitet; er maß zwei mal zwei Meter und war sechsfarbig bedruckt. Duffy murmelte etwas in sich hinein, während er die Stromkreise prüfte. Als er blinzelte, verlor er prompt seine Position auf dem Plan. Er setzte sich auf und kratzte seinen Rücken.

»Wir überprüfen also die elektrischen Schaltungen«, sagte er mit einem Blick auf das geöffnete Schaltfeld und die losen Kabelenden. »Großartig. Zwischen den Instrumenten im Kommandoteil, dem Computer, den Relais und Servomotoren fließt Strom. Aber was beweist das schon? Letztlich müssen wir den Genossen einfach blind vertrauen. Die Leitungen selbst haben die Rußkis alle versiegelt und unter Stickstoff gesetzt. Wir können sie uns nicht mal von außen anschauen.«

»Sie sind doch geprüft und gegengeprüft. Du mußt den Protokollen schon glauben.«

»Glauben ist schön und gut — aber was wissen wir?«

Reilly zuckte die Schultern und stocherte mit dem Pluspol des Voltmeters zwischen seinen Zähnen. Die Digitalanzeige flackerte auf. »Ich glaube, wissen tun wir nichts. Wir müssen ihnen vertrauen, und das können wir auch. Diese Riesenbabys starten wirklich. Alles, was sie dazu brauchen, ist doppelt und dreifach vorhanden. Sie fliegen wirklich!«

»Sie fliegen auch manchmal in die Luft, oder ist das nur ein Gerücht?«

»Eines ist wahrscheinlich wirklich explodiert, aber das ist ziemlich lange her. Auf einem Satellitenfoto von Baikonur, das 1968 aufgenommen wurde,

war einer der ersten dieser Kraftprotze auf der Startrampe zu erkennen. Am nächsten Tag war er verschwunden – und Startrampe, Wartungsturm und alle Gebäude in zwei Kilometer Umkreis gleich mit. Das Ding muß auf der Rampe explodiert sein. Aber das war einer der Prototypen.«

»Hoffentlich.«

»Schau dir doch die Erfolgsbilanz an. Seit Jahren haben die Russen alle Raumstationen mit diesen Boostern gestartet, und alle haben funktioniert. Sie hatten Probleme mit den Stationen und mit den Raumfähren. Aber gegen die Booster kann man nichts sagen.«

»Schon Zeit für eine Kaffeepause?«

»Gleich; erst haken wir noch einen Punkt ab.«

7

»Und jetzt beginnt unsere kleine Sommerfrische«, sagte Oberst Kusnezow strahlend zu den fünf anderen. Hinter ihm sank die schwere Tür der Luftschleuse zischend ins Schloß.

»Ich glaube kaum, daß wir die Quarantäne als Urlaub betrachten können«, erwiderte Ely Bron.

»Aber sicher, Dr. Bron«, beharrte Kusnezow. »Sechsundneunzig Stunden relativer Ruhe, während draußen die Endphase des Countdown beginnt. Die Techniker und Inspektoren rotieren, damit auch ja alles klappt. Und wir? Wir sind in einem exquisiten Luxusgefängnis eingesperrt, nur damit die bösen Bazillen und Bakterien nicht an uns ran können. Wir sind luftdicht versiegelt samt Köchen und Zimmermädchen und was noch alles zu einem guten Hotel gehört. Die beiden Piloten sind zwar dauernd mit ihren dikken Büchern beschäftigt, aber wir anderen haben Zeit genug, uns in Ruhe kennenzulernen — ohne Politiker, ohne Publicity und ohne Journalisten. Wenn sie mit uns sprechen wollen, müssen sie uns anrufen, aber wir können immer gerade beschäftigt sein, wenn das Telefon klingelt.«

Das Telefon klingelte. Verblüfftes Schweigen, dann brachen alle in Gelächter aus. »Wer ist gerade beschäftigt?« fragte Patrick, während er nach dem Hörer griff.

Als er abhob, gingen zwei Kaltlichtlampen an. Dies war kein gewöhnliches, sondern ein Fernsehtelefon. Der Stuhl vor dem Sprechapparat war in der Schärfenebene fixiert. Wer dort Platz nahm, wurde von beiden Seiten angeleuchtet, um Blendung zu vermeiden, und saß einem Bildschirm und einem unmittelbar darüber angebrachten Kameraauge gegenüber. Auf dem Schirm erschien das Bild des Anrufers. Es war I. L. J. Flax.

»Was ist los?« fragte Patrick. »Kaum sind Sie zur Tür hinaus, kommen Sie durch die Elektronik schon wieder rein.«

»Tut mir leid. Hier ist eine Journalistin, die Coretta sprechen möchte. Sie sollte schon gestern hier sein, hat aber ein Flugzeug verpaßt.«

»Wie heißt sie?« rief Coretta.

»Alice Smith, von *Schwarze Schwestern*. Sie sagt, Sie hätten ihr ein Exklusiv-Interview versprochen.«

Alle folgten dem Gespräch mit unverhohlenem Interesse. Coretta zögerte einen Augenblick, dann antwortete sie:

»Sagen Sie ihr, sie muß leider warten. Ich melde mich, sobald ich Zeit habe.«

»Patrick, wenn Sie aufgelegt haben, vergessen Sie nicht, den Stecker rauszuziehen«, sagte Ely trocken.

»Ich hätte nicht übel Lust dazu. Aber machen wir es wie Coretta: Keine Gespräche entgegennehmen, sondern selbst anrufen. Wir können unsere Zeit hier besser nutzen, wie Oberst Kusnezow gesagt hat. Wir sind ein Team, aber um als Team zu funktionieren, müssen wir uns besser kennenlernen. Nadja und ich waren gemeinsam im Flugsimulator; wir haben gelernt, zusammenzuarbeiten. Im Augenblick bin ich der Kommandant. Erst wenn wir unsere endgültige Umlaufbahn erreicht und das Triebwerk abgeschaltet haben, übernimmt Oberst Kusnezow das Kommando.«

»Nicht ganz, Major Winter. Ich bin für den Generator verantwortlich und muß Zusammenbau und Betrieb der Anlage leiten. Was jedoch den Betrieb der Raumstation als Ganzes angeht, bleiben Sie der Chef.«

»Ich sehe das so, Pat«, schaltete sich Ely ein, ohne von seinem Buch aufzublicken: »Sie sind der Kapitän des Schiffes, mit Nadja als, na ja, Bootsmann. Ich bin gewissermaßen der Leitende Ingenieur, der sich um das Nukleartriebwerk kümmert. Sobald wir im Orbit sind, wird es abgeschaltet, und ich verwandle mich in einen einfachen Matrosen, der dem Oberst bei seinem Sonnengenerator zur Hand geht.«

»Wir haben alle unsere Rollen«, bestätigte Kusnezow, »wie in einem Ameisenhaufen im All. Major Winter und Nadja bringen uns rauf und kümmern sich dann um die Lebenserhaltungssysteme, ohne die wir in dieser feindlichen Umgebung nicht existieren könnten. Ich baue und betreibe das Kraftwerk, und Gregor befördert die Elektrizität zur Erde.«

Der Angesprochene nickte. »Während der Generator montiert wird, werde ich die Sendeantennen ausrichten. Wir werden anfangs nicht mit voller Last fahren, sondern nur soviel Energie abstrahlen, wie für das Testprogramm benötigt wird. Die Übertragungsfrequenz beträgt etwa 3,3 Gigahertz. Ich erwarte keinerlei Schwierigkeiten, da sämtliche Teile der Anlage schon auf der Erde ausprobiert worden sind.«

»Und von mir spricht in eurem Ameisenhaufen keiner!« meldete sich Coretta zu Wort. »Ich habe anscheinend nichts zu tun, als euch beim Basteln zu helfen. Aber vergeßt nicht, daß eure Körper die einzigen Maschinen an Bord sind, die nicht für den Betrieb im Weltraum konstruiert wurden. Wir haben mindestens einen vollen Monat Schwerelosigkeit vor uns, ehe die Raumfähre zum Schichtwechsel kommt. Mein Job ist es, euch solange in Betrieb zu halten — möglicherweise sogar länger. Es dürfte eine runde Million Dollar kosten, einen einzigen russischen oder amerikanischen Körper in 36000 Kilometer Höhe zu befördern. Je länger wir also oben bleiben, desto besser. Kommt mit allen Wehwehchen zu mir; Aspirin und Sympathie rund um die Uhr.«

Coretta hatte den richtigen Ton getroffen, das Gespräch von der Technik auf die Menschen zurückgelenkt und alle zum Lachen gebracht. Patrick fühlte, daß jetzt nicht der Zeitpunkt war, von den vor ihnen liegenden Aufgaben zu sprechen. Bevor man an effektive Arbeit denken konnte, mußten sie sich aneinander gewöhnen.

»Die Bar hat geöffnet!« sagte er und ging zum Kühlschrank. »Ich weiß, daß unter den Amerikanern und unter den Piloten keine Temperenzler sind. Wie steht's mit Ihnen, Oberst?«

»Ich trinke eigentlich nur Wodka, Brandy, Bier, Kwas und Wein, obwohl ich mich während des Krieges auch an deutschen Schnaps und schottischen Whisky gewöhnt habe.«

»Ihnen kann geholfen werden. Bleiben noch Sie, Gregor?«

Der blonde Ingenieur blickte sich um. »Machen Sie meinetwegen keine Umstände. Vielleicht ein kleines Glas Wein — aber ich will gerne alles versuchen.«

»Also lauter Schlucker«, summierte Patrick seine Umfrage. »Als Kommandant dieser Alkoholikerbrigade ist es mir eine Ehre, die erste Flasche auszugeben. Es ist ein Spitzenprodukt aus meiner Heimat, ein guter alter Kentucky-Bourbon. Er wird euch schmekken — wenn nicht, probieren wir etwas anderes.«

Patrick schenkte ein und verteilte die Gläser. Nadja dankte zerstreut, ohne aufzublicken. Sie war schon in ein Gespräch mit Gregor vertieft. Ob sie ihn attraktiv fand? Wahrscheinlich war er es, auf seine melancholische, russische Art. Ein Mann, der seit zwei Monaten Witwer war, mußte in jeder Frau mütterliche Gefühle wecken. Oder sogar mehr. Vielleicht würde sie als nächstes Händchen halten, um ihn zu trösten. Nun, das wäre ein Beitrag zum Arbeitsklima. Ihm konnte es egal sein. Er war Kommandant, und sie seine Kopilotin, und damit basta. Und doch, als er zur Flasche griff, um nachzuschenken, sah er sie wieder vor sich wie damals, nackt und seidenweich unter seinen zärtlichen Händen, ihre Lippen noch feucht von seinem Kuß. Die Erinnerung war so stark, daß er einen Moment lang innehielt und der Versuchung widerstehen mußte, die Augen zu schließen. Dann goß er mit ruhiger Hand das Glas voll. Es war vergangen und vorbei, ein Augenblick außerhalb der Zeit, unwichtig für das Heute. Eine Sekunde lang hatte es gut ausgesehen, dann war etwas schiefgelaufen. Er konnte es sich nicht erklären, und wollte auch nicht. Es gab andere Frauen auf der Welt, und nun sogar hier in der Besatzung. Eine Feministin mit einer Mission. Erstaunlicherweise konnte er Coretta viel besser verstehen als Nadja. Vielleicht war etwas dran an dem alten Spruch: ›Ost ist Ost und West ist West‹. Jedenfalls verdankte Prometheus seine Existenz nicht der brennenden Sehnsucht nach Verbrüderung, sondern einer gemeinsamen Energielücke und den sich zufällig ergänzenden Technologien zu ihrer Behebung. Ely und der Oberst hatten die richtige Einstellung: Solange man sich auf die technischen Aspekte beschränkte, gab es keine Probleme. Patrick brachte ihnen die Gläser.

»Wußten Sie schon«, sprach ihn Ely an, »daß unser Oberst zusammen mit Patsajew das supraleitende Kabel entwickelt hat, das wir jetzt in Alaska verlegen?«

»Ich wußte es nicht, Supraleiter sind nicht meine Stärke. Aber es überrascht mich wenig.«

»Dieses Kabel ist der größte Durchbruch in der Physik seit der Entdeckung des Monopolteilchens. Da sieht man, was für ein dikkes Brett die CIA-Schnüffler vor dem Kopf haben. Fünfzehn Seiten stark war ihr Dossier über den Oberst; wann er in die KPdSU eingetreten ist, stand drin, und wie sein Hund heißt — nur von seiner Arbeit kein Wort. Starren Sie mich nicht an wie eine schockierte Jungfrau, Patrick. Glauben Sie, Oberst Kusnezow kann sich nicht denken, daß wir ellenlange Sicherheitsreports über jedes Besatzungsmitglied haben?«

»Sicher glauben Sie auch nicht, daß es bei uns anders sein könnte«, sagte der Oberst gelassen und nahm einen kräftigen Zug. Genießerisch schmeckte er dem Bourbon nach und meinte: »Kein Wodka, hat aber auch seine Reize!«

»Ganz gewiß«, erwiderte Patrick erleichtert und lächelte über sich selbst. »Ich bin sicher, daß die Lauscher auf beiden Seiten des Vorhangs ihr Geld verdienen, und ich finde, das sollte uns kalt lassen. Prometheus ist ein Gemeinschaftsprojekt, von dem beide Nationen profitieren werden. In den Staaten hatten wir unsere

Stromausfälle in Seattle und Frisco und die ständigen Smog-Alarme in Los Angeles. Sie hatten die Mißernten und den Versorgungs-Notstand in Sibirien. Oder ist das vielleicht nicht bis in die Presse vorgedrungen?«

»Unsere Presse ist sehr diskret, was schlechte Nachrichten aus dem Inland angeht«, sagte der Oberst trocken. »Aber die begeisterten Berichte, welche die ›Stimme Amerikas‹ und die BBC darüber bringen, halten uns auf dem laufenden.«

Coretta saß abseits und schaute in ihr Glas. In der Hoffnung, vom zerschlagenen Porzellan einiges wieder kitten zu können, setzte Patrick sich zu ihr. »Was unsere erste Begegnung betrifft...«

»Betrifft Sie da etwas?« Offenbar wollte sie es ihm nicht leichtmachen.

»Ich glaube, Sie haben mich mißverstanden...«

»Ich glaube nicht, Major Winter.«

»Es wird ein langer Flug sein. Ich heiße Patrick.«

»Wenn ich Sie Patrick nenne, werden Sie Coretta zu mir sagen. Und dafür ist es etwas früh.«

»In diesem Streit gibt es nichts zu gewinnen, Dr. Samuel. Wir können höchstens beide verlieren. Wenn wir uns nicht zusammenraufen, ist der Flug gefährdet, und einer von uns müßte ausgewechselt werden. Was wäre damit erreicht? Können wir nicht versuchen, wieder bei Null anzufangen — so als hätten wir uns noch nie gesehen? Dann könnte ich mich an Sie heranpirschen und Ihnen erzählen, daß Sie mich an eine Freundin aus der High School erinnern. Ich hatte mein allererstes Rendezvous mit ihr — schauen Sie mich nicht so kritisch an, wenn ich das sage. Natürlich habe ich die richtige Hautfarbe, um ein Rassenhasser zu sein, aber der Schein könnte trügen. Sie hieß Jane und war Negerin, so hieß das damals, ehe das Wort ›schwarz‹ in Mode kam. Ich fand ihre Figur einfach toll, drum lud ich sie zu Hamburgern und Coke in ein Drive-in-Restaurant ein. Heimlich borgte ich mir den Wagen meines Vaters, und es lief auch alles prima, vor allem der Nahkampf auf den Rücksitzen. Aber als ich sie nach Hause brachte, wollte sie mich nicht mehr wiedersehen. Für mein männliches Ich war das natürlich ein harter Schlag. Ich fragte sie, warum und wieso, ob sie mich denn nicht mochte und so weiter. Da gab sie mir ein Küßchen auf die Wange, ich erinnere mich noch genau, und sagte, ich sei ein ganz süßer Knutscher, was ihr sehr gefiele, aber meine Konversation sei leider sterbenslangweilig. Das konnte ich eher ertragen, denn auf ersteres legte man in meinem Alter natürlich mehr Wert. Aber ich habe sie nie vergessen. Sie übersprang dann eine Klasse und hatte ihre Examen lange vor uns. Heute ist sie Dozentin für Soziologie an der Columbia-Universität.«

»Patrick Winter! Ist das alles wahr?«

»So wahr mir Gott helfe! Ich werde Ihnen einmal das Foto in meinem High-School-Jahrbuch zeigen, mit dem dicken roten Lippenabdruck über ihrer Unterschrift.«

»Und sie war eine Schwarze?«

»Nicht ganz — ich habe diesen Teil der Geschichte verändert, um Ihre Aufmerksamkeit zu wecken. In Wirklichkeit war sie mexikanischer Abstammung, eine *Chicana,* aus einer Familie von Wanderarbeitern. Aber es hätte doch genausogut eine Negerin sein können!«

Coretta mußte lächeln. »Für ein Bleichgesicht sind Sie gar nicht so übel.«

»Sie sind auch nicht übel für eine Emanze, die ihr Leben damit verbringt, männliche Chauvinisten in Schach zu halten. Trinken wir auf unseren Frieden — und auf Erfolg für Prometheus.«

»Auf Ihr Wohl!« Die Gläser klangen und sie tranken. »Aber wieso auf Prometheus? Gibt es irgendeinen Grund, an seinem Erfolg zu zweifeln?«

»In jedem Flug steckt ein Unsicherheitsfaktor, der um so größer ist, je mehr Komponenten beteiligt sind. Bei der ersten Mondlandung hatte der ›Adler‹ nach dem Aufsetzen nur noch zweieinhalb Prozent Treibstoff in den Tanks. Die Sowjets haben genauso Schwierigkeiten gehabt wie wir. Hier sind nun die sechs größten Behälter gebündelt, die es je gegeben hat. Sie müssen alle fehlerfrei arbeiten, um Prometheus zunächst in die Parkbahn zu befördern. Und diese Nutzlast ist ebenfalls die größte, die es je gegeben hat. Aus der Parkbahn, die übrigens instabil ist, so daß wir dort nicht lange bleiben können, ohne wieder runterzufallen, soll uns dann Elys Kerntriebwerk in die endgültige, synchrone Umlaufbahn bringen. Die Sache mit dem Kerntriebwerk ist nun die, daß zwar kleine Modelle schon auf dem Prüfstand gelaufen sind...«

»Lassen Sie mich raten: Das Nukleartriebwerk ist noch nie im Weltraum erprobt worden?«

»Genau. Und da fragen Sie nun, ob es irgendeinen Anlaß zu Zweifeln gibt. Aber lassen Sie sich nicht deprimieren. Immerhin haben eine ganze Menge Leute jahrelang daran gearbeitet, den

Unsicherheitsfaktor so klein wie möglich zu halten. Statistisch gesehen sind Sie an Bord von Prometheus wesentlich sicherer als auf einer Autobahn in Kalifornien. Wenn Sie dort auf der Fahrbahnseite einen Reifen wechseln wollen, beträgt Ihre Lebenserwartung noch genau fünfundzwanzig Sekunden!«

»Das tröstet mich! Solange ich von Kalifornien fernbleibe, kann mir nichts passieren.«

Ein Koch erschien in der offenen Tür. »Das Essen ist zu Tisch«, verkündete er stolz und englisch.

»Was gibt's denn?« rief Ely fröhlich, doch die linguistischen Fähigkeiten des Weißbemützten waren erschöpft, und er floh in die Küche.

Nadja wußte Bescheid. »Er hat sich wirklich Mühe gegeben: Borschtsch, dann Hering und als Hauptgang Filet Stroganoff mit Nudeln. Kaviar und Wodka gibt's natürlich auch.«

»Ein Essen für die russische Seele«, meinte Coretta. »Wenn wir Zeit finden, zeige ich eurem Koch ein paar amerikanische Gerichte, zum Beispiel Spareribs mit Grünkohl. Geh'n wir, ich habe Hunger.«

8

COTTENHAM NEW TOWN

Für Sir Richard Lonsdale war das Frühstück der schönste Teil des Tages — und an einem so schönen Tag wie diesem die Vollkommenheit selbst. Der Tisch war an der offenen Verandatür gedeckt worden; draußen hüpfte ein Rotkehlchen zwischen den Zweigen der Rosenbüsche, während die Amseln den gepflegten englischen Rasen vorzogen. Die *Times* lag bereit, die weichen Eier warteten in den Bechern, und der Toast war noch warm. Sir Richard goß sich eine Tasse Tee ein. Er pflegte allein zu frühstücken — die Morgenstunde gehörte nur ihm. Emily stand erst auf, wenn er sich zu gehen anschickte, niemals früher. Bevor er die Zeitung aufschlug, schlürfte er noch einen Schluck Tee. Er dehnte den Augenblick des Friedens, ehe er sich wieder der Welt zuwandte.

Richard Lonsdale war geschäftsführender Direktor der Pharma-Chemie Ltd., ein Beruf, der ihm neben einem stattlichen Gehalt zahlreiche Gelegenheiten zu angenehmen Nebenverdiensten verschaffte. Die Akten, die er mit nach Hause genommen hatte, waren bereits eingepackt, ebenso die Bänder, die er für seine Sekretärin besprochen hatte. Neue Probleme würden bald genug auf ihn zukommen. Bedächtig schlug er das erste Ei auf, streute Salz und Pfeffer darauf und kostete. Genau richtig. Er blickte auf die Schlagzeilen der *Times*, und der Tag hatte begonnen.

Da ihn der Wirtschaftsteil jedesmal deprimierte, pflegte er ihn erst im Wagen zu lesen. Wenig Gutes, wie gewohnt, aus dem Nahen Osten, Korea, wieder einmal Spanien. PROMETHEUS-START EIN SICHERHEITSRISIKO? Da war wieder eine wissenschaftliche Kassandra am Werk, den Lesern Angst einzujagen. Was ein Wissenschaftler entwickelte, erkannte der andere sofort als Quelle zukünftigen Unheils, Zerstörer der Umwelt und potentielle Ursache neuer, besonders scheußlicher Krebserkrankungen. Unglücklicherweise schienen die Kassandras meistens recht zu behalten. Er beendete das Frühstück und las den Artikel mit gespannter Aufmerksamkeit. Als er die Zeitung gerade zusammenfalten wollte, kam seine Frau in einem bodenlangen Morgenrock herein.

»Guten Morgen, Darling«, begrüßte ihn Emily mit einem flüchtigen Kuß auf die Stirn. »Vergiß heute bitte nicht, zum Dinner pünktlich zu sein. Dieser Ausländer kommt hinterher mit ein paar

Leuten vorbei. Du hattest es letzte Woche vereinbart, erinnerst du dich? Ist noch ein Schluck Tee für mich übrig?« Ihr Blick fiel auf den Artikel. »Was für eine gräßliche Sache! Sicher übertreiben sie ein bißchen, aber es klingt trotzdem schrecklich. Erdbeben!«

»In Rußland, meine Liebe, *wenn* die Rakete explodiert und *wenn* dort eine aktive Verwerfung ist, wie der Mann hier behauptet.«

»Und was ist mit all den anderen Sachen, dem Todesstrahl zum Beispiel?«

»Meine Liebe, ich versichere dir, was immer mit Prometheus passiert, kann uns hier nicht gefährden. Ich muß jetzt aufbrechen.«

Der Rolls wartete schon in der Auffahrt, als Lonsdale pünktlich um Viertel nach acht aus der Tür trat. Der Chauffeur polierte gerade die Kühlerhaube, um einen unsichtbaren Fleck zu entfernen. Lächelnd wandte er sich um und öffnete den Schlag. »Herrlicher Tag, Sir; ein Wetter wie zum Eierlegen, pflegte meine Großmutter zu sagen.«

»Ihre Großmutter hat recht, Andrew. Einen so schönen Sommertag hatten wir seit 75 nicht mehr.«

Der Kies knirschte angenehm unter den Reifen, als der Wagen geräuschlos zum Gartentor rollte. Der Umstand, daß der Rolls-Royce seiner Firma gehörte und Andrew dort angestellt war, schmälerte Sir Richards Vergnügen nicht. Bei offenem Fenster und einer Bach-Kantate im Radio fing der Tag gut an. So gut, daß er die Lektüre des Wirtschaftsteils entgegen seiner Gewohnheit auf das Büro verschob. Die Arbeit konnte warten, dieser Morgen nicht. Bis zur Fabrik hatte er ungefähr zehn Meilen zu fahren, eine geruhsame Viertelstunde auf abgelegenen Landstraßen. Er mied den Weg über die Autobahn, der nur eine Meile länger und entsprechend schneller gewesen wäre. Die Autobahn bedeutete Geschwindigkeit, Hektik und moderne Zeiten. Je mehr er von dem ländlichen Frieden in die Arbeit mitnehmen konnte, desto besser. Steinwälle zogen vorbei, grüne Wiesen mit grasenden Rindern und die Idylle eines Schafhirten mit seinem Hund. Die Lämmer waren schon wieder gewachsen — bald würden sie ihre staksende Anmut verlieren. Die Straße führte durch dichtes Gehölz in die Ortschaft Etherton, wo die Läden gerade öffneten. Harry Moor stand in der Tür seines Pub ›Zur bunten Kuh‹ und stocherte mit einem Zündholz gemächlich zwischen den Zähnen. Mit der anderen Hand winkte er dem Wagen zu, Ebenbild eines zufriedenen Wirtes, und Sir Richard gab den Gruß lächelnd zurück. Es gab köstliche Nierenpastetchen in der ›bunten Kuh‹ – vielleicht konnte er nächsten Sonntag wieder einmal herüberkommen.

Nun stieg die Straße an, um den Bergrücken zu überwinden, auf dessen anderer Seite die Stadt lag. Überall lagen Gehöfte verstreut, deren Felder von der neuen Autobahn, der die Stadt ihre Entstehung verdankte, durchschnitten wurden. Dann war er in Cottenham New Town. Hier beherrschten die geometrisch ausgerichteten Reihen der Wohnsilos das Bild, die ihn immer an Bienenstöcke erinnerten. Der Rest des alten Dorfes blieb unsichtbar; man sah es erst, wenn man unmittelbar darüber stand.

Hinter dem Wohnviertel erstreckten sich die flachen, weißen Hallen der Fabrik. Wenigstens sie fügten sich in die Landschaft ein. Die Straße führte in einer Mulde um die Anlage herum, so daß die grell orange gestrichenen Tanks vor dem blauen Himmel standen. Er hatte sich schwer an die Farbe gewöhnt, doch inzwischen herausgefunden, daß sich mit ihr besser leben ließ als mit dem üblichen Feldgrau, das im Laufe der Zeit immer bedrückender wurde.

Die Torwache grüßte ihn beiläufig, mehr winkend als salutierend, dann bremste der Rolls vor dem Hauptportal.

»Zur üblichen Zeit, Sir?« fragte Andrew.

»Nur, wenn halb sechs die übliche Zeit ist. Sie sollte es wohl sein. Heute habe ich jedenfalls einen heiligen Eid geschworen, pünktlich daheim zu sein. Wenn ich nicht unten bin, rufen Sie bitte oben an und erinnern mich?«

»Natürlich, Sir. Einen schönen Tag, Sir!«

»Danke, gleichfalls. Übrigens, Andrew, wenn es irgend geht, lassen Sie den Whisky im Fond in Ruhe. Er wird schneller verbraucht, als mein Eigenbedarf zu erklären scheint.«

Er öffnete die Glastür und ging hinein. Ein Tag wie jeder andere hatte begonnen.

9

»Countdown beginnt«, sagte Samson Kletenik.

Im selben Augenblick sprangen die Ziffern der Digitaluhr, die, allen sichtbar, an der Wand des Startkontrollraums hing, von 95:00:00 auf 94:59:59.

Vor jeder Instrumentenkonsole waren die dicken Kontrollbücher für den Countdown auf Seite eins aufgeschlagen. Die Bände waren dicker als gewohnt, da jede Position zweisprachig erläutert werden mußte. Zwar hatte man die Zuständigkeiten, so gut es ging, getrennt. Die Trägerrakete, die aus den sechs Boostern bestand, wurde in allen Funktionen von sowjetischen Technikern betreut und überwacht. Um die Raumstation, deren Kommandozentrale mit dem Computer das Nervensystem des gesamten Flugkörpers darstellte, kümmerten sich Amerikaner. Zwischen beiden Baugruppen gab es jedoch zahllose Berührungspunkte, die eine Überwachung durch Fachleute beider Nationalitäten erforderlich machten. In solchen Fällen arbeiteten sowjetische und amerikanische Techniker nebeneinander am selben Kontrollpult, um nach kurzer Rücksprache gemeinsam sofort eingreifen zu können, wenn die Operation es erfordern sollte. Prometheus war lange genug im Planungsstadium gewesen, um der Firma Berlitz und ihrem sowjetischen Äquivalent Gelegenheit zu geben, fremde Vokabeln in widerstrebende Hirne zu pauken. Theoretisch beherrschten alle Techniker und Ingenieure in der Startkontrolle beide Sprachen. Konversation mochte nicht ihre besondere Stärke sein, aber in dem begrenzten Fachvokabular der Elektronik und der Raketentechnik konnten sie sich verständigen. Daß die Verständigungsbereitschaft häufig noch weiterging, wurde offenbar, als eine russische Telemetrie-Spezialistin im fünften Monat nach Hause geschickt werden mußte. Sieben Anträge auf Heiratserlaubnis für gemischte Pärchen warteten inzwischen auf eine Entscheidung, die aber erst gefällt werden würde, sobald Prometheus im Orbit war. Erst die Arbeit, dann das Vergnügen.

Samson Kletenik leitete die Startkontrolle. Er war hoch aufgeschossen und schlaksig, kalkulierte schnell, sprach langsam und lachte nie. Ohnehin gab es in seinem Job wenig zu lachen. Jahrelange Vorbereitungs-, Konstruktions- und Montagearbeiten kulminierten in den vier Tagen des Countdown, für den sämtliche Verantwortung auf seinen Schultern lastete. Auf seiner Instrumentenkonsole liefen alle Informationen über den Fortgang der Betankung und den Zustand der Bordsysteme zusammen. Als wäre dies nicht genug gewesen, wurden seine Entscheidungen von Flax und den Männern in Mission Control verfolgt. Sie befanden sich in Houston, Tausende von Kilometern entfernt, und würden die Kontrolle übernehmen, sobald der Startvorgang beendet war. Aber bis dahin blieb Kletenik noch eine Menge zu tun. Er hatte seine Augen überall, wirkte aber dennoch entspannt und beherrschte die Kunst, in einem gelassenen, Ruhe einflößenden Tonfall zu sprechen.

Das genaue Gegenteil konnte man von Flax in Houston behaupten. Entspannung war für später, und ein Schein von Ruhe gelang ihm nur, wenn er über Funk mit Astronauten sprach — eine notwendige Verstellung. Je näher der Augenblick des Starts rückte, desto mehr nahm seine Nervosität zu. Er beobachtete die geordnete Geschäftigkeit der Startkontrolle auf seinem Fernsehmonitor, dann blickte er auf und sah seine eigenen Techniker gelangweilt vor den Konsolen sitzen. Er beneidete sie. Der Stein in seinem Magen war schon zu spüren, das Druckgefühl, das mit dem Countdown begann und ihn erst nach dem glücklichen Ende einer Mission wieder verließ. Während die Astronauten sich dann feiern und von ihrem Präsidenten die Hand schütteln ließen, verschwand er durch einen Seiteneingang im Marinehospital von Bethesda. Die Ärzte, die ihn schon erwarteten, pflegten dann verzweifelt den Kopf zu schütteln und ihn doch immer wieder vor dem endgültigen Magendurchbruch zu retten. Es war hauptsächlich dieser Stein, der ihn so weit brachte, erst in zweiter Linie die Zigarren, der Kaffee, die unregelmäßigen Mahlzeiten und der Mangel an Schlaf. Ihn kompensierte er im Krankenhaus, wo er fast eine Woche durchschlief, um fünfzehn Pfund leichter zu erwachen. Nach dieser Tortur kostete es ihn jedesmal Monate, bis er sein Leben wieder bei Hummer, Champagner und schweren Havannas normalisiert hatte.

Aber daran war im Augenblick nicht zu denken. Mit jeder Minute des untätigen Wartens wurde er nervöser. Störungsfreie Countdowns konnte es bei der Kompliziertheit der Technik nicht geben. Die nagende Frage war nur, wann es geschah und ob die Startkontrolle damit fertig werden würde. Er war erleichtert, als es endlich soweit war. Das Fernsehbild aus Baikonur geriet in Bewegung, die ruhigen Stimmen wurden dringlicher.

»Kein Druck in der Vibrationsdämpfung. Helium-Druck in vier ist von 31 auf 7...«

»Wollen Sie einen Halt?« kam Kleteniks Frage.

»Negativ, zumindest jetzt noch nicht. Wir haben zehn Minuten, um die Sache aufzuklären.«

»Bleiben Sie in der Leitung und melden Sie sich in spätestens neun Minuten.«

»Roger; *otschen Ogay*!«

Ein amerikanisches A-Okay auf russisch — die neue Zwittersprache der Raumfahrt, sinnierte Flax auf seinem Lauschposten in 15000 Kilometer Entfernung. Und die Amerikaner sagten *was ponjal*, verstanden, anstelle von ›roger‹. Keine schlechte Idee. Ein kleines Zeichen der Verständigungsbereitschaft konnte viel bedeuten. Die Russen hatten dasselbe Wort für Welt und Friede: *mir*. Ein schöner Traum.

Der Countdown wurde nicht angehalten. Das schadhafte Ventil konnte umgangen, die Betankung fortgesetzt und der Fehler währenddessen behoben werden. Im Countdown war genügend Luft, um kleinere Störungen wie diese beseitigen zu können. Bei größeren Problemen gab es freilich eine Unterbrechung, während der die Uhr stillstand und alles warten mußte, bis das defekte Teil repariert oder ausgetauscht war. Allerdings waren Anzahl und Dauer der möglichen Unterbrechungen begrenzt, da einige der komplexen Systeme des Raumschiffs nur für kurze Zeit in Betriebsbereitschaft gehalten werden konnten. Bei manchen Bauelementen zählte die Lebensdauer nach Tagen oder sogar Stunden. Wurde diese Frist überschritten, war das Verhalten der kryogenischen Treibstoffe nicht mehr vorhersagbar. Mußte der Countdown zu oft angehalten werden, zwang dies möglicherweise zum Abbruch der ganzen Mission. Bei Prometheus würde dies eine Verzögerung um mehrere Monate bedeuten. Ein Ding der Unmöglichkeit — jahrelang war auf diesen großen Augenblick hingearbeitet worden, das Prestige zweier Großmächte stand auf dem Spiel, die Präsidenten warteten auf den Start, und die ganze Welt wartete mit ihnen.

Und alle blickten sie auf Flax. Der Druck in der Magengrube nahm zu.

Eine rote Glühbirne blinkte auf — eine von Tausenden. Kontrollschalter wurden betätigt, Instrumente abgelesen, dann eine telefonische Rückfrage, dann ein Anruf bei Kletenik.

»Wir haben Ärger bei siebenundzwanzig; könnten Sie mal rüberkommen?«

Die tonlose Stimme alarmierte Kletenik. Ihr erzwungener Gleichmut zeigte, wie beunruhigt der Sprecher war. Er nahm die Kopfhörer ab und ging zu Konsole siebenundzwanzig.

In der Quarantänestation zog Patrick mit Elys Hilfe den Druckanzug an. Er benötigte ihn erst in der Umlaufbahn, wenn es galt, den Sonnenspiegel zu entfalten. Da Prometheus für den Dauereinsatz als Raumstation konstruiert war, besaßen sämtliche Räume eine künstliche Atmosphäre, in der man sich in normaler Kleidung aufhalten konnte. Aber Patrick hatte zu oft Schwierigkeiten mit seinem Druckanzug gehabt. Für jeden Astronauten wurden zwei solche Anzüge nach Maß gefertigt. Einer wurde schon im Training auf der Erde verbraucht, der zweite war für den Einsatz im freien Raum bestimmt. Beide bestanden aus mehreren Schichten Gummi und Kunststoff, die untereinander mit unendlicher Sorgfalt verklebt und verschweißt waren. Der Anzug mußte elastisch genug sein, um dem Träger Bewegungsfreiheit zu geben, gleichzeitig aber hundertprozentig dicht, damit die Atemluft nicht entweichen konnte. Er sollte an den Gelenken biegsam sein und doch gleichzeitig Schutz vor Mikrometeoriten gewähren — alles in allem ein fast unmöglicher Kompromiß. So waren die Anzüge auch nicht immer fehlerfrei. Verstärkungen konnten zu Hautreizungen führen oder, wie in Patricks Fall, Metallträger zu einer Druckstelle zwischen den Schulterblättern. Dreimal war sein Anzug schon zur Neuanpassung im Werk gewesen. Er hatte ihn erst kurz vor Beginn der Quarantäne zurückerhalten und probierte ihn nun aus.

Zuerst kam die dünne Baumwollunterkleidung, die ein Wundreiben verhindern sollte, dann das etwas peinliche, aber um so wichtigere Umschnallen des gelben Urinbehälters. Im freien Weltraum schwebten keine Herrentoiletten herum. Ely betrachtete den tütenförmigen Behälter ehrfürchtig.

»Welch geniale Erfindung! Ein kühnes Symbol männlichen Forscherdrangs!« sprach er mit Würde.

»Das Symbol weiblichen Forscherdrangs ist noch kühner. So ein Katheter sieht verdammt unbequem aus.«

»Dann seien Sie froh, daß Sie hier nur diesen netten Gummiring für Ihren elften Finger haben. Wieder so ein Beispiel, wie die Raumfahrt zur Konformität führt. Menschen gibt es in allen Maßen, vom meterkleinen Pygmäen bis zum doppelt so hohen Skandinavier. Aber was das vitale Organ angeht, genügen Gummiringe in drei Größen.«

»Man nennt sie ›groß‹, ›übergroß‹ und ›gigantisch‹, das trägt zum Selbstbewußtsein der furchtlosen Flieger bei. Man darf nur nicht zu selbstbewußt sein, wenn man seine Größe auswählt. Eine nasse Windel im Orbit ist ausgesprochen peinvoll.«

»Danke für die Warnung. Lassen Sie mich mit dem Anzug helfen.«

Einen Druckanzug anzulegen, glich mehr dem Versuch eines Schmetterlings, in den Kokon zurückzuschlüpfen, als dem Anziehen eines Kleidungsstückes. Patrick zwängte seine Beine in das enganliegende, innerste Nylonfutteral. Dann mußte er sich, so tief es ging, herunterbeugen, um in die Ärmel fahren und gleichzeitig seinen Kopf durch den Halsring zwängen zu können. Ely zog am Ring und schob am Kopf, bis Patricks Schädel hindurchgepreßt war.

»Danke«, keuchte Patrick. »Sind meine Ohren noch dran?«

»Sie hätten ja hübsch bequem Testpilot bleiben können, statt diesen ›Riesensprung für die Menschheit‹ zu tun!«

»Ziehen Sie mir lieber den Reißverschluß hoch.«

Er sparte sich die Mühe, auch noch die Handschuhe anzuziehen. Ihm war so schon warm genug. Er ging ein paar Schritte und kreiste mit beiden Armen.

»Fühlt sich gut an. Ich versuche noch ein paar Kniebeugen . . .«

Irgend etwas stimmte nicht. Er spürte es sofort — und dann sah er den Grund: Die Countdown-Uhr — in jedem Raum war eine angebracht — stand bei T minus 83:22.

»Wir haben einen Halt«, sagte er. »Rufen Sie an, was los ist, ich ziehe inzwischen dieses Ding aus.«

Als Patrick in den Aufenthaltsraum kam, waren schon alle versammelt. Nadja legte gerade den Hörer auf: »Sie haben noch keine Diagnose, doch die Betankung ist unterbrochen.«

Patrick runzelte die Stirn. »Das kann gefährlich werden, mit den Tanks nur halb voll . . .«

Der Halt dauerte fast fünf Stunden. Nur Ely schien dabei ruhig zu bleiben; er war in ein Schachbuch vertieft und vollzog eine Großmeisterpartie nach. Ein Spiel, das er mit Oberst Kusnezow begonnen hatte, war abgebrochen worden, da die Aufmerksamkeit seines Partners immer wieder an der Uhr hängenblieb. Nach wie vor waren die Ziffern bei 83:22 festgefroren. Der Countdown dauerte noch keine zwölf Stunden, und schon gab es diesen großen Halt.

Als das Telefon klingelte, begann die Uhr wieder zu laufen.

»Wir haben es gesehen«, antwortete Patrick. »Sehr gut. Hoffentlich geht es jetzt so weiter!«

Die Uhr lief ohne Unterbrechung, den nächsten Tag, den übernächsten, den dritten. Der Zeitpunkt des Einstiegs war gekommen.

Nervös lief Coretta auf und ab. »Von etwas reden und es tun sind wirklich zwei Paar Stiefel. Kann ich ganz bestimmt keinen Drink haben, Patrick?«

»Strikt kontraindiziert. Kein Alkohol vor dem Flug, vierundzwanzig Stunden bei Jet-Piloten, achtundvierzig bei uns. Die Raumfahrt ist ein kompromißloses Geschäft.«

»Aber Sie und Nadja sind doch die Piloten. Wir anderen fliegen sozusagen als Passagiere mit.«

»Keine Ausnahme. Ihr gehört alle zur Besatzung. Es ist zwar extrem unwahrscheinlich, daß wir eure Hilfe vor Erreichen der Umlaufbahn brauchen. Aber es *könnte* sein. Entspannen Sie sich. Denken Sie an etwas Schönes.«

Er faßte sie um beide Oberarme, damit sie seine Ruhe spüren sollte. Sie hatte Angst, aber diese Angst mußte überwunden werden. In wenigen Minuten würden sie der ganzen Welt gegenübertreten. Noch übertrugen die Fernsehkameras Bilder aus der Startkontrolle, aber sie warteten nur darauf, daß die Astronauten die Quarantänestation verließen, um zur Rampe zu fahren. Der feste Druck seiner Hände tat ihr wohl. Sie entspannte sich ein wenig und ließ den Kopf an seine Brust sinken. Ein Hauch ihres Parfüms streifte ihn, aber er beherrschte sich und streichelte ihr Haar nicht.

»Bekomme ich einen Gutschein für später?« fragte er. Sie blickte zu ihm auf und lächelte.

»Sie können einem Mädchen guttun, Patrick. Wenn wir von unserem kleinen Ausflug zurück sind, würde ich gern mehr davon haben.«

»Das ist ein Versprechen.« Er küßte sie, und auch das war ein Versprechen, das beide verstanden.

»Es ist Zeit.« Nadja stand in der offenen Tür. »Alle warten schon.« Ihr Gesicht war starr, ihre Stimme tonlos.

»Wir sind bereit«, gab Patrick zurück, aber er ließ Coretta erst los, als Nadja sich umdrehte und ging.

»Ihr seid nicht ganz die Partner, die ihr sein solltet«, bemerkte Coretta, während sie vor dem Spiegel ihre Frisur ordnete. Sie war jetzt ganz ruhig; der Augenblick der Angst war überwunden. Von Ärzten erwartet man, daß sie ihre Gefühle verbergen können. Sie lernen früh, sich hinter einer zuversichtlichen Miene zu verstekken. Auch Coretta konnte es jetzt wieder — aber sie hatte Patricks Hilfe gebraucht und gesucht.

»Die Zusammenarbeit klappt«, meinte Patrick und betrachtete lächelnd die roten Spuren in seinem Taschentuch, mit dem er sich die Lippen abgewischt hatte. »Auf jeden Fall ist es tausendmal besser als früher in den mönchischen Zeiten.«

»Ich glaube, Sie sind ein Schürzenjäger. Ich werde Ihnen ein paar Salpeterpillen verschreiben, um den Appetit zu zügeln. Auf der Oberlippe ist noch etwas Lippenstift. So . . . gehen wir!«

Die anderen hatten sich bereits im Aufenthaltsraum versammelt. Alle trugen einteilige Anzüge in silberner Farbe, die die silbrigen Schwingen symbolisieren sollte, welche Prometheus im All entfalten würde. Im Namen der Gemeinsamkeit hatten die Sowjets auf ihre roten, die Amerikaner auf die gewohnten blauen Overalls verzichtet. Auf der Brust war das Emblem von Prometheus Eins aufgenäht: ein schwarzer Sternenhimmel mit dem Spiegel des Sonnengenerators im Zentrum. Zu beiden Seiten des Spiegels schwebten die amerikanische Flagge und der rote Stern. Dieser war in bester Absicht links plaziert worden, doch hatte ein Leserbrief an die Londoner *Times* inzwischen klargestellt, daß links in der Heraldik rechts bedeutete.

Ely stand auf einem Stuhl und stellte die Schärfe der Fernsehkamera neu ein. Kusnezow saß vor dem Bildschirm und diskutierte mit dem Techniker, der darauf zu sehen war.

»Etwas höher«, sagte der Techniker; »gut so. Könnt ihr die beiden äußeren Bücher ein Stück nach innen schieben? Noch etwas — so, das ist glänzend!«

Patrick starrte ungläubig auf Nadja, die am Boden kniete und Bücher hin und her schob. »Darf man fragen, was in Dreiteufelsnamen hier vorgeht?«

»Man darf, Meister«, antwortete Ely und stieg vom Stuhl.

»An höchster Stelle hat man beschlossen, daß es unserer Moral unermeßlich Auftrieb geben würde, wenn wir uns vor dem Flug mit B und P unterhalten könnten. Nun, in wenigen Minuten können wir es.«

»Doch nicht von Angesicht zu Angesicht?!«

»Gott bewahre! Bandin ist in Washington und Poljarni wahrscheinlich im Kreml. Ein Wunder schmählich mißbrauchter Technik gestattet es uns trotzdem, miteinander zu plaudern. Gleich ist es soweit.«

Die Bücher auf dem Fußboden markierten die Positionen, die sie für die Übertragung einzunehmen hatten. Mit mehr oder minder guten Mienen zum bösen Spiel bauten sie sich auf. Sie mußten eng zusammenrücken, um im Bildfeld Platz zu finden.

»Achtung!« sagte der Techniker, dann verschwand er vom Schirm, auf dem, durch eine Mittellinie getrennt, gleichzeitig Bandin und Poljarni erschienen.

»Dies ist ein großer Augenblick der Weltgeschichte«, äußerte ersterer, worauf der zweite das gleiche auf russisch zur Kenntnis brachte. Patrick nickte verständnisvoll und gab sich alle Mühe, intelligent dreinzuschauen. Dies war nicht leicht, wenn er sich vorstellte, daß sie vermutlich wie eine Sechserreihe versilberter Teddybären aussahen. Poljarni wollte weitersprechen, doch Bandin kam ihm zuvor.

»Wenn ich von einem großen Augenblick der Weltgeschichte spreche, greife ich hoch, aber nicht zu hoch. Dies ist ein Sieg der gemeinsamen Anstrengung und des Mutes der Menschen unserer beiden großen Nationen, die Prometheus als Fanal ihrer Freundschaft geschaffen haben. Aber es ist auch ein Riesensprung für die ganze Menschheit, um die Worte Neil Armstrongs zu gebrauchen, des ersten Menschen . . .«

»Herr Präsident, ich stimme Ihnen zu«, fiel Poljarni Bandin ins Wort, als dieser den Fehler machte, Luft zu holen. »Prometheus krönt die Tradition jener kühnen Eroberer des Alls, deren erster Juri Gagarin gewesen ist.«

»Selbstverständlich.« Gut gegeben, eins zu eins. »Denn mit Prometheus steht die Menschheit an der Schwelle eines neuen Zeitalters. Für immer unabhängig von der dahinschwindenden fossilen Energie und dem Dämon des Atoms werden wir uns für immer von Neid und Mißgunst, Aggression und Haß zwischen den Nationen befreit haben. Ein goldenes Zeitalter von Friede und Wohlstand liegt zum Greifen nahe vor uns.«

Es gab noch etliche solcher Sentenzen zu hören, während Patrick von einem Fuß auf den anderen trat, damit ihm kein Muskel einschlief. Die Countdown-Uhr war hinter dem Fernsehbild zu sehen. Als die Ziffern T minus 02:00:00 anzeigten, trat er einen entschlossenen Schritt vorwärts, nickte beiden Bildschirmrednern zu und sprach:

»Vielen Dank, Mr. President. *Bolschoje spassibo towarischtsch Presidjent.* Ihre Worte waren uns eine große Ermutigung, und ich möchte Ihnen im Namen meiner Besatzung dafür danken. Der Countdown hat den Zeitpunkt erreicht, zu dem wir uns zum Raumschiff begeben müssen. Nochmals vielen Dank und auf Wiedersehen!«

Unvermittelt ging er aus dem Bild. Die anderen folgten ihm, so rasch sie konnten, ohne daß es nach Flucht aussah. Als die Präsidenten verschwanden und das Testbild auf dem Schirm erschien, streckte sich Kusnezow und gähnte herzhaft.

»*Boshemoi!* Wie langweilig Politiker sein können, ganz gleich, von welcher Seite. Ein notwendiges Übel, aber trotzdem habe ich langsam genug von ihnen.«

Ely nickte. »Keiner ist jemals für etwas erschossen worden, das sie nicht gesagt haben. Deshalb sagen Politiker nichts, dreschen leere Phrasen und vertrauen auf ihren Charme, ihr Charisma oder ihre Werbeleute.«

»Darüber könnt ihr nach dem Flug am Stammtisch weiterreden«, unterbrach Patrick. »Der Transporter müßte jetzt an der Außenschleuse festgemacht sein. Ehe wir gehen, bitte alle persönlichen Sachen in die Plastikbeutel, auch aus den Anzugtaschen. Keiner nimmt heimlich Schinkenbrote mit oder Sondermarken oder Bilder vom Papst oder von Lenin. So war es ausgemacht, und besser, wir halten uns daran.«

»Menschliche Schwächen können im Sozialismus bekanntlich gar nicht vorkommen«, sagte Kusnezow lächelnd. »Aber was ist mit dem kleinen kapitalistischen Unternehmen, das uns für diesen Verzicht auf eigene Geschäfte entschädigen soll?«

»Das wissen Sie nur zu gut«, gab Ely zurück. »Wir haben dreihundert Ersttagsbriefe mit Prometheus-Sondermarken beider Länder an Bord, die wir im Weltraum stempeln werden. Jeder von uns erhält fünfzig und kann sie behalten oder versilbern und mit dem Geld machen, was er will. Größtenteils wahrscheinlich Steuern zahlen!«

Patrick inspizierte die durchsichtigen Plastikbeutel, die das einzige persönliche Gepäck der Astronauten darstellten. Wie erwartet enthielten sie nichts Verbotenes. Er blickte auf die Uhr.

»Genau pünktlich. Brechen wir auf.«

Patrick ging zur Luftschleuse, wo der Koch und seine beiden Gehilfinnen warteten, um sich zu verabschieden. »Wenn wir zurückkommen, möchte ich mehr von Ihren köstlichen Kartoffelpuffern«, sagte er in langsamem Russisch.

»Ich werde eine ganze Badewanne voller Puffer machen, wenn Sie landen, Herr Major!«

Das grüne Licht über der Tür leuchtete bereits. Patrick entriegelte die Sicherungen: Ein leises Zischen zeigte an, daß sich der Druck ausglich. In der Quarantänestation herrschte leichter Überdruck, so daß auch durch ein eventuelles Leck keine Außenluft eindringen konnte. Sie waren hermetisch von der Umwelt abgeschlossen, um jedes Risiko einer Infektion auszuschließen. Auch jetzt, als sie die Station verließen, blieben sie in Quarantäne.

Wenige Zentimeter hinter der geöffneten Tür war schon die nächste, geschlossene zu sehen. Sie war noch feucht von den Desinfektionsmitteln, mit denen sie besprüht worden war, und führte in den Transporter. Dieser bestand aus einem Container, der auf einem Sattelschlepper auflag.

Die Quarantänestation war fensterlos gewesen, um die Besatzung auf die psychologischen Bedingungen des Fluges vorzubereiten. Sie hatten sich über das Fernsehtelefon mit den Technikern unterhalten oder Ferngespräche mit ihren Familien führen können. Aber die meiste Zeit konzentrierten sie sich auf die Flugvorbereitungen. So hatten sie fast vergessen, wie viele Menschen an dem Projekt beteiligt waren und mit welcher Neugierde die Weltöffentlichkeit das Unternehmen verfolgte.

Es wurde ihnen staunend bewußt, als sie den ersten Blick aus den Fenstern des Transporters warfen: Menschen, so weit das Auge reichte; winkende, rufende, drängelnde Menschen, die alle gekommen waren, um sie zu verabschieden. Der Lärm war noch im Inneren der Kabine deutlich zu hören. In der vordersten Reihe kämpften die Fotografen um die beste Perspektive. Soldaten mußten dem Fahrzeug einen Weg bahnen, als es sich langsam in Bewegung setzte. Die Astronauten standen winkend an den Fenstern, sprachlos vor dem, was sich hier ereignete.

Dies war der Tag. Dies war der große Tag.

Langsam fuhr der Transporter um die äußerste Ecke des ausgedehnten Laborkomplexes und bog in die weite Rollbahn ein, an deren Ende Prometheus wartete. Im gleißenden Sonnenlicht, umgeben von Wolken des verdampfenden Flüssigsauerstoffs, die aus den Ablaßventilen drangen, glich die Rakete immer noch mehr einem Wolkenkratzer als einem Fluggerät. Die sechs gebündelten Booster maßen an der Basis fünfundvierzig Meter Durchmesser und waren einhundertfünfunddreißig Meter hoch. Darüber aber, über ihren plump gerundeten Nasen, begann erst die schlanke, geschoßförmige Gestalt des eigentlichen Raumschiffs. Die Montagehalle war entfernt worden und gab Prometheus erstmals den Blikken seiner zukünftigen Besatzung preis. Nur die Schwingarme des Startturms waren noch mit den Boostern und dem Raumschiff verbunden.

Langsam und millimetergenau rangierte der Sattelschlepper rückwärts in die für ihn ausgesparte Parkbucht zwischen den Füßen des Turms. Die Halteklammern wurden gelöst, der Container in den Aufzugschacht gerollt und am Tragrahmen befestigt. Leise vibrierend stieg er nach oben.

»Mir ist etwas flau«, gestand Coretta.

»Mir auch«, versuchte Ely sie zu beruhigen. »Uns allen, das ist ganz natürlich.« Vor den Fenstern schienen die metallenen Flanken der Booster kein Ende nehmen zu wollen. »Ich wette, sogar unsere Piloten mit ihren stählernen Nerven haben im Augenblick Schmetterlinge im Bauch. Stimmt's, Nadja?«

»Selbstverständlich, nur Dummköpfe kennen keine Furcht. Aber es ist nur das Warten, was einen unsicher macht. Sobald die Mission beginnt, hat man soviel zu tun, daß gar keine Zeit bleibt für die Angst.«

Der Aufzug stoppte mit einem Ruck — sie waren am Ziel. Die Techniker der Einschließmannschaft lösten den Container und rollten ihn vorwärts. Einer klopfte aufgeregt an das Fenster und deutete auf die Luke.

»Was meint er?« fragte Patrick, plötzlich beunruhigt.

»Er macht Gesten, als würde er etwas anschalten und hineinsprechen«, antwortete Ely. »Moment, er schreibt uns etwas auf.«

Inzwischen war die Transportkabine mit dem Raumschiff verbunden worden. Der Techniker war fertig und drückte den Zettel von außen gegen die Scheibe. SOFORT FUNKVERBINDUNG HERSTELLEN stand darauf.

»Was hat das zu bedeuten?« wunderte sich Nadja. Patrick zuckte mit den Schultern.

»Noch keine Ahnung. Am besten, wir stürzen uns Hals über

Kopf in den Countdown und schalten als erstes den Quakkasten an. Da ist das Licht!«

Das grüne Signallicht leuchtete, und die Tür konnte geöffnet werden. Die feuchte Metallhaut des Prometheus lag unmittelbar vor ihnen. Patrick klappte das Schutzblech über den Türhebeln zurück und betätigte den Mechanismus. Die Luke öffnete sich surrend, er trat gebückt ein.

»Nadja, überwachen Sie bitte das Schließen der Luke. Ich kümmere mich gleich um den Funk.«

Er ließ sich auf seine Liege gleiten und betätigte zwei Schalter an der Kommunikationskonsole, weniger respektvoll auch ›Quakkasten‹ genannt.

». . . hole. Kletenik ruft Prometheus. Empfangen Sie mich? Bitte kommen, Prometheus. Ich wiederhole . . .«

»Hallo, Startkontrolle, hier Prometheus.«

»Major Winter, wir haben ein Problem. Ich bin bereits in Verbindung mit höheren Stellen und mit Mission Control in Houston. Sie wollen mit Ihnen sprechen. Ich stelle Sie jetzt durch.«

»Wir sind bereit«, antwortete Patrick und bemühte sich, nichts von der Unruhe spüren zu lassen, die plötzlich und bohrend in ihm aufstieg. »Mission Control, verstehen Sie mich?«

»Prima, Patrick, prima. Hören Sie . . . ich habe keine besonders freudige Nachricht für Sie. Ich habe schon mit Kletenik gesprochen und mit dem Weißen Haus Verbindung aufgenommen.«

»Was ist los, Flax?«

»Riesenärger. Wir haben einen langen Halt, und ich fürchte, die Zeit wird nicht reichen. Es sieht so aus, als müßten wir die Mission abbrechen.«

10

»Er soll seinen Arsch herbewegen! Auf der Stelle!«

Bandin schmetterte den Hörer auf die Gabel und griff nach der Kaffeetasse. Es war Nachmittag in der UdSSR, früher Morgen hier in Foggy Bottom. Er hatte höchstens eine Stunde geschlafen. Ihn fröstelte in seinem Bademantel, und der Kaffee war kalt.

»Lucy!« brüllte er, dann fiel ihm ein, daß der Raum schalldicht war. Er fingerte nach dem Knopf der Gegensprechanlage, bis ihre leise Stimme kam: »Ja?«

»Eine Kanne Kaffee, und verdammt noch mal heiß!«

Ehe sie antworten konnte, hatte er bereits unterbrochen. Zwar gab es genug Bedienstete, an die er sich hätte wenden können, aber Lucy mit dem Morgenkaffee war die Gewohnheit eines ganzen Lebens. Er hatte sie nie gefragt, ob es ihr etwas ausmache, ihn so früh zu bedienen. Solche Fragen stellte er nicht. Für ihn war es eine Selbstverständlichkeit, daß sie vor oder spätestens mit ihm aufstand, um den Kaffee zu kochen. Als sie, bleich, blond und übernächtigt, zur Tür hereinkam, nahm er ihr die Kanne ohne ein Wort des Dankes aus der Hand. Er goß eine Tasse ein und fügte vier Löffel Zucker hinzu.

»Hast du noch irgendeinen Wunsch?« fragte sie flüsternd. Er schüttelte den Kopf, brummte ein Nein und bemerkte kaum, daß sie ging. Die Sprechanlage summte leise, dann kündigte Charley Dragonis Stimme Simon Dillwater an.

»Soll reinkommen.« Er nippte am heißen Kaffee und starrte in Richtung der Tür. Obwohl der Raum gut geheizt war, fror er vor Müdigkeit. Er zog den Bademantel über den Schultern zusammen.

Leises Klopfen, dann trat Simon Dillwater ein. Er war sehr groß, sehr schlank, hatte graue Schläfen und strahlte vornehme Zurückhaltung aus. In seinen Bewegungen lag eine selbstverständliche Sicherheit, die von einem in den besten Verhältnissen verbrachten Leben Kunde ablegte. Gute Familie, die renommiertesten Schulen, Studium in Harvard — und hinter all dem mehr Geld, als er selbst in zweihundert Lebensjahren verbrauchen konnte. Was Bandin, der Sohn eines kleinen Drogisten, sich auf der Ochsentour erkämpft hatte, war Dillwater in goldenen Schalen serviert worden. Ohne daß er es sich selbst eingestanden hätte, empfand Bandin so etwas wie Neid.

»Dillwater? Was zum Teufel ist denn los?«

»Ein Halt in Baikonur, Mr. President. Ich dachte ...«

»*Ich* dachte, Sie könnten allein auf den Laden aufpassen, während ich versuche, etwas Schlaf zu kriegen! Statt dessen pennen Sie, und ich habe die Scherereien!«

»Es tut mir wirklich leid, Mr. President. Ich glaube, keiner von uns, der mit Prometheus zu tun hat, ist in den letzten Tagen zum Schlafen gekommen. Ich kann Ihnen versichern, daß ich Sie mit einem Routinefall nicht behelligen würde. Es ist aber kein Routinefall, und deswegen habe ich Sie, entsprechend Ihren eigenen Anweisungen, informiert.«

»Gut, verstanden. Aber wo liegt denn nun das Problem?«

»Sie haben einen langen Halt. Die Techniker ...«

»Können warten. Weiß man, *wie* lang?«

»Mindestens vier Stunden, vielleicht aber mehr.«

»Und ...?«

»Die Raketenbauer meinen, daß nach spätestens drei Stunden erste Instabilitäten auftreten. Die Kälte der kryogenischen Treibstoffe kann zu mechanischem Versagen führen.«

Geräuschvoll schlürfte Bandin seinen Kaffee. »Sagen Sie ihnen, sie sollen weitermachen. Die Burschen haben mir jahrelang erzählt, daß sie mit jeder Schwierigkeit fertig werden, jetzt sollen sie es mal beweisen.«

»In diesem Fall kann man aber nichts unternehmen, Mr. President. Und das Risiko möchten sie nicht in Kauf nehmen. Sie wollen die Operation abbrechen und einen völlig neuen Termin machen.«

»Kommt nicht in Frage! Absolut ausgeschlossen! Sind diese Idioten denn wahnsinnig geworden? Die ganze Welt wartet auf diesen Start, und nach den großen Tönen, die wir gespuckt haben, sollten wir sie nicht vergeblich warten lassen. Die Lobbyisten und die Presse und sogar der vermaledeite Kongreß geilen sich an der Kostenexplosion und der Verzögerung von Prometheus auf. Der Vogel muß hoch! Und wenn der Strom, den sie produzieren, nur für eine Hundertwattbirne reicht — sie müssen hoch. Ich brauche den Start! Wir verschieben nicht; das ist endgültig!«

»Die Gefahr ...«

»Keiner lebt ewig. Die Astronauten wissen, was für einen Job sie haben. Sie werden meine Entscheidung respektieren. Und ich wette Dollars gegen Pfannkuchen, daß Poljarni mitzieht!«

Wie auf ein Stichwort summte das Telefon. Bandin nahm ab,

lauschte, grunzte eine kurze Bemerkung und knallte den Hörer zurück.

»Warten Sie's ab. Der heiße Draht nach Moskau — warten Sie doch!« rief er, als sich Dillwater in Richtung Tür verdrücken wollte. »Ich möchte, daß Sie dieser historischen Entscheidung beiwohnen und bezeugen können, daß unsere beiden großen Nationen diesmal vollkommen einig sind.«

Er griff nach dem Hörer des Roten Telefons und wischte sich gleichzeitig den Schweiß von der Stirn. Ihm war nicht mehr kalt.

11

COTTENHAM NEW TOWN

Irene Lewis wußte nicht, was sie tun sollte. Unschlüssig betrachtete sie die Auslage hinter den goldenen Buchstaben: COTTENHAM NEW TOWN — FLEISCH UND WURSTWAREN — SONDERANGEBOTE. Mein Gott, wenn das die Sonderangebote sein sollten! Die Preise waren erschreckend. Filet jenseits von Gut und Böse, Kotelett immer noch zu teuer, Schweinehack erschwinglich, aber viel zu fett. Aber irgend etwas mußte sie kaufen. Nach einem langen Tag in der Fabrik erwartete Henry ein anständiges Abendessen. Und er hatte es auch verdient. Woche für Woche händigte er ihr seine ganze Lohntüte aus; er selbst behielt sich nur ein kleines Taschengeld für Bier und Zigaretten und hin und wieder eine Wette. Noch nie hatte es Streit gegeben über das Geld — aber eben deswegen war Irene nun so ratlos. Nicht, daß sie ihn hintergangen oder belogen hätte; sie hatte ihm nur etwas verschwiegen. Das Essen, obwohl sie darin nicht verwöhnt waren, wurde von Tag zu Tag teurer. Judy und May wuchsen immer schneller aus ihren Kleidern heraus und bekamen immer größeren Appetit. Die Preise kletterten um die Wette, und trotzdem erwartete man von ihr, daß das Haus in Ordnung und der Tisch gedeckt war, wie immer — mit einem anständigen Sonntagsbraten und was noch alles dazu gehörte.

Nun, sie hielt das Haus in Ordnung, und eben darum steckte sie jetzt in der Klemme. Vor vielen Jahren hatten Henry und sie beschlossen, ein Postsparbuch zu eröffnen und jede Woche einen kleinen Betrag als Rücklage für schlechtere Zeiten einzuzahlen. Aber das Leben war immer teurer geworden seitdem, und um Schritt halten zu können, hatte sie heimlich mit dem Sparen aufgehört. Dann kamen die Mädchen in die Schule und brauchten alles mögliche. Bücher, Turnkleidung, neue Schuhe — sie wollten sich ja auch nicht anschauen lassen. Damals hatte sie zum erstenmal etwas abgehoben, erst nur wenig, aber einmal begonnen, wurde es schnell mehr. Und nun würde sie es nicht länger verheimlichen können. Henry hatte schon angefangen, Pläne für den Urlaub in Blackpool zu machen, aber sie wußte, daß nicht mehr genug Geld auf dem Konto war. Henry würde ganz schön sauer sein.

»Sehen Sie sich diese Wurstpreise an!« Mrs. Ryan von gegenüber stand neben ihr vor dem Schaufenster.

»Haarsträubend«, pflichtete ihr Irene bei. Wenigstens schien es anderen ähnlich zu gehen.

Sie steckten ihre Köpfe zusammen und suchten solidarisch nach etwas Preiswertem, das sie vielleicht bisher übersehen hatten.

»Haben Sie vorhin die Unterbrechung im Fernsehen mitbekommen?« fragte Mrs. Ryan. »Mitten in Bonanza! Ärger mit der Riesenrakete.«

»Ist sie explodiert?« Katastrophen interessierten Irene. Sie wußte aus der Zeitung, daß Tod und Zerstörung immer nur warteten, mitten im schönsten Sommer.

»Noch nicht, aber man weiß ja nie, nicht wahr?«

Sie nickten in Übereinstimmung, dann, gestählt wie für die Schlacht, betraten sie den Fleischerladen. Was immer geschah, die Familien mußten satt werden.

»Es ist Zeit, daß wir wieder in die Kojen klettern und uns festzurren«, schlug Patrick vor. »Ich weiß, ihr könnt das schon nicht mehr hören, aber vielleicht geht der Countdown in zehn Minuten weiter.«

»Wie oft haben Sie das schon gesagt?« fragte Ely.

»Viel zu oft. Knie- und Schultergurt, Ely!«

Die vier Konturliegen waren paarweise nebeneinander in der Mannschaftskabine angeordnet. Jede war speziell der Körperform und -größe eines Astronauten angepaßt, um ihm während der Beschleunigungsphase optimalen Halt zu bieten. Ely saß auf der Kante und blätterte, ohne hinzuschauen, in einem Buch. Patrick stand vor ihm und wartete ohne Vorwurf. Schließlich seufzte der Atomphysiker theatralisch und streckte sich auf der Liege aus. Patrick half ihm mit den Gurten.

Coretta lag angeschnallt neben ihm und studierte die Anzeigen auf ihrem Instrumentenbord. Es waren biometrische Daten, die gleichzeitig auch in Mission Control überwacht wurden. Jeder Astronaut war an Biosensoren angeschlossen, die wichtige Werte wie Puls- und Atmungsfrequenzen, Blutdruck, Körpertemperatur und Herzfunktion kontinuierlich abnahmen und so eine dauernde Kontrolle des Gesundheitszustandes während der ganzen Mission ermöglichten.

Sobald die vier in der Innenkabine wieder auf ihren Plätzen waren, kletterte Patrick durch die Luke in der Trennwand zurück. Begriffe wie ›Wand‹, ›Decke‹ oder ›Boden‹ hatten natürlich nur einen Sinn, solange sie noch auf der Erde waren. Im schwerelosen Zustand in der Umlaufbahn gab es kein Oben und Unten mehr. Einige Schalter und Schubfächer an der Decke, die jetzt noch unzugänglich waren, würden sie im All freischwebend erreichen können.

Prometheus, die Raumstation, die als einziger Teil der riesigen Rakete die endgültige Umlaufbahn erreichen sollte, bestand aus vier Baugruppen. Unter der stromlinienförmigen Verkleidung an der Spitze verbargen sich der Generator, der Energietransmitter und die zusammengefaltete Folie des Spiegels. Dreizehnhundert Tonnen Nutzlast, der Daseinsgrund für alles andere. Am entgegengesetzten Ende, über sechzig Meter entfernt, lag das Kerntriebwerk mit seinem tödlichen Vorrat an Uran 235. Es sollte die Raumstation aus der niedrigen Parkbahn in die stationäre Umlaufbahn in 36000 Kilometer Höhe befördern. Unmittelbar über dem Triebwerk befand sich das fünfundzwanzig Tonnen schwere biologische Schutzschild, das mitgeschleppt werden mußte, um die Strahlung zu absorbieren, die der Reaktor im Betrieb erzeugte. Nebenbei erfüllte auch der Flüssigwasserstoff in dem sich anschließenden sechzig Meter langen Tank diese Funktion.

Zwischen der Nutzlast und dem Wasserstofftank lag das Mannschaftsmodul, der kleinste Teil der gesamten Konstruktion. Es war in zwei Kabinen unterschiedlicher Größe aufgeteilt. Die größere, innere nahm etwa zwei Drittel des Raumes ein. Dies war die Mannschaftskabine, in der die vier ›Passagiere‹, Lebensmittelvorräte und Ausrüstungsgegenstände untergebracht waren. Eine Zwischenwand mit druckfester Luke trennte diesen Raum von der Kommandozentrale. Hier war der Arbeitsplatz der beiden Piloten mit den Instrumentenkonsolen, Fenstern und Fernsehmonitoren, über die sie ihr gigantisches Fahrzeug lenken konnten. Noch waren die Fernsehschirme blind. Während der ersten Flugphase blieben die Kameras unter der aerodynamischen Verkleidung geschützt. Erst im luftleeren Raum wurden sie ausgefahren. Nadja lag auf dem Platz des Kopiloten und sprach mit Mission Control.

»Er kommt gerade rein, Flax«, sagte sie. »Er wird mit Ihnen reden, sobald er angeschlossen ist.«

»Etwas Neues?« fragte Patrick, während er sich auf seine Couch schlängelte und nach Kopfhörern und Mikrofon griff.

»Negativ. Der Präsident kann nicht mit Ihnen sprechen.«

»Und Poljarni?«

»Die Startkontrolle hat versucht, mich zu verbinden, aber er telefonierte gerade mit Ihrem Präsidenten.«

»Sie wollen keine Zeugen für ihre Entscheidung, den Flug durchzuführen!« Er schaltete sich in die Leitung. »Hallo, Flax?«

»Ich höre Sie. Was Ihre Verbindung mit dem Präsidenten betrifft: Ich bin leider nicht durchgekommen. Sein erster Assistent sagte, daß er gerade mit Poljarni konferiert, aber er will sich melden, so rasch es geht.«

»Flax, läuft das Tonband mit?«

»Natürlich!«

»Dann möchte ich etwas zu Protokoll geben.«

»Der Halt dauert schon sehr lange, Patrick. Sie müssen erschöpft sein. Warum . . .«

»Negativ. Zu Protokoll.«

»Ich habe gerade mit den Ärzten gesprochen, Patrick. Ihr Puls und Ihr Herzschlag zeigen, daß Sie in einer akuten Streßsituation sind. Die Ärzte schlagen vor, daß Sie eine Ruhepause einlegen und Ihrem Kopiloten übergeben.«

»Lassen Sie das doch, Flax. Ich bin der Kommandant, und was ich zu sagen habe, ist nicht ganz unwichtig. Zumindest später, für das Protokoll.«

»Sicher, Patrick. Ich versuche nur . . .«

»Ich weiß, was Sie versuchen! *Ich* versuche, ein paar Tatsachen festzuhalten. Wir sind seit fast zwei Stunden in einem Stadium, das der Flugplan — derselbe, der vor Ihnen liegt, Flax! — als kritisch bezeichnet!«

»Eine reine Schätzung.«

»Seien Sie still! Ich möchte etwas festhalten, nicht diskutieren. Alles deutete darauf hin, daß sich der Zustand der Bordsysteme in diesem Stadium dauernd verschlechtert. Ursprünglich hieß es, daß der Countdown nach einer halben Stunde im kritischen Stadium abgebrochen werden muß. Als Kommandant dieser Mission frage ich Sie, warum das nicht geschehen ist?«

»Der Entscheidungsprozeß dauert noch auf allen Ebenen an.«

»Danach habe ich nicht gefragt. Ich will wissen, warum die empfohlene Prozedur nicht eingehalten wird. Warum sind wir immer noch im Halt, obwohl frühere Entscheidungen einen Abbruch befürwortet haben!?«

»Unsere Daten scheinen anzudeuten, daß frühere Schätzungen möglicherweise zu pessimistisch waren.«

»Welche Daten? Bitte einzeln und genau!«

Getuschel am anderen Ende der Leitung, dann wieder Flax, erleichtert:

»Die Startkontrolle hat sich gemeldet. Der Halt ist vorbei. Wir zählen weiter bei T minus zwölf Minuten.«

Patrick öffnete den Mund, um zu protestieren — dann überlegte er und schaltete das Mikrofon aus. Er drehte sich zu Nadja. »Wir können die Mission immer noch abbrechen. Ich kann diese Entscheidung als Pilot treffen. Aber sie hätte mehr Gewicht, wenn Sie sie unterstützten.«

»Ich weiß.« Ihre Stimme war sehr ruhig. »Wollen Sie das?«

»Ich weiß nicht. Klar ist nur eins: Wenn wir jetzt starten, haben wir mit Schwierigkeiten zu rechnen, vielleicht sogar mit großen Schwierigkeiten. Wenn wir dagegen abbrechen . . .«

»... könnte das Projekt Prometheus überhaupt eingestellt werden. Ist es das, was Sie befürchten?«

»So ähnlich. Ein Kostenvoranschlag nach dem anderen ist überboten worden, und die Leute werden es langsam leid. Immer mehr Interessengruppen hängen sich an den Zug an. Aber für die UdSSR gilt das wohl nicht?«

»Es sieht nur anders aus. Bei uns ist es das Politbüro. Eines Nachts gibt es da eine Geheimkonferenz, und am nächsten Morgen erwacht Poljarni als Minister für Schweinezucht, und Prometheus ist gestorben. Was sollen wir also tun?«

»Wir setzen unser Leben aufs Spiel, wenn wir starten.«

»Das wußten wir, als wir zur Raumfahrt gegangen sind. Ich finde — wie sagen Sie auf englisch — das Spiel ist den Einsatz wert!«

Patrick blickte sie lange und schweigend an, dann nickte er grimmig: »Das habe ich auch immer geglaubt. Aber diesmal ist es anders. Wenn wir starten, laufen wir Gefahr, daß ein Fehlschlag alles zerstört.«

»Wenn wir abbrechen, auch!«

»Prometheus, bitte kommen«, klang Kleteniks Stimme im Kopfhörer. *»Wir sind bei T minus neun Minuten und zählen. Was für Werte habt Ihr auf der APD?«*

Sein fragender Blick suchte ihren, aber die Entscheidung war bereits gefallen. Sie wollte den Start. Und er? Wer war er denn, um ganz allein aufzustehen? Seine Vorgesetzten wollten den Start, die Regierungschefs wollten den Start. Er konnte dagegen entscheiden, sein Leben ruinieren und womöglich das ganze Projekt zum Scheitern verurteilen. Diese Verantwortung wog schwer. Er schaltete das Mikrofon wieder ein.

»APD im Grünen. Bitte die Werte für den Treibstoff.«

Flax hing schweißüberströmt in seinem Stuhl. Er konnte nicht noch weiter zusammensacken, als er Patricks erlösende Worte hörte, aber er spürte, wie die Spannung aus seinen Gliedern wich. Die Mission ging weiter. Natürlich gab es noch Risiken, aber keine, für die er nicht ein passendes Computerprogramm bereithielt. Es war sein Flug, sobald die Rakete nur abgehoben hatte. Sollten die Astronauten doch ihre Weltraumspaziergänge machen und sich ihre Strahlendosis einhandeln und ihre Schau abziehen. Das war ihr Job — aber keiner konnte ihn hier unten in Mission

Control ersetzen. Er war die Spinne im Zentrum des Netzes, die Verbindungsstelle zwischen Mensch und Maschine, Raum und Erde, den USA und der UdSSR. Alles lief über ihn. Ein Mosaiksteinchen hatte versagt und den Halt verursacht, aber er hatte die Situation gemeistert. Ein anderes Mosaiksteinchen, ein menschliches, hatte den Gang der Dinge aufhalten wollen, aber auch damit war er fertig geworden. Nur noch fünf Minuten, und dann . . .

»Halt bei T minus fünf Minuten«, hörte er eine Stimme aus Baikonur. Sie traf ihn wie die stumpfe Seite einer Axt. »Rot in einem Haupttriebwerk. Druckabfall in der LOX-Vibrationsdämpfung.«

»Und nun sieht es so aus, als hätten wir schon wieder eine Unterbrechung, meine Damen und Herren, genau fünf Minuten vor der Zündung, und ich kann Ihnen versichern, ich sehe keine fröhlichen Gesichter hier in der Bodenkontrolle. Die Spannung ist hier so groß, daß man sie fast körperlich spüren kann. Ich rufe jetzt Bill White. Wie ist die Stimmung auf der Zuschauertribüne? Hallo, Bill?«

Auf Millionen von Fernsehschirmen in aller Welt wechselte das Bild von der geordneten Hektik des Startkontrollraums zur Zuschauertribüne, die acht Kilometer von der Startrampe entfernt lag. Prometheus wirkte aus dieser Distanz wie eine Spielzeugrakete am fernen Horizont. Dennoch hatte es Stimmen gegeben, die vor der gefährlichen Nähe warnten. Im Fall einer Explosion waren die Zuschauer hier immer noch gefährdet. Aber in noch größerer Entfernung hätten sie nichts mehr gesehen. So war ein weiterer Kompromiß gefunden worden: eine beschränkte Anzahl von Tribünenplätzen für Ehrengäste zweiter Wahl. Wenn ein paar Journalisten, alte Generäle und abgetakelte Politiker in Flammen aufgingen, würde man ihr Verschwinden im Entsetzen über die allgemeine Zerstörung kaum bemerken. Natürlich war dieser Hintergedanke nur an der Spitze der Entscheidungspyramide offen zur Sprache gekommen. Und so hatten sich einige ältere Herren herzlich gefreut, ihre Namen auf der Einladungsliste zu finden. Im Vordergrund, zwischen den Zuschauern und der fernen Rakete, füllte Bill Whites prominentes Profil den halben Bildschirm aus. Während er sprach, wurde eine Großaufnahme von Prometheus darübergeblendet.

»Wie Sie sich denken können, ist die Spannung hier auf der Tribüne nicht minder unerträglich als in Houston oder in der Bodenkontrolle. Nirgends auf der Welt, wo Menschen diese dramatischen Vorgänge verfolgen, kann es anders sein. Es ist inzwischen Spätnachmittag in Baikonur, mehr als zwei Stunden nach dem planmäßigen Starttermin. Und wenige Sekunden bevor es endlich soweit sein sollte, haben wir nun wieder diesen Halt. Wir wagen kaum, uns vorzustellen, wie den Männern und Frauen in dem gigantischen Raumfahrzeug zumute sein muß. Natürlich, sie sind harte Profis und kennen solche Situationen aus dem Simulator. Und doch muß es unerträglich sein. Keiner würde mit ihnen tauschen wollen, aber die ganze Welt bewundert ihren Mut. Nun zurück zu Harry Saunders in der Bodenkontrolle. Etwas Neues, Harry?«

»Alles unverändert hier bei uns und in Prometheus, den Sie gleich wieder im Bild haben werden.« Ein Schnitt, dann zeigte die Kamera die Rakete, zoomte auf das Mittelteil, hinter dem sich die Besatzungskabinen verbargen, und fuhr dann langsam die dampfenden Booster ab. Harry Saunders blätterte nervös in seinen Aufzeichnungen, sobald er aus dem Bild war. Die Unterbrechungen hatten so lange gedauert, daß er kaum mehr wußte, was er sagen, wen er interviewen sollte. Sein einziger Wunsch war, daß das verdammte Ding in die Luft flog — so oder so. Aufgeregt wühlte er zwischen vollgekritzelten Zetteln, während seine langsam heiser werdende Stimme vom Leviathan der Raumfahrt dichtete. Exakte Beschreibung — dazu hatte er sich schon lange nicht mehr flüchten müssen. Endlich fand er die richtigen Zahlen.

»Selbst uns fällt es noch schwer, eine Vorstellung von der Größe des Prometheus zu vermitteln. Sagt man, ›so hoch wie ein vierzigstöckiges Gebäude‹ oder ›so schwer wie ein Schlachtschiff‹, dann hat man einen oberflächlichen Eindruck. Aber dazu kommt noch die Komplexität des Aufbaus, denn eigentlich besteht Prometheus aus sieben Elementen. Die Fernsehzuschauer können ermessen, wie schwierig es für unsere Rundfunkhörer sein muß, sich diese Struktur vorzustellen. Für einen Hörer, der in einem kleinen Dorf irgendwo in Asien sitzt und bisher höchstens ein paar einfache Maschinen gesehen hat, muß es ganz unmöglich sein. Vielleicht ist es am einfachsten, wenn man die fünf Finger einer Hand ringförmig nebeneinander ausstreckt. So, als wollte man nicht mit einem, sondern mit allen fünf Fingern auf etwas deuten. Dies sind dann die äußeren Booster, jeder für sich eine komplette, einstufige Rakete mit eigenen Tanks, Triebwerken, Pumpen und allem. Nun stellen wir uns einen Federhalter mit einer Schutzkappe vor, der zwischen die fünf Finger in die Mitte gesteckt wird. Der Federhalter in der Mitte ist genauso ein Booster wie die fünf anderen, und die Kappe, die oben herausragt, ist die Nutzlast — die Raumstation, die den Namen Prometheus trägt. Nur diese Kappe wird von unseren Fingern in die synchrone Umlaufbahn befördert, wo sie für immer am Himmel stillstehen wird.«

»Beim Start arbeiten alle Triebwerke der fünf äußeren und des zentralen inneren Boosters. Ihr Treibstoff ist die explosivste Mischung, die wir kennen: flüssiger Wasserstoff und flüssiger Sauerstoff. Jede Sekunde werden über fünfundfünfzig Tonnen davon verbrannt. Gleichzeitig wird der Treibstoff, der im mittleren Booster verbraucht wird, aus den fünf äußeren ersetzt. Die äußeren Booster haben Brennschluß, wenn die Tanks leer sind, und trennen sich von der Rakete ab. Der mittlere bleibt mit frisch aufgefüllten Treibstoffvorräten zurück und wird in diesem Augenblick praktisch zur zweiten Stufe. Er feuert dann weiter und bringt das Raumschiff in die niedrige Parkbahn. Ist diese Aufgabe erfüllt, wird er ebenfalls abgetrennt. Nun zündet Prometheus sein Atomtriebwerk, die dritte Stufe der gesamten Konstruktion, und schraubt sich auf die endgültige Umlaufbahn hoch. Der ganze Vorgang ist etwas kompliziert, aber sehr rationell. Die Lenin-5-Booster haben sich schon bei einer Reihe von Flügen mit sehr großen Nutzlasten bewährt. Außerdem . . . Moment, ja, in diesem Augenblick beginnt die Countdown-Uhr wieder zu laufen! Der Halt ist vorbei. Hoffentlich war es der letzte, und damit gebe ich zurück zur Bodenkontrolle . . .«

»Zwei Minuten«, sagte Patrick, »es ist soweit. Der Countdown läuft jetzt automatisch, es gibt kein Zurück mehr.« Er schaltete die Intercom ein: »Mannschaftskabine, seid ihr klar?«

»Alle in Position«, antwortete Coretta. »Bio-Monitoren funktionieren, die Werte sind innerhalb der Toleranzen.«

»Was zeigt, daß noch keiner vor Langeweile oder Angst gestorben ist«, erwiderte Patrick. »Verstanden. Ihr könnt mithören, aber bis zum Brennschluß der Außenbooster werde ich keine Zeit haben, mit euch zu sprechen. Das war's, Leute, wir sind auf dem Weg!«

»T minus eine Minute fünfzehn Sekunden und weiterzählen.«

Der Ablauf dieser letzten Sekunden war vollautomatisch. Der

Computer gab die Befehle an Menschen und Maschinen, öffnete Ventile, ließ Pumpen anlaufen — und zählte weiter:

»T minus elf Sekunden.«

»Minus zehn.«

»Minus neun.«

Ein leises Zittern, mehr eine Vibration als ein Geräusch, erschütterte das turmhohe Raumschiff, als die Triebwerke zündeten. Senkrecht schossen ihre Flammen in den Graben unter der Startplattform, wo sie von wassergekühlten Leitblechen nach beiden Seiten umgelenkt wurden. Mit jeder Sekunde nahm die Schubkraft zu, bis sich bei ›Null‹ die Halteklammern lösen würden.

»Drei ... Zwei ... Eins ... Null!«

Bei voller Kraft erzeugten die Triebwerke einen Bruchteil mehr Schub, als dem immensen Gewicht des Prometheus entsprach. Ein Inferno aus Flammen, Rauch und Dampf hüllte Rampe und Turm ein. Erde und Luft bebten unter der brüllenden Gewalt der freigesetzten Energien. Dann gaben die Klammern den stählernen Riesen frei: Langsam, unendlich langsam zunächst, kaum drei Meter in der ersten Sekunde, begann Prometheus seine Reise.

»Wir haben Lift-Off!«

Erschütterungen, Vibration, ein nie gehörter Donner: Patrick wurde in den Gurten hin und her geschleudert, während die Lageregelungstriebwerke mit äußerster Kraft arbeiteten, um die Rakete in vertikaler Position zu halten. Sechs kritische Sekunden galt es zu überstehen, bis der Wartungsturm passiert und eine Geschwindigkeit erreicht war, bei der sich das Flugverhalten stabilisierte. Die Digitaluhr, die den Countdown rückwärts gezählt hatte, lief jetzt vorwärts. Nun zeigte sie die *Ground Elapsed Time* an, die ›am Boden verstrichene Zeit‹, nach der sich alle weiteren Anweisungen im Flugplan richteten.

GET 00:00:04 — der g-Effekt, der Andruck der Beschleunigung, begann die Astronauten in ihre Liegen zu pressen.

GET 00:00:06 — »Frei vom Turm!«: Die erste Hürde war genommen. Alle Anzeigen im Grünen.

Von Sekunde zu Sekunde nahm die Beschleunigung, und mit ihr der Druck, zu. Als er fünf g erreicht hatte, blieb er endlich konstant. Mit dem Fünffachen ihrer Erdenschwere wurden die Astronauten gegen die Konturliegen gedrückt. Zentner schienen auf ihren Brustkörben zu lasten und das Atmen zu erschweren. Luftholen bei extremer Beschleunigung war eine der wichtigsten Übungen in der Zentrifuge gewesen. Man durfte nie ganz ausatmen, sonst war es unmöglich, die Lungen wieder zu füllen. Es kam darauf an, sie immer fast voll zu halten und die Luft nur mit kurzen, schnellen Atemstößen auszutauschen. Druck und Beschleunigung. Sechzig Tonnen Kraftstoff verschlangen die Triebwerke in jeder Sekunde. In jeder Sekunde nahm die Geschwindigkeit des riesenhaften Raumfahrzeugs zu.

»Prometheus, ihr seht gut aus« — blechern drangen die Worte aus der Startkontrolle an Patricks Ohr. Der g-Effekt preßte die Augäpfel in die Höhlen und verengte das Gesichtsfeld tunnelartig; er sah nur, was geradeaus vor ihm lag. Den Kopf zu wenden, kostete unmenschliche Anstrengung, aber er mußte es tun, um die Instrumente ablesen zu können.

»Alle Systeme sind im Grünen.«

»Ihr seid ›go‹ für Stufentrennung ab null-eins-dreißig. Wir übergeben an Mission Control.«

»Verstanden.«

Vibration und Druck schienen eine Ewigkeit anzudauern, und doch feuerte die erste Stufe nur eineinhalb Minuten. Als die GET-Uhr 00:01:30 anzeigte, schalteten die Triebwerke ab, und sie waren schwerelos. Patrick meldete sich über die Intercom:

»Das war der Brennschluß der ersten Stufe. Wir fliegen jetzt ein paar Minuten antriebs- und schwerelos. Ihr könnt die Zeit nutzen, um eure Mägen an das Gefühl zu gewöhnen. Bevor die zweite Stufe zündet, werde ich euch ein Zeichen geben. Im Augenblick pumpen die äußeren Booster ihre Treibstoffreste in den mittleren Booster um. Dann trennen sie sich ab . . .« Eine leichte Erschütterung war zu spüren. »Schon passiert. Ich versuche, ein Fernsehbild zu bekommen. Es ist eigentlich für Mission Control, aber ich kann es auch auf eure Bildschirme legen.«

Bisher waren die Kameras im Rumpf durch die Booster verdeckt worden. Nun schaltete Patrick sie ein, nachdem er aus Hunderten von Hebeln die richtigen herausgefunden hatte. Zuerst war nur ein dunkler Schatten zu erkennen, dann der diffuse Lichtschein einer Flamme. Er schwenkte die Kamera in Richtung der Lichtquelle, bis er eines der Manövertriebwerke im Bild hatte, das den Booster vom Raumschiff freisteuerte. Als er kleiner wurde, kam die Erdoberfläche in Sicht.

»Es ist Sibirien — dort liegt der Baikalsee!« rief Nadja.

»Ganz rechts treibt ein anderer Booster«, ergänzte Patrick. »Ich gehe auf Kamera zwei; wir sollten alle fünf sehen können. Mission Control, habt ihr das Bild?«

»Empfang ist einwandfrei, Prometheus. Ein großartiger Anblick.«

Ein Booster nach dem anderen trieb über den Bildschirm, dunkle Zylinder vor dem lichten Blau der Erde tief unter ihnen. Jeder einzelne wurde jetzt von der Landekontrolle in Kapustin Jar gesteuert. Der Erfolg des Projekts Prometheus hing davon ab, daß es gelang, die Booster unbeschädigt zu landen. Ihr Flugverhalten war bei der Rückkehr mit den Triebwerken voraus ebenso lagen stabil wie beim Start. Die Ausströmdüsen der Brennkammern wurden mit Schutzklappen verschlossen, die gleichzeitig als Hitzeschild dienten und den Flugkörper beim Eintritt in die Atmosphäre abbremsten. Näherte er sich der Erdoberfläche, wurden die Triebwerke noch einmal gezündet, um die Geschwindigkeit weiter zu verringern. War der dafür zurückbehaltene Brennstoffrest aufgebraucht, folgte die weiche Landung in der russischen Steppe. Die Booster würden dann nach Baikonur zurückgebracht, überholt und für den Start des nächsten Gliedes in der Kette, Prometheus Zwei, wiederverwendet werden. So sollte das Netz der Sonnenkraftwerke Stück um Stück wachsen, bis das weltumspannende Energieversorgungssystem mit Prometheus Fünfzig endlich vollendet war.

Sie taten gerade den allerersten Schritt auf diesem langen Weg. Noch waren sie weit von ihrer endgültigen Umlaufbahn in 36000 Kilometer Höhe entfernt. Im Augenblick schwebte das Raumschiff, einem Artilleriegeschoß vergleichbar, auf einer parabelförmigen Freiflugbahn, die zwar hoch über die Erde, aber unweigerlich wieder zurück führte. Die Beschleunigung der ersten Stufe war noch nicht ausreichend, um die Kreisbahngeschwindigkeit zu erreichen, bei der die Anziehungskraft von der Fliehkraft aufgehoben wurde.

»Außenträger abgesprengt, klar zur zweiten Zündung«, meldete Patrick, ohne die Augen von der GET-Anzeige zu nehmen. »Wir werden etwa zweieinhalb Minuten feuern, um in eine höhere Bahn zu kommen. Achtung . . .«

Obwohl der verbliebene mittlere Booster allein nur ein Sechstel des Startschubs erzeugte, war er immer noch enorm stark. Der Andruck baute sich langsamer auf, erreichte aber auch diesmal wieder fünf g, die auf ihnen lasteten. Dann passierte zum erstenmal etwas Unvorhergesehenes. Ein plötzliches Zittern lief durch die ganze Konstruktion, schaukelte sich hoch, schüttelte alles durch — und erstarb wieder.

»Vibration im Tank!« rief Patrick ins Mikrofon.

»Ist unter Kontrolle. Vibra-Dämpfung hat wieder Druck.«

So plötzlich, wie es begonnen hatte, war das Schütteln vorbei. In dem befreienden Gefühl, das Schlimmste hinter sich zu haben, atmeten alle auf. Die drei Weltraumneulinge in der Mannschaftskabine hatten ihre Feuertaufe bestanden. Sie hatten das Unvorstellbare wahr gemacht und auf der Spitze der größten chemischen Bombe aller Zeiten das Schwerefeld der Erde verlassen. Und die Bombe war nicht explodiert! Das überstanden, waren sie unbewußt erleichtert.

Coretta und die Ärzte in Mission Control konnten die Entspannung an den Puls- und Blutdruckwerten ablesen. Auch unten in Houston herrschte gedämpfte Hochstimmung, obwohl die Arbeit weiterging. Flax hatte die Siegeszigarre schon im Mund und kaute auf ihr herum, ohne sie vorerst anzuzünden.

Alles lief genau nach Plan.

»Brennschluß«, hörten sie Patricks ruhige Stimme, als die Triebwerke abermals abschalteten. »Wie ist die Flugbahn jetzt, Mission Control?«

»Vier Nullen, Prometheus, und dann eine Eins. Also fast fünf Nullen!«

Sie waren hervorragend auf Kurs, nur ein hundertstel Promille von der errechneten Idealkurve entfernt. Patrick streckte sich und löste seine Gurte, während er zur Besatzung sprach.

»Wir sind jetzt wieder im antriebslosen Flug. Bleibt aber noch angeschnallt. Ich komme rüber.«

Er stieß sich von seiner Liege ab und trieb auf die Trennwand zu. »Ich werde mal nach dem Rechten sehen, Nadja. Übernehmen Sie solange die Kontrolle?«

»Njet problem, was ponjal.«

Die Luke wuchs ihm entgegen, und er griff nach dem Rahmen, um sich abzubremsen. Langsam trieben seine Füße gegen die Wand, bis sein Körper zum Stillstand kam. Dann zog er sich mit beiden Armen durch die Öffnung und schwebte, den Kopf voran, in die Mannschaftskabine.

»Ein äußerst dramatischer Auftritt, Major«, begrüßte ihn Coretta lächelnd. »Wann dürfen wir das probieren?«

»Sobald wir die endgültige Umlaufbahn erreicht haben. Ist bei euch alles in Ordnung?«

Er bremste sich mit beiden Händen an ihrer Liege ab und zog prüfend an den Gurten. Sie nickte.

»Jetzt ist es wieder okay — aber was war das vorhin für ein Rütteln?«

»Die Vibrationen? Sie entstehen, wenn die Tanks nicht mehr ganz voll sind. Dann kann es vorkommen, daß sich in den Leitungen Druckwellen bilden und die Triebwerke unregelmäßig versorgt werden. Und dann stottern sie eben. An sich sollte der automatische Druckausgleich so etwas verhindern!«

»Es hat mir fast die Plomben aus den Zähnen geschüttelt!«

»Und wie geht's den anderen?« fragte Patrick mit einem Blick in die Runde.

Nach kurzem Zögern antwortete Gregor stockend.

»Es tut mir leid, aber die Schwerelosigkeit, die Erschütterungen — es kam alles so überraschend. Mein Magen ... Aber ich hatte ja den Plastikbeutel. Jetzt ist alles in Ordnung.«

»Das haben wir alle mal mitgemacht«, beruhigte ihn Patrick. »Eigentlich sollten wir einen Reiher im Wappen führen. Jetzt sind Sie drüber weg?«

»Ja, es ist vorbei. Es tut mir wirklich leid!«

»Das braucht es nicht. Sobald wir wieder unten sind, erzähle ich Ihnen ein paar heiße Geschichten aus meiner Zeit als Fluglehrer. Ich habe tausendmal Schlimmeres erlebt.«

»Ein andermal, Patrick«, ließ sich Ely hinter seinem Buch vernehmen. Diesmal war es ein Roman mit französischem Titel.

»Gut. Ich gebe euch die Lage.« Sofort herrschte ungeteilte Aufmerksamkeit. »Wir sind im Augenblick etwa einhundertdreißig Kilometer hoch, steigen aber noch. Die fünf äußeren Booster sind schon auf dem Heimweg, der mittlere verfügt noch über Treibstoff. Er wird in wenigen Minuten wieder gezündet, um uns in die Parkbahn einzuschießen. Sobald Mission Control mit dieser Bahn zufrieden ist, trennen wir ihn ebenfalls ab. Dann ist Ely dran.«

»Endlich ehrliche Arbeit«, erwiderte dieser. »Ich bin es langsam leid, Passagier zu spielen, und freue mich auf den Moment, in dem Dr. Bron und sein atomares Zaubertriebwerk ihren Auftritt haben. Im Vergleich zu dem brüllenden Monster von vorhin ist es zwar klein — aber fein!«

»Soll es uns treu zu Diensten sein!« echote Patrick. »Sonst noch Fragen? Oberst?«

»Wann gibt es was zu essen?«

»Das ist eine gute Frage. Nach all den Verzögerungen beim Start habe ich selbst schon Hunger. Wenn die Zeit reichte, würde ich sagen, essen wir jetzt. Aber ich schätze, bis zum Einschuß in die Parkbahn müssen wir uns noch gedulden. Solange könnt ihr ja etwas Limonade aus diesen Röhrchen nuckeln, um das Hungergefühl zu vertreiben.«

Er hangelte sich in die Kommandozentrale zurück, legte die Gurte wieder an und fragte: »Zeit?«

»Zirka drei Minuten bis zur nächsten Zündung«, antwortete Nadja mit einem Blick auf die GET.

»Gut. Ich übernehme.«

Er öffnete die rote Schutzklappe und legte einen Finger auf den Zündknopf. Im selben Augenblick, in dem der Computer das Signal gab, drückte auch er – für den unwahrscheinlichen Fall, daß die Automatik versagte. Die Pumpen jaulten, die Triebwerke feuerten.

Genau drei Sekunden lang lieferte der Booster vollen Schub. Dann kam die Explosion.

13

GET 00:35

Der Schlag traf Patrick unerwartet und hart. Sekundenlang sah er alles wie durch einen Schleier. Als die Benommenheit wich, erkannte er die roten Warnlichter an sämtlichen Instrumentenkonsolen rund um ihn herum. Stimmen hämmerten in sein Ohr — Houston, die Mannschaftskabine, Nadja ...

Er ignorierte sie alle, nahm sie kaum wahr. Die Instrumente. Triebwerke. Automatische Notabschaltung, manuelle Notabschaltung. Pumpen aus, Tankanzeige, Sicherheitsverriegelung. Und Prometheus taumelte. Er sah den Horizont über einem Fenster verschwinden, blickte auf die GET-Anzeige und wartete bewegungslos, um die Geschwindigkeit der Rotation zu bestimmen. Dann schaltete er die Sprechverbindung zur Mannschaftskabine ab und wandte sich gleichzeitig an Nadja.

»Warten Sie, bis ich mit Houston gesprochen habe.« Er betätigte einen anderen Schalter. »Mission Control, hören Sie mich?«

»Ja, Patrick, es ist ...«

»Es folgt Lagebericht. Wir haben eine Störung in einem Boostertriebwerk. Von Nummer drei kommen keine Werte mehr, vielleicht eine Explosion. Die anderen sind stillgelegt, ebenso die Pumpen. Treibstoffvorräte noch bei elf Prozent. Wir rollen um die Längsachse, einmal in zwölf Sekunden. Erbitte Orbit- und Systemwerte. Bitte kommen.«

»Hier ist euer Orbit: erdnächster Bahnpunkt einhundertsechsunddreißig Komma zwo eins Kilometer, Umlaufzeit achtundachtzig Minuten. Wir haben ein Warnlicht für Druckabfall in der Kabine. Bitte prüfen.«

»Unsere Zahlen sind im Grünen; wahrscheinlich eine Fehlanzeige bei euch. Soll ich die Rollbewegung stoppen?«

»Negativ, ich wiederhole: negativ!« Erstmals klang Flax' Stimme nervös. *»Erst nach Schadensfeststellung.«*

Patrick schaltete auf die Intercom: »Habt ihr alles gehört?«

»Gehört ja, verstanden nein«, antwortete Coretta.

»Wir haben eine Triebwerksstörung«, erklärte Patrick. »Eines der vier Triebwerke des Boosters ist völlig außer Funktion. Alle Anzeigen sind blind; deshalb weiß noch keiner, was genau los ist. Aber es dürfte sich um eine größere Störung handeln.«

»Das soll wohl heißen, es ist explodiert?« fragte Ely.

»Ja, das halte ich für möglich. Aber in jedem Fall bleiben uns noch drei intakte Triebwerke.«

»Sie *glauben*, daß uns drei Triebwerke bleiben.«

»Ely, machen Sie nicht die Pferde scheu. Im Augenblick ist alles offen. Aber es besteht kein Grund zur Panik. Immerhin haben wir noch genug Treibstoff, und wir sind in der Umlaufbahn. Unser einziges akutes Problem ist das Rollen, aber das werde ich abstellen, sobald Mission Control die Genehmigung gibt.«

»Sie sagen, wir sind im Orbit.« Kusnezow sprach langsam und nachdenklich. »Dürfte ich fragen, was für ein Orbit das ist?«

Patrick zögerte. »Ich weiß es wirklich nicht. Ich werde genauere Daten anfordern, sobald es geht. Grob gerechnet sind wir fast hundertvierzig Kilometer hoch und umkreisen die Erde alle achtundachtzig Minuten.«

»Stolze Zahlen sind das nicht gerade«, sagte Ely.

»Für mich klingt es ganz schön hoch«, warf Coretta ein.

»Hoch genug!« Es kostete Patrick Anstrengung, seine Stimme unbesorgt klingen zu lassen. »Hier oben haben wir über neunundneunzig Prozent der Atmosphäre unter uns. Jetzt laßt mich wieder zu Mission Control.«

Fünf Minuten vergingen, bis Houston sicher war, daß die Rechenanlagen alle bereitgestellten Informationen verdaut hatten. *»Okay, Prometheus«,* meldete sich Flax. *»Ihr seid ›go‹ für Lagestabilisierung. Schlage minimalen Treibstoffverbrauch vor.«*

»Diese Notwendigkeit ist mir klar, Mission Control. Manöver beginnt.«

Der Einsatz der Lageregelungstriebwerke war in dieser Flugphase nicht vorgesehen. Die hypergolen Treibstoffe, die sie jetzt verbrauchten, würden in der endgültigen Umlaufbahn beim Ausrichten der Antennen und des Spiegels fehlen. Aber wenn er die Rotation jetzt nicht stoppte, bestand keine Aussicht, diese Bahn zu erreichen. Vorsichtig betätigte er die Hebel. Das Rollen verlangsamte sich.

»Wir brauchen mehr Saft«, sagte Nadja.

»Wie gut ich das weiß.« Sein Gesichtsausdruck war grimmig. »Hier bitte!«

Kurze Feuerstöße reduzierten die Drehbewegung weiter, bis die automatischen Sensoren den Horizont erfassen und festhalten konnten.

Die Erde lag wieder ruhig unter ihnen.

»Spritreserven in der Lageregelung sind noch einundsiebzig Prozent. Das haben Sie großartig gemacht, Patrick!«

»Laut Schätzung werden wir für die Ausrichtung in der Zielbahn nicht mehr als fünfzig brauchen. Da ist sogar noch Luft drin!« Er schaltete auf den Sender. »Hallo, Mission Control. Das Rollen ist ausgesteuert, wir sind wieder stabil. Habt ihr inzwischen den Zustandsbericht über die Boostertriebwerke?«

»Negativ, Prometheus. Unsere Rechner sind beim ersten Durchlauf ausgestiegen. Wir brauchen noch mehr Daten, ehe wir finalisieren können. Seid ihr bereit für Instruktionen?«

»Wir sind bereit, Flax, aber beeilt euch. Unser jetziger Orbit gefällt mir gar nicht. Ich möchte so schnell wie möglich raus.«

»Verstanden. Bitte zunächst die P 20 aktivieren, an C 64 koppeln und den Wert einspeisen . . .«

Während Patrick die Schaltkreise prüfte und die Ergebnisse in den Bordcomputer eingab, hielt Nadja die übrigen Besatzungsmitglieder auf dem laufenden.

»Können wir uns endlich losschnallen, Nadja?« fragte Gregor. »Ich möchte mich wenigstens etwas ausstrecken. Die Enge nimmt mir den Atem!« Es war etwas Ungutes in seiner Stimme, noch keine Panik, aber die Vorbotin Angst. Auch die umfangreichen psychologischen Tests konnten das Verhalten in der Extremsituation eines Raumfluges nicht mit letzter Sicherheit vorhersagen. Nadja hatte den Unterton bemerkt und beschloß, ihn so lange wie möglich zu ignorieren.

»Bitte nicht, Gregor. Die Triebwerke können jeden Augenblick zünden. Der Zeitpunkt wird vom Computer bestimmt. Wenn wir nicht angeschnallt sind, verletzen wir uns.«

»Und das Essen, *Nadenka*?« fragte der Oberst. »Sie müssen meinen Magen durch die Wand hindurch knurren hören!«

»Ach, das war Ihr Magen, *Wolodja*! Ich hatte schon geglaubt, die Raketen machen sich selbständig.« Keiner lachte über ihren Scherz. »Für Sie gilt es leider auch. Aber sobald wir im Orbit sind, können wir tun, was uns Spaß macht.«

»Wir sind doch schon im Orbit?« kam Corettas fragende Stimme. »Was macht es denn aus, wenn wir etwas länger hier bleiben? Tut mir leid, daß ich so dumm fragen muß.«

»Unsere Umlaufbahn ist sehr niedrig«, antwortete Nadja. »Ganz knapp über den dichteren Schichten der Atmosphäre. Und hier haben wir nichts verloren.«

»Was würde passieren, wenn wir doch bleiben müßten?« bohrte Coretta weiter.

Ja, was, überlegte Nadja. War dieser Orbit stabil? Konnten sie sich notfalls auf ihm halten? Und wenn nicht — wieviel Zeit blieb ihnen noch? Sie verscheuchte den Gedanken und antwortete mit fester Stimme: »Nicht viel; wir würden eben alle achtundachtzig Minuten einmal um die Erde wirbeln. Aber wir werden bald weitersteigen! Moment — Patrick will zu euch sprechen!«

»Hier der Kommandant. Die Computer haben jetzt alle verfügbaren Informationen verarbeitet und so etwas wie eine Antwort ausgespuckt. Triebwerk drei ist definitiv außer Gefecht. Es gibt aber einen Weg, es zu umgehen. Wir blockieren es also, ebenso das gegenüberliegende Triebwerk eins. Dann haben wir symmetrischen Schub aus zwei und vier.«

»Werden wir aus den zwei Triebwerken die richtige Schubkraft bekommen?« fragte Ely.

»Natürlich, Dr. Bron. Den vollen Schub aller vier Motoren haben wir nur zum Abheben gebraucht. Hier in der Umlaufbahn kommt es auf das Produkt aus Schubkraft und Zeit an. Wir brauchen nur länger zu feuern.«

»Danke für die Belehrung, Major Winter.« Offensichtlich war Ely verärgert. »Über die Mechanik der Raumflugbahnen weiß ich so viel wie Sie! Meine Frage zielte auf die richtige Dosierung, um die korrekte Bahn unter den veränderten Bedingungen zu erreichen. Ein Programm von dieser Komplexität neu zu rechnen, kann Stunden oder sogar Tage dauern.«

»Entschuldigen Sie, Ely. Ich hätte das nicht sagen sollen. Ich bin verdammt abgespannt, wie wir wohl alle. Aber Sie haben natürlich vollkommen recht. Glücklicherweise sind bei den Planungsarbeiten voriges Jahr auch alternative Steuerungsprogramme für alle denkbaren Fälle entwickelt worden. Dieser war auch dabei — Mission Control ruft mich!«

Patrick schaltete die Sprechanlage aus und nahm neue Anweisungen aus Houston entgegen. Da die Steuerung jetzt wieder automatisiert war, blieben ihm nur Überwachungsfunktionen. Alle Meßwerte und Daten, die im Raumschiff anfielen, wurden bei dieser Schaltung vom Bordcomputer zusammengefaßt, kodiert und zur Erde gefunkt.

Auf dem Umweg über Relaisstationen und Nachrichtensatelliten gelangten sie in die Großrechenanlagen von Mission Control, die sie zu neuen Instruktionen verarbeiteten. Diese wurden zurückgefunkt und vom Bordcomputer in die Tat umgesetzt.

»Zündung erfolgt bei 01:07:00«, sagte Flax.

»Verstanden. Bitte macht euch fertig und prüft die Gurte. Wir feuern in etwa zwei Minuten, bei 01:07 auf der GET-Uhr.«

Die Sekunden verrannen, endlos langsam und beängstigend schnell. Diesmal mußte es klappen. Noch drei Sekunden, noch zwei, eine...

Er war bereit, sein Körper erwartete den Stoß. Es geschah nichts. Absolut nichts.

»Keine Zündung, Mission Control! Bitte kommen! Keine Zündung!«

»Überhaupt nichts?« Flax' Stimme klang ungläubig und ernst.

»Kein windiger Furz. Auch keine Anzeige auf den Instrumenten. Wißt ihr überhaupt, was ihr da macht, Mission Control?«

»Bestätige: ja. Glauben Sie mir, Patrick, wir tun hier unten, was wir können. Wir lassen das Programm zur Überprüfung durch eine andere Anlage laufen. Dann geben wir euch einen neuen Zeitpunkt, und ihr könnt es ohne Automatik versuchen.«

»Danke, Flax. Ich bin sicher, ihre Leute schuften und schwitzen und kriegen Magengeschwüre. Aber sie haben immerhin festen Boden unter den Füßen und hängen nicht wie eine bleierne Ente im Orbit. Habt ihr inzwischen genauere Bahndaten?«

»Negativ...«

»Flax! Hören Sie mir mal zu: Sie lügen! Ihre Computer hatten genug Zeit und genug Material, um zehn Umlaufbahnen zu berechnen!«

»Ihre Höhe beträgt...«

»Ich weiß selbst, wie hoch und wie gottverdammt schnell wir sind. Mich interessiert, ob unsere Bahn stabil ist! Wie lange können wir hier oben bleiben, bis uns die Atmosphäre abbremst und runterholt?«

»Wir können nicht eindeutig...«

»WIE LANGE, FLAX?«

»Gut, gut Patrick, regen Sie sich nicht auf. Wir haben hier eine Zahl, die aber erst einen groben Näherungswert darstellt. Wir werden ihn verbessern und euch auf dem laufenden halten. Mit einer Zuverlässigkeit von siebzig Prozent geben wir euch im Augenblick etwa sechsunddreißig Stunden.«

»Anderthalb Tage?!«

Nadja starrte Patrick mit weit aufgerissenen Augen an. Sie hatte mitgehört. Er nickte ihr langsam zu, machte aber gar nicht erst den Versuch, zu lächeln. Nach einigen Sekunden des Nachdenkens antwortete er.

»Folgendes, Flax: Wir müssen aus diesem Orbit raus, sonst wird Prometheus schon morgen zu einem Meteorit, der in der Atmosphäre verglüht. Bringen Sie die Triebwerke zum Laufen! Falls sie wieder nicht zünden, hetzen Sie Ihre Leute lieber schon jetzt auf die letzte Möglichkeit, die uns dann bleibt. Lassen Sie unsere Chancen durchrechnen, nur mit Hilfe des Kerntriebwerks aus dieser Bahn herauszukommen. Wenn es geht, trennen wir den Booster ab und versuchen es sofort mit der dritten Stufe. Wir haben keine Zeit zu verlieren! Verstanden?«

»Laut und klar, Pat. Wir haben auch schon an das nukleare Triebwerk gedacht und sind bereits mitten im ersten Programmdurchlauf. Können Sie jetzt noch einmal versuchen, zu zünden?«

»Okay.«

»Ich zähle bis null: zehn, neun, acht...«

Auch diesmal rührte sich nichts. Wieder und wieder drückte Patrick verbissen auf den Zündknopf, bis sein Daumen schmerzte. »Nun gut. Was jetzt? Habt ihr noch etwas in petto oder trennen wir?«

»Stufentrennung erfolgt in wenigen Minuten. Wir wollen nur die Bestätigung abwarten, daß euch tatsächlich noch genug Zeit für das Kerntriebwerk bleibt.«

»Eine glänzende Idee!« Mit einer wütenden Handbewegung unterbrach Patrick die Funkverbindung, um seine Besatzung zu informieren.

»Habt ihr das Gespräch verfolgt? Die Intercom sollte mitlaufen.«

»Wir haben zugehört«, sagte Coretta. »Aber — ich bin immer noch nicht klüger — was sind die Konsequenzen?«

»Ganz einfach.« Ely nahm sich ihrer Ratlosigkeit an. »Wenn wir Däumchen drehen, treten wir in etwa einem Tag wieder in die Atmosphäre ein und verwandeln uns in eine Sternschnuppe, bei deren Anblick sich die Liebespärchen etwas wünschen können. Man hofft nun — ›hoffen‹ ist das richtige Wort! —, uns mit meinem Kerntriebwerk, das dafür eigentlich viel zu schwach ist, aus dem Schlamassel herauszuholen. Der einzige Lichtblick in dieser ziemlich melancholischen Situation ist die Schätzung, die ich mit Hilfe meines Taschenrechners gemacht habe. Die Computer werden es genauer wissen, aber es sieht so aus, als könnten wir es schaffen.

Wir müssen uns aber verdammt beeilen! Ich schnalle mich jetzt los und gehe an die Arbeit.«

»Stop!« rief Patrick. »Auf die Couch, bis ich mit Houston gesprochen habe. Mission Control, bitte kommen!«

»Prometheus, hier Houston. Wir haben ein Ergebnis. Bei der Schubleistung des Kerntriebwerks wird die geschätzte verbleibende Zeit in der jetzigen Bahn für orbitale Manöver knapp ausreichen. Manöver sollten daher kurzfristig beginnen. Bitte klarmachen für Stufentrennung.«

»›Kurzfristig‹!« Ely lachte. »Was ich sagte, nur gewundener und pompöser. Sie sollen keine schönen Phrasen dreschen, sondern endlich die Bolzen sprengen, damit ich anfangen kann.«

»Achtung und — Trennung!«

Patrick spürte die Detonation der Sprengbolzen nur als leichten, dumpfen Schlag. Jetzt ging auch der letzte Booster in die Obhut der sowjetischen Landekontrolle über. Vielleicht fanden sie doch noch einen Weg, ihn zu zünden und zur Erde zurückzubringen. Er schwenkte eine Kamera auf das Heck und schaltete das Bild auf die Übertragungsfrequenz.

»Seht euch das an!« Die Worte blieben Patrick fast in der Kehle stecken. »Mission Control, schaut auf eure Schirme! Der Booster hat sich nicht getrennt. Er hängt auf einer Seite in einem Winkel zu uns fest. Vielleicht hat sich ein Verbindungselement nicht gelöst — ich weiß auch nicht. Aber auf jeden Fall haben wir das Ding noch auf dem Buckel. Und so lange können wir unser Atomtriebwerk nicht starten. Versteht ihr mich, Houston? Ihr müßt euch etwas einfallen lassen, und zwar verflucht schnell. Sonst endet diese Mission im größten Feuerball, den ihr je gesehen habt!«

14

GET 01:38

»Das bedeutet eine völlig neue Platte für Seite eins; dabei sind wir sowieso schon vierzig Minuten zu spät auf der Straße.« Unwirsch betrachtete der Chef der Rotation den neuen Umbruch.

»Es wäre mir gleich, selbst wenn Sie Ihre eigene Mutter durch die Walzen jagen müßten«, erwiderte der Schlußredakteur. »Diese Geschichte ist ein wahres Himmelsgeschenk für uns. Ich würde die Verspätung auf meine Kappe nehmen, aber der liebe Gott hat vorhin höchstpersönlich angerufen und will es auch so.«

Wenn der Eigentümer der *Gazette-Times* etwas anordnete, pflegten seine Angestellten nur ergeben zu nicken. So, wie es um die Auflage stand, war jede Änderung recht, die auch nur einen einzigen zusätzlichen Leser brachte. Der Chef der Rotation öffnete die Tür zur Setzerei. Die summende Geschäftigkeit der letzten Viertelstunden vor dem Andruck empfing ihn. Die Metteure standen über ihre Tische gebeugt; grünliches Leuchten drang aus den Ekken, wo die Druckplatten belichtet wurden. In Gedanken versunken, stieß er fast mit dem kleinwüchsigen, hageren Mann zusammen, der ihm entgegengelaufen kam und mit einem Packen Papier herumwedelte.

»Aus dem Weg, Cooper, oder ich renn' Sie über den Haufen!«

»Warten Sie, Sie müssen sich das anschauen, wirklich!«

Mit seinen weiten Hosen und den wirren Haaren, die ihm meistens vor den Augen hingen, bot der Wissenschaftsredakteur einen ziemlich kläglichen Anblick.

»Später. Wir haben eine Botschaft vom lieben Gott bekommen und schmeißen gerade die ganze Nummer um. Ich habe wirklich keine Zeit für den letzten Durchbruch an der Deodorant-Front.«

»Nein, diesmal ist es was anderes. Die Rakete...«

»Aus dem Weg! Die ganze erste Seite ist voll mit der Rakete. In vierunddreißig Stunden wird sie in Flammen aufgehen mitsamt den sechs netten Leuten drin!«

»Was ist hier los?« Der Schlußredakteur zwängte sich an den beiden vorbei.

»Ich versuche, ihn aufzuhalten, Sir. Ich habe eine tolle Story. Wir müssen die erste Seite neu machen.«

Der Schlußredakteur blieb stehen und wandte sich um. Er war

ein alter Hase und ignorierte nichts, was eine Meldung abgeben konnte. »Sechzig Sekunden, Cooper. Besser für Sie, es lohnt!«

»Bestimmt, Sir. Es ist unglaublich. Diese Rakete, Sir, Prometheus, sie ist in einer verfallenden Umlaufbahn. Mit einiger Wahrscheinlichkeit wird sie in anderthalb Tagen in die Atmosphäre eintreten und verglühen.«

»Genau das ist unser Aufmacher.«

»Aber es steckt noch mehr dahinter! Prometheus ist der größte Flugkörper, der je ins All geschossen wurde. Er wiegt zweitausend Tonnen, und das ist eine gewaltige Masse. Wenn er auf die Atmosphäre trifft und verbrennt, wird es ein gigantisches Feuerwerk geben...«

»Sogar unser Leitartikler schreibt besseres Zeug, Cooper. Legen Sie Ihr Manuskript auf meinen Schreibtisch.« Er drehte sich auf dem Absatz um und ging eilig weiter. Mit verzweifelter Stimme rief ihm Cooper nach.

»Warten Sie, Sir! Bitte! Was ist, wenn Prometheus nicht verglüht? Wenn er in einem Stück runterkommt?«

Der Schlußredakteur stand starr. Langsam drehte er sich zu Cooper um. Seine Stimme war kalt wie Eis.

»Sagen Sie mir, was passiert, wenn Prometheus in einem Stück einschlägt.«

»Nun«, nervös blätterte Cooper in seinen zerknitterten Aufzeichnungen. »Ich habe natürlich das Maximum angenommen, Sie verstehen, wenn Geschwindigkeit, Masse, Einschlagwinkel optimal zusammentreffen. Kinetische Energie, nicht wahr, Masse mal das halbe Quadrat der Geschwindigkeit. Die Energie ist um so größer, je schwerer oder je schneller das Objekt ist. Unser Prometheus ist nun besonders schwer und wird auch besonders schnell sein. Ich schätze, beim Aufschlag kann die Energiemenge von zehntausend Tonnen TNT frei werden.«

»Übersetzung, bitte!«

Cooper trat aufgeregt von einem Fuß auf den anderen und begann, so heftig auf seinen tintenverschmierten Fingernägeln zu kauen, daß seine Worte kaum zu verstehen waren. »Nun, ganz einfach, wenn es zum Beispiel eine dichtbevölkerte Gegend träfe, eine Stadt, nicht wahr? Der Einschlag hätte etwa so viel Energie wie die Atombombe, die Hiroshima auslöschte. Keine Radioaktivität natürlich, aber genausoviel Energie...«

»Ich verstehe. Gute Arbeit, Cooper. Gehen Sie noch mal über Ihr

Manuskript und bringen Sie es gleich zum Satz. Machen Sie schon!« Er zog eine Zigarettenpackung aus der Tasche, nahm die letzte heraus, zerknüllte das Papier und warf es auf den Boden. Dann blickte er den Chef der Rotation vielsagend an: »Sie haben es gehört. Wir werden noch mal eine neue Platte für Seite eins machen, ganz egal, wie lange es dauert. Wir haben die Story des Jahrhunderts an der Angel. Stellen Sie sich vor — diese fliegende Bombe könnte eine ganze Stadt auslöschen, eine Stadt wie diese hier...«

Er stockte und blickte unwillkürlich nach oben. Beide blickten nach oben.

15

GET 02:19

Washington, D. C., an einem schwülen Morgen, mitten in der Stoßzeit: Sirenengeheul half der Motorradeskorte kaum, den Cadillac schneller als im Schneckentempo durch den stockenden Verkehr zu fädeln.

Als die Hängebrücke zwischen Maclean und der Stadt passiert war, übernahmen Streifenwagen die Begleitung. Jetzt rasten sie mit aufgeblendeten Scheinwerfern auf der Gegenfahrbahn an der schleichenden Kolonne vorbei.

General Bannerman saß im Fond des Cadillac und haßte die Welt. Er war erst eine Stunde im Bett gewesen und dachte noch lange nicht an Schlaf, als dieser Heini von einem Hauptmann ihn herausgeklopft hatte.

Die Polizisten in den vielen Begleitfahrzeugen mochten keine Ahnung haben, wen sie eskortierten und warum sie zu nachtschlafender Zeit in den kleinen Vorort beordert worden waren. Aber der Hauptmann wußte Bescheid. Er hatte die Adresse von Bannermans Adjutanten erhalten — dem einzigen, der sie kannte —, war selbst hinausgefahren, hatte den General aus dem Bett geholt und sogar den blonden Wuschelkopf zwischen den Kissen gesehen, ehe er mit einem Fluch aus dem Zimmer gescheucht worden war.

Glänzend, wie dieser Tag anfing. Bannerman rieb sich sein markantes Kinn und fühlte die Schnittwunde, die er sich beim hastigen Rasieren beigebracht hatte. Ob er noch blutete?

»Sie sind nicht in meinem Stab, Hauptmann?« fragte er den Fahrer.

»Nein, Sir; G 2, Verbindungsoffizier zum Weißen Haus.«

Bannerman grunzte, gähnte dann ausgiebig...

»Benzedrin ist in der Bar, falls Sie müde sein sollten, Sir«, sagte der Hauptmann.

»Wie kommen Sie darauf, daß ich müde bin?«

»Sie haben die Party erst nach vier Uhr verlassen!«

So, so. Man überwachte ihn also doch. Er hatte es schon lange vermutet, seine Befürchtung allerdings immer wieder dem Verfolgungswahn zugeschrieben, der in der Umgebung des Präsidenten grassierte. Er füllte ein Kristallglas mit Sodawasser und spülte eine Aufputschpille aus dem grünen Fläschchen hinunter. Schon wollte er das Glas zurückstellen, dann zögerte er und griff schließlich nach dem Scotch.

»Sie wissen sehr gut über mich Bescheid, Hauptmann. Ist das klug?«

»Kümmert mich wenig, Sir; ich habe Befehle. Der Secret Service überwacht Sie — nur zu Ihrem eigenen Schutz, versteht sich —, und ich bin der Verbindungsmann.« Er drehte sich kurz zu seinem Fahrgast um, war aber so vorsichtig, sich weder Lächeln noch Augenzwinkern zu gestatten. »Sie können Ihr Leben leben, wie Sie wollen, General, aber wir müssen wissen wo, um Sie zu schützen. Wir tun das sehr diskret!«

»Das möchte ich um Ihretwillen hoffen. Wissen Sie, worüber die Besprechung geht?«

»Nein, Sir. Ich erhielt nur Ihren Aufenthaltsort und dazu noch den Auftrag, Sie so schnell wie möglich ins Weiße Haus zu schaffen.«

Bannerman nickte und wandte sich den vor dem Fenster vorbeihuschenden klassizistischen Bauten zu. Wieder mußte er gähnen, dann nippte er an dem unverdünnten Scotch. Er war es gewohnt, ohne Schlaf auszukommen. Als Kommandant einer Panzerdivision hatte er Schlimmeres mitgemacht. Mit einundsechzig sah er zehn Jahre jünger aus und hatte die Vitalität eines Vierzigjährigen.

Beryl hatte es ihm vor weniger als einer Stunde bestätigt, und sie mußte es wissen. Er lächelte. Aber was, in Dreiteufelsnamen, konnte Bandin um diese Zeit von ihm wollen? Wahrscheinlich ging es wieder um die Araber, darauf lief es meistens hinaus. Seit er Mitglied des Generalstabs geworden war, hatten sich fast alle Konferenzen um Öl und Araber gedreht.

Der Wagen hielt vor dem unauffälligen Hintereingang des Weißen Hauses. Bannerman stieg aus, die beiden Wachen präsentierten die Gewehre, er erwiderte den Gruß. Da stand schon Charley Dragoni, dieser kleine Kuppler, und erwartete ihn. Er stieg von einem Bein auf das andere, als müsse er pinkeln, und deutete aufgeregt auf den Fahrstuhl.

»General Bannerman, Sie sind der letzte, alle warten!«

»Wird ihnen guttun, Charley. Worum geht's diesmal?«

»Der Aufzug bitte, General.«

Fahr' nur nicht zu hoch, dachte Bannerman. Bandins Laufbursche wurde langsam zu groß für seine kurzen Hosen. Während der Fahrstuhl nach oben summte, malte er sich genüßlich aus, wie er ihm ein Bein stellen könnte.

Ein Wachsoldat öffnete die schwere Tür. Bannerman zog seinen Bauch ein und marschierte sporenklirrend vorwärts. Er wußte, daß seine martialischen Kavalleriestiefel Anstoß erregten — darum zog er sie an. Am Kopf des großen Mahagonitisches saß Bandin, flankiert von Schlochter und Simon Dillwater. Die anderen Stühle waren leer. Sehr interessant: der Außenminister, der Chef der NASA, und er selbst. Was hatten sie gemeinsam? Die Antwort lag auf der Hand.

»Ärger mit Prometheus, Mr. President?« Angriff war die beste Verteidigung.

»Mein Gott, Bannerman, ist Ihr Radio kaputt? Weshalb, glauben Sie, sind wir hier!?«

Bannerman zog seinen Sessel heran und ließ sich langsam nieder.

»Ich hatte spät bei meinem Stab zu tun, ging gleich zu Bett und schlief bis eben.« Keine Reaktion, auch nicht bei Dragoni. Vielleicht hatte der Hauptmann die Wahrheit gesagt, und der Secret Service hielt tatsächlich den Mund, obwohl es natürlich in die Akten kommen würde.

»Sagen Sie's ihm, Dillwater; so klar wie möglich, wenn's geht.«

»Gern, Sir. Prometheus hat ernste Schwierigkeiten. Die erste Stufe hat funktioniert, die Außenbooster haben sich abgetrennt und sind inzwischen planmäßig gelandet. Aber der mittlere Booster hat nicht wieder gezündet und trennt sich auch nicht vollständig ab.«

»Er trennt sich nicht ab?« Sofort war Bannerman gespannteste Aufmerksamkeit.

»Er hängt an einem Punkt fest«, präzisierte Dillwater die Situation.

»Welche Höhe?«

»Etwa hundertsechsunddreißig Kilometer, Minimum.«

»Das ist ein lausiger Orbit.«

»So kann man es nennen.«

»Was für Maßnahmen sind eingeleitet?«

»Wir versuchen immer noch, eine vollständige Stufentrennung zu erreichen. Dann könnte Prometheus mit Hilfe des nuklearen Triebwerks weitersteigen.«

»Besser, ihr beeilt euch damit! Ich schätze, die Umlaufbahn ist instabil. Wieviel Zeit bleibt bis zum Knall?«

»Nach unserer letzten Hochrechnung etwa dreiunddreißig Stunden.«

Bannerman trommelte aufgeregt mit den Fingern auf die Tischplatte und dachte nach. »Wenn das Ding verglüht, dann verglühen ein paar Milliarden Dollar und wahrscheinlich auch das ganze Projekt.«

»Ich sorge mich eigentlich mehr um die sechs Besatzungsmitglieder«, entgegnete Dillwater kühl.

»Tatsächlich, Simon!« Eine kurze Pause. »Sie müssen das Ding unbedingt wieder in eine stabile Umlaufbahn bringen, so schnell Sie können.«

»Er hat verdammt recht«, fiel Bandin ein. »Seien Sie realistisch, Dillwater: Es geht auch um unser Prestige. Wir müssen an das Projekt als Ganzes denken und auch an die Russen und die Vereinten Nationen, die dieses eine Mal auf unserer Seite sind. Und an die nächsten Wahlen und weiß Gott an was nicht noch alles. Um die Passagiere kümmern wir uns, falls und sobald wir können. Im Augenblick können wir nicht. Schlochter wird Ihnen jetzt von Poljarnis Reaktion berichten, während Sie, Dragoni, den jüngsten Stand einholen. Das Biest muß hoch, ehe es explodiert. Alles andere ist unwichtig und kann warten. Wirklich *alles*.«

Dragoni, der unauffällig an seinem Schreibtisch in Türnähe saß, wollte eben nach dem Telefon greifen, als es leise summte. Er hob ab, nahm einen Anruf entgegen und legte den Hörer wieder auf. Dann ging er vorsichtig zu Bandin und wartete schräg hinter ihm, bis er bemerkt wurde.

»Was gibt's? Irgend etwas Neues?«

»Ich habe selbst noch nicht angerufen, Mr. President. Aber eben meldete sich Ihr Pressereferent. Er sagte, in einer New Yorker Zeitung soll eine Sensationsmeldung über Prometheus rausgekommen sein...«

»Sagen Sie bloß, man weiß in New York mehr als wir in Washington?«

»Er hat mir nichts Näheres mitgeteilt, Sir. Die NBC bringt in etwa drei Minuten eine aktuelle Sondersendung, die wir uns ansehen sollen.«

»Rufen Sie zurück und fragen Sie, was der Quatsch soll.«

»Vielleicht wäre es am besten, gleichzeitig den Fernseher einzuschalten«, schlug Bannerman vor. »Auf diese Weise erfahren wir genausoviel.«

»Da mögen Sie recht haben. Gehen wir.«

Sie zogen durch die Verbindungstür in das Arbeitszimmer des Präsidenten, wo Bandin sich in den Sessel hinter dem schweren Schreibtisch fallen ließ. Ein Knopfdruck, und die holzgetäfelte Wand mit dem Porträt George Washingtons fuhr zur Seite. Dahinter wurde ein meterhoher Projektionsschirm sichtbar. Ein weiterer Knopfdruck, und auf ihm erschienen zwei Seifenstücke, die zu einer Chopin-Etüde tanzten, bis sie sich unter seligen Seufzern gemeinsam in ein Waschbecken stürzten. Dann war die Werbeeinblendung überstanden, und Vance Cortwright erschien lebensgroß im Bild. Er zeigte diesmal nicht sein berühmtes Lächeln, sondern seine ebenso berühmte Sorgenmiene, die eine ernste Meldung anzukündigen pflegte. Mit feierlicher Stimme sprach er frontal in die Kamera.

»Guten Morgen, meine Damen und Herren. Viele von Ihnen werden gestern nacht aufgeblieben sein, um den spektakulären Start von Prometheus Eins mitzuerleben. Sicher sind Sie mit der beruhigenden Gewißheit zu Bett gegangen, daß dieser größte aller Raumflüge planmäßig und erfolgreich begonnen hat. Auch in den Fernausgaben der Morgenzeitungen hätten Sie noch nichts anderes lesen können. Aber inzwischen ist eine unvorhersehbare dramatische Wende eingetreten. Der Booster, der Prometheus in die Parkbahn einschießen sollte, hat nicht gezündet! Das Raumschiff befindet sich nun in einer niedrigeren Umlaufbahn, als vorgesehen war. Die Flughöhe beträgt im Augenblick...« er raschelte in seinen Papieren, »knapp einhundertvierzig Kilometer. Alle achtundachtzig Minuten umkreisen Prometheus und der Booster die Erde.«

Eine erläuternde Trickzeichnung wurde eingeblendet, die Raumschiff und Booster auf ihrer Bahn zeigte.

»Unsere Herzen sind bei den sechs tapferen Astronauten, die in ihrem Orbit gefangen sind wie in einer Mausefalle. Solange der Booster nicht zündet oder sich abtrennt, kann Prometheus den Parkplatz am Himmel nicht erreichen, von dem das gewaltige Projekt der solaren Energieversorgung seinen Anfang nehmen soll. Aber Prometheus kann auch nicht zurückkehren, denn das Raumschiff verfügt nicht über die technischen Einrichtungen, um jemals wieder auf der Erde zu landen. Im Augenblick ist es ein Gefangener im All und seine sechs Besatzungsmitglieder mit ihm. Welches Schicksal sie erwartet, weiß zur Zeit niemand.«

Cortwright war nun wieder im Bild. Neben ihm saß jetzt ein unscheinbarer, kleiner Mann in einem schlecht sitzenden Anzug. Sichtlich hatte die Maskenbildnerin Mühe gehabt, seine langen Haare aus dem Gesicht zu kämmen. Bei der ersten nervösen Kopfbewegung fielen sie ihm wieder vor die Augen. Cortwright nickte aufmunternd.

»Bei mir im Studio ist nun Dr. Cooper, der Wissenschaftsredakteur der *Gazette-Times*. Ich habe hier ein Exemplar der Morgenausgabe, Dr. Cooper, und ich muß sagen, Ihr Artikel hat mich erschreckt, ja schockiert. Wenn ich vielleicht die Schlagzeile zeigen darf...«

Er hielt die Zeitung in die Kamera. Riesige, rote Lettern füllten die halbe Seite: EINE BOMBE AM HIMMEL.

»Das ist eine klare Sprache, Dr. Cooper, und ich möchte Sie ebenso klar fragen: Glauben Sie, was Sie da geschrieben haben?«

»Natürlich; es sind reine Tatsachen.«

»Können Sie uns diese Tatsachen näher erläutern?«

»Es ist doch klar: dort oben, am Himmel über uns...« Er deutete mit fahriger Gebärde zur Studiodecke, ließ seine Hand dann wie ertappt fallen und verbarg sie in seinem Schoß. »Alle eineinhalb Stunden fliegt Prometheus über uns hinweg — nicht Prometheus allein, sondern auch der Booster, der nicht mehr feuert. Die Raumstation wiegt im Moment etwas über zweitausend Tonnen. Das Gewicht des Boosters können wir nur schätzen, da wir nicht genau wissen, wieviel Treibstoff er noch enthält. Ich würde annehmen, daß er über fünfhundert Tonnen wiegt. Insgesamt haben wir also an die dreitausend Tonnen Metall und hochexplosive Treibstoffe, die auf die Rede stürzen können.«

»Einen Augenblick, bitte«, Cortwright hob bremsend die Hand. Cooper geriet ins Stottern, schwieg und begann, auf einem Fingernagel zu kauen. »Wenn ich mich recht erinnere, haben die Wissenschaftler uns immer erklärt, daß sich im Weltraum ohne Energiezufuhr nichts ändert. Es hat eine Menge Energie gebraucht, Prometheus in die Umlaufbahn zu schaffen, und es würde eine Menge Energie brauchen, ihn wieder herunterzuholen. Ohne Energiezufuhr bleibt das Raumschiff in seiner jetzigen Bahn!«

»Ja, ja, natürlich!« Cooper verhaspelte sich fast vor Erregung. »Das gilt für Umlaufbahnen, die außerhalb der höchsten Schichten der Atmosphäre liegen. Aber Prometheus ist ja nicht so hoch gekommen! In einhundertvierzig Kilometer Höhe ist die Atmosphäre zwar unendlich dünn, aber dicht genug, um Satelliten allmählich abzubremsen. Das nennt man dann eine instabile Umlaufbahn.«

»Ich könnte diesen langhaarigen Affen erwürgen«, murmelte Bandin.

»Wie Sie wissen, wirken in einer Umlaufbahn zwei Kräfte auf den Flugkörper ein: Die Erdanziehung zieht ihn nach innen, die Fliehkraft zieht ihn nach außen. Solange die Fliehkraft gleich groß oder etwas größer ist als die Anziehungskraft, bleibt der Satellit oben. Wenn sie aber kleiner wird, fällt er auf die Erde zurück. Die Fliehkraft hängt nun direkt mit der Geschwindigkeit zusammen. Und die Geschwindigkeit von Prometheus wird durch die Reibung in der Atmosphäre immer geringer. Dadurch wird Prometheus langsam tiefer sinken, in der dichteren Atmosphäre immer stärker abgebremst werden und dann plötzlich wie ein Meteorit herunterfallen.«

»Und dabei wie ein Meteorit verglühen«, ergänzte Cortwright ruhig.

»Warum sollte er?« Cooper sprang so plötzlich auf, daß sein Kopf am oberen Bildrand verschwand. Hastig schwenkte die Kamera nach. »Kleine Meteoriten, kleine Satelliten, kleine Booster, sie verglühen natürlich. Aber es gibt genug Meteoriten, die die Erdoberfläche erreicht haben. In allen Museen sind welche ausgestellt. Und es gibt die riesigen Einschlagskrater, in Arizona, in Sibirien und in Süddeutschland. Der Einschlag in Sibirien war erst 1908. Ein ganzer Wald wurde damals allein von der Druckwelle abgeholzt, und Menschen...«

»Aber Prometheus ist doch nicht so groß, wie es dieser Meteorit war, Dr. Cooper!«

»Groß genug! So groß wie ein Zerstörer immerhin! Groß genug, um in einem Stück einzuschlagen. Können Sie sich die Wirkung vorstellen, wenn ein Zerstörer, ein Schlachtschiff mit Tausenden von Stundenkilometern auf diese Stadt stürzen würde?«

»Das scheint etwas weit hergeholt.«

»Tatsächlich?« Die Kamera folgte Cooper zu einem großen Globus, der hinter ihm im Studio stand. »Sehen Sie sich doch die Bahn an, auf der diese fliegende Bombe dahinrast: ImAugenblick ist sie über unseren Köpfen, über den Vereinigten Staaten, dann führt ihr

Weg weiter über den Ozean, über London, Paris, Berlin, Moskau...« Mit einem roten Markierstift zog er eine Linie zwischen den Städten. »Eine Bombe, deren kinetische Energie und Explosivkraft der Atombombe von Hiroshima gleichkommt. Wenn Sie eine dieser Städte träfe — was, glauben *Sie*, würde passieren?«

In Bandins Arbeitszimmer herrschte Schweigen. Dann General Bannermans leise Stimme: »Jetzt ist die Hölle los.«

16

GET 02:37

Sie hatten sich in der Mannschaftskabine versammelt und aßen, das erste Mal seit dem Start. Nadja hatte die Lebensmittel ausgepackt, während die anderen, sobald sie die Gurte lösen durften, in die Kommandozentrale geschwebt waren. Die innere Kabine hatte keine Fenster, so daß der Aufenthalt, zumal wenn man hilflos an die Liegen gefesselt war, sehr bald beengend wirkte. Einzeln kamen sie von ihrem Ausflug zurück, sprachlos und überwältigt von dem unbeschreiblichen Erlebnis, den Heimatplaneten aus dem Weltall zu sehen.

Sogar die kritische Lage, in der sie sich befanden, trat für Augenblicke hinter diesem Eindruck zurück.

»Die Fotos werden ihm nicht gerecht«, sagte Coretta. »Es ist unglaublich!«

Gregor stammelte vor Begeisterung, und selbst Kusnezow, sein Gesprächspartner, nickte zustimmend.

Für den Oberst war der Anblick der Erde aus dem Weltraum nichts Neues. Er hatte zahllose Stunden im All verbracht, aber dennoch genoß er das Bild, als sähe er es zum erstenmal. Als alter Hase konnte er den anderen auch helfen, sich der Schwerelosigkeit anzupassen.

Obwohl es kein ›oben‹ und ›unten‹ mehr gab, hatten sich Gregor und Coretta zum Essen unwillkürlich wieder auf ihre Liegen gesetzt und, um nicht davonzutreiben, festgehakt. Der Oberst dagegen schwebte im Kopfstand vor ihnen und saugte gelassen an seiner Plastiktube mit Hühnercreme.

»Ich mag eure amerikanische Weltraumverpflegung. Sie ist so abwechslungsreich!«

»Brotlose Kunst, im wahrsten Sinn des Wortes«, erwiderte Ely, der gerade eine russische Dose Lachs öffnete. »Die NASA hat ein Vermögen investiert, um weltraumgerechte Spezialnahrung in Spezialtuben zu entwickeln — Ihr Russen nehmt einfach die besten Büchsen, die schon auf dem Markt sind. Mir schmeckt dieser Lachs hier jedenfalls bedeutend besser. Vor allem hat man was zu beißen.«

»Jedem das Seine«, schloß Kusnezow die kulinarische Diskussion ab, um sich wieder seiner Tube zu widmen.

Patrick hatte in der Kommandozentrale gegessen. Jetzt kam auch er in die Kabine, wo gerade die Überreste der Mahlzeit verstaut wurden.

Ely blickte ihn fragend an, während er zu einer Liege glitt und sich einhakte.

»Etwas Neues?« Die alles beherrschende Frage stand wieder im Raum.

»Nichts. Houston sieht keine Möglichkeit, uns zu helfen. Sie haben den Fehler eingekreist, können aber auf die Entfernung nichts machen. Hier habe ich den Sektionsplan.« Er entfaltete eine großformatige Zeichnung. »Hier außen sind ringförmig die Sprengbolzen angebracht, die die Verbindung zwischen Raumschiff und Booster herstellen. Der Name ist eigentlich nicht ganz korrekt, da sie bei der Abtrennung nicht wirklich zersprengt werden. Die Explosion könnte sonst zu leicht das Kerntriebwerk beschädigen. Sie findet in einer elastischen Sprengkammer statt, die sich durch den Druck ausdehnt, ohne jedoch zu platzen. Dabei wird die Länge des Bolzens verkürzt und der Kolben herausgetrieben, der Prometheus und den Booster auseinanderschiebt. Theoretisch ist das narrensicher.«

Ely lachte geringschätzig.

Gregor nickte ihm beistimmend zu: »Wenn wir wieder zurück sind, möchte ich mit den verantwortlichen Konstrukteuren mal über die praktische Seite reden!«

»Wollen wir alle, Ely, aber das hat wirklich Zeit. Im Augenblick gibt es Dringlicheres. Mission Control kann den schadhaften Bolzen nicht zünden...«

»Also müssen wir selbst ran«, sagte Nadja.

»Aber was können wir denn tun?« fragte Coretta.

»Aussteigen und nachsehen«, antwortete Patrick. »Eine EVA machen, eine *Extra-Vehicular Activity*, die in der Presse immer so harmlos als ›Weltraumspaziergang‹ bezeichnet wird. Ich hoffe nur, daß unsere Versorgungskabel auch noch bis zum Heck des Fahrzeugs reichen.«

»Können wir nicht eines der mobilen Lebenserhaltungssysteme benutzen?« erkundigte sich Ely.

»Leider nein, das war für dieses Flugstadium nicht vorgesehen. Wir haben im Augenblick nur die Druckanzüge und zwei Versorgungskabel zur Verfügung. Die Kabel werden neben der Ausstiegsluke in der Kommandozentrale angeschlossen und sollten eigentlich nur dazu dienen, im Druckanzug bis zur Ladebucht zu gelangen, wo die mobilen Einheiten verstaut sind. Diese mobilen Lebenserhaltungssysteme erlauben es uns dann, ohne die lästigen Versorgungskabel im freien Raum zu arbeiten und zu manövrieren. Keiner hätte geglaubt, daß wir die MLS brauchen würden, bevor wir den Generator zusammenbauen.«

»Schlechte Planung«, befand Ely.

»In diesem Fall kann man den Planern wohl nichts vorwerfen. Die Dinger sind so sperrig, daß sie die Mannschaftskabine fast ganz ausfüllen würden.«

»Und wieso können wir sie jetzt nicht benutzen?« erkundigte sich Coretta.

»Wir könnten natürlich, aber es würde uns zwei bis drei Stunden kosten, sie aus ihrer Bucht herauszuholen und in Betrieb zu nehmen. Sie nachher wieder wegzupacken, dürfte genauso lange dauern. Wir haben einfach nicht genug Zeit. Wir müssen mit den Kabeln raus!«

»Schön, endlich an die Arbeit gehen zu können!« Kusnezow hangelte sich zu den Materialschränken. »Ich ziehe mich schon mal um.«

»Noch einen Moment, Oberst! Wir haben noch nicht entschieden...«

»Die Umstände entscheiden, mein Lieber!« Routiniert streifte er sich den silbernen Overall ab und hing ihn neben sich in die Luft. »Soweit ich weiß, sind wir beide die einzigen an Bord, die Erfahrung im freien Raum haben. Nadja, Sie sind sehr oft geflogen, waren aber noch nie außerhalb des Fahrzeugs, nicht wahr?« Nadja nickte.

»Sehen Sie! Und für die anderen ist es überhaupt der erste Raumflug. Nadja wird also die Kontrollen übernehmen, Sie, Patrick, bedienen mein Versorgungskabel, und ich steige aus und sehe, was sich machen läßt. Natürlich fällt es mir nicht im Traum ein, dem Kommandanten Befehle zu geben; schließlich bin ich ein alter Soldat. Aber bedenken Sie, daß ich bei meinen Kälteexperimenten über tausend Stunden EVA, oder wie Sie das nennen, gemacht habe. Die einzige Alternative wäre, Sie gehen zu lassen, während ich Ihr Kabel überwache; aber für den Kommandanten ist das ein unvertretbares Risiko, solange ein in Ehren ergrauter Weltraumveteran wie ich an Bord ist, der es genausogut erledigen kann. *Otschen ogay*?«

Patrick wollte protestieren, mußte aber lachen: »Wieso sind Sie eigentlich nie General geworden, Kusnezow?«

»Ich sollte schon einmal befördert werden, aber ich habe verzichtet. Zuviel Schreibtischarbeit und schlechter Umgang. Fangen wir an?«

»Na gut!«

Mit gegenseitiger Hilfe ging die umständliche Prozedur des Anlegens der Druckanzüge schnell vonstatten. Die Versorgungskabel wurden aus den Fächern genommen und in die Kommandozentrale geschubst.

»Wir müssen die Luke zur Zentrale jetzt vollkommen dichtmachen. Die Mannschaftskabine bleibt dabei weiter unter Druck«, sagte Patrick.

»Können wir euch nicht helfen, wenn wir auch Druckanzüge anlegten?« fragte Ely.

»Negativ; in der Zentrale ist es sowieso zu eng. Nadja wird euch über die Intercom mithören lassen.«

»Viel Glück, Patrick. Ihnen auch, Oberst!« Einem plötzlichen Impuls nachgebend, schwebte Coretta zu Kusnezow und küßte ihn auf die Stirn.

»Wundervoll!« antwortete er lächelnd. »Kein Krieger ist je ehrenvoller in die Schlacht geleitet worden!«

In der Kommandozentrale wurde die Stimmung ernster. Kusnezow verriegelte die Verbindungsluke, dann setzten sie die Raumhelme auf.

Nadja schloß ihren Anzug an das Sauerstoffsystem der Kabine an, Patrick und der Oberst befestigten die Versorgungskabel an den Ventilen neben der Außenluke und an ihren Anzügen.

»Seid ihr bereit?« fragte Patrick.

»Otschen ogay!«

Er öffnete das Druckausgleichsventil in der Luke. Die künstliche Atmosphäre der Kabine entwich laut fauchend in den Weltraum.

»Druckabfall ausreichend«, meldete Nadja.

»Verstanden; ich entriegle die Tür.«

Ohne den Druck der Kabinenatmosphäre, der sie gegen den Rahmen gepreßt hatte, konnte die Lukentür geöffnet werden. Geräuschlos schwang sie nach außen. Reste der Luftfeuchtigkeit in der Kabine kondensierten zu dünnem Nebel, der durch die schwarze Öffnung ins All strömte.

Draußen waren die Lichtpunkte der Sterne zu sehen, die hier im Weltraum nicht mehr flimmerten. Kusnezow schwebte als erster hinaus.

»In der Außenhaut sind Handgriffe«, rief Patrick.

»Kein Problem; ich komme mir vor, als hätte ich das mein Leben lang gemacht.«

Tatsächlich bewegte sich der Oberst im freien Raum, als wäre dies sein eigentliches Element. Er berührte die Handgriffe nur leicht mit den Spitzen seiner Handschuhe und glitt mühelos wie eine Feder am Rumpf des Raumschiffs entlang. Patrick hatte sich in der offenen Luke festgehakt und ließ Kusnezows Versorgungskabel locker auslaufen.

»Kabel ist ausgefiert«, warnte er den Oberst mit einem Blick auf das kurze, verbleibende Ende.

»Nur noch einen Meter! Hängt es wirklich nicht mehr durch?« fragte dieser zweifelnd.

Kusnezow hatte seine Sicherungsleine am letzten Handgriff befestigt und beugte sich nun weit vor, um über den Rand auf die Heckseite sehen zu können.

Sein Kabel war straff gespannt.

»Was sehen Sie?« fragte Patrick.

»Wenig, im Schatten ist es schwarz wie der Hades. Ich brauche die Lampe.«

Er löste den Handscheinwerfer vom Gürtel. Ein Lichtkreis huschte über die Stirnseite des schräg hinter dem Heck aufragenden Boosters, ohne daß man die Strahlen im luftleeren Raum sehen konnte. »Aha!«

»Was gibt's?«

»Ich habe den Schuldigen! Es ist ein Stahlträger, den die explodierenden Sprengbolzen abgetrennt haben sollten. Die Kolben rundherum scheinen unter Druck zu stehen, aber der Träger ist nur verformt worden, so daß sie nicht expandieren können. Jetzt sieht es so aus, als würde er von dem verkanteten Booster nur noch fester in seine Verankerung gepreßt. Ich glaube, das läßt sich leicht reparieren.«

»Wie?«

»Der Träger müßte mit dem Azetylen-Schneidbrenner durchzukriegen sein. Die Kolben sind ja wohl in Ordnung; sie werden uns den Booster dann schon vom Hals schaffen. Es gibt nur eine kleine Schwierigkeit.«

Alle, die das Gespräch über Intercom verfolgten, warteten gespannt. Sekundenlang hörten Patrick, Nadja und die Astronauten in der Mannschaftskabine nur Kusnezows schweres Atmen.

»Eine Schwierigkeit? Welche?«

»Ich habe keine Ahnung, wie wir an den Träger rankommen sollen. Die Versorgungskabel reichen nicht so weit.«

17

GET 03:25

Die Tragweite von Kusnezows Worten wurde seinen fünf Gefährten erst allmählich bewußt. Sie antworteten mit Schweigen, ihre Gedanken waren wie gelähmt. Nadja meldete sich zuerst; mit nüchternen, emotionslosen Worten gab sie eine Nachricht aus Houston durch.

»Major Winter, Mission Control möchte Sie sprechen.«

»Die können sich zum Teufel scheren!«

»Hallo, Mission Control, hier Prometheus. Major Winter ist im Augenblick nicht sprechbereit. Ja, er assistiert Oberst Kusnezow bei der Überprüfung des Schadens. Verstanden, er wird so rasch wie möglich zurückrufen.«

»Was wollte er?« fragte Patrick.

»Häufigeren Funkkontakt, und ob Sie eine der transportablen Fernsehkameras in die Luke mitnehmen könnten für eine Live-Übertragung.«

»Negativ; jetzt ist bestimmt nicht der Moment, um Zirkus fürs Fernsehvolk zu machen. Kusnezow, bleiben Sie draußen, ich komme nach.«

»Gut, Patrick. Bringen Sie Schneidbrenner und Werkzeuge mit. Vielleicht gibt es doch eine Möglichkeit.«

»Verstanden. Ich bin schon unterwegs.«

Patrick befestigte die Gasflaschen und den Werkzeugcontainer an seinem Gürtel, dann schob er sich durch die Öffnung und hakte seine Sicherungsleine an einem Handgriff fest. Nun zog er das Versorgungskabel nach, bis es in voller Länge im Raum schwebte. Jetzt erst löste er seinen Haken und machte sich auf den Weg. Alle paar Meter blickte er zurück, ob sich die beiden Versorgungskabel nicht untereinander verschlangen oder an einem Teil der Außenhaut verfingen. Als er das Ende der Kabellänge fast erreicht hatte, griff Kusnezow nach seiner ausgestreckten Hand und zog ihn zu sich.

»Schauen Sie um die Ecke«, sagte er. »Dort liegt unser Problem.«

Der Lichtkreis glitt über glänzendes Metall, die Ausströmdüsen des Kernreaktors und die zylindrischen Formen der Trennkolben. Alle waren ausgefahren, nur an einer Stelle sah Patrick ein Gewirr aus deformierten Teilen, halbexpandierten Kolben und dem Stahlträger, der sich verkeilt hatte. Kusnezow hielt den Scheinwerfer darauf gerichtet.

»Ein Sprengbolzen«, sagte er. »Ungesprengt. Ein amerikanischer, leider!«

»Und der Stahlträger und die Hubkolben sind sowjetische Konstruktion«, ergänzte Patrick bitter. »Genau der kritische Punkt, wo die beiden Technologien zusammentreffen. Nun, wir waren gewarnt. Und ohnehin macht es jetzt keinen großen Unterschied mehr. Dieser Bolzen ist mindestens fünf Meter entfernt. Wir können ihn unmöglich erreichen.«

»Ob man den Schneidbrenner an einer Stange befestigen kann?«

»Wir haben nichts an Bord, was so lang wäre, wir müßten improvisieren. Ich glaube nicht, daß es halten würde; außerdem müßten wir den Schneidbrenner hier zünden und dann an den empfindlichen Eingeweiden des Reaktors vorbeibugsieren. Und wenn wir den beschädigen, dann geht's den Jordan runter.«

»Das tut es so oder so«, sagte der Oberst, öffnete den Sicherheitsverschluß des Werkzeugcontainers und griff gleichzeitig nach dem Schneidbrenner. »Was Sie eben sagten, läßt nur eine Folgerung zu: Es muß jemand rüber und den Träger durchschweißen.«

»Jetzt werden wir doch eine mobile Einheit aus der Bucht holen müssen.«

»Dafür bleibt keine Zeit, das haben Sie selbst gesagt. Darum werde ich gehen, mit Ihrer Hilfe. Erst probieren wir die Zündvorrichtung des Schneidbrenners aus. Wunderbar, er funktioniert...«

»Oberst Kusnezow, wovon reden Sie überhaupt? Ihr Kabel reicht doch nicht hin!«

»Wie wahr! Aber ich werde es ohne Kabel schaffen. Ich kann drei, vier Minuten lang die Luft anhalten: in der Zeit müßte es zu machen sein! Falls mir vorher schwarz vor den Augen wird, rechne ich auf Ihre Hilfe.«

»Er darf nicht, nein...«

»Halten Sie ihn zurück!«

Aufgeregte Stimmen hallten in Patricks Kopfhörer wider. »Ruhe!« brüllte er. »Wenn Ihr was zu sagen habt, dann der Reihe nach. Nadja?«

»Ich... nichts. Sie sind der Kommandant, Sie müssen entscheiden. Aber es muß etwas geschehen.«

»Coretta? Ely? Gregor?«

Ein Augenblick verging, bis jemand zu sprechen wagte. Dann kam Elys Stimme: »Ich glaube, da gibt es nichts zu raten. Wir sind ja nur Passagiere. Aber ist das wirklich die einzige Möglichkeit?«

»Allerdings«, fiel Kusnezow barsch ein. »Und jetzt Schluß mit der Zeitverschwendung, wir müssen anfangen.«

»Gut«, stimmte Patrick zu. »Das erste Problem ist, wie wir Ihr Versorgungskabel lösen, ohne daß Sie Sauerstoff aus dem Anzug verlieren. Geht das überhaupt?«

»Ich habe mir schon etwas ausgedacht.«

Der Oberst klappte den Werkzeugcontainer auf. Die Geräte, die er enthielt, sahen den entsprechenden irdischen nur noch entfernt ähnlich. Sie waren den völlig andersartigen Arbeitsbedingungen im Weltraum angepaßt, wo nicht nur Kälte, Vakuum und die unförmigen Handschuhe der Raumanzüge ihre Bedienung erschwerten, sondern mehr noch das Fehlen der Gravitation. Ohne die Schwerkraft, die auf der Erde selbstverständlich ist und kaum mehr wahrgenommen wird, macht Newtons Gesetz der Wechselwirkungen selbst einfachste Tätigkeiten zu einem praktischen Problem: Ein Astronaut, der frei schwebend eine Schraubenmutter festziehen will, dreht nicht nur diese in eine Richtung, sondern rotiert dabei selbst in die andere. Um dies zu verhindern, waren sämtliche Bordwerkzeuge mit eingebauten Elektromotoren ausgerüstet, die den Astronauten die Arbeit abnahmen und deren Drehmoment von einem ausgeklügelten System gegenläufiger Schwungräder neutralisiert wurde.

Kusnezow nahm eine elektrische Universalzange aus der Halterung. Sie bestand aus zwei Backen, die von Motoren geöffnet, geschlossen und gedreht werden konnten. Ausmaß und Geschwindigkeit der gewünschten Bewegung wurden auf getrennten Skalen eingestellt.

»Was haben Sie vor?« fragte Patrick.

»Das werden Sie gleich sehen. Geben Sie mir den Schneidbrenner. Die Tanks befestigen wir am besten auf meinem Rücken, dort können sie mich nicht behindern.«

Patrick brachte die beiden Flaschen mit Sauerstoff und Azetylen in der gewünschten Weise an Kusnezows Raumanzug an. Dann führte er die Schläuche über die Schultern zum Pistolengriff des Schneidbrenners, den der Oberst zwischen seinen Händen hielt. Die Ventile wurden geöffnet, und ein Druck auf den Zündknopf setzte das ausströmende Gasgemisch in Brand. Durch Änderung des Mischungsverhältnisses stellte der Oberst eine lange, spitze Stichflamme ein.

»Das war Schritt eins. Können Sie mir den Schneidbrenner jetzt einen Augenblick lang abnehmen, Patrick? Die Flamme immer schön weghalten, bitte!«

Nun begann Kusnezow, methodisch einzuatmen. Mit gleichmäßigen, tiefen Zügen füllte er seine Lungen, pumpte er seinen Blutkreislauf mit Sauerstoff voll. Als er genug hatte, nickte er Patrick zu. Mit einer raschen Bewegung quetschte er sein Versorgungskabel zwischen die Backen der Zange und schaltete die Motoren ein. Langsam wurde der Sauerstoffschlauch zusammengepreßt, bis sich die Zange auf dem Intercom-Kabel geschlossen hatte und die Luftzufuhr abgeklemmt war.

»Schneidbrenner!« flüsterte er, um Atem zu sparen.

Patrick drückte ihm das Mundstück des Brenners in die Hand. Mit einem entschlossenen Schnitt trennte Kusnezow seine Nabelschnur kurz vor der Zange durch. Dann schaltete er den Schneidbrenner aus, winkte zum Abschied und begann seinen Weg zur gegenüberliegenden Seite des Hecks.

»Bitte melden, was ist los?« Stimmen aus der Kabine schlugen an Patricks Ohr. Ihm wurde bewußt, daß seine Kameraden nicht wissen konnten, was während des minutenlangen Schweigens vor sich gegangen war.

»Oberst Kusnezow ist unterwegs, um den Träger abzutrennen. Er hat sein Kabel mit einer Zange zugeklemmt, um keinen Sauerstoff zu verlieren, und es dann mit dem Schneidbrenner durchschnitten. Ich habe keine Verbindung mehr mit ihm!« Es kostete Patrick Anstrengung, klar zu denken. Das lose Kabelende trieb im All wie ein vergessener Gartenschlauch. Ein Schauer gefrorener Kristalle ergoß sich aus der Öffnung.

»Nadja«, rief er, »schalten Sie Kusnezows Sauerstoff ab. Er braucht ihn nicht mehr.«

»Verstanden«, kam die Antwort, während der Strahl allmählich dünner wurde. »Bitte halten Sie uns auf dem laufenden!«

»Kusnezow ist auf halbem Weg. Zwischen den Triebwerksaggregaten kommt er nur sehr langsam vorwärts — *paß auf*!«

Patrick schrie und vergaß vollkommen, daß der Oberst ihn nicht mehr hören konnte. Kusnezow kämpfte gegen die Zeit und ging Risiken ein, die er als erfahrener Astronaut sonst niemals in Erwägung gezogen hätte. Jetzt gab es keine Wahl: Die letzten Meter boten ihm nirgends Halt, er schätzte die Enfernung — und stieß sich in Richtung seines Ziels ab. Nun schwebte er völlig frei im All.

Aber er konnte nicht sehen, was Patrick sah. Den beiden Gasflaschen auf Kusnezows Rücken ragte eine Verstrebung in den Weg, unter der er hindurchtauchen wollte. Sie mußten sie treffen — und niemand konnte ihn mehr warnen.

Schon streckte er die Arme aus, um nach dem Sprengbolzen zu greifen, da kollidierten die Flaschen mit der Strebe. Kusnezow verfehlte den Bolzen völlig und rotierte um seine eigene Achse, bis er mit den Füßen gegen die Basis der Raumstation stieß. Ehe er sich irgendwo festhalten konnte, prallte er wieder ab und schwebte zwischen Prometheus und dem Booster in das offene All hinaus.

Aber noch rotierte er langsam. Jetzt zeigte sich, wie erfahren Kusnezow im freien Raum war. Blitzschnell beugte er den Oberkörper scharf nach vorne und zog gleichzeitig die Knie eng an den Rumpf. Seine Drehbewegung wurde schneller.

Dann streckte er sich abrupt zu voller Länge aus — und bekam ein Stück Metall zwischen die Finger. Durch die Schwungkraft der Drehung hatte er den entscheidenden Zentimeter gewonnen. Patrick atmete auf. Plötzlich bemerkte er wieder die drängenden Fragen aus der Kabine.

»Es ist gut jetzt. Der Oberst hatte Schwierigkeiten, den Bolzen zu erreichen, aber jetzt ist er fast dort.«

»Die Luft wird ihm ausgehen!« Gregors Stimme, rauh vor Angst.

»Noch nicht«, beruhigte Patrick. »Er ist hyperventiliert und hat außerdem noch Sauerstoff im Anzug.«

Kusnezow hatte es fast geschafft. Er war jetzt beim Bolzen angelangt und untersuchte ihn einen endlosen Augenblick. Dann befestigte er seinen Sicherungshaken, zündete den Schneidbrenner, regulierte die Flamme und führte sie an den verkeilten Strahlträger.

»Er ist an der Arbeit, er schneidet!« rief Patrick so laut, daß seine Stimme im Helm widerhallte und seine Ohren schmerzten. »Der Stahl glüht schon, ich sehe Metalltropfen wegfliegen. Er ist fast durch — JETZT!«

Das Ende war dramatisch. Der Druck, unter dem die Kolben standen, war so groß, daß der Stahlträger unter einem Funkenregen barst, noch ehe er durchgeschweißt war. Auch die letzten Metallarme fuhren nun aus: Geräuschlos, mit majestätischer Ruhe, schoben sie die beiden riesigen, dunklen Formen auseinander. Langsam löste sich der Booster von Prometheus und trieb davon.

»Er hat es geschafft! Wir sind frei!« schrie Patrick in sein Mikrofon. »Wir haben Stufentrennung. Und Kusnezow ist okay, er öffnet seinen Haken und kommt zurück.«

Er verschwieg, daß der Oberst mit Atemnot zu kämpfen schien. Eine nach der anderen waren die Minuten verstrichen, und sein Sauerstoffvorrat mußte längst erschöpft sein. Er bewegte sich jetzt mühsam und schwerfällig. Beim ersten Versuch, sich von dem Stumpf des Sprengbolzens abzustoßen, glitt seine Hand aus. Er schüttelte den Kopf, um sich bei Bewußtsein zu halten, dann gelang es ihm mit letzter Kraft, beide Füße gegen den Bolzen zu stemmen. Noch mußte er warten, bis sein Körper in die richtige Richtung zeigte, dann stieß er sich vorwärts.

Quer über den Abgrund der Reaktorbrennkammer, parallel zur Basis des Raumschiffs, schwebte er halb bewußtlos auf Patrick zu.

Aber er hatte nicht mehr genau zielen können. Die Hand war ausgestreckt, doch kraftlos; nur der Druckanzug hielt den Arm in waagrechter Lage. Patrick stemmte sich gegen den Zug seines straffgespannten Versorgungskabels, beugte sich verzweifelt vor und sah zugleich, daß es nicht reichen würde.

Geräuschlos schwebend, verfehlte Kusnezows Hand die Fingerspitzen seines Kameraden um Zentimeter. Als er aus dem Schatten des Prometheus in das strahlende Licht der Sonne glitt, sah Patrick hinter dem Visier des Raumhelms geschlossene Augen, ein lächelndes Gesicht.

Dann trieb Oberst Kusnezow, den Arm ausgestreckt wie zu einem letzten Gruß, an ihm vorbei in die eisige, ewige Leere des Alls.

18

GET 04:10

Flax spülte die Beruhigungspille mit schwarzem Kaffee hinunter, und es tat ihm gar nicht gut. Alle Augenblicke krampfte sich sein Magen zusammen und schickte helle Schmerzwellen aus, ein Erdbebenherd in seinen Eingeweiden. Und obendrein drückte der Kaffee auf die Blase.

Er konnte sich kaum erinnern, wann er zuletzt draußen gewesen war, aber er ahnte, daß er noch geraume Zeit auf die nächste Gelegenheit zu warten haben würde. Er durfte seine Konsole jetzt nicht verlassen.

»Hören Sie, Patrick, wir brauchen das!« Er war der Bittsteller, und er wußte es. »Wir haben fast vierzig Minuten keinen Kontakt mit Ihnen. Nur von den Biosensoren wußten wir, daß es Sie überhaupt da oben noch gibt. Und als Kusnezow sein Kabel durchschnitt, war hier ganz schön dicke Luft. Und in vier Flugstunden haben Sie bis jetzt nur etwa eine Viertelstunde lang Fernsehbilder übertragen.«

»Wir hatten einigen Ärger hier oben, Mission Control!«

»Ich weiß, ich will es ja nicht herunterspielen. Aber die Lage hier unten erfordert einfach eine Übertragung. Ich möchte Sie nicht mit Einzelheiten belasten, Patrick, aber wir brauchen Ihre Hilfe. Unbedingt!«

»Akzeptiert, Flax, meine Besatzung stimmt zu. Bevor wir die Zentrale wieder unter Druck setzen, sende ich euch ein paar Aufnahmen aus der offenen Luke. Macht euch fertig.«

Flax lehnte sich erleichtert zurück, steckte dann seine Daumen in den Hosenbund und drückte ihn nach außen, um Bauch und Blase dadurch zu entlasten.

Er nippte an seinem Kaffee.

Auf einem Schirm der Monitorenkonsole erschien das Vorlaufsignal und dann ein verzerrtes Bild, das rasch besser wurde. Er schaltete die Übertragung auf seinen eigenen Monitor und stellte sein Telefon zur Regie durch.

»Bob, wir kriegen endlich ein Bild. Können die Sender es annehmen?«

»Sie lechzen förmlich danach!«

»Sollen sich bereithalten. In sechzig Sekunden.«

Ein gelbes Licht blinkte auf seiner Konsole. Er drückte den zugehörigen Knopf. »Mr. Flax, Dillwater für Sie...«

»Sagen Sie ihm, er muß warten.«

»Aber...«

»Kein aber; ich rufe zurück, sobald die Übertragung vorbei ist. Er wird das verstehen.«

Er unterbrach schnell die Verbindung, ehe ein Einwand kommen konnte, und beobachtete angespannt das Fernsehbild. Schwankend bewegte sich die Kamera auf die Luke zu, hinter der die Erde in Sicht kam.

»So ist es gut, Patrick. Lassen Sie die Kamera dort. Die Fernsehgesellschaften warten schon, können Sie anfangen?«

»Ich bin bereit.«

»Dann gebe ich das Zeichen.«

Auf seinem Monitor war jetzt die laufende Sendung zu sehen. Er sah eine Totale von Mission Control und sich selbst ganz klein in der Mitte.

»Und nun schalten wir um zu Prometheus. Was Sie jetzt sehen, ist der Blick auf die Erde durch die geöffnete Luke der Kommandozentrale. Major Winter hält die Kamera und wird auch einen Kommentar geben.«

»Das ist die Erde, wie wir sie von hier oben sehen. Wir sind mitten in unserem dritten Umlauf über dem Pazifik, der unter der Wolkendecke liegt. Rechts am Bildrand, wo sie etwas lockerer wird, kommt gerade Peru herauf, über den Anden ist es dann wolkenlos. Ich schwenke jetzt... einen Moment bitte... so, jetzt haben Sie den abgetrennten Booster der zweiten Stufe im Bild. Er hat die gleiche Umlaufbahn wie wir und folgt uns in einem Winkel von etwa fünfzehn Grad.«

Flax drückte den Sprechknopf zur Regie.

»Bob, drehen Sie den Ton weg. Sagen Sie, es sei eine technische Störung.«

Er schaltete zurück zu Prometheus.

»Hallo, Prometheus. Gutes Bild, glänzender Kommentar, Patrick. Was wir jetzt sprechen, ist nicht auf Sendung. Sehen Sie den Lichtpunkt unmittelbar links vor dem Booster?«

»Ja.«

»Ist das...?«

»Ja, das ist Oberst Kusnezow. Er folgt uns ebenfalls auf unserer Bahn. Und ehe Sie fragen — die Antwort ist nein. Ich werde nicht auf seine Leiche zoomen oder dergleichen.«

»Ich wollte mich nur vergewissern.«

»Gut. Ich gebe euch noch eine runde Minute, dann schließen wir die Luke und setzen die Kabine wieder unter Druck. Wir haben zu tun.«

»Ton ab«, seufzte Flax und gab das Zeichen.

»Man wird versuchen, diesen Booster weich zu landen, wie es im Flugplan vorgesehen ist. Nun in die Kabine. Ich gebe die Kamera jetzt meiner Kopilotin, Major Kalinina, während ich die Luke schließe. Sobald die Kabinenatmosphäre wieder aufgebaut ist, beginnen wir mit den Vorbereitungen für die Bahnänderung.«

Das Bild wackelte, als die Kamera übergeben wurde. Flax stöhnte und überlegte, ob seine Blase wirklich platzen würde. Wieder blinkte die gelbe Lampe.

»Mr. Dillwater besteht darauf, mit Ihnen zu sprechen.«

»Nur noch ein paar Minuten.«

»Er wartet nicht. Er ist hier und kommt selbst zu Ihnen!«

»Scheiße!« Flax drehte seinen Stuhl: Da war er tatsächlich, die dunkle Gestalt, die den Kontrollraum an der oberen Galerie betrat. Es mußte Dillwater sein, denn niemand sonst brachte es fertig, mitten im texanischen Sommer in einem dunklen Anzug mit Weste aufzukreuzen. Eilig kam er auf Flax zu.

»Mr. Flax, Ihre Anwesenheit im Pressezentrum ist dringend erforderlich.«

»Ich wünschte, ich könnte hier weg, Mr. Dillwater, aber es geht nicht. Das Kerntriebwerk...«

»Ihr Assistent kann die Kontrolle solange übernehmen. Ich habe es der Mühe wert gefunden, von Washington hierher zu fliegen, obwohl ich auch über Fernsehen an der Pressekonferenz hätte teilnehmen können. Sie brauchen nur nach nebenan zu gehen. Ich schätze Ihr Verantwortungsbewußtsein und Ihre Erfahrung, Flax, aber wenn Sie mir jetzt nicht folgen, übernimmt Ihr Assistent die Kontrolle für immer. Mache ich mich verständlich?«

Zum erstenmal in seinem Leben war Flax sprachlos. Die Sekunden tickten dumpf vorbei, bis ihm klar wurde, daß es hier nichts zu diskutieren gab. Realistisch betrachtet konnte er tatsächlich eine Pause einlegen: Die Kommandozentrale wurde wieder unter Druck gesetzt, das Kerntriebwerk war noch nicht in Betrieb. »Spendlove, übernehmen Sie bitte«, sagte er und entledigte sich des Kopfhörers und der Mikrofone.

»Ich werde Sie begleiten, Mr. Dillwater. Aber vorher muß ich auf die Toilette...«

Er erhob sich und glaubte, seine Blase müsse unter der plötzlichen Belastung bersten. Ächzend eilte er auf die erlösende Tür zu und drückte sie auf.

Dillwater wartete auf ihn, als er mit triumphierender Miene wieder herauskam. Er fühlte sich, als habe er einen Weltrekord aufgestellt — aber in diesem Punkt konnte er sich Dillwater sicher nicht mitteilen.

Sie gingen zum Aufzug.

»Liegt irgend etwas an, wovon ich noch nichts weiß?« fragte Flax.

»Allerdings! Vor ein paar Stunden ist eine New Yorker Morgenzeitung mit einer Story herausgekommen, die von allen Medien in allen Ländern aufgegriffen worden ist. Der Schneeballeffekt macht die Sache natürlich immer noch sensationeller. Haben Sie davon gehört?«

»Nur ganz kurz, aus dritter Hand. Eine Wahnsinnsidee, daß Prometheus zu einer Atombombe werden könnte. Komplett verrückt!«

»Ich bin erleichtert, daß Sie das so sehen, Mr. Flax. Aber heben Sie sich Ihre Entrüstung und Ihre Argumente für die Presse auf. Als die ersten Meldungen kamen, hat mich Präsident Bandin sofort hierher geschickt, um eine Pressekonferenz zu arrangieren und diese Gerüchte aus der Welt zu schaffen. Ich habe eineinhalb sehr ungemütliche Stunden in einer Überschallmaschine der Air Force hinter mir. Sie müssen mich entschuldigen, wenn ich kurz angebunden bin.«

»Wer wird auf der Konferenz vertreten sein?«

»Alle und jeder! Sämtliche Medien. Wir müssen höllisch aufpassen, und ich rechne wirklich auf Ihre Hilfe.«

Flax fühlte sich nicht wohl in seiner Haut. Massenversammlungen machten ihm Angst, und Kreuzverhöre durch mißtrauische Journalisten konnte er schon gar nicht ausstehen. Wenn er in die Enge getrieben wurde, überschlug sich seine Stimme, und er quiekste wie eine Ratte. Den Journalisten mochte das Vergnügen bereiten — ihm selbst nahm es jeden Glauben an die eigenen Worte. Ein Drink war die einzige vorbeugende Maßnahme. Es gab eine Bar im Büro hinter dem Konferenzsaal. Aber was würde Dillwater denken? Zum Teufel mit dem, was er denken würde!

»Ich muß noch kurz in Jacks Büro«, sagte Flax und griff schon nach der Klinke. Dillwater runzelte die Stirn.

»Wozu, um alles in der Welt?«

»Zu einem Drink, wenn Sie es schon wissen müssen.«

Die Stirn entspannte sich langsam, und die Andeutung eines Lächelns schien um die verkniffenen Mundwinkel zu spielen.

»Ich komme mit.«

Dillwater nahm einen kleinen, trockenen Sherry, während Flax sich ein halbes Glas Whisky eingoß, es mit Wasser auffüllte und in einem Zug leer trank. »Großer Gott!« sagte er und strich sich über seinen hervorquellenden Bauch, »entweder es hilft mir oder es bringt mich um!«

Er schüttelte sich und rülpste eruptiv. Dillwater nippte an seinem Sherry, tupfte sich die Mundwinkel mit dem Taschentuch trocken und deutete zur Tür:

»In die Höhle des Löwen, Mr. Flax. Ich fürchte, wir haben keine Wahl.«

Sie betraten den Saal durch einen Seiteneingang und blieben einige Sekunden lang unbemerkt. Minford, der NASA-Pressesprecher, stand auf dem Podium und beantwortete die Fragen. Nach seinem schweißüberströmten Gesicht zu schließen, hatte er keine angenehme Viertelstunde hinter sich. Als er Flax und Dillwater sah, schien ihm eine Zentnerlast vom Herzen zu fallen.

»Bitte merken Sie sich Ihre Fragen, hier kommen die Herren, die erschöpfend Auskunft geben können. Mr. Simon Dillwater ist Ihnen allen bekannt; er ist extra von Washington hierher geflogen, um Ihnen Rede und Antwort zu stehen. Mit ihm ist Dr. Flax, der Flugdirektor des Projekts, der seit dem Start ununterbrochen mit den Astronauten in Verbindung gestanden hat. Wenn Sie jetzt bitte Ihre Fragen stellen...«

Hände, Stifte, Notizblöcke wurden geschwenkt, heisere Stimmen versuchten sich zu überschreien. Minford blickte suchend umher, dann deutete er auf den Wissenschaftskorrespondenten der *Los Angeles Times*. Er kannte ihn seit Jahren und hoffte auf wohlwollende Fragen.

»Dr. Flax, können Sie uns die aktuelle Situation an Bord des Raumschiffs schildern?«

Flax war erleichtert; hier gab es keine Schwierigkeiten. »Wir haben jetzt Stufentrennung, wie Sie sicher wissen. Im Augenblick wird die Kommandozentrale wieder unter Druck gesetzt, damit die Piloten ihre Raumanzüge ablegen können. Als nächsten Punkt sieht der revidierte Flugplan die Funktionsprüfung des Kerntriebwerks vor, mit dessen Hilfe Prometheus seine endgültige Umlaufbahn doch noch erreichen soll...«

Wieder hoben sich viele Arme; Minford deutete auf den ersten besten.

»Was wird aus dem Booster, der sich noch in der Umlaufbahn befindet? Könnte er nicht auf die Erde stürzen und schreckliche Verwüstungen anrichten? Wie eine Atombombe?« Augenblicklich war es totenstill im Saal; alle warteten gespannt auf die Antwort. Flax sprach sehr langsam und zählte seine wichtigsten Argumente an den Fingern ab.

»Erstens, aus einer Umlaufbahn kann nichts ›abstürzen‹, auch wenn Sie Gegenteiliges gehört haben sollten. Vielmehr wird der letzte Booster, wie seine fünf Vorgänger, auf eine Rückkehrbahn gebracht und weich gelandet werden. Zweitens, wenn dabei etwas schiefgehen sollte, was allerdings undenkbar ist, käme es schlimmstenfalls zu einer Zerstörung des Boosters durch Reibungshitze beim Wiedereintritt in die Atmosphäre...«

»Wenn es undenkbar ist, daß etwas schiefgeht«, rief eine laute Stimme, »als was würden Sie dann das Versagen der zweiten Stufe und die mißglückte Stufentrennung bezeichnen?«

Flax brach der Schweiß aus. »Vielleicht habe ich mich unklar ausgedrückt. Eine unkontrollierte Landung ist allerdings denkbar, aber in diesem Fall würde der Booster verglühen.«

»Er könnte nicht einschlagen und explodieren?«

»Ausgeschlossen! Tausende von Raketen sind gestartet worden, deren letzte Stufen in der Atmosphäre verglüht sind. Noch nie sind Teile auf der Erde eingeschlagen, noch nie hat es auch nur den geringsten Schaden gegeben.«

Ein Journalist hatte sich seit Beginn der Pressekonferenz vergeblich gemeldet. Minford konnte ihn nicht länger ignorieren: »Mr. Redditch bitte.«

Der Korrespondent von *Newsweek* war allen anwesenden Reportern bekannt. Sie vertrauten ihm und wußten, daß er für sie sprechen würde.

»Ich akzeptiere Ihr Argument, Dr. Flax«, sagte Redditch unter gespanntem Schweigen seiner Kollegen. »Aber bezieht es sich nicht auf wesentlich kleinere Booster als diesen?«

»Möglicherweise; allerdings ist der Unterschied nicht so groß...«

»Tatsächlich nicht?« In Redditchs Stimme lag unverhohlene

Skepsis. »Die Prometheus-Booster sind weitaus größer als alle bisher verwendeten. Und die Raumstation selbst ist noch wesentlich schwerer. Stimmt das oder stimmt es nicht?«

»Schon, aber...«

»Gut. Lassen Sie uns den Booster für den Augenblick vergessen. Was könnte eigentlich passieren, wenn Prometheus selbst abstürzte? Würde das nicht ein verdammt großes Loch im Boden geben?«

»Prometheus wird *nicht* zur Erde zurückkehren!« Flax spürte, wie ihm der Schweiß aus den Achselhöhlen tropfte. »Prometheus ist bereits im Orbit und wird sich bald mit Hilfe des Kerntriebwerks in eine noch höhere Bahn begeben.«

»Ist die Umlaufbahn, in der sich die Raumstation befindet, nicht eine sogenannte instabile Bahn? Stimmt es denn nicht, daß Prometheus in absehbarer Zeit in die Atmosphäre eintreten und abstürzen wird, wenn das Atomtriebwerk nicht schleunigst zündet? Stimmt es nicht, daß die derzeitige Bahn nur noch zwanzig Stunden sicher ist?«

Flax war verwirrt. Woher hatte Redditch diese Zahl? Bisher hatte die NASA nur die optimistische Schätzung von dreißig Stunden veröffentlicht. Es mußte eine undichte Stelle geben, durch die das neue Minimum nach außen gedrungen war. Was sollte er sagen?

Dillwater sprang ihm bei. Kühl und gelassen wie stets, räusperte er sich und nickte Redditch zu: »Es sind zu viele unqualifizierte Gerüchte im Umlauf. Als Pressevertreter sind Sie selbstverständlich verpflichtet, auch solchen haltlosen Spekulationen nachzugehen. Sie alle, meine Damen und Herren, sind hierher gekommen, um an der Quelle zu erfahren, wie es sich tatsächlich verhält. Es ist Ihre Aufgabe, absurde Phantasiegebilde, die interessierte Kreise vielleicht ausstreuen mögen, an den Fakten zu messen und in ihre Schranken zu verweisen. Wir haben eine freie Presse, und Veranstaltungen wie diese sind dazu da, sie mit fundierten Informationen zu unterstützen.«

»Dürfte ich um diese Information bitten?« fragte Redditch, offensichtlich unbeeindruckt. »Meine Frage ist noch nicht beantwortet: Wenn Prometheus in zwanzig Stunden in die Atmosphäre eintritt — was wird geschehen?«

»Nichts. Denn das wird Prometheus nicht tun. Während wir hier diskutieren, bereitet die Besatzung bereits die Zündung des Kerntriebwerks vor. Wir haben Schwierigkeiten gehabt, das will ich gerne zugeben, aber sie sind nun überwunden. Prometheus ist auf dem Weg!«

O Baby, wenn du nur recht hast, dachte Flax und führte seinen linken Arm vorsichtig hinter die Stuhllehne. Wenn du dich bloß nicht täuschst! Heimlich, ohne daß ein Journalist es bemerkte, klopfte er auf Holz.

19

GET 05:03

»Sieht aus wie in einem U-Boot«, sagte Coretta, als sie die runde Luke mit dem Handrad in der Mitte sah, die in den Boden der Mannschaftskabine eingelassen war.

»Es dient der gleichen Funktion«, erklärte Patrick, der sich an dem Rad abmühte.

Ely hatte sich mit gegrätschten Beinen zwischen der Wand und seiner Liege verankert und hielt Patrick an den Oberschenkeln, um ihm einen Widerstand zu bieten, gegen den er das schwergängige Rad bewegen konnte.

»Im Augenblick ist auf der anderen Seite dieser Luke noch Vakuum. Die Kabine, in der wir uns befinden, und die Kommandozentrale sind als geschlossene Einheit konzipiert, das sogenannte ›Mannschaftsmodul‹. Es kann mit Hilfe von Rettungsraketen seitwärts ausgestoßen werden und an Fallschirmen landen, falls beim Start etwas schiefgeht. Nachdem wir jetzt nicht mehr auf diese Möglichkeit angewiesen sind, können wir die Verbindung zum Kontrollraum des Kernreaktors herstellen. Er liegt hinter uns und ist durch den Transfertunnel zu erreichen, den ich gerade an die Luke ankupple. So, jetzt sind Sie dran, Ely. Nehmen Sie den Schraubenschlüssel und lösen Sie die Muttern.«

Es war keine leichte Arbeit. Schon nach wenigen Minuten stöhnte Ely schweißüberströmt. »Warum zum Teufel mußte man die Dinger so fest anziehen?«

»Das wissen Sie doch ganz genau«, antwortete ihm Patrick, der die Muttern in einen Plastikbeutel an seinem Gürtel sammelte. »Durch eine undichte Stelle würde die künstliche Atmosphäre im Kontrollraum entweichen, und wir müßten dann in Druckanzügen arbeiten. Wenn der Druck in Ordnung ist, können wir mit hochgekrempelten Ärmeln rüber, und das ist erheblich angenehmer.«

Ely setzte den Schlüssel an die letzte Mutter an und drückte auf den Auslöser.

Der Motor summte, die Mutter kam frei.

Ely zog den Schraubenschlüssel zurück und achtete nicht darauf, daß die Schwungräder noch rotierten.

Die achtkantige Mutter wurde quer durch die Kabine katapultiert, prallte an einer Metallverkleidung ab und traf Nadja in den linken Unterschenkel. Sie schrie vor Schmerz auf.

»Ely, Sie Idiot...« Patrick unterbrach sich und rief Coretta, die sich in der Kommandozentrale befand: »Coretta, sofort hierher, schnell!«

Er drückte Ely achtlos zur Seite, als er sich von seinen Schultern abstieß, um zu Nadja zu gelangen. Sie schwebte mitten im Raum und hielt das verletzte Bein mit beiden Händen umklammert. Schon sickerte Blut durch das Gewebe ihres Overalls. Patrick zog sie auf eine Liege.

»Es ist nicht so schlimm«, beruhigte sie ihn. »Ich war nur überrascht, weil es so plötzlich kam...«

»Lassen Sie mich mal sehen.«

Er schnallte sie auf der Liege fest und nahm das Klappmesser aus der Tasche, die am Bein ihres Overalls aufgenäht war. Mit zwei vorsichtigen Schnitten legte er die Wunde frei. Sie blutete stark, sah aber nicht gefährlich aus. Coretta kam auf die beiden zugeschwebt.

»Ist ja halb so schlimm«, sagte sie beruhigend, während sie die Schnittwunde mit blutstillender Watte abtupfte. »Bei dieser Größe brauche ich noch nicht einmal zu nähen. Ein Pflaster wird genügen.«

Sie arbeitete zügig und routiniert. Patrick drehte sich um und sah nach den anderen. Ely wirkte verlegen und beschämt, und Gregors Gesicht war kreidebleich.

»Hört mir alle genau zu«, begann Patrick. »Wir haben gerade einen Unfall miterlebt. Es ist noch einmal gutgegangen, aber er hätte auch sehr ernste Folgen haben können. Unsere Mission hat schon ein Opfer gefordert: Oberst Kusnezow starb, um einen Fehler auszubügeln, den jemand auf der Erde zu verantworten hat. Die Technik versagt im Weltall nicht zufällig – es steckt immer menschliches Versagen dahinter, bei der Konstruktion oder bei der Bedienung. In unserer Lage können wir uns keinen weiteren Ärger leisten, das muß euch doch klar sein! Wir haben jetzt nur eine vordringliche Aufgabe, nämlich, den Kernreaktor in Betrieb zu nehmen. Alles andere ist zweitrangig. Deshalb werdet ihr ab sofort alle angeschnallt auf euren Liegen bleiben. Natürlich ist das unbequem, aber ich möchte euch aus dem Weg haben. Das gilt auch für Sie, Ely!«

»Aber ich...«

»Seien Sie still! Wir haben keine Zeit für Rechtfertigungen oder Beschuldigungen oder Diskussionen. Ihr haltet jetzt alle den Mund! Ich werde den Lukendeckel entfernen, dann steige ich in den Transfertunnel und löse auch die Luke am anderen Ende. Sobald ich fertig bin, melde ich mich über die Intercom. Dann können Sie nachkommen, Ely, und das Triebwerk starten. Ihr anderen bleibt hier in Bereitschaft, falls wir euch brauchen.«

Er war gereizt und wußte, daß sein schroffer Ton die Crew brüskieren konnte. Aber solange das Kerntriebwerk nicht feuerte, war ihm alles egal. In seiner Erschöpfung konnte er sich nur noch auf die eine, lebenswichtige Aufgabe konzentrieren. Nadja begriff, was in ihm vorging.

Schon während er sprach, hatte er sich ruhig aufgerichtet und Corettas Halteklammer an ihrer Liege eingeklinkt. Coretta war immer noch mit der Wunde beschäftigt, und sie hatte gehört und verstanden.

Ely dagegen schien wütend zu sein, doch hielt er wenigstens den Mund.

Gut.

Nur Gregor wirkte abwesend, wie in Trance. Er mußte sich als nutzloser Ballast fühlen, ohne Aufgabe, den Kameraden nur im Weg. Aber das war nicht zu ändern, bis sie die endgültige Umlaufbahn erreicht hatten und er an die Arbeit gehen konnte.

Patrick hob den Lukendeckel ab und drückte ihn in die Halterung an der Wand. Dann befestigte er den Schraubenschlüssel an seinem Gürtel und glitt, mit dem Kopf voran, in die Röhre. Sie war nur wenig breiter als seine Schultern und nahm ihm den Atem — aber er durfte dem bedrückenden Gefühl jetzt nicht nachgeben. Klaustrophobische Zustände erlebte er nur, wenn er völlig übermüdet war wie jetzt. Er konnte sich kaum erinnern, wann er zuletzt geschlafen hatte; es mußte über einen Tag her sein, besser, er dachte nicht daran. Die zweite Luke war wichtig. Er erreichte das Ende des Tunnels, bremste sich mit den Fingerspitzen ab und spreizte die Knie gegen die Wände, um festen Halt für die Arbeit zu bekommen. Dann holte er mühsam den elektrischen Schraubenschlüssel aus dem Gürtel. Die einzige Lichtquelle lag direkt hinter ihm: Er mußte in seinem eigenen Schatten arbeiten — wieder so eine Glanzleistung angewandter Technologie! Langsam und methodisch löste er eine Mutter nach der anderen und steckte sie unter abenteuerlichen Verrenkungen in den Plastikbeutel. Endlich schwebte der zweite Lukendeckel frei vor ihm. Er schob ihn vor sich her in den Maschinenraum und befestigte auch ihn in der dafür vorgesehenen Halterung an der Wand. Dann steckte er sein Mikrofonkabel in die Intercom-Buchse neben der Luke. »Ely, her zu mir.«

Der Kernphysiker kam mit den Füßen zuerst aus dem Tunnel, griff, als er frei im Raum schwebte, nach einem Handgriff und zog sich mit einem Schwung an Patricks Seite. Schon nach wenigen Stunden Schwerelosigkeit begannen auch die Weltraumneulinge, sich gewandt zu bewegen. Gegen seinen Willen mußte Ely lächeln.

»Was für eine hübsche Kontrollstation! Und was für eine wundervolle Maschine dahinter: Ein Dreißig-Millionen-Dollar-Reaktor, geladen mit einem wahren Vermögen an hochangereichertem Uran!«

Das Triebwerk selbst war unsichtbar. Es lag hinter dem Wasserstofftank und dem Strahlenschutzschild in sicherer Entfernung am Heck des Raumschiffs. Hier im Kontrollraum mit seinen zahllosen Schaltern und Anzeigen war das Nervenzentrum der Anlage. Ely schwebte, immer noch strahlend, zu seinem Arbeitsplatz vor den Instrumentenkonsolen und schnallte sich fest.

»Jetzt wärmen wir uns das kleine Biest an und machen es so schnell wie möglich startklar.«

Er legte den Hauptschalter Eins um und nahm damit das logische Zentrum des Reaktors in Betrieb. Auf einem der Bildschirme erschien die Startsequenz des Triebwerk-Countdowns; auf einen anderen wurde gleichzeitig ein mehrfarbiges Diagramm projiziert, das simultan den aktuellen Zustand der wichtigsten Systeme anzeigte.

Ely ging die einzelnen Positionen rasch durch, dann entsperrte er den Hauptschalter Zwei. Die Instrumente erwachten zu blinkendem Leben, die Vorbereitungen für das Hochfahren der Anlage konnten beginnen.

Patrick beobachtete schweigend, wie Ely die Anweisungen ausführte, die er von den verschiedenen Bildschirmen und Dialogeinheiten erhielt. Er prüfte die Schaltkreise der Turbopumpen und der Kontrollzylinder, schaltete die Neutronensensoren ein, testete die Funktion der Wärmeaustauscher und kontrollierte den Druck an den verschiedenen Ventilen zwischen Wasserstofftank und Einströmkanal. Befriedigt drehte er sich zu Patrick um.

»Alles im Grünen, A-Okay und *otschen ogay*! Melden Sie Mission Control, daß wir mit dem Countdown beginnen können.« Er blickte auf die GET-Anzeige an der Wand. »05:52 – wir haben knapp zwanzig Stunden, bis es langsam anfängt, brenzlig zu werden. Viel Zeit ist das bei der relativ geringen Schubleistung des Kerntriebwerks nicht. Sagen Sie Houston, sie dürfen mit dem Countdown keine Zeit verlieren!«

20

GET 06:13

A. A. Tsander, emeritierter Professor, Mitglied der Akademie der Wissenschaften, war ein Greis. Den Rücken so tief gebeugt, daß er zum Grüßen aufschauen mußte, bot seine schmächtige Gestalt mit dem strähnig-grauen Bart und dem schlohweißen Haarkranz um das Haupt den Anblick eines hinfälligen Achtzigjährigen. Doch wie immer das Äußere — hinfällig war Tsander noch lange nicht, das konnte mancher politische oder wissenschaftliche Konkurrent bezeugen.

Ohne zähes Naturell und ein ausgeprägtes Talent zur Intrige hätte der Professor seinen hohen Rang in der sowjetischen Akademie der Wissenschaften weder erreichen noch so lange Jahre halten können. Nun, mit dreiundachtzig Jahren, ging er zwar haushälterisch mit seinen Kräften um — aber wenn es darauf ankam, konnte er sich nach wie vor auf sie verlassen.

Tsander lag auf der Ledercouch in seinem Arbeitszimmer und schlief. Die Hände über der Brust gefaltet, atmete er so leise, daß man ihn für eine Leiche halten konnte. Doch so tief sein Schlaf auch war, er erwachte sofort, als sich die Tür geräuschlos öffnete und ein Lichtstrahl in den Raum fiel.

»Wie spät?« fragte er.

»Noch nicht Mitternacht, Professor. Der amerikanische Colonel ist hier; Sie haben gebeten...«

»Natürlich, ich bin gleich unten.«

In seinem Alter reichten drei Stunden Schlaf zur Vorbereitung auf die lange Nacht aus, die vor ihm lag. Er goß kühles Wasser aus dem Krug in das Becken und wusch sich Gesicht und Hände. Dann zündete er sich eine Papirossi an, eine jener streichholzdünnen Zigaretten, die er bevorzugte. Er steckte die Packung in die Jackentasche und verließ das Zimmer. Langsam ging er durch die dunklen Gänge und Hallen — es gab ihm Kraft, und er spürte, daß er Kraft brauchen würde.

In den Räumen des Bodenkontrollzentrums herrschte gleißende Helle und Geschäftigkeit. Hier war das lebendige Herz von Kapustin Jar, die zentrale Leitstelle, in der alle Fäden zusammenliefen, von der alle Befehle ausgingen. Colonel O'Brian stand im Hintergrund des Saales und war glücklich, hier zu sein. Generationen lang war dieser Raum, diese Stadt, ja der ganze Bezirk Sperrgebiet der höchsten Geheimhaltungsstufe gewesen. Selbst dem CIA war es bisher kaum einmal gelungen, die Mauer des Schweigens zu durchdringen, die das BKZ in KJ umgab – das Kontrollzentrum, von dem aus die ballistischen Interkontinentalraketen und die militärischen Satelliten gesteuert wurden. Die Leitstelle der Interkontinentalraketen war inzwischen verlegt worden, O'Brian hatte keine Ahnung, wohin, doch der CIA würde es wohl wissen. Aber die Anlagen zur Überwachung der Satelliten waren noch vorhanden: Mit ihrer Hilfe sollten die Booster des Projekts Prometheus gelandet werden. Und da Projekt Prometheus ein Gemeinschaftsunternehmen war, hatten die USA einen Beobachter nach Kapustin Jar entsenden dürfen.

Von allen Zugeständnissen hatten die Sowjets sich dieses am schwersten abringen lassen. Der Schwarze Peter der Entscheidung war durch sämtliche Instanzen geklettert und schließlich beim Zentralkomitee selbst gelandet. Von dort war, nach langem Schweigen, zögernd das ›Ja‹ gekommen. Schon am nächsten Morgen traf Colonel O'Brian ein: Er hatte jahrelang auf diesen Augenblick gewartet.

Es war eine gelinde Enttäuschung gewesen: Einmal mehr entpuppte sich die sowjetische Geheimniskrämerei nur als schlechte Gewohnheit. Alles, was in Kapustin Jar geschah, kannte er aus Houston – höchstens, daß man es hier etwas besser machte. Trotzdem lohnte es sich, den Kollegen über die Schulter zu schauen, da er wertvolle Rückschlüsse auf die Operationen der Interkontinentalraketen ziehen konnte. O'Brian war kein kalter Krieger, aber als Offizier hielt er es für nützlich, daß seine Seite möglichst viel wußte.

Er trug eine Aktentasche unter dem Arm und blickte zufrieden über die mittlerweile vertrauten Konsolen. Es sah weniger gelackt aus als in Houston, weniger nach Plastik, aber es funktionierte. Es funktionierte sogar sehr gut.

»Das sind die versprochenen Zahlen?« fragte eine dunkle, sonore Stimme auf russisch.

»Sie sind es, General«, antwortete O'Brian in der gleichen Sprache, die er perfekt beherrschte. Er wandte sich um und salutierte vor Generalleutnant Bykowski, dem Oberbefehlshaber. W. F. Bykowski dankte mit einem zerstreuten Schlenker der rechten Hand. Er wirkte fast einfältig, aber O'Brian kannte ihn gut genug, um sich von diesem Eindruck nicht täuschen zu lassen. Als Vorsitzender der Kommission für die Erforschung und wirtschaftliche Erschließung des Weltraums war der General oberster Entscheidungsbevollmächtigter der gesamten sowjetischen Raumfahrt und nur noch dem Zentralkomitee der KPdSU verantwortlich. Ein allerhöchstes Tier. O'Brian öffnete seine Aktentasche und entnahm ihr einen dicken Ordner: »Sämtliche verfügbaren Bahndaten, nach dem Stand von GET 05:30, mit Hochrechnungen für die nächsten drei Umläufe.«

»Sehr gut«, sagte der General und griff nach dem Ordner.

»Nicht ›sehr gut‹, ausgezeichnet!« Professor Tsander näherte sich von hinten. »Wir werden unsere eigenen Bahndaten damit korrigieren, falls nötig.«

Tsander reichte den beiden hochgewachsenen Offizieren nur bis zu den Schultern – aber auf die Körpergröße kam es hier nicht an. Er war verantwortlich für die Landung der Booster, und das machte ihn zum wichtigsten Mann in Kapustin Jar. Bykowski gab ihm die Unterlagen, in denen er sofort zu blättern begann, während er davonschlurfte.

»Was haben Sie mit dem sechsten Booster vor?« fragte O'Brian so beiläufig wie möglich. Um Bykowskis Lippen spielte ein Lächeln, als er die Frage hörte, doch seine schrägen Tatarenaugen blieben kalt.

»Nun, wir werden ihn landen, Colonel, was sonst? Dazu sind wir da!«

»Natürlich, General. Aber sicher ist Ihnen bekannt, daß wir einige Schwierigkeiten mit der Zündung hatten. Die nervöseren Blätter der Weltpresse spekulieren schon über einen möglichen Absturz mit verheerenden Folgen.«

Tsander kam mit wehendem Haar und einer Papirossi zwischen den Lippen zurück. Das Aktenbündel unter seinem Arm war weit dicker als vorher. »Meine Herren, wir müssen etwas besprechen. Können wir in Ihr Büro gehen, Valeri Fjodorowitsch?«

»Aber selbstverständlich«, antwortete Bykowski und zeigte die Richtung. Ihm war klar, worauf es dem Professor ankam: Das Zimmer war gespickt mit Abhörmikrofonen, die jedes dort gesprochene Wort zur späteren Auswertung festhielten. Nichts, was dort gesagt wurde, konnte später widerrufen oder angezweifelt werden. Es war wirklich kein Zufall, daß der alte Tsander sich jahrzehntelang an der Spitze gehalten hatte.

»Setzen Sie sich, meine Herren. Wodka, nehme ich an?«

Tsander winkte ab, aber O'Brian akzeptierte gern. Er wußte ganz genau, wieviel er vertragen konnte und wann er aufhören mußte. Es war polnischer Wodka, mit Büffelgras gebrannt, seine Lieblingsmarke.

»Na Sdarowje!« sagte Bykowski, sie tranken und füllten die winzigen Gläser sofort wieder auf. »Was ist der Gegenstand unserer Besprechung, Professor?«

»Sie wissen ganz genau, worum es geht: die Landung des letzten Boosters. Ich brauche eine definitive Aussage, ob wir die Landung unilateral durchführen, oder ob Colonel O'Brian an den Entscheidungsprozessen beteiligt sein wird.«

Bykowski unterdrückte einen Seufzer und griff zu seinem Glas. Er dachte an die Mikrofone und an alle die unsichtbaren Ohrenzeugen, die bald jedes Wort auf die Goldwaage legen würden. Aber er war gedeckt: Schon als der Ärger mit dem Booster begann, hatte er sich ans Telefon gesetzt und bei den Genossen im ZK vorgefühlt. Die Entscheidung war dort gefallen — niemand konnte ihm einen Strick daraus drehen.

»Die Antwort ist einfach«, sagte er. (Stundenlange Telefonate — ›einfach‹!) »Projekt Prometheus ist in jeder Hinsicht ein Gemeinschaftsunternehmen; so sind auch die Bahndaten und Berechnungen, die uns der Colonel zur Verfügung stellt, für die Landung unverzichtbar. Für das Landemanöver selbst trägt Colonel O'Brian jedoch selbstverständlich keine Mitverantwortung. Ist diese Auskunft ausreichend?«

So ißt man einen Kuchen, ohne daß er alle wird, dachte O'Brian resigniert und griff nun seinerseits zum Wodka. Wenn das Landemanöver gelang, war es ein sowjetischer Erfolg. Schlug es fehl, konnte man die Ursache bei den amerikanischen Zahlen suchen. Die berühmte russische Gerissenheit, vor der die Politik des Pentagon zu einem nervtötenden Geduldspiel wurde. Er nickte wortlos.

»Damit sind die Zuständigkeiten geklärt«, konstatierte der Professor in einem Ton, der keinen Widerspruch zuließ. »Nun zu unserem Problem: Triebwerk drei des letzten Boosters ist beschädigt, außer Funktion und abgeschaltet. Triebwerk eins, so hoffen wir, ist ebenfalls isoliert, so daß aus zwei und vier symmetrischer Schub zu erzielen sein müßte. Allerdings sind alle bisherigen Zündversuche an diesen beiden Triebwerken fehlgeschlagen.«

»Was ist eigentlich mit den Lageregelungstriebwerken?« fragte O'Brian.

»Wir haben sie noch nicht geprüft; das soll erst geschehen, wenn über das weitere Vorgehen entschieden ist. Ein zusätzliches Problem stellt die große Treibstoffmenge dar, die durch den Ausfall der dritten Brennphase im Booster zurückgeblieben ist. Es dürfte sich um etwa vierundzwanzig Prozent der Gesamtkapazität handeln.«

»Wieviel wäre das?« erkundigte sich Bykowski.

O'Brian tippte auf seinem Taschenrechner: »Etwa sechshundert Tonnen! Und zwar Wasserstoff und Sauerstoff, die brisanteste Kombination, die es gibt.«

»Sie sagen mir nichts Neues«, erwiderte Bykowski. »Machen Sie weiter, Professor.«

»Wegen dieses Treibstoffüberschusses sollten wir uns nicht allzu viele Gedanken machen. Ein beträchtlicher Teil wird bei der Landung verbraucht werden. Der Rest, so versichern mir jedenfalls meine Experten, wird nachher ganz einfach verdampfen. Voraussetzung ist natürlich, daß es uns überhaupt gelingt, die Triebwerke zu zünden und den Booster unter Kontrolle zu bringen. Ein Fehlschlag ist dabei nicht völlig auszuschließen.«

O'Brian nickte: »Ich finde, Sie verlangen sehr viel von einem System, das schon zweimal versagt hat!«

»Mag sein. Allerdings haben wir inzwischen eine neue Schaltung aufgebaut. Wir sind jetzt in der Lage, den durch die Triebwerksschäden offensichtlich überlasteten Bordcomputer völlig zu umgehen. Sie müssen bedenken, daß wir sonst nur die Wahl haben, nichts zu tun und abzuwarten, bis der Booster in der Atmosphäre zerstört wird.«

»Würde er das?« fragte O'Brian ruhig.

»Auch Sie, mein lieber Colonel!« stöhnte Tsander mit einem mitleidigen Lächeln. »Glauben Sie doch diese albernen Absturztheorien in der Presse nicht! Vollkommen ahnungsloses Geschmier, dessen Autoren von Physik und Raumfahrt keinen Schimmer haben. Stünden die Treibstofftanks des Boosters nicht unter Druck, er würde unter seinem eigenen Gewicht zusammenbrechen. Eine hohle Büchse mit Wänden, so dünn wie Papier, und das alles gefüllt mit einer hochexplosiven Treibstoffkombination! Es würde ein hübsches Feuerwerk in der Atmosphäre geben, mehr nicht. Allerdings käme uns dieses Feuerwerk sehr, sehr teuer. Die

Wirtschaftlichkeit des Prometheus-Programms beruht auf der Wiederverwendung der Trägerraketen. Außerdem würden wir uns das beschädigte Triebwerk natürlich gerne aus der Nähe ansehen, damit sich dergleichen nicht wiederholen kann.«

»Lauter gute Gründe«, stimmte O'Brian zu. »Aber ich wette, Sie legen keinen Wert darauf, daß der Booster einen Riesenkrater in den Boden rammt und womöglich noch ein paar brave Bürger auslöscht.«

Tsander steckte sich eine neue Papirossi an und nickte wohlwollend. »In Ihrer direkten amerikanischen Art gesagt, aber Sie haben recht. Das ist der Kernpunkt des Ganzen, finden Sie nicht auch, General?«

»Natürlich«, antwortete Bykowski. Er war aufgestanden und lief auf und ab wie ein gefangener Tiger. »Wenn ich Sie recht verstehe, bieten Sie mir zwei Möglichkeiten an: Entweder wir legen die Hände in den Schoß, lassen den Booster verglühen und nehmen die geringe Gefahr eines Einschlags in Kauf, oder wir versuchen, ihn mit ungewissem Ausgang weich zu landen. Gibt es nicht einen dritten Weg – daß wir den Booster, wenn die Triebwerke tatsächlich zünden sollten, in eine höhere Umlaufbahn befördern, aus der er nicht mehr abstürzen kann?«

»Theoretisch möglich, aber es verbietet sich aus politischen Gründen: Wir würden damit zugeben, daß wir nicht in der Lage sind, unsere Raketen unter Kontrolle zu halten. Es wäre eine Art Offenbarungseid, sie als letzten Ausweg ins Nirwana zu schießen!«

»Sie meinen also, das kommt nicht in Frage, Professor. Dann bleiben uns tatsächlich nur zwei Alternativen: Nichts tun und das Feuerwerk abwarten, oder einen Landeversuch wagen. Mißlingt er, bekommen wir das Feuerwerk auch so.«

»Ganz meine Ansicht, General«, pflichtete Tsander bei. »Wenn wir nichts riskieren, verlieren wir den Booster mit Sicherheit. Im anderen Fall besteht immerhin Hoffnung, ihn zu bergen. Wie wichtig das wäre, brauche ich nicht nochmals zu betonen.«

»Dann scheint die Antwort klar zu sein; was meinen Sie, Colonel?« Bykowski beugte sich vor und blickte O'Brian erwartungsvoll an.

»Ich bin versucht, Ihnen zuzustimmen, General«, antwortete O'Brian bedächtig. »Sie haben zwei Möglichkeiten, zu verlieren, aber nur eine, zu gewinnen. Raten kann ich Ihnen als Beobachter natürlich nicht, aber für mich liegt die Entscheidung auf der Hand!«

Tsander lächelte O'Brian verschmitzt an: »Ich bewundere die klare Vieldeutigkeit Ihrer eindeutig unklaren Aussage! Wenn Sie das Militär verlassen, werden Sie es in der Politik weit bringen!«

O'Brian akzeptierte das ironische Kompliment mit einer angedeuteten Verbeugung. Der Professor wandte sich wieder zu Bykowski. »Die Zeit wird knapp, General. Haben wir eine Entscheidung, nach der ich handeln kann?«

»Ich glaube, die Umstände nehmen uns das Ruder aus der Hand. Wir werden alles uns Mögliche tun, um den Booster weich zu landen. Gehen Sie an die Arbeit, Professor!«

Dem war nichts hinzuzufügen.

Tsander wartete, bis die anderen ihr letztes Glas Wodka gekippt hatten, dann kehrten sie gemeinsam in das Kontrollzentrum zurück. Auch O'Brian hatte hier seinen Arbeitsplatz, eine Glaskabine in der hinteren Ecke des Saales, wo er die Operationen der russischen Techniker auf eigenen Monitoren verfolgen und über Fernschreiber Verbindung mit Houston halten konnte. Zu seinem Stab gehörten sechs Feldwebel, die hier rund um die Uhr Dienst taten. Im Augenblick war Silverstein anwesend. Er grüßte den Colonel lässig und ging sofort zum Fernschreiber, um Mission Control seine Rückkunft zu melden.

»Sie haben schon dauernd nach Ihnen gefragt, Sir. Washington und Houston erbitten dringendst Bericht über sowjetische Einschätzung der orbitalen Manövrierbarkeit von Booster sechs.«

»Sie wollen wissen, was aus dem Ding werden soll?«

»Ja, Sir, das ist ungefähr der Sinn der Anfrage.«

»Melden Sie: Bodenkontrolle riskiert Versuch weicher Landung durch Zündung der Haupttriebwerke zwei und vier nach neuem Programm. Einzelheiten folgen.«

»Verstanden.«

Der Kugelkopf des Fernschreibers ratterte über das Papier, während O'Brian die Monitore des Beobachtungsstandes einschaltete. Der Computer arbeitete gerade die Befehle aus, die er dem Booster zu geben hatte, um seine Fluglage zu korrigieren. Sie war bei der unplanmäßigen Stufentrennung außer Kontrolle geraten und mußte stabilisiert werden, ehe man den ersten Zündversuch wagen konnte. Dabei würde sich auch herausstellen, ob die Lageregelungstriebwerke noch arbeiteten.

Endlich waren die Vorbereitungen beendet. Tsander griff zum Mikrofon: »Programm ab.«

»Programm läuft.«

Einige Minuten verstrichen, ehe alle Daten empfangen und ausgewertet waren. Dann brach gedämpfter Jubel aus.

»Iwans sind happy, Sir«, bemerkte Silverstein trocken.

»Sie sind auf dem besten Weg, Sergeant. Geben Sie durch, daß die Fluglage unter Kontrolle ist. Booster bereit zur Zündung der Haupttriebwerke. Falls die Dinger zünden — aber das brauchen Sie nicht zu senden!«

»Verstanden, Sir!«

Man ließ sich Zeit mit dem entscheidenden Befehl, kontrollierte Programme, Bahndaten und Systemwerte wieder und wieder, um kein irgend vermeidbares Risiko einzugehen. Würde die aus der programmierten Brenndauer resultierende Bahn der errechneten Idealkurve nahe genug kommen? Waren die Triebwerke eins und drei zuverlässig ausgekreist? War sichergestellt, daß die Triebwerke zwei und vier genau gleichzeitig zünden, genau gleichviel Schub liefern und auch genau zum richtigen Zeitpunkt abschalten würden?

Es gab grausam viele Fragezeichen vor dieser Entscheidung, und O'Brian beneidete Professor Tsander und seine Ingenieure nicht. Er griff gerade zur Thermosflasche, um sich einen Schluck einzugießen, als der Countdown begann. Es war soweit.

Die Uhr sprang auf null, unsichtbar raste das Zündkommando zu den wartenden Antennen in hundertdreißig Kilometer Höhe. Sekundenbruchteile später empfing Kapustin Jar die Antwort des Boosters.

»Wir haben Zündung!«

Noch in seiner Glaskabine spürte O'Brian die Erleichterung und die Genugtuung, die die russischen Techniker empfanden: Die Bodenkontrolle hatte erreicht, was Mission Control mißlungen war. Ein Punktsieg über die amerikanische Technologie. Dies war ein sowjetischer Booster, und er folgte der Stimme seines Herrn.

Dann leuchtete ein Warnlicht auf. Zeiger schlugen in den roten Bereich der Skalen aus, ein schrilles, akustisches Signal warnte vor Überlastung der Computer.

»Alarm! Triebwerkstörung!«

»Feuer wird unregelmäßig!«

»Triebwerke sofort abschalten!«

»Notabschaltung funktioniert nicht. Triebwerke feuern weiter!«

O'Brian sprang zu Silverstein und schrie ihm aus nächster Nähe ins Ohr: »Blitzmeldung. Triebwerke feuern ungleichmäßig. Booster gerät außer Kontrolle. Leitung freihalten.«

»Ne ernste Sache, Sir?« fragte Silverstein, während seine Finger über die Tastatur tanzten.

»Ernst auf jeden Fall; *wie* ernst, werden wir bald wissen.«

21

GET: 10—COTTENHAM NEW TOWN

Was sollte sie nur tun, um Gottes willen, was sollte sie tun? Irene war verzweifelt. Gestern abend hatte Henry geschrieben. An den Küchentisch hatte er sich gesetzt und der Pension in Blackpool geschrieben, der, wo sie schon die beiden letzten Sommer gewesen waren. Er wollte die gleichen Zimmer wieder haben, deshalb schrieb er so früh, kaum, daß er die Urlaubstermine des kommenden Jahres erfahren hatte. Jetzt lag der Brief auf der Anrichte, direkt neben dem Porzellanmodell des Strandturms, einem Souvenir aus Blackpool. Sie hatte ihn zur Post bringen sollen, aber sie traute sich nicht. Gerade heute hatte sie den letzten Rest abgehoben, weil wieder einmal kein Geld für das Sonntagsessen übrig gewesen war. Sie konnte es selbst noch kaum fassen: Kein Penny mehr auf dem Konto, von dem Henry Weihnachtsgeschenke und Sommerurlaub bezahlen wollte. Er würde es rauskriegen, bald schon, und was dann?

Sie griff nach ihrer Schürze, preßte sie gegen ihr Gesicht und schluchzte hemmungslos. Was hatte sie sich da nur eingebrockt.

Judy und May ahnten nichts von den heimlichen Sorgen ihrer Mutter. Sie hätten ihr auch kaum helfen können — ihr Leben war voll von eigenen Problemen. Wie schaffte man die Mathearbeit? Und was sah besser aus, die hautengen Jeans oder der elegante Wickelrock? Fragen, die mit der aufregenden Entdeckung zu tun hatten, daß Jungen, bisher als schmutzige Ungeheuer verachtet, unvermutete menschliche Züge aufwiesen.

Henry Lewis' Muskeln waren angespannt. Den rechten Fuß wiegend vorgestellt, den Körper halblinks gedreht, das linke Auge zugekniffen, visierte er konzentriert über die Schulter, holte mit dem rechten Arm aus und schleuderte den Pfeil. Mist, verdammter! Ein Millimeter fehlte zur doppelten Sieben, mit der er die Runde gewonnen hätte.

»Sauber, Henry!«

»Wenigstens haste nicht die Klotür getroffen!«

Er griff nach seinem Krug und nahm einen tiefen Zug. Die hämischen Kommentare ließen ihn kalt, aber er ärgerte sich über sich selbst. Hätte einfach drin sein müssen. Na ja, vielleicht beim nächsten Mal. Alf würde ihm Revanche geben. Er leerte den Krug und ging zur Theke. George wusch gerade Gläser aus, in der Ecke lief der Fernseher. Henry schob ihm seinen leeren Krug hin.

»Die Rußkis haben Ärger mit der Rakete, kam eben durch.«

»Schmeißen Geld zum Fenster raus, wenn du mich fragst.«

Na also, Alf hatte das Schwarze auch verfehlt. Nun gab es auf jeden Fall noch ein Spiel. Diesmal würde er es besser machen.

»Könnte gefährlich werden, nach dem, was man so liest!«

»Uns hier kann es egal sein«, sagte Henry, drehte sich um und ging entschlossenen Schritts an seinen Tisch zurück.

Für Giles Tanner bot der laue Abend keine Erholung. Er war seit vier Uhr morgens auf den Beinen und todmüde. Schon in normalen Jahren machte ihm sein Hof genug zu schaffen, aber diesen Sommer war es eine Katastrophe. Bill, sein Sohn, lag mit einer schweren Grippe auf der Nase. Er konnte ihm keinen Vorwurf machen, aber es hätte wirklich nicht gerade während der Getreideernte sein müssen. Jetzt lastete alles auf seinen Schultern: Nachmittags war er auf dem Feld gewesen, jetzt trieb er die Kühe zu der Scheune, wo sie gemolken wurden. Ein sanfter Schlag mit dem Stock, Bessy ging nie freiwillig in die Scheune. Auch mit der Melkmaschine war es noch anstrengend für ihn, und nachher mußte er zurück zur Gerste, der Traktor stand noch draußen. Die Viecher stellten sich heute aber auch besonders an! Noch ein ungeduldiger Schlag mit dem Stock, stärker als vorhin. Mit verständnislosem Muhen sprang die Kuh vorwärts.

Giles blickte sich um, ehe er den Tieren in die Scheune folgte. Es war ein ruhiger, friedvoller Abend unter einem klaren Himmel. Gott sei Dank, wenigstens würde es keinen Regen geben. Der Abendstern funkelte tief über dem westlichen Horizont. So spät schon. Er stöhnte auf und ging zur Melkmaschine.

Andrew sah den Stern und blickte auf die Uhr. Es war Zeit. Er wollte nicht zu früh bei der Fabrik sein und unnötig vor der Tür stehen, aber er durfte Sir Richard auch nicht warten lassen. Nur noch ein kleiner Schluck. Es war reiner Malzwhisky, das Beste vom Besten. Sorgfältig wischte er den Hals der Karaffe sauber und stellte sie genauso in die Bar zurück, wie er sie vorgefunden hatte. Seinen Becher versteckte er im Handschuhfach, dann drehte er den Zündschlüssel. Erschütterungsfrei und fast unhörbar sprang der Motor an. Der Rolls war schon ein großartiger Wagen. Er legte den Gang ein und rollte langsam zur Fabrik hinunter. Das Leben war langweilig, aber schön.

Sir Richard schaltete das Diktiergerät aus und legte die unerledigten Briefe zurück auf den Stapel. Morgen war auch noch ein Tag. Er streckte sich und gähnte herzhaft, dann knöpfte er das Hemd zu und zog die Krawatte fest. Auf dem Weg zur Tür überkam ihn leiser Zweifel: War es wirklich nötig, jeden Abend Akten mit nach Hause zu nehmen? Nun, heute bestimmt. Er hatte sich die Absatzzahlen auf dem Grundstoffsektor noch nicht angesehen; morgen um elf war die Konferenz.

Er griff nach der Tasche, knipste das Licht aus und ging zum Fahrstuhl. Der Nachtwächter kam aus seiner Kabine, als er die Eingangshalle betrat.

»Ich mach' schon auf, Sir; ein herrlicher Abend, Sir!«

»Ja, das Wetter ist prachtvoll, nicht wahr? Gute Nacht.«

Der Wagen wartete vor dem Portal. Andrew stieg aus, um ihm den Schlag zu öffnen. Es war wirklich ein herrlicher Abend. Im Westen glommen die letzten Spuren des Tages tiefrot über dem Horizont, wenig höher strahlte Venus vom nachtblauen Himmel. Die Luft war noch lau. Sir Richard lockerte die Krawatte wieder.

Der letzte Booster war allein. Die Erde lag tief unter ihm, die Menschen, die ihn erdacht hatten, waren fern. Aber noch hielt ihn die Bodenkontrolle an ihrer unsichtbaren Leine. Stundenlang hatten seine Rund- und Richtantennen ihre Signale empfangen, stundenlang hatten die Speicher seines Bordcomputers die Fragen seines riesigen Kollegen auf der Erde beantwortet. Dann endlich hatte das seelenlose Gehirn des Flugkörpers Befehle empfangen, einfache Befehle, die leicht zu befolgen waren. Ventile wurden geöffnet, in winzigen Brennkammern trafen Sauerstoff und hypergole Treibstoffe zusammen. Sie entzündeten sich spontan und versetzten die schwerfällige Masse auf ihrer rasenden Bahn in langsame Rotation. Sie stoppten die Rotation auch wieder, als die Computer und ihre Herren mit der erreichten Fluglage zufrieden waren. Dann begann das Warten auf das entscheidende Kommando.

Es kam: Ein verschlüsseltes Stakkato von Radiowellen erreichte die Antennen, die Transistoren der Empfänger, die miniaturisierten Schaltungen des Computers. Er schickte elektrische Ströme aus, die sich gabelten, verzweigten, Servomotoren betätigten, Pumpen trieben. Wasserstoff wurde durch Rohre gejagt, strömte durch ein Netz von Düsen in die Brennkammern, traf dort auf den Sauerstoff, den er zum Verbrennen brauchte. Zündung – ein Funken – und die Flamme brach hervor, Hunderte von Metern lang.

Ein Triebwerk stotterte, eines der beiden, die nur arbeiteten. Die Flamme erlosch, kam wieder, verschwand zum zweiten Mal. Wolken unverbrannter Gase strömten aus der Düse. Sekundenlang feuerte das andere Triebwerk allein, dann erholte sich das erste, zündete wieder, lieferte äußersten Schub. Die Geschwindigkeit des Boosters nahm zu.

Aber sie durfte nicht zunehmen; die Triebwerke durften nicht mehr feuern. Sie waren für eine kurze Brennphase programmiert worden, gerade genug, um den Booster auf die neue Bahn zu bringen. Erst kurz vor der Landung in den menschenleeren Steppen Kasachstans sollte eine erneute Zündung den gebremsten Abstieg einleiten.

Dazu würde es nicht mehr kommen. Die Triebwerke feuerten, bis sie keinen Treibstoff mehr erhielten. Als sie schwiegen, zeigte der Computer, was er gelernt hatte: Automatisch verschloß er die Öffnungen der Brennkammern mit Hitzeschutzschilden und drehte den Booster um seine Querachse, damit er mit dem Heck voraus in die Atmosphäre eintreten konnte. Doch er tat es früher, schneller und steiler als geplant.

Mit einer Geschwindigkeit von acht Kilometern pro Sekunde bohrte sich der riesige Flugkörper in die dichteren Schichten der Atmosphäre. Wie vorgesehen, begannen die Oberflächen der Hitzeschilder zu verdampfen. Aber die Geschwindigkeit war zu hoch – sie verdampften zu rasch. Schon lag die Grundschicht frei, es zeigten sich erste Risse, Teile brachen los. Sekunden später begann die Struktur des Boosters sich aufzulösen.

Zu spät. Er stürzte zu schnell. Der weißglühende Feuerball hatte die Erde fast erreicht.

Eine Stadt raste ihm entgegen.

Ein letzter Blick zum Abendhimmel für Sir Richard, ein letzter Atemzug in der linden Luft. Erste Sterne am Horizont, ein strahlend heller Stern im Zenit, eine Sternschnuppe vielleicht.

Keine Sternschnuppe, ein grelles Licht, eben noch ein Punkt, schon eine Scheibe, jetzt ein flammender Speer, genau auf ihn gezielt.

Für den endlosen Bruchteil einer Sekunde lagen die Landschaft, die Fabrik, sein angstverzerrtes Gesicht, in taghellem, blauweißem Licht.

Dann der Einschlag.

Achtundzwanzigtausend Stundenkilometer, sechshundert Tonnen Masse verwandelten sich in Energie, die mit der Gewalt einer Atombombe über Cottenham New Town kam. Wo eben noch Hochhäuser, Fabrikhallen, Läden, Pubs, die Schule gestanden hatten, war im nächsten Augenblick nichts mehr.

Häuser, Mauern, Leiber, Bäume, Möbel, Autos — in Sekundenbruchteilen zerstört, ausgelöscht, vom Druck zermalmt, in der Hitze verdampft. Die Fabrik und die halbe Stadt wurden im Moment des Einschlags vernichtet, der Rest folgte so unmittelbar, daß es keine Warnung mehr gab. Wenige glaubten vielleicht den Blitz zu sehen, den Donner zu hören, doch ehe sie wußten, was geschah, geschah es auch ihnen.

Nach der Explosion kam die Druckwelle. In konzentrischen Kreisen raste die Luft, verdichtet zur Kompaktheit einer Mauer, über Land. Meilen vom Einschlagspunkt entfernt traf sie unsichtbar auf einen Vogelschwarm: Die Tiere fielen tot vom Himmel wie Steine.

Auf der Erde walzte die Mauer nieder, was ihr im Weg stand. Büsche wurden entwurzelt, Bäume geknickt, Tiere und Menschen erschlagen, Hütten und Häuser dem Erdboden gleichgemacht. Tanners Scheune, seine Tiere, die Melkmaschine wurden hinweggefegt, Sekunden später traf es sein Haus, seine Frau, seinen kranken Sohn.

Der Pfeil wurde nie geworfen, das Spiel blieb unentschieden. Irenes Angst war ausgestanden; für Henrys Familie gab es kein Blackpool mehr.

Vernichtet waren die Pläne und Hoffnungen, die Zukunft und das Leben von zwanzigtausendneunhunderteinunddreißig Männern, Frauen und Kindern. Wo eine blühende Industriestadt mit ihren Menschen gewesen war, erstreckte sich ein wüstes Land. Rauch- und Staubwolken erhoben sich über Englands grüner Hügellandschaft, als wollten sie das Grauen gnädig verhüllen.

22

GET 8:52

Präsident Bandin befand sich im Badezimmer, als Fäuste gegen die Tür trommelten. Er öffnete wütend, das Handtuch noch über dem Arm. Draußen stand Bannerman, kreidebleich, zitternd. Dies allein genügte, Bandin zu alarmieren. Er hätte es nie für möglich gehalten, dieses wettergegerbte, lederne Gesicht jemals so bleich zu sehen, den Mann so gealtert. Die Worte sprudelten heraus.

»Mein Gott«, war alles, was Bandin sagen konnte. Seine Stimme klang heiser, doch er merkte kaum, daß er sprach. Gegen den Rahmen der Badezimmertür gelehnt, zerknäulte er das Handtuch in einer unbewußten, hilflosen Geste.

»Mein Gott, o mein Gott...«

Sekunden vergingen, Minuten, schließlich fast eine Stunde, während das Ausmaß der Katastrophe allmählich überschaubar wurde. Colonel O'Brian, der Augenzeuge in Kapustin Jar, sah das Unglück im selben Augenblick kommen wie die russischen Flugleiter an ihren Pulten. Er hatte die gleichen Instrumente vor sich, erhielt die gleichen Informationen. Ohnmächtig ballte er die Fäuste, als er das unregelmäßige Feuer bemerkte, das Versagen der Notabschaltung, die rapide Abweichung vom vorprogrammierten Kurs. Die Flugbahn veränderte sich so rasch, daß sie kaum verfolgt werden konnte. Er registrierte stumm, wie sich die Stimmen im Kontrollzentrum zu überschlagen begannen, wie Panik ausbrach. Er würde den Ablauf dieser Minuten zu rekonstruieren haben, in zahllosen, vertraulichen Gesprächen während der kommenden Monate. Im Augenblick konnte er nur beobachten.

Neue Zahlen gingen ein, die Rechenanlagen projizierten eine neue Flugbahn. Sie war unfaßbar. Eine nach der anderen begannen die Stimmen vor den Bildschirmen zu verstummen. Mit schreckgeweiteten Augen verfolgten Tsander und seine Leute den letzten Flug des letzten Boosters von Prometheus Eins. Sie saßen stumm und starrten auf die Schirme, bis die projizierte Kurve plötzlich abbrach. Die Computer waren am Ende ihres Berichts, die Bildschirme wurden dunkel, die Zahlenkolonnen brachen ab, die Schnelldrucker schwiegen. Plötzlich herrschte Grabesstille.

»Senden Sie!« O'Brian hatte einen Kloß im Hals, als er zu sprechen versuchte. Silverstein blickte ihn verwundert an. Er verstand weder Russisch noch die Formelsprache der Raumfahrttechnik. Noch wußte er nicht, was passiert war. »Äußerste Dringlichkeitsstufe. An den Präsidenten. Landemanöver mißglückt. Booster anscheinend auf Erdoberfläche aufgeschlagen. Ort des Einschlags noch unbekannt.« Er blätterte hastig in seinen Aufzeichnungen, warf ein paar Zahlen auf ein Blatt Papier. »Erste Schätzung etwa zweiundfünfzig Grad nördlicher Breite, null Grad Länge.«

»Wo ist das, Colonel? Ungefähr?« Lngsam dämmerte Silverstein, was geschehen war.

»Der Nullmeridian?! Greenwich, England...«

Sie blickten sich betroffen an. Beide kannten England gut, beide wußten, wie dicht bevölkert diese Insel war. Langsam tippte Silverstein seinen Text in den Fernschreiber. Er ahnte jetzt, daß sich hinter den nüchternen Zahlen eine Katastrophe verbarg. Als es nichts mehr zu melden gab, fügte er eine Bitte um baldmögliche Bekanntgabe der genauen Absturzstelle an.

Die Bahndaten aus Kapustin Jar wurden sofort an das Weiße Haus übermittelt. Die Daten der amerikanischen Beobachtungsstationen wurden in Houston korreliert, zu einer eigenen Bahn hochgerechnet und ebenfalls nach Washington gefunkt. Ein Vergleich der russischen mit den amerikanischen Berechnungen ergab eine vermutete Absturzstelle, die theoretisch bis auf einen halben Kilometer genau war. Statt dem Präsidenten nur die geographischen Daten des Ortes zu bringen, fotokopierte der diensthabende Nachrichtenoffizier eine Karte der Südhälfte Englands und markierte die Position mit einem roten Kreis. Dann stopfte er die Karte mitsamt den Berechnungen in einen Aktenkoffer und lief zum Ausgang. Da er bekannt war und bereits Gerüchte über die Katastrophe umliefen, öffneten ihm die Wachen vor dem Sitzungssaal bereitwillig die Tür, als er durch den Gang gerannt kam. Das Kabinett, hastig zusammengerufen, war fast vollständig versammelt. Wortlos streckte ihm Bandin die Hand entgegen, er übergab die Papiere. Der Präsident studierte sie schweigend, wartete, bis die Tür sich wieder geschlossen hatte, und hob dann den Kopf. Seine Hände schienen zu zittern.

»Man kann es nicht genau erkennen, aber es sieht so aus, als läge der Ort des Einschlags auf offenem Land. Es gibt viele dünn besiedelte Landstriche in Großbritannien.« Seine Stimme klang schal, die Worte überzeugten nicht einmal ihn selbst. General Bannerman setzte seinen Kneifer auf, den er sonst nie öffentlich zu tragen pflegte, und griff nach der Karte.

»Offenes Land, ja. Aber hier führt eine Autobahn mitten hindurch. Ich kenne sie, sie ist sehr dicht befahren. Und hier ist auch ein Ortsname, ich kann ihn in der Kopie schwer lesen. Sieht aus wie Gottenham New Town.«

»Cottenham New Town«, verbesserte Dr. Schlochter, schulmeisterlich wie stets. Im Gegensatz zu allen seinen Kollegen wirkte er äußerlich unberührt. »Einer der erfolgreicheren britischen Versuche, Leichtindustrie in strukturschwachen Gebieten anzusiedeln. Sie werden sich erinnern, daß ich zusammen mit dem Außenminister bei den Einweihungsfeierlichkeiten zugegen war.«

Niemand erinnerte sich oder nahm es auch nur wichtig. Bandin wandte sich zu Charley Dragoni, der an seinem Seitentisch saß und einen Telefonhörer an das Ohr gepreßt hielt: »Nun?«

»Die Zentrale hält Verbindungen mit Whitehall und mit unserer Londoner Botschaft frei. Man weiß dort auch noch nicht mehr als wir, aber man wird sich melden. Ich selbst habe hier die abhörsichere Leitung zu Downing Street zehn. Der Premierminister ist in einer Besprechung, aber er weiß, daß Sie auf seinen Anruf warten. Ich — Moment bitte. Ja?«

Er griff wieder zum Hörer, während das Kabinett gespannt wartete. »Vielen Dank, ich gebe das weiter.« Er blickte auf. »Der Premierminister wird in wenigen Minuten mit Ihnen sprechen, Sir. Im Augenblick konferiert er mit Poljarni.«

»Hat eigentlich schon jemand festgestellt, was für Auswirkungen so ein Einschlag haben kann?« fragte Schlochter. »Vielleicht machen wir Berge aus Maulwurfshügeln. Jeden Tag stürzen Flugzeuge ab, ohne daß die Öffentlichkeit viel Notiz davon nimmt.«

Bannerman hatte die Zahlen in seinen Unterlagen. Seine Worte füllten das Schweigen.

»Nach der Schätzung, die wir aus KJ erhalten haben, dürften noch etwa zwanzig Prozent des Treibstoffvorrats in den Tanks gewesen sein. Zusammen mit dem Leergewicht des Fahrzeugs ergäbe das eine Masse von über fünfhunderttausend Kilogramm. Vor allem kommt es aber auf die Geschwindigkeit an. Bei hundert Stundenkilometern würde selbst dieses Gewicht nur eine Delle in den Boden drücken. Houston nimmt nun aber eine Einschlaggeschwindigkeit von über siebentausend Metern pro Sekunde an. Dabei ist die Abbremsung durch atmosphärische Reibung bereits berücksichtigt! An die achtundzwanzigtausend Stundenkilometer also, und damit kommen wir auf etwa die halbe Sprengkraft einer taktischen Atombombe.«

»Der Premierminister, Mr. President«, rief Dragoni. Bandin hob das Telefon neben seinem Sessel ab.

»Ja, ich warte. Hallo, Herr Premierminister, hier spricht Bandin. Ich bin entsetzt, wie Sie sicher auch, über diese furchtbare Katastrophe. Wir hoffen und beten hier alle, daß sie keine oder nur minimale Opfer gefordert hat. Ja, tut mir leid. Was sagen Sie? *Was* ist passiert? . . . Ich verstehe. Das ist furchtbar, mir fehlen einfach die Worte . . . Jede Unterstützung, die wir Ihnen geben können . . . natürlich verstehe ich das. Wir sind zwar für diese entsetzliche Tragödie nicht verantwortlich zu machen, aber wir sind nichtsdestoweniger gewillt, einen Teil der Verantwortung zu tragen. Wenn die Rakete auch eine sowjetische Konstruktion war, so handelt es sich doch um ein Gemeinschaftsunternehmen, und daher fühlen auch wir uns verpflichtet, Ihnen in dieser Stunde der Not mit allem beizustehen, was in unserer Macht liegt. Ja, ich danke Ihnen. Auf Wiederhören!«

Behutsam legte Bandin den Hörer auf und blickte seine Kabinettskollegen an.

»Schlimmer konnte es nicht kommen«, sprach er schließlich. »Diese verfluchte Rakete hat die Stadt getroffen, dieses Cottenham, als wäre sie darauf gezielt gewesen. Es gibt noch keine verläßlichen Zahlen, aber der Premier sagt, wir müssen mit mindestens einundzwanzigtausend Toten rechnen . . .«

»Und das sind nur die Einwohner selbst«, fuhr Bandin fort. »Wie viele Opfer es auf der Autobahn und den Landstraßen gegeben hat, wird sich erst herausstellen. Es gehen laufend neue Unglücksmeldungen ein, auch von Bränden. Er hat den nationalen Notstand ausgerufen, Truppen mobilisiert, Feuerwehren und Sanitätseinheiten aus ganz Südengland in Marsch gesetzt, alles, was er kriegen kann.«

»Wir könnten die Hilfe unserer in Europa stationierten Einheiten anbieten«, schlug Schlochter vor.

»Nein«, antwortete Dillwater mit entschlossener Stimme. »Ich empfehle vielmehr, ein sofortiges Ausgeh- und Einsatzverbot für unsere Truppen in Großbritannien zu erlassen. Die Engländer verfügen über genug Menschen und Material, um mit der Sache fertig zu werden. Auch wenn es eine sowjetische Rakete war, wir stecken bis zum Hals mit drin, und ich fürchte, daß Amerika da drüben für eine ganze Weile recht unbeliebt sein wird.«

»Ich unterstütze diesen Vorschlag«, sagte Bannerman. »Wenn Sie zustimmen, Mr. President, werde ich unverzüglich einen entsprechenden Befehl geben.«

»Gut. In unserer Lage ist es wahrscheinlich am besten so.«

Bannerman griff zum Telefon. »Aber was können wir sonst tun? Es muß noch eine Möglichkeit geben.« Bandin blickte die Anwesenden der Reihe nach an, erhielt aber keine Antwort. »Was für eine Auswirkung wird dieser Zwischenfall auf das Projekt Prometheus haben?« fragte er schließlich.

»Er braucht den Fortgang des Projekts nicht zu stören«, antwortete Dillwater. »Die Sowjets haben Reserven, aus denen sie den verlorengegangenen Booster ersetzen können. Prometheus Zwei kann fristgerecht starten. Natürlich steht es außer Frage, daß sich eine solche Katastrophe nicht wiederholen darf.«

»Allerdings nicht! Mit dieser einen werden wir vielleicht gerade noch fertig, aber zwei solche Schläge, und wir sind k.o. Ich brauche Ihnen nicht zu sagen, wieviel von diesem Projekt abhängt — nicht nur für die Energieversorgung, sondern auch außenpolitisch und bei den nächsten Wahlen. Wenn Prometheus ein Fehlschlag wird und die Steuerzahler für ihre Milliarden nichts bekommen, dann wird nächstes Jahr auf diesem Stuhl ein anderer sitzen, von einer anderen Partei. Ich möchte mit Poljarni sprechen, so rasch es geht. Und was ist eigentlich mit der Raumstation? Haben wir sie in diesem Tohuwabohu völlig vergessen?«

»Keineswegs, Sir.« Simon Dillwater fühlte sich angesprochen. »Der Countdown des Kerntriebwerks läuft, und es wird bald zünden. Sie werden sofort informiert, wenn es soweit ist. Die endgültige Umlaufbahn wird allerdings frühestens achtundvierzig Stunden später erreicht werden. Dann kann die Montage des Generators beginnen.«

»Hoffentlich behalten Sie recht. Wo bleibt die Verbindung mit Poljarni? Ich möchte wissen, was man in Moskau zu der Sache sagt. Dieses eine Mal müssen wir zusammenstehen!«

23
GET 12:06

Der Countdown des Kerntriebwerks war fast beendet, als die Nachricht von der Katastrophe auf Prometheus eintraf. Flax hatte das Schicksal des letzten Boosters nicht erwähnt, bis er über verläßliche Informationen verfügte und das Ausmaß des Unglücks bekannt war. Dann hatte er mit Nadja gesprochen und ihr in allen Einzelheiten berichtet, was geschehen war. Sie hatte Patrick und Ely aus dem Kontrollraum gerufen, da sie ihnen die schreckliche Neuigkeit nicht über Kopfhörer mitteilen wollte. Als Major Gagarin, der erste Mensch, der je in den Weltraum vorgestoßen war, mit seinem Flugzeug abstürzte, hatte seine Stimme so geklungen wie nun ihre. Damals war sein Triebwerk ausgefallen, aber er war an Bord geblieben und hatte die Maschine selbst in den Boden gesteuert, damit sie nicht die Schule und die Häuser traf. Bis zur Sekunde des Todes war seine Stimme ruhig und beherrscht geblieben. Nadja war ausgebildet worden wie er.

Sie wollten es nicht glauben. Es gab keinen Grund zu zweifeln, und doch war es unvorstellbar.

»So etwas konnte nicht passieren«, sagte Ely. »Es konnte einfach nicht.«

»Und doch ist es geschehen.« Patricks ruhige Stimme schnitt durch das anhaltende Schweigen. »Es ist passiert, und wir können nichts dazu tun. Wir müssen uns mit der Tatsache abfinden und mit ihr leben. Ich weiß nicht, wen die Schuld trifft oder ob man überhaupt von Schuld sprechen kann. Aber wir dürfen uns nicht mit solchen Gedanken belasten, solange wir hier oben sind und unsere Arbeit zu tun haben. Ely und ich werden jetzt wieder in den Kontrollraum gehen und das Triebwerk starten. Sie bleiben in der Kommandozentrale, Nadja, und informieren uns, sobald Sie etwas Neues hören.« Seine Augen wanderten zu der GET-Anzeige, die anderen folgten seinem Blick. »12:42. Die Zeit wird langsam knapp. Wir haben nur noch zwölf sichere Stunden vor uns, ehe das Risiko zunimmt. Bis dahin sollten wir aus unserem wackligen Orbit heraus sein, sonst könnte es uns so gehen wie dem Booster. Nur daß wir ein wesentlich größeres Loch machen würden!«

Unter allgemeinem Schweigen hangelte er sich zu der offenen Luke und verschwand im Transfertunnel. Ely folgte ihm.

»Ich rufe Mission Control«, sagte Nadja und stieß sich von ihrer Liege ab, um in die Kommandozentrale zurückzukehren. Ihre Augen waren rot vor Müdigkeit, ihre Bewegungen fahrig und langsam.

»Sie sollten sich einen Moment ausruhen«, riet Coretta. »Jedenfalls vom ärztlichen Standpunkt.«

»Danke, ich weiß, aber vom Pilotenstandpunkt aus habe ich eine Menge zu tun. Zum Beispiel ist es Zeit, die Luftfilter und die Brennstoffzellen zu überprüfen.«

»Könnte ich dabei helfen?«

»Nein, dafür muß man ausgebildet sein; nur Patrick oder ich können es tun.« Sie verschwand durch die Luke.

»So geht das jedesmal«, meinte Gregor resigniert: »Nichts zu tun, bitte warten! Sie sind Ärztin und haben Ihre Aufgabe, aber ich bin nur ein fünftes Rad am Wagen. Ich nütze niemandem.« Er fiel zurück in brütendes Schweigen.

»Sie verlieren zu schnell den Mut«, antwortete Coretta, während sie zu ihm rückte. »Zugegeben, unser Flug war bis jetzt alles andere als eine Vergnügungsreise. Aber das ist immer noch kein Grund für Sie, den Kopf hängen zu lassen. Versuchen Sie doch, das Beste aus Ihrer Rolle als Passagier zu machen. Sobald wir unsere Umlaufbahn erreicht haben, wird es für Sie mehr als genug zu tun geben. Dann werden Sie der gefragteste Mann an Bord sein. Die Piloten sind nur Chauffeure, und mir hat man das Flugticket nur dafür bezahlt, daß Sie gesund bleiben! Schließlich heißt diese lahme Ente Prometheus und soll einmal ein Sonnenkraftwerk werden. Und nachdem wir Oberst Kusnezow verloren haben, sind Sie der einzige weit und breit, der diese Metamorphose bewirken kann!«

»Es wird schwer sein ohne Wladimir!«

»Gregor, aus dem Gleis müssen Sie raus!« Coretta war nun vollkommen sachlich. Sie zog sich zum Medikamentenspind, öffnete es und holte ein Tablettenröhrchen heraus.

Auf dem Rückweg zur Liege griff sie sich eine Saugflasche mit Wasser.

»Nehmen Sie zwei«, sagte sie und hielt ihm die Tabletten hin. »Sie können sie mit Wasser runterspülen. In sechs Stunden gibt es noch mal zwei Stück.«

»Was ist das?« fragte er mißtrauisch.

»Die chemische Antwort auf die brennenden Fragen unserer

Zeit: Beruhigungspillen. Tranquilizer. Sie nehmen dem Leben die hysterische Spitze.«

»Ich schlucke keine Medikamente, danke. Ich brauche sie nicht.«

»Sie haben nichts zu fürchten, Gregor. Diese Tabletten werden Ihnen helfen, ohne Sie irgendwie zu behindern.« Sie las die Spuren der Anspannung in seinem Gesicht. »Ich glaube, ich habe selbst eine kleine Beruhigung nötig.« Mit diesen Worten nahm sie die beiden Pillen in den Mund, zeigte sie Gregor auf ihrer Zunge und spülte sie mit einem Schluck Wasser hinunter. Dann schüttelte sie zwei weitere Tabletten aus dem Röhrchen. »Nun sind Sie dran; keine Widerrede!«

Jetzt schluckte er, ohne zu protestieren. Coretta atmete erleichtert auf.

Im Reaktorkontrollraum saß Ely schweißüberströmt vor seinen Instrumenten. Es war nicht körperliche Anstrengung, sondern nervöse Spannung, die ihm trotz der vollklimatisierten, künstlichen Atmosphäre den Schweiß auf die Stirn trieb. Die Überprüfung des Triebwerks war fast abgeschlossen, die Startvorbereitungen traten in ihr entscheidendes Stadium ein.

»Ich bin bereit«, sagte er.

»Dann fangen Sie an«, entgegnete Patrick. »Kann ich irgendwie helfen?«

»Negativ, wir sind soweit im Grünen. Dieses Triebwerk ist komplex, aber theoretisch einfach. Der radioaktive Brennstoff ist in gasförmigem Zustand in der sogenannten Glühbirne eingeschlossen. Sie wird von innen mit Neon gekühlt, so daß das Uranplasma nicht mit den Wänden in Berührung kommen kann, es wird nämlich teuflisch heiß. Die Wände sind hohl und bestehen aus durchsichtigem Quarz. In ihnen zirkuliert Wasserstoff, der als Moderator wirkt und die Kettenreaktion in Gang setzt. Das Uranplasma erhitzt sich auf dreiundzwanzigtausend Grad Kelvin. Außen strömt das Treibmittel, in unserem Fall wieder Wasserstoff, an der Glühbirne vorbei. Durch die Hitzestrahlung expandiert es, tritt aus der Düse aus und treibt uns vorwärts. Und damit das passiert, brauche ich jetzt nur noch die Turbopumpen des sekundären Wasserstoffkreislaufs einzuschalten . . .«

Er unterbrach sich, als plötzlich ein Summton ertönte und Lichter zu blinken begannen. Hastig drückte er Tasten.

»Ist das normal?« fragte Patrick.

»Nein, das ist nicht normal!« Aufgeregt biß Ely auf seine Unterlippe. »Die Anlage hat sich automatisch abgeschaltet. Irgend etwas stimmt nicht.«

Gleichzeitig wanderten ihre Blicke zur GET-Anzeige.

13:03

Schon blieben ihnen weniger als elf Stunden, bis ihre Bahn unsicher wurde. Niemand wußte genau vorherzusagen, wann sie ersten Kontakt mit dem Luftmeer unter sich haben würden. In vierundzwanzig Stunden spätestens, vielleicht viel früher.

»Irgend etwas stimmt nicht? Was denn?« Patrick war nervös.

»Ich weiß noch nichts Näheres.« Ely hatte einen achtfarbigen Schaltplan aus dem Computer abgerufen und starrte auf den Bildschirm. »Das Triebwerk besteht aus fünf Einheiten, die nur zusammen funktionieren. Sie sind viel enger verbunden als die chemischen Triebwerke. In einer der Einheiten liegt die Störung. Ich versuche festzustellen, in welcher. Bitte lassen Sie mich allein, Patrick. Ich muß jetzt ungestört sein.«

»Okay, ich bin in der Kommandozentrale. Rufen Sie über Intercom, wenn Sie mich brauchen.«

Patrick stieß sich ab und schwebte in die Mannschaftskabine. Dort sah er Gregor mit dem Gesicht nach unten auf seiner Couch liegen. Er war angeschnallt. Coretta winkte Patrick zu sich und machte ihm Zeichen, leise zu sein.

»Ich habe Gregor eine Schlaftablette gegeben«, flüsterte sie ihm ins Ohr. »Er ist seelisch in keiner besonders guten Verfassung. Ich sagte ihm, es wären nur Beruhigungspillen, aber ich mußte selbst zwei nehmen, ehe er mir traute. Ich konnte sie heimlich wieder ausspucken.«

»Ist es ernst mit ihm?« fragte Patrick mit einem Seitenblick auf die schlafende Gestalt.

»Ich kann es schwer beurteilen. Auf der Erde würde ich mir eine Diagnose zutrauen, aber hier oben ist es schwierig. Immerhin muß er emotional belastbar sein, sonst hätten ihm die Sowjets nicht für das Projekt ausgewählt.«

»Da seien Sie sich nicht zu sicher! Nach dem CIA-Bericht ist er der einzige russische Experte für Mikrowellen, der überhaupt für Raumflüge in Frage kommt. Ich habe den Verdacht, er wurde einfach eingezogen.«

»Wenn das stimmt, würde es viel erklären. Er scheint wirklich nicht die psychische Konstitution für diese Art Arbeit zu haben.

Aber nachdem der Oberst tot ist, bleibt nur Gregor als Fachmann für den Generator. Deshalb habe ich ihn jetzt ruhiggestellt, damit er wieder auf dem Damm ist, wenn wir ihn brauchen. Ich bin ziemlich sicher, daß er keine Probleme mehr machen wird, sobald er an die Arbeit gehen kann.«

»Danke, Coretta, Sie haben richtig gehandelt. Lassen Sie es mich wissen, wenn Sie Hilfe brauchen . . .«

»Er nimmt ungern Medikamente.«

»Ich könnte es ihm befehlen. Das akzeptiert er womöglich eher.«

Patrick machte sich auf den Weg in die Kommandozentrale, doch Coretta packte ihn am Ärmel und zog ihn zurück.

»Nur eine Minute! Sie stehen auch unter meiner ärztlichen Aufsicht!

»Pillen?« fragte er mit einem zweifelnden Blick.

»Nein, Essen! Und nehmen Sie auch für Nadja etwas mit.«

»Natürlich, danke. Mir wird schlecht vor Hunger, wenn ich nur daran erinnert werde.«

Er nahm zwei Lebensmittelrationen und zwei Saugflaschen aus dem Fach und kehrte zu Nadja zurück. Nachdem er sich angeschnallt hatte, gab er ihr die Plastiktüte.

»Fütterungszeit! Ein ärztlicher Befehl!«

»Danke, ich habe vor allem Durst.«

»Essen Sie auch.«

Patrick zwang sich, seine Rindfleischcreme aufzuessen, ehe er Mission Control rief. »Wir haben etwas Ärger mit dem Triebwerk«, erklärte er Nadja.

»Das darf nicht wahr sein! Nicht schon wieder!« Entsetzt preßte sie ihre Hände gegen die Brust.

»Tut mir leid!« Er nahm ihre Hände in seine, um sie zu beruhigen. Ihre Haut war eiskalt. »Ich hoffe, daß es nur eine Kleinigkeit ist. Ely geht der Sache gerade auf den Grund.«

»Prometheus, hier Mission Control.«

»Hallo, Flax, hier Patrick. Ich habe eine mutmaßliche Störung im Kernreaktor zu melden. Countdown war problemlos, aber als wir den Moderatorkreislauf aktivieren wollten, blockierte die Anlage plötzlich.«

Eine winzige Pause, ehe Flax antwortete; Müdigkeit und Nervenanspannung zehrten auch an den Männern in Mission Control. *»Prometheus, überblicken Sie Art und Ausmaß der Störung?«*

»Negativ, Dr. Bron prüft noch. Habt ihr die Reaktorspezialisten griffbereit, falls wir sie brauchen?«

»Absolut, alle da. Sie bitten euch, die Sequenz der organisatorischen Operationen während des Countdowns aus dem Speicher zu holen und zu übertragen.«

»Verstanden, ich werde sie zusammenstellen.«

Alle Operationen, die Ely vorgenommen hatte, um das Kerntriebwerk startbereit zu machen, waren vom Bordcomputer gespeichert worden. Patrick konnte sie am Datenterminal in der Kommandozentrale abrufen und nach Houston senden.

Während er mit dem Computer beschäftigt war, bemerkte er, wie Nadja ein Gespräch über Intercom führte. Dann zupfte sie ihn am Ärmel.

»Es war Ely. Er glaubt zu wissen, was passiert ist. Ich sagte ihm, daß Sie gerade mit Mission Control sprechen. Er kommt zu uns.«

Patrick nickte und griff wieder zum Mikrofon. »Dr. Bron wird mir gleich Meldung machen. Er scheint die Ursache gefunden zu haben.«

»Das fürchte ich allerdings«, sagte Ely, während er durch die Luke stieg. Als er die Saugflasche in Nadjas Hand sah, wurde ihm plötzlich bewußt, wie ausgetrocknet sein Mund war. Bei der Arbeit hatte er den brennenden Durst kaum bemerkt. »Kann ich einen Schluck haben? Danke!« Die Flasche war halbleer, als er sie aufatmend zurückgab.

»Es sieht nicht gut aus, Patrick, ganz und gar nicht. Die Reaktorleute in Houston sollen die Daten noch mal im Simulator prüfen, aber ich bin ziemlich sicher, wo der Fehler liegt. Sie wissen ja, daß das Kerntriebwerk im wesentlichen aus schweren Quarzröhren besteht; deswegen der Spitzname ›Glühbirnenreaktor‹. Diese Röhren müssen enorm hitzebeständig sein und dürfen ihre Eigenschaften auch unter nuklearer Strahlungseinwirkung nicht verändern. Deshalb mußten wir auf ein so heikles Material wie Quarz zurückgreifen. Die Vibrationen während der Startphase und die Erschütterungen bei der mißglückten Stufentrennung scheinen da etwas angerichtet zu haben ...«

»Die mechanische Belastung?«

»Genau. Quarz ist ja nur eine vornehme Art Glas. Bei der Stufentrennung müssen irgendwelche Teile in die Ausströmdüsen geschleudert worden sein. Ich fürchte, eine der Röhren ist gebrochen.«

»Aber — kann man sie nicht ersetzen?«

Ely lachte bitter. »Ersetzen? Selbst wenn ich Ersatz zur Verfügung hätte — im Weltraum ist es unmöglich! Diese Röhre ist zerbrochen und bleibt zerbrochen. Das Triebwerk ist und bleibt blokkiert.«

»Wir müssen etwas unternehmen. Es muß einen Weg geben!«

»Zum Beispiel?«

»Zum Beispiel, wir sehen uns das Triebwerk aus der Nähe an, damit Mission Control mehr Informationen hat. Vielleicht fällt ihnen dann etwas ein.«

»Sie sind ein verdammter Optimist, Patrick, das wissen Sie.« Nach Stunden äußerster Anspannung wirkte Ely plötzlich ausgelaugt, erschöpft.

»Nein, ich tue meine Arbeit, wie ich es gelernt habe. Ich weiß, daß für jeden nur denkbaren Fall Alternativprogramme existieren. Ich sehe, daß wir ein Problem haben, aber noch auf Vermutungen angewiesen sind. Deshalb werden Sie jetzt aussteigen und den Umfang des Schadens feststellen. Dann wird man weitersehen. Wir haben nur noch ein Versorgungskabel zur Verfügung, aber das reicht ja für Sie. Legen wir die Raumanzüge an!«

»Moment, nicht so stürmisch! Ich habe so etwas noch nie gemacht, und ich habe mir bestimmt nicht träumen lassen, daß ich es gleich beim erstenmal alleine tun müßte. Sie haben Erfahrung, das würde uns Zeit sparen . . .«

»Sie sind der Kernphysiker, nicht ich. Sie waren an der Entwicklung dieses Triebwerks beteiligt, das haben Sie uns oft genug erzählt. Also sind Sie am ehesten in der Lage, den Schaden nur durch Augenschein zu beurteilen.« Schon stieß er sich ab, um die Raumanzüge zu holen, da kam ihm ein plötzlicher Gedanke. Frei schwebend drehte er sich zu Ely um: »Oder haben Sie etwa Angst?«

Ely lächelte. »Wenn ich Ihnen ein Geheimnis verraten darf: ja. Ich hab' die Hosen voll, wenn ich nur daran denke, an nichts als einer dünnen Schnur im freien Raum zu hängen. Alles an diesem verfluchten Flug macht mir angst. Aber ich bin dabei, weil ich um nichts in der Welt darauf verzichten möchte. Und jetzt her mit dem Anzug, ehe ich es mir anders überlege.«

Patrick wußte nicht, wie er antworten sollte. »Tut mir leid, was ich eben gesagt habe. Es war nicht persönlich gemeint . . .«

»Es war so persönlich wie nur irgend etwas, aber das ist vergeben und vergessen. Keiner ist hier auf Erholungsreise, und Sie schuften von uns allen schon am längsten.« Er blickte auf die GET-Uhr. »13:57, und ab 24:00 will keiner mehr für unsere Sicherheit garantieren. Warum fragt nicht mal einer bei Mission Control, ob die Schätzungen noch gültig sind? Es wäre gut zu wissen.«

»Nadja, fragen Sie doch in Houston nach, sobald wir die Druckanzüge angelegt haben. Sagen Sie Mission Control, daß Dr. Bron das Triebwerk inspiziert. Sie sollen mithören, was er meldet, und sofort die Spezialisten darauf ansetzen. Unsere Zeit wird knapp.«

Es war keine Sekunde zu verlieren. Sobald die Anzüge an die Kabel angeschlossen waren und der Kabinendruck nachließ, öffnete Patrick die Luke. Sein Versorgungskabel, nur für den Gebrauch in der Kabine gedacht, reichte gerade so weit, daß er Ely hinaushelfen und ihm das lange Kabel nachreichen konnte.

»Langsam«, mahnte er. »Vor allem dürfen Sie nichts überstürzen.«

»Überstürzen!« lachte Ely. »Das ist das einzige, was ich tun kann, um vorwärtszukommen.«

»Zwischen den Handgriffen sind Befestigungsringe. Haken Sie sich ein, ehe Sie einen Griff loslassen.«

»Es geht schon besser, ich komme gut vorwärts. Es ist gar nicht soviel anders als in der Kabine. Hier ist die Basis des ersten Triebwerkselements. Die Düse sieht gut aus. Ich gehe jetzt zum nächsten — um Gottes willen!«

»Was ist?« Flax' Stimme dröhnte in Elys Kopfhörern. *»Wir hören, Dr. Bron. Was sehen Sie?«*

»Den Grund, warum das Triebwerk nicht läuft. Die Vibrationen und vor allem die gewaltsame Stufentrennung. Teile der Verkleidung scheinen genau in die Öffnung hineinkatapultiert worden zu sein. Überall schweben Quarzsplitter, und sogar die Ausströmdüse selbst hat Beulen und Dellen abbekommen. Ich bin ganz dicht dran. Es ist Element vier. Die anderen scheinen okay zu sein. Jetzt kann ich genau in die Kammer hineinschauen . . . Mein Gott, ein Chaos! Überall Quarzstücke, Fragmente von Röhren . . . wahrscheinlich verliert das Triebwerk auch Gas!«

Ely starrte in die verwüstete Druckkammer, dann drehte er sich langsam um und hatte die majestätische, lichtblaue Erde vor Augen. Sie füllte den halben Himmel aus. Frei im Raum schwebend, fand er sie unendlich eindrucksvoller als hinter den schmalen Fensterschlitzen der Kommandozentrale. Groß und nahe — viel zu nahe. Stimmen aus Mission Control zwitscherten in seinen Kopfhörern, doch er nahm sie nicht wahr. Als er zu sprechen begann, brach Flax' Stimme ab.

»Dieses Triebwerk ist tot, Houston. Es wird nie wieder feuern, außer, ihr findet einen Weg, das Element vier zu isolieren. Wenn euch das nicht gelingt, ist die Mission beendet. Also setzt euch in Bewegung! Wir brauchen eure Hilfe!«

24

GET 13:12

Nachts, nach zwei Uhr, lag der Rote Platz in Moskau verlassen da; sogar die endlose Besucherschlange vor Lenins Grab war für wenige Stunden verschwunden. Die beiden Soldaten der Ehrenwache, die auch jetzt dort ausharrten, schenkten der schwarzen Moskwa-Limousine wenig Aufmerksamkeit, die mit kreischenden Reifen in den Platz einbog und auf den Kreml zuraste. Wagen dieses Typs sah man hier zu allen Stunden. Vielleicht kamen diese Nacht ein wenig mehr als üblich, aber keiner der beiden konnte den Grund ahnen. Noch hatte der Staatsrundfunk kein Wort über die Zerstörung von Cottenham New Town verloren. Und ausnahmsweise war auch die ›Stimme Amerikas‹ zurückhaltend gewesen, dem russischen Volk gerade diese Unglücksmeldung aufzutischen.

Ingenieur Gluschko und Professor Moschkin kannten sich im Kreml aus. Ihre Papiere, die sie als Mitarbeiter am Projekt Prometheus auswiesen, öffneten ihnen den Weg durch den äußeren Kreis der Wachen und Sperren. Wer mit Prometheus zu tun hatte, war diese Nacht sicher in offizieller Mission hier. Innerhalb der Kremlmauern wußte jeder, was in England geschehen war. Gluschko war als führender Projektingenieur bekannt, und auch von dem kleinen Professor an seiner Seite wußte man, daß er irgendwie an dem Programm beteiligt war.

So gelang es den beiden, erstaunlich weit vorzudringen, ehe man sie anhielt und zur Rede stellte. Im inneren Kreis der hohen Funktionäre verdankte man seinen Rang zu gleichen Teilen seinen Fähigkeiten und seiner Vorsicht. Mit der Zigarette im Mundwinkel, Asche auf dem Revers und halbgeschlossenen, vom Rauch geröteten Augen glich der Funktionär, vor dem sie nun standen, all jenen anderen, die sie schon passiert hatten. Doch diese Hürde würde nicht so leicht zu nehmen sein.

Er ließ sich die Papiere zeigen, überlas sie flüchtig, stutzte und begann von neuem, sie zu studieren.

»Natürlich, *Towarischtschi,* ich sehe, daß Sie Funktionen im Prometheus-Programm ausüben, das steht ja alles da. Aber nirgends finde ich eine Begründung, warum Sie heute hier sind?«

»Ich sage Ihnen doch«, erwiderte Gluschko, »daß der Professor und ich mit dem Genossen Poljarni sprechen müssen. Es ist von äußerster Wichtigkeit!«

»Dessen bin ich sicher, sonst wären Sie ja nicht hier. Eine wahre Hetzjagd, in wenigen Stunden von Baikonur nach Moskau, mit einem Sonderflug und einem wartenden Auto am Flughafen! Aber nirgends steht, wozu das Ganze? Was haben Sie mit dem Genossen Poljarni zu besprechen?«

»Wissen Sie von dieser . . . Geschichte mit dem Booster?«

Der Funktionär nickte gemessen. »O ja. Ein tragischer Unglücksfall, den das ganze Volk betrauern wird. Sie kommen also in dieser Angelegenheit?«

»Mehr oder weniger. Ich möchte nicht mißverstanden werden, Genosse. Glauben Sie etwa, daß ich und Professor Moschkin, einer der führenden Astrophysiker des Landes, nur hier sind, um alberne Spielchen zu treiben?«

»Natürlich nicht! Trotzdem kann ich Ihnen nur weiterhelfen, wenn Sie mir den Grund Ihrer Anwesenheit mitteilen. Sie müssen auch meine Lage verstehen!«

Gluschko stöhnte. »Was ich zu sagen habe, ist einzig und allein für den Genossen Generalsekretär bestimmt. Bitte bringen Sie mich zu Ihrem Vorgesetzten. Ich möchte ihm den Fall vortragen.«

»Er ist in einer Konferenz. Wenn Sie warten wollen . . .«

»Wir *werden* den Genossen Poljarni sehen, und er wird sich fragen, warum wir nicht *eher* gekommen sind. Wer immer an unserer Verspätung schuld ist, wird nicht mit Wohlwollen betrachtet werden.«

Der Beamte verstand nur zu gut. Er hatte diese Art versteckter Drohung schon oft gehört. Wenn sie begründet war, würde er allerdings Ärger bekommen. War es dagegen nur Bluff, und er half trotzdem, dann hatte er schlimmstenfalls mit einer offiziellen Rüge zu rechnen. Die Entscheidung war einfach. Er schob seinen Stuhl zurück und erhob sich.

»Ich habe verstanden, meine Herren. Sicher erkennen Sie an, daß ich in jeder Weise bemüht bin, Ihnen zu helfen. Wenn Sie bitte hier warten wollen, ich werde sehen, wie rasch Genosse Poljarni Sie empfangen kann.«

»In Ordnung«, antwortete Gluschko mit fester Stimme und selbstbewußtem Blick. Er bemühte sich, diese Pose durchzuhalten, bis der Funktionär durch die Tür verschwunden war. Dann ließ er sich auf den nächsten Stuhl sinken.

»Dieser Kampf mit der Parteibürokratie ist ermüdend, Professor. Ich hoffe nur, daß Sie recht haben, sonst laden wir uns den Teufel auf den Hals!«

»Was wir am Hals haben, ist ziemlich unwichtig. Das wirklich Teuflische sind diese Zahlen!« Er klopfte mit der Hand auf seine lederne Aktentasche. »Und diese Zahlen stimmen! Ich habe alle Unterlagen bei mir, falls es jemand nachprüfen will.«

Gluschko blickte auf seine Armbanduhr, dann trommelte er nervös mit den Fingern auf sein Knie. »Wenn das so ist, sollte sich unser Politruk hier lieber beeilen.«

Auf der anderen Seite der Erde, in Philadelphia, Pennsylvanien, war es früher Abend. Noch nicht Essenszeit, aber spät genug: Überall an der amerikanischen Ostküste waren die Büros geschlossen, die Laboratorien verlassen, die Professoren auf dem Weg von den Universitäten nach Hause. Nur Samuel Weisman saß noch in seinem stickigen Arbeitszimmer, starrte auf die wachsenden Schatten und hoffte, daß diesmal jemand ans Telefon gehen würde. Er wartete vergeblich. Langsam legte er den Hörer auf die Gabel zurück, faltete die Hände und überlegte, was nun zu tun sei.

Die wenigen Bekannten, die vielleicht in der Lage gewesen wären, ihm zu helfen, waren alle nicht ans Telefon gegangen. Bestenfalls hatte er ihre Stimme von quäkenden Anrufbeantwortern gehört, auf denen er eine Nachricht hinterlassen sollte. Doch er glaubte nicht, daß dafür noch Zeit blieb. Die lebenswichtige Information, über die er verfügte, mußte so schnell wie möglich in die richtigen Hände gelangen, und er brauchte dringend einen Rat, wie er das bewerkstelligen sollte. Die NASA und die Prometheus-Leute würden sich natürlich am brennendsten für seine Nachricht interessieren. Leider waren die beiden Nummern, die er von der Auskunft erhalten hatte, ununterbrochen besetzt. Professor Weisman besaß keinen Fernseher und hörte selten Radio. So wußte er noch nichts von der Katastrophe, die Cottenham New Town ausgelöscht hatte. Die Meldung hätte ihn bestimmt interessiert, obwohl es in diesen Augenblicken Wichtigeres für ihn gab.

Washington, das war die Lösung! Er würde einfach nach Washington fahren! Zwar reiste er ungern. In den Jahren der Emigration hatte ihn seine Flucht vor den Nazis durch halb Europa geführt. Damit, pflegte er scherzhaft zu erklären, sei sein Bedarf an Ortsveränderung für den Rest seines Lebens gedeckt. An der Universität von Pennsylvanien verlief sein Dasein in gemächlich geordneten Bahnen, und daran hatte er sich gewöhnt. Aber nun mußte er eine kleine Störung seines Friedens in Kauf nehmen. Schon begann er, mehrere Mappen mit Berechnungen in eine Aktentasche zu packen, die genauso abgenützt und schäbig aussah wie jene, die Professor Moschkin im selben Augenblick in Moskau auf den Knien hielt.

Auf dem Korridor näherten sich eilige Schritte, dann klopfte es ungeduldig gegen das Riffelglas der Tür. Weisman antwortete nicht: In Gedanken versunken, hatte er das Klopfen überhört. Erst als die Tür sich öffnete, blickte er auf. Ein bärtiges Gesicht schaute durch den Spalt.

»Was sagst du dazu, Sam? Ist diese Sache mit der Stadt in England nicht unglaublich?«

»Hallo Danny, komm' rein, ich muß dich was fragen.«

»Dann hast du es noch nicht gehört. Einer der Booster von Prometheus hat eine ganze Stadt vernichtet! Zigtausend Tote, schlimmer als ein Atomangriff . . .«

»Danny, kannst du mir sagen, wie man nach Washington kommt?«

Obwohl er seinen Kollegen seit Jahren kannte, mußte Danny erst einmal tief Luft holen. Selbst unter Wissenschaftlern war Sam noch ein Sonderfall. Aber wahrscheinlich hätte er es ohne diese Fähigkeit, die ganze Welt hinter seine Probleme zurücktreten zu lassen, nicht zu Nobelpreis und internationaler Anerkennung gebracht. Und wie er nach Washington kommen sollte, wußte dieses Genie im Elfenbeinturm also auch nicht! Danny zuckte mit den Schultern und versuchte, Cottenham New Town ebenfalls zu vergessen.

»Du kannst mit dem Wagen fahren, du kannst den Bus nehmen oder den Zug. Es sind zweihundert Kilometer.«

»Autofahrten bringen mich um!« Weisman schüttelte sich bei dem Gedanken, dann holte er eine altmodische Geldbörse aus der Tasche und blickte hinein. »Vier Dollar. Das wird wohl nicht reichen?«

»Nicht ganz. Was willst du eigentlich in Washington?«

Weisman überhörte die Frage. Sein Gehirn analysierte die inhärenten Probleme seiner Reise. »Die Banken haben geschlossen. Aber du kannst mir sicher einen Scheck einlösen, Danny? Glaubst du, daß fünfhundert Dollar genug sind?«

»Mit fünfhundert Dollar könntest du zwei Wochen Urlaub in Washington machen! Leider habe ich nicht immer so viel bei mir.« Er blätterte in seiner Brieftasche. »Aber du hast Glück, ich habe heute meinen Gehaltsscheck eingelöst. Ich gebe dir zweihundert, du kannst sie mir zurückzahlen, wenn du wiederkommst.«

Weisman griff nach seinem Jackett. »Gibt es in Philadelphia mehrere Bahnhöfe?«

»Mach' dir mal keine Sorgen, ich setze dich ab. Du mußt ein Tikket nach D. C. verlangen, und schau, daß du einen Metroliner erwischst. Von den alten Zügen kriegst du nur Hämorrhoiden!«

»Sehr freundlich.« Er setzte seinen Hut auf. »Weißt du zufällig auch, ob das Smithsonian Institute leicht zu finden ist? Ich habe dort eine Bekannte.«

»Sam, ich muß mich wirklich zurückhalten, sonst frage ich dich noch, was du mitten in der Nacht im Smithsonian willst. Womöglich würdest du es mir sogar verraten! Schnapp dir gleich am Bahnhof ein Taxi und sag einfach ›Smithsonian‹. Vielleicht weiß der Nachtwächter, wo deine Bekannte steckt. Ich wünsche dir jedenfalls viel Glück!«

Wenig später saß Professor Weisman im Zug. Er legte sich seine alte Aktentasche auf die Knie und hielt sie sicherheitshalber mit beiden Händen fest — genau wie Professor Moschkin im selben Augenblick im Kreml zu Moskau. Doch dies war nicht das einzige, was die beiden Männer verband.

Beide waren weltberühmte Astrophysiker.

Beide hatten sich auf das Studium der Sonne spezialisiert.

25

GET 13:57

»Hier, nehmen Sie eine Zigarre«, der Verleger hielt Cooper das goldene Etui entgegen. »Echte Havanna, direkt aus der ersten Lieferung nach dem Handelsabkommen mit Kuba. So etwas haben Sie noch nie zwischen den Lippen gehabt!«

»Entschuldigen Sie bitte, Sir, aber leider, ich rauche nicht.«

Cooper war vor Aufregung wie gelähmt. Er traf den Verleger der *Gazette-Times* selten genug, aber noch nie war er in sein Büro gebeten worden. Sogar der Chefredakteur, den er nur brüllend kannte, wagte hier nicht, die Stimme zu erheben. Der Verleger erhob sich und ging zur Spiegelbar. Seine Fingernägel glänzten rosig, die Haut seiner Hände war schneeweiß, als wäre sie nie mit Druckerschwärze oder Tinte in Berührung gekommen. Er griff nach einem Dekantiergefäß aus Kristallglas und lächelte Cooper mit makellosen Zähnen zu.

»Aber einen Drink können Sie mir nicht abschlagen. Dieser zwanzigjährige Kanadier wird Ihnen munden. Wasser oder Eis?«

Verwirrt nickte Cooper zu beidem. Wozu hatte man ihn herbestellt? Um ihn zu feuern? Nein, das besorgten Untergebene. Wozu dann? Er nahm einen großen Schluck Whiskey und bekam ihn prompt in die falsche Kehle. Es brannte wie Feuer, denn er war nichts Stärkeres als Cherry-Cola gewöhnt.

»Gut, nicht wahr? Ich wußte, daß es Ihnen schmecken würde.« Ein Seitenblick zum Chefredakteur: »Haben wir noch Zeit?«

»Ein paar Minuten, Sir.«

»Dann lassen Sie ihn schon mal warm werden.« Gehorsam watete der Chefredakteur durch den tiefen Teppich und schaltete das Fernsehgerät in der handgeschnitzten Mahagonitruhe ein. »Eine Sondersendung aus Großbritannien, Cooper. Ich fand, Sie sollten das sehen.«

»Ja, eine gute Idee, vielen Dank, Sir.« Hinter den Tränen, die ihm der Whiskey in die Augen trieb, erschien das vertraute Gesicht von Vance Cortwright auf dem Bildschirm. Cortwright zeigte seine ernsteste Miene und sprach mit der tiefen Stimme eines hauptberuflichen Trauerredners.

»Weder Mond noch Sterne leuchten heute vom bewölkten Himmel Englands, als ob die Elemente selbst um die Toten trauerten.

Dieses Land hat viele Katastrophen erlebt — Pestepidemien, den großen Brand von London, die Schützengräben des Ersten Weltkriegs und die Bomben des Zweiten. Dieses Volk weiß zu kämpfen, um zu überleben, und es weiß zu sterben, wenn die Stunde schlägt. Noch nie aber hat es auf britischem Boden ein Inferno gegeben, wie es hier vor wenigen Stunden losgebrochen ist. Der Strom der Unglücksmeldungen, die aus der Umgebung eingehen, reißt auch jetzt noch nicht ab. Das Zentrum der Tragödie liegt jedoch hier, genau hinter mir. An dieser Stelle lag Cottenham New Town — ich benütze die Vergangenheitsform, denn alles andere wäre eine Beschönigung.«

Während er weitersprach, wechselte das Bild und zeigte eine unwirkliche Szene, die an Unterwasseraufnahmen erinnerte. Zwischen rollenden Wolken, von denen man nicht wußte, ob sie aus Rauch oder aus Staub bestanden, bewegten sich vereinzelte Lichtpunkte. Als die Kamera langsam zurückfuhr, wurden zerstörte Formen erkennbar, deren ursprüngliche Gestalt kaum erahnt werden konnte. Lichtflecke huschten darüber hin und beleuchteten vermummte Gestalten, die mit Atemgeräten und Asbestanzügen zwischen den Trümmern arbeiteten.

»Dies war ein blühender Bauernhof am Rand der Stadt, ein solides Backsteingebäude, das schon Jahrhunderte überdauert hatte. In Sekundenbruchteilen wurde es in dieses Chaos aus Stein und Staub verwandelt. Es besteht keine Hoffnung, hier noch Überlebende zu bergen, aber dennoch werden alle Anstrengungen unternommen. In der Stadt selbst ist allerdings jede Suche überflüssig.«

Bei diesem Stichwort schwenkte die Kamera über das Gelände, auf dem das Stadtzentrum gestanden hatte. Lichtfinger von militärischen Suchscheinwerfern schnitten durch das Bild, doch was sie aus dem Dunkel rissen, schien nicht von dieser Erde zu stammen. Nichts in diesem Panorama schwarzer, schwelender Trümmerhalden erinnerte mehr an die Stadt mit ihren Häusern und Menschen. Überall flackerten kleine Brände; ihr Widerschein färbte die Rauchwolken rot, als schwebten sie über Vulkanen. Selbst Cortwrights Stimme wurde bei diesem Anblick brüchig.

»Das einzig Gute, was man vielleicht von dieser ... unvorstellbaren Tragödie sagen kann, ist, daß sie so plötzlich kam. Wer hier sein Leben ließ, starb ohne Angst. Ich weiß nichts Näheres über den Booster, der hier einschlug, aber es steht fest, daß er mit einem Vielfachen der Schallgeschwindigkeit flog. Die V 2-Raketen des

Zweiten Weltkriegs, seine frühesten Vorläufer, flogen ebenfalls schneller als der Schall, so daß die Londoner sie erst im Augenblick der Explosion hörten. Genauso war es hier: Ohne Vorwarnung, von einer Sekunde zur anderen, verwandelte sich die abendliche Stadt in eine Flammenhölle. Sämtliche Feuerwehren der umliegenden Städte und Gemeinden sind hier im Einsatz. Truppen wurden in Marsch gesetzt, und alle Straßen sind gesperrt, um den Rettern ungehinderten Zugang zu verschaffen. Doch zu retten gibt es nur noch am Rande des Katastrophengebietes. Dort hat die Druckwelle Bauernhäuser zum Einsturz gebracht, Menschen zu Boden geschleudert und Autos von der Fahrbahn gedrückt. In eine Massenkarambolage sollen über siebzig Fahrzeuge verwickelt sein. Wie es in den umliegenden Krankenhäusern aussieht, berichten wir Ihnen in wenigen Minuten. Zunächst die Werbung . . .«

Der Verleger schaltete den Fernseher aus, ehe die Werbeeinblendung begann. Er lächelte wie eine Katze, die ihre Schlagsahne bekommen hat, und hob sein Glas.

»Auf Ihr Wohl, Cooper! Das ist Ihre Story! Sie haben die Katastrophe als erster kommen sehen, und wir haben sie als erste Zeitung publiziert. Unsere nächste Nummer wird die höchste Auflage haben, mit der wir je in Druck gegangen sind. Ich habe drei Reporter und fünf Fotografen in einem gecharterten Flugzeug nach England geschickt. Wir werden diese Katastrophe ausschlachten, wie noch nie eine Katastrophe ausgeschlachtet worden ist. Aber ich vergesse auch Sie nicht, Cooper! Sie bekommen einen einmaligen Bonus und eine Gehaltserhöhung von zwanzig Dollar!«

»Oh, vielen Dank, Sir! Ich danke Ihnen von Herzen!«

»Nicht doch, das ist nur gerecht. Aber Sie wollen sich dieser Aufstockung doch auch würdig erweisen, oder? Ja, ich sehe, daß Sie das wollen. Lassen Sie doch die paar Tropfen, der Chefredakteur wird es wegwischen. Sie sollen an größere Aufgaben denken. Ich möchte, daß Sie an Ihre Story anknüpfen und einen Reißer nachschieben, der uns zur größten Kaufzeitung der Stadt macht!«

»Was gibt es denn nachzuschieben?« Cooper staunte.

»Sie belieben zu scherzen! Der verdammte Rest der Rakete, was denn sonst! Was passiert, wenn der Rest runterkommt, wieviel schlimmer wird es dann sein? Schöpfen Sie die Möglichkeiten aus, malen Sie den Teufel an die Wand!«

»A-aber, es gibt doch keine Anzeichen dafür? Prometheus hat doch nur ganz geringfügige Probleme mit dem Kerntriebwerk?«

»Seien Sie nicht naiv! In Houston hat es auch geheißen, daß der Booster ganz normal landen wird! Also gehen Sie an die Arbeit. In unserer nächsten Ausgabe wird nicht nur alles über die letzte Katastrophe stehen, sondern auch alles über die nächste! Wie viele Leute sind an Bord?«

»Sechs, das heißt fünf. Einer ist tot.«

»Das erste Opfer.« Sein Blick durchbohrte den Chefredakteur. »Wir brauchen Lebensgeschichten, persönliches Zeug, Familie. Wer stirbt als nächster — und wen nehmen sie mit in den Tod? Sie wissen, wie man so was aufzieht.«

»Allerdings, Sir.«

»Dann fangen Sie an. Ich bin die ganze Nacht hier. Schicken Sie mir eine Fahne hoch, sobald die Titelseite gesetzt ist. Ach ja — ich schreibe einen Leitartikel, vierzig Zeilen zweispaltig. Planen Sie den für die Titelseite ein.« Er trank seinen Whiskey aus und knallte das Glas mit einer triumphierenden Geste auf den Tisch. »Da heißt es, die Zeitung ist tot und das Fernsehen macht die Nachrichten. Diesen Klugscheißern werden wir's zeigen!«

26

GET 14:21

In Washington war es kurz nach zwanzig Uhr. Beamte und Arbeiter waren längst zu Hause, die Klimaanlagen und Elektroherde sämtlich in Betrieb. Die Elektrizitätswerke der amerikanischen Ostküste registrierten die allabendliche Verbrauchsspitze. Auch die Fernsehgeräte waren alle eingeschaltet: Niemand wollte sich die Live-Reportagen vom englischen Katastrophenschauplatz entgehen lassen. Ein einziger Sender hatte sich den Übertragungen nicht angeschlossen. An diesem Abend fand das Endspiel der ersten Baseball-Liga statt, und schon einmal hatte ein Fanatiker eine Brandbombe ins Funkhaus geworfen, nur weil bei Gleichstand nach dem letzten Wechsel das Bild ausgefallen war. Doch nur die Unentwegten verfolgten das Spiel: In England war mehr los.

Im Weißen Haus dauerte die Sondersitzung des Kabinetts noch immer an. Schon über vier Stunden und kein Ende in Sicht. Bandins Gespräch mit Poljarni war kurz und unergiebig gewesen. Außer ein paar nichtssagenden Floskeln hatte der sowjetische Regierungschef nichts geäußert. Vermutlich saß er noch mit den Parteigremien zusammen und arbeitete die offizielle Lesart der Tragödie aus. Wahrscheinlich hatten sie den richtigen Dreh noch nicht gefunden, wie man die USA angemessen an der Verantwortung für die Katastrophe beteiligte. Und so lange ließen sie auch nicht mit sich reden.

Das amerikanische Kabinett diskutierte das gleiche Problem aus dem entgegengesetzten Blickwinkel.

»Wir können ihnen nicht einfach die Alleinschuld aufbürden«, beharrte Simon Dillwater.

»Wieso nicht?« Schlochter war da ganz anderer Ansicht. »Es handelt sich nicht mehr um technische, sondern ausschließlich um politische Entscheidungen, und damit ist mein Außenministerium allein zuständig. Die Sowjets mögen unsere Partner sein, aber diesen Zwischenfall haben sie sich selbst zuzuschreiben. Ich lasse mich jedenfalls nicht dafür hängen. Die Staatskunst, sagt Metternich . . .«

»Rutschen Sie mir den Buckel runter mit Metternich!« Gereizt biß Bannerman die Zigarrenspitze ab und spuckte auf den Boden. »Was Sie mit Metternich beweisen, kann ich mit Clausewitz widerlegen. Besser, wir versuchen einmal, den heißgeliebten kalten Krieg zu vergessen und den Roten beizustehen. Es ist unser gemeinsames Projekt. Wenn wir sie jetzt in den Hintern treten, pakken sie ihre Booster ein und gehen nach Hause. Und ohne die Lenin-5-Booster ist Prometheus gestorben. Stimmen Sie mir zu, Mr. President?«

General Bannerman war ein alter Hase in diesem Geschäft. Schlochter hatte schon tief Luft geholt, um zu antworten, aber er spielte den Ball an den Präsidenten weiter. Schlochter klappte seinen Mund wieder zu und errötete. Das war es, was Bannerman an ihm mochte: Er war so leicht zu ärgern! In der Armee hätte er nicht einen Tag überstanden.

»Ich muß Ihnen wohl zustimmen«, antwortete Bandin. »Keine offizielle amerikanische Stelle wird also erwähnen, daß es sich bei dem Booster um eine ausschließlich sowjetische Konstruktion handelt. Dies ist eine typische Tragödie unserer Zeit, nicht das erste Opfer, das der Fortschritt gefordert hat. Benutzen wir die Formel vom unvermeidbaren Restrisiko. Und natürlich werden wir Großbritannien eine großzügige Unterstützung anbieten, vor allem in finanzieller Hinsicht. Sie sind verdammt pleite drüben und werden das zu schätzen wissen.«

»Mr. President, ein Anruf aus Houston, von Mission Control«, rief Charley Dragoni.

»Legen Sie ihn auf den Lautsprecher.«

»Hallo? Sie können sprechen, der Präsident hört.«

»Hier ist Mission Control, Mr. President. Ich möchte Ihnen und Mr. Dillwater über die jüngsten Entwicklungen an Bord von Prometheus Eins Meldung machen.«

»Dillwater ist auch hier und kann Sie hören, Flax. Was gibt's?«

»Es geht um das Kerntriebwerk. Der Grund für sein Versagen ist gefunden. Bei der Stufentrennung haben Teile der Verkleidung mechanische Schäden in der Druckkammer von Element vier hervorgerufen. Sie können nicht behoben werden.«

»Was sagt er? Dillwater, übersetzen Sie das Kauderwelsch!«

»Die Verkleidung, das ist die Schutzhülle zwischen dem mittleren Booster und der dritten Stufe. Sie ist dazu da, den Luftwiderstand während des Starts zu verringern und das Kerntriebwerk zu schützen. Bei der Abtrennung des Boosters sind offenbar Teile der Verkleidung in die Düsen des Triebwerks geschleudert worden. Das kann passiert sein, als sich der Booster schräg verkeilte, oder später, als der defekte Sprengbolzen von Oberst Kusnezow durchschnitten wurde. Auf jeden Fall ist eines der fünf Elemente des Triebwerks dadurch irreparabel beschädigt worden.«

»Soll das etwa heißen, daß Prometheus festsitzt und genauso abstürzen kann wie dieser mißlungene sowjetische Booster?«

»Ich glaube kaum, daß die Situation schon so ernst ist, Sir. Die vier übrigen Elemente des Kerntriebwerks scheinen unbeschädigt geblieben zu sein. Kann ich mal mit Flax sprechen?« Bandin nickte stumm. »Mission Control, hier Dillwater. Haben Sie schon die Auskreisung des defekten Elements eingeleitet?«

»Die Computer arbeiten an einem Programm dafür. Ich werde Sie informieren, sobald eine praktikable Lösung gefunden ist.«

»Wird es überhaupt gehen? In der verbleibenden Zeit?«

»Es ist unsere einzige Chance, Moment...« Man hörte Gemurmel am anderen Ende der Leitung, dann wieder Flax' Stimme: *»Wir haben eine Anfrage von Prometheus, sie möchten mit Ihnen reden.«*

»Ich werde das Gespräch ins Nebenzimmer legen lassen.«

»Bleiben Sie hier«, unterbrach Bandin.

»Ich möchte die Kabinettssitzung nicht stören, Mr. President.«

»Stören! Außer Prometheus haben wir sowieso nichts auf der Tagesordnung. Nicht, bis das Ding dort ist, wo es hingehört. Stellen Sie durch, Flax.«

Zwitschernde Elektronik, Schaltknacken, dann war die Verbindung in den Weltraum hergestellt. Flax gab sein Okay.

»Prometheus, Sie sind jetzt mit Direktor Dillwater verbunden, der sich zur Zeit beim Präsidenten befindet. Bitte kommen.«

»Mr. Dillwater, Mr. President, hier Major Winter auf Prometheus.«

»Was haben Sie auf dem Herzen, Patrick?« meldete sich Dillwater.

»Sie sind bereits über das Versagen des Kerntriebwerks informiert?«

»Ja.«

»Nun, wir haben uns verschiedene Zahlen angesehen, und dabei ist uns etwas aufgefallen. Es scheint, daß uns die Zeit ausgeht.«

»Was meinen Sie?«

»Die Schätzungen zur Stabilität der Umlaufbahn. Man hat uns zunächst sechsunddreißig Stunden gegeben, dann war man vorsichtiger und meinte, nur vierundzwanzig seien zu garantieren. Vor einer Stunde hat meine Kopilotin um eine Präzisierung gebeten. Sie erfuhr, daß die Verringerung von Luftwiderstand und Masse durch die Abtrennung des Boosters die Frist verlängert hat. Es sollen jetzt noch achtundzwanzig Stunden sein. Wir

finden es etwas beunruhigend, daß die Berechnungen dauernd revidiert werden müssen. Aber selbst wenn wir mal von der letzten Zahl ausgehen und den Zustand des Kerntriebwerks berücksichtigen, fürchte ich, daß wir nicht mehr rechtzeitig aus unserer jetzigen Bahn herauskommen werden! Können Sie mir folgen?«

»Selbstverständlich!«

»Gut. Dann möchte ich eine Frage an Sie richten: Welche Vorkehrungen haben Sie getroffen, die Besatzung von Prometheus vor dem Eintritt in die Atmosphäre von Bord zu holen?«

»Leider keine, Major Winter. Wir haben diesen Fall nicht in Erwägung gezogen.«

»Nun, dann hoffe ich, Sie tun es jetzt.« Patricks Stimme klang um eine Spur schärfer.

»Natürlich. Aber Sie wissen, daß die Raumfähre zu Ihrer Ablösung erst in einem Monat starten soll. Wir brauchen mindestens sechs Tage, um sie auf die Rampe zu bringen.«

»Das ist mir bekannt. Aber ich denke an die Sowjets. Eventuell haben sie eine Raumfähre startklar, die ein Rendezvousmanöver in der Umlaufbahn ausführen kann. Oder vielleicht die Air Force? Sie hat einen eigenen Raumtransporter für ihre Aufklärungssatelliten. Ist er startbereit?«

»Ich bin nicht informiert, aber General Bannerman ist ja hier.« Er blickte mit erhobenen Augenbrauen zu ihm hinüber.

»Negativ«, antwortete Bannerman mit unbewegtem Gesicht. »Wir haben eine Fähre bei der Nutzlast-Integration. Von dort kommt sie unmöglich binnen eines Tages auf die Rampe, und mehr Zeit bleibt uns ja nicht.«

»Prometheus, haben Sie das gehört?«

»Ja, aber wir wissen immer noch nichts von den Sowjets. Bitte informieren Sie sich so schnell es geht.«

»Das werden wir tun, Prometheus. Bitte warten Sie, Ihr Präsident möchte mit Ihnen sprechen.«

»Hier ist Ihr Präsident, Major Winter. Ich möchte Ihnen nur versichern, daß unsere Herzen bei Ihnen und Ihrer tapferen Besatzung sind. Alles, was irgend für die Sicherheit und den Erfolg von Prometheus Eins getan werden kann, wird hier mit äußerster Priorität behandelt. Bitte glauben Sie mir, daß wir nichts unversucht lassen werden, Ihre Sicherheit und Ihren Erfolg zu gewährleisten!«

»Na danke, Mr. President. Ende.«

»Der Bursche ist etwas kurz angebunden«, bemerkte Grodzinski. »Er sollte besser auf seine Worte aufpassen!«

»Immerhin stehen sie da oben unter einem gewissen Streß«, versuchte Bannerman, die Situation zu entschärfen.

»Nichtsdestotrotz...«

»Ach seien Sie still, Grodzinski!« fuhr Bandin dazwischen. »Wir haben wirklich Wichtigeres zu besprechen. Was soll aus den Leuten werden, und vor allem, was soll aus den tausend oder wieviel auch immer Tonnen amerikanischer Technologie werden, in der sie sitzen? Dillwater, wenn alle Stricke reißen, was passiert dann in achtundzwanzig Stunden?«

»Prometheus wird auf die dichteren Schichten der Atmosphäre aufprallen.« Er nahm seine Brille ab und strich über die wunde Stelle auf seinem Nasenrücken, während er weitersprach. »Was dann kommt, können wir nicht mit Sicherheit vorhersagen. Bisher ist noch nie ein Flugkörper ähnlicher Größe in dieser Situation gewesen. Vielleicht wird Prometheus in kleine Stücke zerbrechen und verglühen; vielleicht wird er auch stabil bleiben und in einem Stück auf der Erdoberfläche einschlagen.«

»Wollen Sie etwa sagen, daß es einen zweiten Absturz geben könnte? So schlimm wie in Cottenham?«

»Ich sage das wirklich sehr ungern, Mr. President, aber ich fürchte, es könnte wesentlich schlimmer kommen. Prometheus ist nicht nur erheblich schwerer, er hat auch nukleare Spaltstoffe an Bord. Hochangereichertes Uran im Gewicht von etwa fünfhundert Pfund! Es ist zwar zweifelhaft, ob es beim Einschlag zu einer unkontrollierten Reaktion kommen wird...«

»Das Uran braucht gar nicht zu explodieren«, fiel ihm Bannerman ins Wort. »Es kann schmelzen oder als radioaktives Gas frei werden. Keine beruhigende Vorstellung, daß so etwas im eigenen Hinterhof landen könnte.«

»Oder auch im fremden — das hängt davon ab, an welcher Stelle der Umlaufbahn der Aufprall erfolgt. Es könnte fast überall auf der Erde sein.«

»Wieso?« fragte Bandin.

»Das hängt mit der Rotation der Erde zusammen, Sir. Alle achtundachtzig Minuten kreist Prometheus auf seiner ovalen Bahn einmal um die Erde. Gleichzeitig dreht sich aber die Erdkugel unter dem Raumschiff. Daher führt jeder Umlauf über einen anderen Teil der Erdoberfläche. Vor sieben Stunden leider über Großbritannien...«

Bandin wurde nachdenklich. »Hat sich schon jemand die Mühe

gemacht, festzustellen, wie die Bahn in achtundzwanzig Stunden verlaufen wird?«

»Ja, Sir, wir haben das berechnet.« Dillwater legte einen Zettel auf den Tisch und setzte seine Brille wieder auf. »Die Umlaufbahn wird dann über den nördlichen Pazifik führen, über den Golf von Alaska...«

»Das ist gut«, atmete Bandin auf. »Wegen ein paar Eisbergen und Seehunden werden wir uns keine grauen Haare wachsen lassen.«

»Ich bin noch nicht fertig, Sir. Die Kurve, es ist der achtundzwanzigste Umlauf, führt dann nämlich weiter nach Süden und streicht dabei über unsere gesamte Westküste, über Seattle, Portland, San Francisco, Los Angeles und San Diego!«

Schockiertes Schweigen, während den Kabinettsmitgliedern langsam dämmerte, was sie soeben gehört hatten...

27

GET 15:08

»Das ist eine Art Vollversammlung«, erklärte Patrick. »Ich möchte, daß ihr alle informiert seid, wegen des Triebwerks... und überhaupt...«

Er stockte und war selbst überrascht, nicht mehr die richtigen Worte zu finden. Seit seinen Jahren als Testpilot war er es gewohnt, tagelang ohne Unterbrechung zu arbeiten. Aber noch nie hatte er sich so müde gefühlt wie jetzt. Ohne die Hilfe der Schwerelosigkeit wäre er auf seiner Liege zusammengesunken. Die Kameraden sahen allerdings kaum frischer aus. Wenn seine Augen so gerötet waren wie Nadjas, dann vermied er es besser, in den Spiegel zu schauen. Elys Gesicht war grau vor Anstrengung und Erschöpfung.

Die dunklen Ringe unter den Augen gaben ihm einen starren, maskenhaften Ausdruck. Nur die beiden anderen hatten noch entfernte Menschenähnlichkeit. Gregor kämpfte zwar mit den Nachwirkungen der Tabletten, doch Coretta wirkte entspannt und ruhig. Wenn sie den Streß der Situation auch empfand, gelang es ihr doch, sich am besten zu beherrschen. Sie beobachtete Patrick mit tiefer Sorge.

»Sie sehen verheerend aus, Patrick. Merken Sie eigentlich, daß Sie Schwierigkeiten mit dem Sprechen haben?«

»Gewiß, Doktor, das kommt einfach davon, weil ich verdammt müde bin.«

»Ich fürchte, Sie sind jetzt noch nicht bereit, sich etwas zu entspannen?«

»Sie fürchten richtig.«

Coretta stieß sich von ihrer Liege ab und glitt zum Medikamentenspind.

»Unter normalen Umständen würde ich so etwas nicht tun; aber hier sind jede Menge Aufputschmittel. Wollen Sie irgend etwas davon haben? Sie wissen, daß Sie sich nachher nur um so schlechter fühlen?«

»Vielleicht gibt es für uns kein Nachher. Geben Sie mir eine Handvoll!«

»Was haben Sie eben gesagt?« Die Direktheit seiner Worte schockierte Coretta.

Patrick schluckte die Pillen und spülte sie mit Wasser hinunter, ehe er antwortete.

Die Besatzung wartete mit angehaltenem Atem.

»Legen wir die Karten auf den Tisch, damit es keine Mißverständnisse mehr gibt«, begann er. »Unsere Chance ist ohnehin schmal genug. Die Flugzeit beträgt jetzt«, er blickte auf die GET-Uhr, »fünfzehn Stunden und elf Minuten. Wir hängen immer noch in der niedrigen Bahn fest, die nach der letzten Hochrechnung bei GET 43:00 zu Ende sein wird, mitten in unserem achtundzwanzigsten Umlauf.«

»Woher ist man sich da so sicher?« fragte Coretta. »Ich denke, wir werden von der Atmosphäre langsam abgebremst? Das geht doch ganz allmählich?«

»Ob die Berechnung stimmt, weiß ich auch nicht«, erwiderte Patrick. »Wir müssen es einfach mal annehmen. Aber auf jeden Fall wird das Ende nicht allmählich kommen, sondern plötzlich. Wir fliegen ja nicht auf einer Kreisbahn, sondern auf einer Ellipse. Im Apogäum, dem erdfernsten Bahnpunkt, sind wir fast hundert Kilometer höher als im Perigäum, dem niedrigsten Punkt. Deshalb werden wir mit Sicherheit im Perigäum eines Umlaufs auf die Atmosphäre knallen wie gegen eine massive Mauer. Und wahrscheinlich wird das bei der achtundzwanzigsten Erdumkreisung passieren.«

»Die Triebwerke!« schrie Gregor auf: »Ihr müßt den Kernreaktor zünden!« Plötzlich kehrte die innere Spannung auf sein Gesicht zurück. Er ballte die Fäuste, bis das Weiße der Knöchel durchschien.

»Wir würden das herzlich gerne tun, Gregor. Aber es geht erst, wenn wir das gebrochene Element isoliert haben. Ely, ist Ihnen inzwischen eine Möglichkeit eingefallen?«

»Vielleicht.« Müde hielt der Physiker einen vollgekritzelten Zettel hoch. »Mission Control wird es besser wissen, aber ich habe hier auch ein paar Überlegungen hingeschmiert. Es geht darum, daß die fünf nuklearen Brennelemente einen gemeinsamen Moderatorkreislauf haben. Um das Element vier zu isolieren, müßte man also an Ort und Stelle die Wasserstoffleitungen durchtrennen und versiegeln. Das ist mühsam und sehr gefährlich: Ein Schnitt ins falsche Rohr, und es ist aus. Dazu kommt ein weiterer Unsicherheitsfaktor: Selbst wenn der Klempner seine Sache gut macht und das Triebwerk feuert — was für einen Schub werden wir erhalten? Auf jeden Fall wird er asymmetrisch sein, und ich habe keine Ahnung, ob wir damit manövrierfähig sind. Hoffentlich weiß man in Houston mehr. Und dann bleibt natürlich immer noch eine entscheidende Frage.« Ely merkte, wie hoffnungsvoll Gregor und Coretta an seinen Lippen hingen. Er wandte sich ab. »Patrick, sagen Sie's ihnen. Sie sind der Kapitän dieses sinkenden Schiffes.«

»Ganz gesunken ist es ja noch nicht«, versuchte Patrick zu scherzen. »Das Dilemma, auf das Ely anspielt, ist die Zeit. Der Schub des Kerntriebwerks, wenn es überhaupt zündet, ist ja relativ gering, so daß es zum Ausgleich sehr lange feuern muß, um unsere Bahn zu verbessern. Außerdem wissen wir ja nicht einmal, ob wir wirklich bis zum achtundzwanzigsten Umlauf sicher sind. Die Schätzungen sind oft genug revidiert worden, und die oberen Schichten der Atmosphäre sind immer für Überraschungen gut. Vielleicht reicht die Zeit, vielleicht reicht sie nicht. Wir können nur das Beste hoffen.«

»Ist das alles, was Sie uns zu sagen haben?« fragte Gregor mit bebender Stimme.

»Nicht ganz. Für den schlimmsten Fall habe ich Dillwater und Bandin gebeten, eine Möglichkeit zu suchen, wie man uns von Bord holen könnte.«

»Und? Besteht diese Möglichkeit?« drängte Gregor.

»Man muß abwarten. Die Raumfähre, die uns nach einem Monat ablösen sollte, ist natürlich noch nicht startbereit. Aber die USA und die Sowjetunion verfügen beide über militärische Raumtransporter, von denen Houston nichts weiß. Vielleicht ist zufällig einer auf der Rampe. Das ist also die aktuelle Lage. Sobald Mission Control uns bestätigt, daß es machbar ist, werden wir versuchen, das beschädigte Triebwerkselement zu isolieren. Dann kann der Reaktor gezündet werden, und mit einigem Glück kommen wir rechtzeitig von hier weg. Falls es nicht machbar ist, wird jedenfalls schon untersucht, ob man uns hier rausholen kann.«

»Wenn man uns aber nicht herausholt?« Coretta sprach sehr langsam.

»Dann weiß ich auch nicht weiter«, antwortete Patrick. »Wenn Sie wissen wollen, ob wir eine Überlebenschance haben, muß ich Sie enttäuschen. Ob unser Gefängnis unterwegs verglüht oder am Stück abstürzt, wir kommen auf keinen Fall davon.«

»Landen kann man Prometheus nicht irgendwie?«

»Negativ. Nicht die geringste Möglichkeit.«

»Aber wenn die Station wirklich auf der Erde einschlagen sollte, könnte sich doch eine ähnliche Katastrophe wie in England wiederholen!?«

»Das ist zum Glück nicht sehr wahrscheinlich«, erwiderte Patrick, heilfroh, nicht mehr von den eigenen Überlebenschancen sprechen zu müssen. »Zwei Drittel der Erde sind mit Wasser bedeckt, und drei Viertel der Landgebiete sind unbewohnte Dschungel, Wüsten und Gebirge. Ich bezweifle, daß es eine zweite Tragödie geben wird.«

»Sie bezweifeln es!« rief Gregor unbeherrscht dazwischen. Er sprang auf und überschlug sich fast in der Luft. »Die Tragödie spielt sich hier ab, hier bei uns! *Wir* kommen auf jeden Fall um — reicht das denn nicht!«

»Sie müssen versuchen, sich zu beherrschen, Gregor. Um Ihretwillen, und auch um unsertwillen...« Das Funkkontaktsignal summte, und er wandte sich zur Luke.

»Ich übernehme das«, kam ihm Nadja zuvor. Ehe er reagieren konnte, war sie schon auf dem Weg in die Kommandozentrale. Sie hatte recht — sein Platz war hier, bei der Mannschaft.

»Es ist verdammt hart für alle von uns, Gregor«, fuhr Patrick fort. »Ich kann mir denken, wie Sie sich fühlen, eingesperrt und ohne Aufgabe. Aber vielleicht kommen wir durch, und dann sind Sie unersetzlich, vergessen Sie das nicht. Unser ganzer Kampf hat nur den Sinn, Sie und den Generator in die Umlaufbahn zu bringen. Das ist das einzige, was zählt.«

Nadja kehrte aus der Zentrale zurück. »Houston sagt ja! Man gibt uns eine reelle Chance, das defekte Triebwerkselement zu isolieren und die anderen zu zünden. Die Arbeiten müssen außenbords vorgenommen werden.«

»Ich hab's geahnt«, stöhnte Ely. »Zurück ins Bergwerk!«

»Flax hofft, daß es funktionieren wird«, ergänzte Nadja. »Der exzentrische Schub soll mit Hilfe der Lageregelungstriebwerke kompensierbar sein. Und er wird ausreichen, um uns aus dieser Bahn herauszuheben. *Wenn* wir rechtzeitig zünden.«

»Wenn das Wörtchen ›wenn‹ nicht wär...«, summte Ely vor sich hin.

»Mission Control hat ein detailliertes Programm ausgearbeitet, das man uns Schritt für Schritt durchgeben wird, um verhängnisvolle Irrtümer möglichst auszuschließen. Flax fragt, ob zwei Mann gleichzeitig EVA machen können. Er weiß, daß wir nur noch ein intaktes Versorgungskabel haben.«

»Die Antwort ist ja«, sagte Patrick. »Ich werde eines der mobilen Lebenserhaltungssysteme aus der Ladebucht holen. Ely, Sie legen den Druckanzug schon an, bleiben aber am Kabinenkabel, bis ich mit der mobilen Einheit zurück bin. Dann übernehmen Sie mein Versorgungskabel, und ich begleite Sie mit dem MLS.«

»Akzeptiert, an der Strippe werde ich mich wohler fühlen als so ganz freischwebend«, antwortete Ely. »Ziehen wir uns um. Coretta, sind Sie ein Engel und geben mir auch ein paar von Ihren Wunderpillen?«

»Natürlich. Und wie steht's mit Ihnen, Nadja?«

Nadja begann den Kopf zu schütteln, dann hielt sie inne: »Normalerweise lehne ich Aufputschmittel ab, aber ich glaube, wir haben es mit einer Ausnahmesituation zu tun.«

»Ich hoffe allerdings, daß solche Flüge nicht zur Regel werden«, bemerkte Ely trocken. »Also treten Sie dem Kifferklub ruhig mal bei, *Duschenka*!«

»Wird die Luke wieder geschlossen?« fragte Gregor. »Wollen Sie uns wieder einsperren?«

»Es tut mir wirklich leid«, antwortete Patrick, der die Angst aus Gregors Worten heraushörte. »Aber dafür wird das unser letzter Weltraumspaziergang sein, bei dem Sie nicht mitmachen.«

»Ich könnte auch jetzt schon helfen!« bat Gregor.

»Ja, er könnte sich schon mal an die Sache gewöhnen!« Als Ärztin spürte Coretta, daß Gregor die Grenze seiner Belastbarkeit schon sehr bald erreicht hatte. Patrick verstand, doch er mußte hart bleiben.

»Nein, ich möchte nicht auch noch die Mannschaftskabine evakuieren. Es würde uns unnötig Zeit kosten, wenn wir sie nachher wieder unter Druck setzen müßten. Und in der Kommandozentrale ist einfach kein Platz für einen vierten Mann; übrigens auch kein Bedarf. Nadja wird Funkverbindung halten und uns die Anweisungen durchgeben, Ely und ich machen die Arbeit. Und zwar so rasch es geht.«

Sobald die Raumanzüge angelegt waren, zwängten sich die drei durch die Luke in die Kommandozentrale und verschlossen sie hinter sich.

Wenig später sahen Gregor und Coretta das rote Warnlicht aufleuchten: Jenseits der Luke herrschte nun Vakuum.

»Wollen Sie etwas mit mir essen?« fragte Coretta, ohne eine Antwort zu erhalten. Gregor saß, halb schwebend, auf seiner Liege, preßte beide Fäuste gegen die Stirn und hielt die Augen geschlossen. »Ihr Russen habt Leckerbissen im Lebensmittelsortiment, an die bei uns niemand denken würde. Hier ist sogar Kaviar! Diese kleine Dose würde in New York leicht fünfundzwanzig Dollar kosten, und wir haben mindestens ein Dutzend davon. Es lohnt sich fast, dafür in den Weltraum zu gehen!«

»Es lohnt sich für niemanden. Es ist zu grausam.« Man brauchte kein Arzt zu sein, um die wachsende Panik in seiner Stimme zu bemerken.

»Tja, Gregor, bis jetzt war es wirklich keine Vergnügungsreise. Aber essen Sie doch einen Bissen mit. Ich hab' die Dose schon geöffnet.«

»Nein, danke, ich brauche nichts mehr zu essen. Es ist sowieso vorbei...«

Er kreischte bei dem Versuch, den Lautsprecher zu übertönen, der den Funkverkehr zwischen Prometheus und Mission Control in die Mannschaftskabine übertrug. Coretta stellte ihn ab — jede Erinnerung an die verzweifelte Lage des Raumschiffs war überflüssig.

Einem plötzlichen Impuls folgend, schaltete sie statt dessen das Musikband auf den Lautsprecher und suchte eine Spur, auf der eine beruhigende Melodie zu hören war. Zur Ausstattung der Mannschaftskabine gehörte auch ein miniaturisiertes Tonbandgerät, auf dem ständig eine sechsspurige Kassette mit verschiedenen Musikprogrammen lief. Sie fand ein Adagio von Mahler; getragene, tiefe Streicherklänge erfüllten den Raum.

»Es hätte nicht so zu enden brauchen«, fuhr Gregor, leiser, fort. »Es sind zu viele dumme Fehler passiert. Wir wurden in diesen Flug gehetzt. Und warum hat man den Countdown nicht abgebrochen, als noch Zeit war?«

»Jammern hilft uns jetzt überhaupt nicht weiter, Gregor. Der Kaviar hier ist vorzüglich, es fehlt nur noch Champagner dazu. Moment, da fällt mir etwas ein: Wie wäre es, wenn ich meinen hundertprozentig reinen medizinischen Alkohol halb mit Wasser verdünnte? Dann hätten wir so was wie einen fünfzigprozentigen Wodka, *Towarischtsch*!«

»Es sind unverzeihliche Fehler gemacht worden. Es war zu früh für diesen Start, und wir müssen mit dem Leben dafür zahlen!«

Gregor trommelte mit den Fäusten gegen seine Stirn. Er hatte Coretta überhaupt nicht zugehört. Die Wirkung der Schlaftabletten, die stundenlang anhalten sollte, war verflogen. Ob sie ihn überreden konnte, nochmals welche zu schlucken? Wohl kaum, er schien nicht mehr ansprechbar zu sein. Sein Zustand verfiel rapide.

Sie öffnete eine Metallschatulle, holte die Injektionspistole heraus und füllte sie mit einer Ampulle Noctex. Dieses Zeug war stark genug, einen Elefanten umzulegen. Die Pistole hatte den Vorteil, daß sie nicht zu stechen brauchte. Es genügte, den Apparat irgendwo auf die Haut zu drücken und auszulösen. Das Schlafmittel würde dann mit hohem Druck direkt durch die Poren gepreßt werden und Gregor außer Gefecht setzen, bis die Gefahr vorüber war. Oder bis alles vorüber war — aber daran wollte sie nicht denken.

Leise schloß sie das Medikamentenfach und versteckte die silberglänzende Pistole hinter ihrem Rücken. Dann stieß sie sich in Gregors Richtung ab. Er wandte ihr den Rücken zu und starrte auf den Boden, so daß der Nackenansatz knapp unter seinen blonden Locken freilag. Das war der richtige Fleck. Sie schwebte auf ihn zu und hob die Injektionspistole.

»Es ist ein Verbrechen, was man mit uns macht!« Plötzlich streckte er sich und sprang hoch, gerade als Coretta die Pistole an seinen Nacken setzen wollte.

Sie traf die Schulter, glitt seitlich ab und drückte im gleichen Augenblick auf den Auslöser. Ein scharfer Strahl winziger Topfen sprühte neben seine Wange.

»Was tun Sie!« schrie er, als er das pistolenförmige Injektionsgerät auf sein Gesicht gerichtet sah. »Sie wollen mich umbringen! Das können Sie nicht tun!«

Ein Schlag mit der flachen Hand entriß ihr die Pistole. Sie wurde quer durch die Kabine geschleudert und prallte dann gegen einen Materialschrank. Freischwebend taumelten die beiden durch den Raum, stießen zusammen, und wieder schlug er los. Diesmal aber auf Coretta.

»Ihr wollt mich umbringen!«

Sein Hieb war kaum gezielt, da er noch vom Rückstoß des ersten Schlags rotierte. Doch er traf. Der Handrücken strich über Corettas Stirn, der Ehering ritzte ihre Haut. Eine Spur feiner Blutstropfen wurde sichtbar. Von diesem Anblick erregt, schlug er abermals zu, traf daneben, krallte sich in Corettas Arm und zog sie zu sich, während er mit der freien Hand sinnlos gegen ihren Rükken hämmerte.

»Aufhören, Gregor!« rief sie. »Hören Sie doch auf!«

Aneinandergeklammert, torkelten sie durch den Raum, stießen gegen eine Instrumentenkonsole, prallten ab und schwebten zurück. Mahlers Paukenschläge begleiteten den ungleichen Kampf. Um von seinen blinden Schlägen nicht im Gesicht getroffen zu werden, versuchte Coretta, ihre Arme um seinen Körper zu legen und den Kopf an seine Brust zu pressen.

Er keuchte vor Anstrengung, dann hielt er plötzlich inne und faßte sich an die Stirn.

»Mein Gott, was tue ich... Ich wollte nicht... Da ist Blut auf Ihrer Stirn — das war ich!«

»Macht nichts, Gregor; es ist vorüber.«

»Nein, es tut mir so leid. Es tut mir furchtbar leid. Bitte verzeihen Sie. Sie sind verletzt. Ich habe Ihre Knochen gebrochen!«

Seine Stimme klang schrill bei dieser unsinnigen Selbstbezichtigung. Mit allen Anzeichen der Verzweiflung packte er sie an den Schultern und ließ seine Hände an ihren Armen hinuntergleiten, als erwarte er tatsächlich, sie gebrochen zu finden. An den Handgelenken angekommen, zog er Coretta impulsiv an sich.

Auf einmal wurde sein Atem ruhiger. Coretta versuchte, ihre Arme aus der Umklammerung zu befreien.

»Es tut mir leid«, stöhnte er leise an ihrem Ohr. »So leid.«

»Das braucht es nicht«, antwortete sie flüsternd. Sie spürte, wie seine großen Hände über ihren Rücken strichen, langsam tiefer glitten, sie nicht mehr losließen. Sein panischer Wutanfall hatte einer sanfteren Leidenschaft Platz gemacht.

Coretta wußte, daß er weit genug gegangen war, und sie wußte auch, wie sie ihn zur Vernunft bringen konnte. Doch warum sollte sie ihn zur Vernunft bringen? Sie entdeckte plötzlich, daß sie dieser große, düstere, leidenschaftliche Russe anzog. Und außerdem — fast mußte sie lachen, doch es gelang ihr, nur zu schmunzeln —, außerdem wäre es das erste Mal im All! Eine Erstleistung für die Bücher! Gregor sah das Lächeln und strich sanft mit den Fingerspitzen über ihre Lippen. Er flüsterte russische Worte, die sie nicht verstand, deren Sinn sie aber begriff. Ihr silberner Overall war mit einem einzigen, langen Reißverschluß zu öffnen. Sie trug keinen BH — wozu auch bei Schwerelosigkeit? —, und ihre Brüste waren voll und rund. Er beugte sich zu ihr, barg sein Gesicht in ihrer Wärme und bedeckte ihre braune Haut mit Küssen. Sie strich ihm durch die lockigen Haare, half ihm, den Reißverschluß ganz zu öffnen, schlüfte aus ihrem Anzug, half ihm aus seinem...

Es war gut, seltsam gut, so schwerelos im Raum zu schweben, wie in den Tiefen eines Ozeans. Die Wellen der Musik schlugen über ihnen zusammen, wieder und wieder.

28

GET 16:41

»Hartwurst, Salami, oder Käse, Mr. Flax. Das ist die Auswahl. Und dazu gibt's altes Weißbrot oder altes Weißbrot.«

Flax starrte auf das Tablett mit Sandwiches, die allesamt nicht sonderlich appetitanregend aussahen. »Woher kommt das eigentlich, Charley, daß der Kantine alles Eßbare ausgeht, sobald eine Mission startet? Warum bekommen unsere Astronauten teure Spezialmenüs und wir hier diesen Dreck?«

»Es ist immerhin schon acht Uhr abends, Mr. Flax. Sie können doch nicht erwarten...«

»*Was* kann ich nicht erwarten? Daß wir etwas anderes als diesen Schweinefraß bekommen, bloß weil die Ladenschlußzeit überschritten ist? Meine Männer arbeiten vierundzwanzig Stunden durch, und Sie kommen mit dieser Kotze und dazu den faulen Ausreden?«

»Ich mach' sie ja nicht, ich bring' sie Ihnen doch nur. Wollen Sie eins?«

»Bettler dürfen nicht wählerisch sein«, grunzte Flax, dessen Ärger schon fast wieder verflogen war. Er griff sich ein Sandwich von jeder Sorte, entfernte die oberen Brotscheiben und türmte den Rest dann zu einem Dreidecker. So war das Zeug doch schon fast eßbar. Langsam kaute er einen großen Bissen, lehnte sich zurück und verfolgte die Anweisungen der Triebwerksspezialisten über Kopfhörer.

»...das muß es sein, rechts von der Fassung. Die Markierung ist gelb. Wenn ihr das Rohr habt, schneidet ein Stück raus und preßt und falzt das untere Ende, bis es dicht ist. Dann...«

Ob er aß oder sich über das Essen stritt, immer waren seine Gedanken bei den beiden Männern, die in der Kälte des Weltraums versuchten, das Kerntriebwerk zu reparieren. Sie arbeiteten gegen die Zeit. Unwillkürlich blickte er auf die GET-Anzeige: 16:43:58. Schon sprang sie auf 16:44 – die Zeit lief ihm davon. Die gelbe Lampe blinkte, er drückte den Knopf.

»Hier ist der Kontaktoffizier, Flax. Ich habe mit KJ *und Baikonur gesprochen. Sie schwören, daß sie nichts startbereit haben, was Prometheus rechtzeitig treffen könnte. In Baikonur steht eine Trägerrakete mit einer Sojus-Kapsel auf der Rampe. Sie ist aber noch nicht einmal betankt, kommt also*

keinesfalls in Frage. Diese Auskünfte entsprechen unseren Informationen und übrigens auch CIA*-Berichten, wenn ich das sagen darf. Ich weiß, ich hätte den* CIA *nicht ohne Ihre Genehmigung einschalten dürfen ...«*

»Ist schon gut, es war richtig, keine Zeit zu verlieren. Wir können also sicher sein, daß die Sowjets keinerlei Möglichkeit haben, die Prometheus-Besatzung rechtzeitig zu bergen?«

»Absolut sicher. Tut mir leid, Sir.«

»Trotzdem schönen Dank.«

Er schaltete aus.

Von dort war also keine Hilfe zu erwarten. Und die Raumfähre der NASA konnte doch frühestens in einer Woche starten, selbst wenn der Countdown bis zur Grenze der Fahrlässigkeit beschleunigt wurde. Er würde dafür sorgen, daß das geschah: Auch wenn Prometheus seine instabile Bahn rechtzeitig verließ, konnte er vielleicht Hilfe brauchen.

Wenn wenigstens die Fähre der Air-Force startbereit wäre. Er hätte das vorher anregen sollen, als Sicherheitsmaßnahme. Hinterher war man eben immer klüger, sinnlos, dem Verpaßten nachzuweinen. Es war natürlich alles streng geheim bei der Luftwaffe, aber unter Insidern hätte man eine solche Absprache sicher treffen können.

Die Nutzlasten, für die sie eine Kapazität von zwanzig Tonnen brauchten, interessierten ihn ja nicht — er konnte sich sowieso denken, was für teure Spielsachen das waren. Bannerman hatte gesagt, daß ein Raumtransporter bei der Nutzlast-Integration war, bei der Beladung. Gut, natürlich konnte diese Fähre unmöglich in den sechsundzwanzig verbleibenden Stunden startklar gemacht werden.

Aber später? Vielleicht gelang es Prometheus wenigstens, mit Hilfe des Kerntriebwerks Zeit zu gewinnen? Zeit, die für Start und Rendezvous reichte? Sollte er Bannerman um eine präzisere Angabe des frühesten Starttermins bitten? Es hatte keinen Sinn, sich noch mal an das Weiße Haus zu wenden; die Kabinettssitzung war sicher noch nicht beendet.

Ob er Cape Canaveral direkt anrief? Er stöhnte auf und griff nach dem kalt gewordenen Kaffee, um den letzten, pappigen Bissen seines Sandwiches hinunterzuspülen. Ein Schlemmermahl. Nein, es war unmöglich, sich offen nach einem geheimen Projekt zu erkundigen. Er mußte einen Hintereingang finden. Kannte er irgend jemanden, der an dem Programm mitarbeitete? Beziehungsweise, kannte er irgend jemanden gut genug? Beim Militär niemanden — aber die Techniker!

Da war Wolfgang Ernsting, mit dem er früher zusammengearbeitet hatte, ehe Wolfgang den Lockungen der Prämien gefolgt war, die die geheime Arbeit bei der Air Force versüßten. Einer der Veteranen im Geschäft, der schon in Peenemünde dabeigewesen war. Er griff nach dem Telefon.

»Bitte ein Gespräch mit Voranmeldung, nach Florida.«

Ein böiger Gewittersturm peitschte Regen gegen das Fenster des winzigen Arbeitszimmers. Tropfen zogen ihre Spuren durch den Ruß- und Staubbelag, den der New Yorker Sommer auf den Scheiben hinterlassen hatte. Cooper, der Wissenschaftsredakteur der *Gazette-Times*, starrte in den Regen, ohne ihn zu sehen. Sein Hirn brütete über der Verschmelzung harter Tatsachen und gewagter Spekulationen zu einem reißerischen Artikel. Ein letztes Knabbern an den Fingernägeln, dann stand die Reihenfolge der Reizworte fest. Er spannte eine doppelte Lage Papier ein und begann wie wild mit zwei Fingern auf die alte Triumph einzuhacken.

»Eine Katastrophe bahnt sich an«, schrieb er, »hinter der die Tragödie von Cottenham New Town verblassen wird. Der *heulende Tod*, der aus dem wolkenlosen Himmel über die ahnungslose Stadt kam, war nur das Werk eines einzigen Boosters — eines von insgesamt sechs, die nötig waren, um Prometheus auf seine *tödliche Bahn* zu bringen. Die Booster sind *Spielzeuge*, verglichen mit dem Raumschiff selbst, das über zweitausend Tonnen wiegt — eine Zahl, deren schiere Größe einen Vergleich erfordert, um überhaupt vorstellbar zu sein: Ein *Zerstörer*! Ein kompletter *Zerstörer der amerikanischen Marine* fliegt alle achtundachtzig Minuten über unsere Köpfe, bereit, auf uns zu stürzen mit dem Gewicht seiner Kanonen und Panzerplatten, seiner Maschinen und Munitionsvorräte. Er wird stürzen — und Schlimmeres mit sich bringen als nur die Wucht der bloßen Masse: *Radioaktive Verseuchung!* Denn als Brennstoff für sein Kerntriebwerk hat Prometheus fünfhundert Pfund *Uran* an Bord. Wenn Prometheus mit der Gewalt einer kleinen Atombombe auf der Erde einschlägt, wird dieses hochgiftige Material als *radioaktives Gas* frei werden. Genug, um mindestens zwei *Millionen Menschen* zu töten, wenn es nur fein genug verteilt wird. Und wo wird diese *atomare Bombe* aus dem All niedergehen? Sie wird...«

Tja, in welchem Nest würde dieses Osterei landen? Cooper überlegte. Er drehte seinen Stuhl und blickte auf die Mercator-Weltkarte, die er auf dem Schreibtisch entfaltet hatte. Über sie war eine transparente Folie gebreitet, auf der ein Netz von Sinuskurven den zeitlichen Verlauf der Flugbahn angab. So... hier... das war die Kurve, die zum achtundzwanzigsten Umlauf gehörte, der nach den Agenturmeldungen der letzte sein sollte. Sie führte... mein Gott! Sie führte mitten über die USA!

Fröstelnd stand Cooper auf und blickte hinunter in die verregneten Straßenschluchten. Er hatte ein Unglück an die Wand gemalt, ohne zu merken, daß es die Wand seines eigenen Hauses war.

»Wir müssen jetzt allen Eventualitäten ins Auge sehen, Mr. President.« Dr. Schlochter nickte unwillkürlich, während er sprach. »Es besteht eine reelle Wahrscheinlichkeit, daß Prometheus verlorengehen wird...«

»Ich möchte nicht daran denken. Es macht mir Magenschmerzen! Dragoni, noch einen Bourbon, schnell und mit Eis.«

»Wir *müssen* uns rechtzeitig mit diesem Gedanken vertraut machen, es tut mir leid. Vor allem müssen wir die außenpolitischen Implikationen einer eventuellen zweiten Katastrophe bedenken. Was für Folgen hätte sie für unsere Beziehungen zur Sowjetunion und zu dritten Staaten?«

»Denken wir eigentlich auch noch an die fünf Menschen an Bord und was wir für sie tun können?« warf Grodzinski ein. Dillwater nickte dem Arbeitsminister ermutigend zu; fast hätte man seine Geste für eine leichte Verbeugung halten können. Bei all seinen Fehlern und Unzulänglichkeiten sprach wenigstens Grodzinski wie ein Mensch von Menschen.

»Das Schicksal der Besatzung ist für mein Ministerium von durchaus zweitrangiger Bedeutung«, erwiderte Schlochter mit zitternden Nasenflügeln.

»Ich gestatte mir, hier anderer Ansicht zu sein als der Herr Außenminister«, entgegnete Dillwater sehr ernst. »Ich spreche für die ganze NASA, wenn ich sage, daß das Leben dieser Menschen für uns von sehr großer Bedeutung ist. Es kann gar nicht anders sein.«

»Sicher, es sind teure Spezialisten und womöglich prima Kerle dazu«, versuchte Bandin, die Diskussion zu beenden. »Aber uns hier muß es um etwas anderes gehen: Was wird, wenn sie das Triebwerk nicht zusammenflicken? Was wird, wenn in sechsundzwanzig Stunden eine neue Bombe vom Himmel fällt? Dürfen wir auch nur die geringste Möglichkeit zulassen, daß es einer amerikanischen Stadt genauso ergeht wie drüben den Tommies? Gibt es Wege, das zu verhindern?«

»Es gibt einen Weg«, meldete sich Bannerman.

»Einen Ausweg aus unseren ganzen Schwierigkeiten?«

»Das habe ich nicht gesagt, Mr. President. Ich spreche nur von einer Möglichkeit, zu verhindern, daß Prometheus auf der Erdoberfläche einschlägt.«

»Und die wäre?«

»Das Raumschiff im All zu zerstören.«

»Meinen Sie, was ich denke, Bannerman?«

»Ja, Sir. Wir halten eine enorme Anzahl von Boden-Luft-Raketen in ständiger Bereitschaft, um uns vor einem nuklearen Überraschungsschlag des Gegners zu schützen. Dieses System ist in der Lage, jede Rakete abzufangen, die sich dem Gebiet der Vereinigten Staaten nähert. Prometheus wäre dafür sicher ein gutes Testobjekt...«

Simon Dillwaters Stimme bebte vor Entrüstung: »Schlagen Sie hiermit vor, das Leben von fünf Menschen zu vernichten, General? Davon drei amerikanischen Bürgern?«

»Das schlage ich vor.« Bannerman wirkte äußerlich unberührt. »In kriegerischen Auseinandersetzungen nehmen wir wesentlich höhere Verluste in Kauf, ohne daß es jemanden zu stören scheint. Bis morgen früh werden allein auf unseren Autobahnen zehnmal mehr Menschen ums Leben kommen. Aber es geht hier weder um die Zahl noch um die Staatsangehörigkeit der Opfer. Es geht nur darum, ein größeres Unglück zu verhüten.«

»Haben Sie sich überlegt, was dieser Schritt für das Projekt Prometheus als Ganzes bedeuten könnte?«

»Das ist hier und jetzt unwichtig«, antwortete Bannerman kalt. »Wenn Sie ein besseres Raumschiff abgeliefert hätten, wären wir jetzt nicht in der Klemme!«

»Sie können nicht behaupten, daß...«

»Es reicht!« brüllte Bandin dazwischen. »Prügeln könnt ihr euch später, jetzt haben wir eine Entscheidung zu fällen. Bannerman, klären Sie alle Einzelheiten Ihres Vorschlags und lassen Sie mir einen Bericht zugehen. Vor allem interessiert mich, wann die Raketen spätestens abgefeuert werden müßten, um Prometheus rechtzeitig abzufangen.«

»Jawohl, Mr. President, dafür brauche ich nur ein paar Minuten.«

»Wie würde man es überhaupt machen, ich meine, mit welchem Sprengkopf?«

»Mit dem atomaren Sprengkopf natürlich. Kann ich Ihr Telefon benutzen?«

Schweigen erfüllte den Raum. Grodzinski fingerte nervös an seinem Kugelschreiber und blickte zu Boden. Dillwater saß starr und gab sich keine Mühe mehr, seinen Abscheu zu verbergen. Nur Schlochter blieb gelassen.

»Wir müssen uns auf das Schlimmste vorbereiten«, sagte er. »Wie schätzen Sie denn nun die Auswirkungen eines Totalverlustes von Prometheus Eins auf das Gesamtprogramm ein, Mr. Dillwater?«

»Auf das Gesamtprogramm? Tja, es wird mindestens ein Jahr dauern, bis wir die Raumstation ersetzt haben. Sie müssen bedenken, daß das Raumschiff mit seinem Kerntriebwerk nach Abschluß der ersten Bauphase des Sonnengenerators eine Art Pendelverkehr zwischen dem Kraftwerk und dem erdnahen Raum durchführen sollte, um zusätzlich benötigte Materialien zu befördern. Das fehlt uns nun alles.«

»Ein Jahr? Sie meinen doch nicht ein volles Jahr?« Bandins Gesicht wurde aschgrau.

»Ich fürchte, das ist das Minimum, Sir.«

»Dann kostet es mich die Wahlen! Dann wird nächstes Jahr irgendein Bauerntölpel aus dem Mittelwesten auf diesem Stuhl sitzen. Und Sie alle werden Ihre Jobs los sein! Wenn Sie das verhindern wollen, dann denken Sie sich jetzt etwas aus, aber verdammt schnell!«

»Wenn es gelingt, das Kerntriebwerk zu reparieren, sind unsere Befürchtungen natürlich gegenstandslos«, versuchte Bannerman, seinen Präsidenten zu beruhigen. »Das ist unsere Chance. Die letzte allerdings...«

»Wie steht es eigentlich da oben?« fragte Bandin. »Dillwater, gibt's was Neues?«

»Noch nicht, Mr. President. Der Pilot und Dr. Bron befinden sich nach wie vor außerhalb des Raumschiffs und arbeiten am Triebwerk. Sie scheinen planmäßig voranzukommen.«

»Wie lange noch?«

»Das ist schwer zu sagen...«

»Zwingen Sie sich!«

»Ich muß wirklich raten: In einer Stunde könnten sie, vielleicht, fertig sein.«

»Hoffen wir, daß sie es schaffen.«

»Wir alle hoffen und beten, daß sie es schaffen, Mr. President.«

29

GET 17:08

»Sieht aus wie ein Hühnchen in der Bratfolie«, bemerkte Ely angesichts der knittrigen, glitzernden Aluminiumhaut, die die Vertiefung im Heck des Raumschiffs ausfüllte. Nur die fünf Ausströmdüsen des Kerntriebwerks ragten aus der Mulde hervor, deren Durchmesser fast fünfzehn Meter betrug. Ely hatte seine Sicherungsleine in einen Haltering eingehakt, Patrick schwebte mit dem mobilen System neben ihm.

»Dieses Hühnchen müssen wir rupfen, damit wir an die Nervenstränge des Triebwerks kommen. Welches Element ist es?«

»Das äußere, ganz drüben.«

Patrick betätigte den Steuerungshebel seines MLS und glitt quer über das Heck auf die andere Seite. Ely mußte sich außen von Handgriff zu Handgriff vorarbeiten. Als er drüben ankam, hatte Patrick schon einen breiten Streifen der Schutzfolie abgetrennt. Gemeinsam arbeiteten sie weiter, bis sie von treibenden Aluminiumfetzen umgeben waren, die im Licht der Sonne funkelten. Sie begannen vor Anstrengung zu keuchen, ehe das Triebwerkselement freigelegt war.

»Seid ihr bereit für neue Instruktionen?« dröhnte die Stimme im Kopfhörer.

»Noch nicht; wir sagen es euch schon, wenn wir soweit sind«, knurrte Ely, dann rang er nach Luft. Mission Control war so vernünftig, nicht zu antworten. Sein ganzer Rücken schmerzte, und jeder Muskel seines Körpers war verkrampft. Der Raumhelm machte es ihm unmöglich, sich den Schweiß von der Stirn zu wischen. Er lief in Strömen an ihm herunter, brannte in den Augen, kitzelte auf der Nase und schmeckte salzig zwischen den Lippen. Vergeblich schüttelte er den Kopf, um die lästigen Tropfen zur Seite zu schleudern.

Patrick bemerkte die plötzliche Bewegung, unterbrach seine Arbeit und schwebte zu ihm. »Ist alles in Ordnung?«

»Nichts ist in Ordnung, gar nichts.« Mühsam stieß Ely die Worte hervor. »Ich weiß wirklich nicht, wie lange ich das noch durchhalte.«

»Ich bin genauso erledigt, aber wir müssen jetzt einfach dranbleiben. Gerade das hier können wir nur zu zweit machen. Sobald wir mit den Folien fertig sind, können Sie sich einen Augenblick ausruhen. Mit dem Wärmeaustauscher werde ich auch alleine fertig.«

»Wenn ich nur für eine Minute aus dem Druckanzug rauskönnte...«

»Negativ; wir haben nicht die Zeit, um die Zentrale unter Druck zu setzen und dann wieder von vorn anzufangen.« Auch Patrick kostete es Anstrengung zu sprechen. Seine Nerven waren zum Zerreißen gespannt. »Keine Zeit, begreifen Sie doch! Wir müssen jetzt dranbleiben, wir haben keine Wahl!«

»Prometheus, sind Sie bereit für neue Instruktionen?«

»Auf solche Vorträge kann ich verzichten, Patrick. Und auf eure Mahnungen auch, Mission Control. Wir melden uns, wenn wir soweit sind. Ich weiß nicht, ob ich weitermachen kann, ich sehe nicht mehr scharf...«

»Tut mir leid mit dem Vortrag... Wir sind alle ziemlich am Ende.« Patrick griff nach Elys Schulter und zog ihn zu sich, bis er sein erschöpftes Gesicht hinter dem Visier des Raumhelms sehen konnte. Er mußte die Finger mit aller Kraft in den Anzug krallen, um das menschliche Wesen hinter den Isolierschichten zu spüren. Sie waren allein im All, allein in der Endlosigkeit eines leeren Raumes, in dem der kalte Glanz der Sterne keinen Trost bot. Die stählerne Hülle des angeschlagenen Raumschiffs, die neben ihnen aufragte, war in dieser lebensfeindlichen Umwelt ihre einzige Zuflucht.

»Wir *müssen* weitermachen, Ely. Es hat Milliarden von Dollar und Millionen von Arbeitsstunden gekostet, uns hierher zu bringen. Wenn die Mission scheitert, war alles umsonst. Reißen wir uns zusammen!«

»Okay«, erwiderte Ely. »Ich habe mich gehenlassen. Zurück an die Arbeit. Was kommt jetzt, Mission Control?«

Die Männer in Houston atmeten auf. Sie waren ohnmächtig hinter ihren Konsolen, konnten nur Anweisungen geben und mußten hoffen, daß die beiden erschöpften Männer im Weltraum durchhalten würden.

»Ihr müßt jetzt eine Stahlplatte vor euch haben, die in der linken unteren Ecke mit Paula Anton sieben sechs gekennzeichnet ist. Sie hat vier Schraubriegel.«

»Verstanden. Bitte den Schraubenzieher, Pat.«

Patrick löste den elektrischen Schraubenzieher von der Sicherungsleine und hielt ihn Ely hin. »Eingestellt auf ›lösen‹ und ›langsam‹; entsichert und betriebsfertig.«

»Danke.«

Ely schwang zurück, bremste sich an einem Haltegriff ab und führte den Kopf des Schraubenziehers an den Schlitz des ersten Riegels.

Er drückte auf den Auslöser, die Schwungräder begannen zu rotieren, der Schraubkopf drehte mit Höchstgeschwindigkeit.

»Was kommt als...« Ely hatte seine Frage kaum begonnen,da berührte der Kopf das Metall des Riegels; ein plötzlicher Stoß schlug ihm das Werkzeug aus der Hand. »Zu schnell!«

Schon trieb der elektrische Schraubenzieher langsam davon, ein winziger Lichtpunkt im Dunkel.

»Ich hole ihn, warten Sie!« Patrick gab den Steuerungsdüsen seines MLS vollen Schub und nahm die Verfolgung auf. Im Vorbeiflug bekam er den Ausreißer zu fassen, dann bremste er und kehrte langsam zum Heck des Raumschiffs zurück.

»Er war auf ›schnell‹ geschaltet«, rief Ely verärgert. »Ich war nicht auf diesen harten Schlag gefaßt, als ich ihn ansetzte.«

»Mein Fehler, es tut mir leid. Aber wenn Sie die Sicherungsleine eingehakt hätten, wäre er nicht davongeflogen.«

»Ely, Patrick, die GET ist 17:34.« Mit ruhiger Stimme unterbrach Nadja den Wortwechsel. »Wie kommt ihr vorwärts?«

Patrick atmete tief durch, dann antwortete er: »Planmäßig, Nadja!«

»Soll ich einen von euch ablösen?«

»Das ist ein guter Vorschlag. Sobald wir diese Stahlplatte entfernt haben, schicke ich Ely zu Ihnen. Sie brauchen dann nur die Versorgungskabel zu tauschen und können sofort herauskommen.«

»Ich bin aber in Ordnung«, entgegnete Ely.

»Sind Sie nicht, ebensowenig wie ich. Wenn Sie sich etwas erholt haben, können Sie mich ablösen. Wahrscheinlich kommen wir besser voran, wenn wir uns gegenseitig abwechseln. Jetzt machen wir diese Platte fertig.«

»Okay.«

Die Riegel wurden gelöst, die Platte entfernt. Ein Gewirr von Rohrleitungen und Kabeln wurde sichtbar.

»Seht ihr ein schwarzes Kabel mit einem grünen Kennfaden?«

»Ich habe eher das Gefühl, in einem Spaghettitopf zu schauen«, antwortete Ely, während er sich näher an die Öffnung heranzog. »Das hier sieht so aus, ja, grüne Markierung.«

»Ihr müßt es durchtrennen. Versucht, es herauszuziehen, damit ihr die anderen Kabel nicht beschädigt. Es müßte etwas Spiel haben.«

»Es... es geht sehr schwer...«

Mit vereinten Kräften gelang es Patrick und Ely, eine schwarze Kabelschlinge hochzuziehen, nicht viel, fünf Zentimeter vielleicht.

»Ich bin gespannt, wie wir es durchkriegen«, meinte Patrick. »Für unsere Zangen ist es zu dick. Wir müssen den Schneidbrenner nehmen.«

»Dafür wird der Raum nicht reichen. Die anderen Kabel sind zu nahe.«

»Wir haben keine Wahl. Zünden Sie den Brenner und bringen Sie ihn her.«

Ely hangelte sich zum Rand der Mulde zurück, wo sie die Werkzeuge festgeklinkt hatten. Er löste den Azetylen-Schneidbrenner und befestigte die Sicherungsleine an einer Schlinge seines Versorgungskabels. Dann kehrte er zu Patrick zurück, zündete die Flamme und regulierte das Gasgemisch.

»Hier ist er.«

»VORSICHT!«

Patrick schrie, doch es war zu spät.

Als er sich mit dem gezündeten Schneidbrenner umdrehte, übersah Ely, daß ein Stück seines Versorgungskabels direkt neben ihm schwebte. Die Kabel schienen in der Schwerelosigkeit ein Eigenleben zu führen. Der leichteste Stoß genügte, um sie in schlängelnde Bewegung zu versetzen, die ihre ganze Länge zurücklief, reflektiert wurde und Schlingen und Schleifen formte.

Die Flamme des Brenners schnitt mitten in Elys Kabel.

Patrick entriß ihm den Schneidbrenner und löschte ihn. Mit kaltem Entsetzen starrten beide auf den geschwärzten Sauerstoffschlauch. In der Außenhaut und der darunterliegenden druckfesten Drahtwicklung klaffte ein breiter Einschnitt. Aus ihm quoll eine schwellende Blase: Das flexible Gummigewebe des Innenschlauchs konnte den Sauerstoffdruck nicht halten. In wenigen Sekunden wuchs die Blase zur Größe eines Luftballons — dann platzte sie.

Ely schrie auf, als seine Atemluft in einem Schauer gefrorener Kristalle entwich. Der Schrei verebbte, als keine Luft mehr übrig war, ihn zum Mikrofon zu tragen...«

»Luft anhalten!« rief Patrick. »Ich bring' Sie zurück.« Er griff nach dem geborstenen Kabel und versuchte vergeblich, es mit seinen Fingern zusammenzudrücken. »Nadja, beginnen Sie schon mit der Komprimierung der Kabine. Es kommt auf jede Sekunde an.«

Mit einem Arm umschlang er Ely, die freie Hand drückte den Steuerungshebel des MLS zum Anschlag. Voller Schub, eine Kurskorrektur, dann parallel zur Außenhaut des Raumschiffs auf die ferne Luke zu. Fünfzig Meter, die sie im Schneckentempo zurückzulegen schienen. Hinter dem Visier des Helms sah Patrick, wie sich auf Elys geschlossenen Augenlidern Eiskristalle zu bilden begannen.

Die offene Luke. Bremsen, der Griff zum Rahmen. Schwierig, den Bewußtlosen ohne seine Mithilfe hineinzubugsieren. Und nun mußte noch die volle Länge des Kabels eingeholt werden, sonst war die Luke nicht zu schließen.

»Legen Sie ihn neben den Lufteinlaß«, rief Patrick, während er an dem Gurt nestelte, mit dem er an sein MLS gefesselt war. Er zwang sich, das Fahrzeug an einem Ring in der Außenhaut festzuhaken, dann tauchte auch er durch die Öffnung. Zuletzt schloß er die Ventile seiner Sauerstoffversorgung und löste das Kabel, das ihn mit dem MLS verband. Er nahm sich nicht die Zeit, es im Inneren der Kabine wieder anzuschließen, hielt den Atem an, verriegelte die Lukentür.

Weißer Schnee verwandelte sich in unsichtbare Luft, als der Druck in der Kommandozentrale zunahm. Patrick zog sich zur Konsole des Umwelt-Kontrollsystems. Eine Viertel Atmosphäre, das war genug. Er drehte das Rad in der Luke zur Mannschaftskabine — und wurde zurückgeschleudert, als sie aufsprang und ein jäher Luftstrom den Druckunterschied ausglich.

Nadja war bei Ely und versuchte, ihm den Helm herunterzureißen. Patrick merkte plötzlich, daß er immer noch die Luft anhielt. Er nahm auch seinen Raumhelm ab, rang nach Luft und rief: »Coretta, in die Zentrale, schnell!«

»Die Luft! Was ist mit dem Druck?« fragte sie, als sie durch die Luke kam.

»Wegen Ely. Sein Kabel ist geplatzt.«

»Laßt mich zu ihm und bringt mir sofort den grünen Metallkoffer aus meinem Fach.«

»Prometheus, ihr habt einen Notfall mit Dr. Bron.« Die Stimme aus

Mission Control quakte im Wandlautsprecher. *»Die Biomonitoren zeigen Atmungsstillstand und Nachlassen der Herzfunktion.«*

»Gebt mir bitte laufend Atem-, Puls- und Herzfrequenz durch«, rief Coretta, während sie eine Sauerstoffmaske auf Elys Gesicht drückte und das Ventil öffnete. »Zieht ihn aus, damit wir beatmen können.«

Sie beugte sich über ihn, hielt seine Nase mit einer Hand zu, öffnete mit der anderen seine Lippen und gab ihm den Kuß des Lebens. Sie spürte Eiskristalle auf seiner Haut.

»Prometheus, unsere Mediziner haben ein Erste-Hilfe-Programm ausgearbeitet. Könnt ihr mitschreiben?«

»Ich schreibe«, antwortete Nadja und holte einen Notizblock aus der Tasche. Patrick sank erschöpft zusammen, seine letzten Energien waren verbraucht. Coretta setzte die künstliche Beatmung fort, während Gregor fassungslos in der Verbindungsluke hing.

»Was... wird mit ihm werden?« fragte er stockend. Er erhielt keine Antwort.

GET 17:45

»Es ist Viertel nach elf, Mister! Das alte Smithsonian hat seit mehr als fünf Stunden geschlossen! Da ist keiner mehr drin!«

Der Taxifahrer war Mitte Fünfzig, freundlich, schwarz. Er wollte den hilflosen, alten Mann nicht allein auf der Straße zurücklassen. Nicht in Washington, und nicht mitten in der Nacht.

»Eine Bekannte von mir arbeitet hier«, erklärte Professor Weisman ihm geduldig und verstärkte dabei den Griff um seine Aktentasche.

»Die ist sicher zu Hause.«

»Das nehme ich auch an, aber ich brauche doch die Adresse! Oder ihre Telefonnummer.«

»Schon im Telefonbuch geschaut?«

»Kein Eintrag.«

»Versuchen Sie, reinzukommen. Ich werde um das Gebäude herumfahren, vielleicht finden wir den Nachtwächter. Aber ich laß' Sie auf keinen Fall allein auf der Straße stehen.«

Zu dieser späten Nachtstunde war es eine schnelle Fahrt von der Union Station zum Smithsonian Institute. Nun standen sie vor dem alten Verwaltungsgebäude, einem zinnenbewehrten, festungsähnlichen Ziegelbau aus dem vergangenen Jahrhundert, der zwischen den umgebenden, ultramodernen Museumsbauten wie ein Spukschloß wirkte. Langsam rollte das Taxi vor den Haupteingang, hielt, und der Fahrer öffnete die Tür, nachdem er sorgfältig in die Schatten gespäht hatte.

»Unter dem Licht ist eine Nachtglocke. Die Straße scheint sicher zu sein.«

»Danke, ich wäre an Ihrer Stelle nicht so ängstlich«, sagte Weisman, während er ächzend ausstieg.

»Ich hab' meine Gründe. Erst gestern ist ein Mädchen auf offener Straße erstochen worden, hundert Meter vom Weißen Haus! Wir sind hier nicht in Disneyland!«

»Ach herrje! Danke Ihnen.« Weisman ging etwas schneller, als er es gewohnt war. Außer Atem erreichte er den Eingang und lehnte sich gegen die Glocke. Im Innern des Gebäudes war schwaches Läuten zu vernehmen. Eine Minute verging, bis der Nachtwächter erschien. Sein Bauch quoll über den Gürtel, an dem ein leeres Pistolenhalfter baumelte. Die entsicherte Waffe in der Hand, näherte er sich langsam der Tür.

»Wassn los?« rief er durch die Glasfüllung, ohne zu öffnen. »Hier iss zu.«

»Ich möchte zu Dr. Tribe.«

»Die iss zu Hause. Kommen Sie morgen.«

»Ich muß sie unbedingt jetzt sprechen. Haben Sie ihre Adresse oder ihre Telefonnummer?«

»Hörn Sie mal, Mister: Hier iss zu. Und solche Auskünfte geben wir sowieso nicht.« Er drehte sich um, kehrte aber widerwillig zurück, als die Glocke erneut zu läuten begann.

»Sie verstehen mich nicht: Dies ist ein Notfall. Es geht um Leben und Tod! Bitte rufen Sie Dr. Tribe an und sagen Sie ihr, daß Professor Weisman hier ist und sie sofort sehen muß. Sie kennt meinen Namen.«

Verärgert über die Störung seiner nächtlichen Ruhe sah der Wachmann ein, daß dies der beste Weg war, den Störenfried loszuwerden. Er schlurfte zum Telefon und ließ Weisman allein vor der Tür stehen. Minuten vergingen wie Stunden, dann kehrte der Nachtwächter zurück.

»Dr. Tribe sagt, Sie sollen zu ihr kommen, weil Sie schon ein Taxi haben. Die Adresse ist Connecticut Avenue, Nr. 4501, das iss ganz draußen.«

»Vielen herzlichen Dank! Sie haben mir sehr geholfen.«

Erleichtert floh Weisman in die Sicherheit des Taxis zurück und tupfte sich den kalten Schweiß von der Stirn. Als sie die Brücke in Rock Creek passierten, fühlte er sich schon wieder besser. Dr. Tribe würde Rat wissen.

Sie bat ihn, Platz zu nehmen und ihr bei einer Tasse Kaffee zu erzählen, weswegen er gekommen war. Sie selbst vergaß ihren Kaffee, während sie zuhörte. Als er schwieg, starrte sie auf seine Zahlen und Zeichnungen, ohne etwas wahrzunehmen.

»Sie sind sich Ihrer Sache sicher, Sam? Absolut sicher?«

»Ein Irrtum ist ausgeschlossen. Hier sind die Zahlen, die Fotos, alles liegt vor Ihnen. Meine Schlüsse sind zwingend.«

»Haben Sie schon irgend jemandem davon erzählt?«

»Niemand. Ich wußte nicht, wem ich es sagen sollte, und die wenigen Leute, die ich anrief, um sie um Rat zu fragen, waren alle nicht erreichbar. Ich war sehr verwirrt. Dann dachte ich an Sie. Da Sie in Washington leben, werden Sie doch wissen, was zu tun ist?«

»Allerdings!« Sie stand entschlossen auf und ging zum Telefon. »Ich kenne einen Unterstaatssekretär. Er wird mit seinem Wagen hier vorbeikommen und uns hinbringen.«

»Hinbringen? Wohin?« Weisman verstand nicht.

»Ins Weiße Haus natürlich. Ihre Information wird Entscheidungen erfordern, die nur der Präsident treffen kann.«

31

GET 23:24

»Er atmet. Mehr als das ... wage ich nicht zu sagen.« Coretta blickte auf die reglose Gestalt von Ely Bron hinab. Er war auf seiner Liege festgeschnallt und in mehrere Schlafsäcke eingehüllt, um Wärmeverluste zu vermeiden. Sein Gesicht wirkte wächsern grau, und er bewegte sich nicht.

»Wird er bewußtlos bleiben?« fragte Patrick. Coretta nickte.

»Er steht unter einem schweren Schock und hat Erfrierungen der Gesichtshaut erlitten. Entscheidend ist jedoch der Sauerstoffmangel, dem er während des Atmungsstillstands ausgesetzt war. Mission Control hat anhand der Tonbänder und Biosensoren die genaue Zeit gestoppt. Zwischen dem Unglück und dem Beginn der Mund-zu-Mund-Beatmung sind fast vier Minuten und dreißig Sekunden vergangen.«

»Ich bin so schnell zur Luke, wie ich nur konnte...«

»Patrick! Keiner macht Ihnen den geringsten Vorwurf! Ganz im Gegenteil — ich bezweifle, daß irgend jemand anders ihn so rasch zurückgebracht hätte. Aber vier Minuten ohne Atmung sind eine lange Zeit. Keine Atmung, kein Sauerstoff. Die meisten Organe des menschlichen Körpers können ziemlich lange ohne Sauerstoff auskommen...«

»Das Gehirn nicht«, ergänzte Gregor.

»Ja. Es könnte sich herausstellen, daß er einen Gehirnschaden davongetragen hat. Aber wir müssen abwarten, bis er das Bewußtsein wiedererlangt.« Sie zögerte einen Moment, dann fügte sie leise hinzu: »Vielmehr, *ob* er das Bewußtsein wiedererlangt...«

»Steht es so schlimm?« flüsterte Nadja.

»Ich fürchte, ja.«

»Nun, denn«, sagte Patrick und holte tief Luft. »Er ist Ihr Patient, Coretta, und ich weiß, daß Sie alles irgend mögliche für ihn tun. Brauchen Sie Hilfe?«

»Nein, ich werde schon damit fertig.«

»Gut. Nadja, gehen Sie an den Quakkasten und erzählen Sie Mission Control, was vorgefallen ist. Sie werden mir anschließend draußen am Triebwerk helfen; es kann nicht mehr viel zu tun sein. Fragen Sie Mission Control, wann wir fertig sein werden. Flax weiß ja inzwischen, wie schnell wir arbeiten — oder wie langsam.«

»*Was ponjal,* Patrick. *Njet problem.*«

Nadja verschwand in die Kommandozentrale. Patrick wollte ihr folgen, als ihn Gregor am Arm packte.

»Ich würde euch gerne helfen«, bat er. Patrick blickte ihm in die Augen.

»Sind Sie sicher, daß Ihre Nerven mitmachen?«

»Sie meinen, ob ich noch vor Angst zittere? Wohl schon, aber ich habe es jetzt unter Kontrolle. Coretta hat mir geholfen.«

»Pillen?«

»Tja... sozusagen. Sie ist eine gute Ärztin.« Er lächelte, und auch Coretta mußte schmunzeln. Patrick sah sie durch einen Nebel der Erschöpfung.

»Ich hoffe, Sie überschätzen sich nicht, Gregor. Ich selbst bin wirklich fix und fertig. Wenn Sie zusammen mit Nadja aussteigen könnten und ich in der Zentrale bleiben kann, wäre das eine kolossale Hilfe. So müde, wie ich bin, traue ich mir selbst nicht mehr.«

»Ich bin ausgeruht und fit; mir können Sie trauen.«

»Das habe ich immer getan.« Einem plötzlichen Gefühl folgend, griff er nach der Hand des großen Russen und drückte sie herzlich. »Unser Flug hat so schlecht angefangen, daß er eigentlich nur noch besser werden kann. Aber was immer passiert, es war eine gute Sache, mit Nadja, Ihnen und dem Oberst zusammenzuarbeiten. Wir sind ein Stück zusammengerückt hier oben, finde ich. Es ging leichter als auf der Erde.« Er schüttelte den Kopf. »Entschuldigung, ich rede zuviel. Es ist die Müdigkeit.«

»Nein, ich verstehe Sie schon, *Towarischtsch.* Ich empfinde ganz ähnlich...«

»Ihr Druckanzug ist in dem Fach dort drüben. Coretta, können Sie ihm beim Anlegen des Anzugs helfen? Oder soll ich?«

»Nein, es geht.« Sie blickte zu Ely. »Ich kann jetzt sowieso nichts für Dr. Bron tun. Ich helfe Gregor.«

»Gut. Umziehen und in die Zentrale mit Ihnen, Gregor. Die Luke müssen wir leider wieder verriegeln, Coretta. Sie sind jetzt ganz allein.«

»Das geht in Ordnung, ich muß ja auch auf meinen Patienten aufpassen. Reparieren Sie nur dieses verfluchte Triebwerk, damit wir endlich von hier wegkommen.« Ihr Lächeln ließ die Worte zuversichtlich wirken.

»Gemacht! Wir tun unser Bestes!«

Er hangelte in die Kommandozentrale, klemmte sich auf seine

Liege, ohne sich anzuschnallen, und griff zum Mikrofon. »Mission Control, bitte kommen.«

»Prometheus von Mission Control, wir hören.«

»Flax, Sie wissen was mit Ely los ist. Es sieht ernst aus.«

»Ich weiß, Patrick.«

»Und das ändert einiges. Selbst wenn wir in eine höhere Bahn kommen, muß er so schnell wie möglich in ein Krankenhaus. Wann kann frühestens ein Rendezvous-Manöver stattfinden?«

»Die NASA-*Raumfähre kann ihn in zwei Wochen abholen.«*

»Haben Sie schon bei der Air Force nachgefragt?«

»Ich bin dabei, Patrick, aber ich weiß noch nichts.«

»Machen Sie ihnen klar, wie wichtig es ist.«

»Ich glaube, sie wissen das, Patrick. Ich glaube, jeder weiß das...«

»Ende.« Patrick unterbrach die Verbindung und blickte zu Nadja, die auf ihrer Liege neben ihm lag. Sie wirkte erschöpft. »Unten haben sie leicht reden«, seufzte er.

»Ich bin sicher, daß alles Erdenkliche getan wird«, entgegnete sie. »Es ist nur leider so wenig. Das Wichtigste müssen wir selbst tun.«

»Ja«, er mußte lächeln. »Keiner kann uns die Hauptrolle streitig machen! Gegen Lampenfieber haben wir nur den Trost, daß es nicht mehr schlimmer kommen kann...«

Ein jäher Blitz, ein Lichtschlag von unerträglicher Schärfe: Blendende Helle dort, wo nur Millisekunden vorher nichts als die ewige Nacht des Weltalls gewesen war.

Ein Blitz, der Schmerz brachte. Nadja schrie auf, preßte beide Hände vor die gequälten Augen und schrie weiter, verfiel in einen Schreikrampf, aus dem es kein Erwachen zu geben schien.

Durch die offene Verbindungsluke drang das Licht nur indirekt in die Mannschaftskabine, doch es blendete auch hier. Coretta, die zu Gregors Füßen schwebte und ihm beim Anlegen eines Stiefels half, fuhr schockiert hoch. Für einen Augenblick konnte sie nichts mehr sehen; nur nebelartige Ringe formten seltsame Muster im Dunkel vor ihren Augen.

»Was... war... das«, stammelte sie, dann hörte sie die Schmerzensschreie aus der Zentrale.

Zusammen mit Gregor eilte sie zur Luke und schlängelte sich hindurch. Vor den Fensterschlitzen war es schwarz wie immer. Nadja hing zusammengekrümmt in ihren Gurten, drückte ihre Augen mit den Daumen beider Hände tief in die Augenhöhlen und wurde von konvulsivischen Schreikrämpfen geschüttelt. Patrick tappte blind zu ihr hin; seine Augen waren geschlossen und tränenüberströmt. Er atmete stoßweise, und Coretta erkannte, daß auch er schreien wollte, ohne es unter der Schockeinwirkung zu können. Als sie sich den beiden näherte, sah sie vor den Fenstern etwas Weißleuchtendes, Formloses vorbeischweben.

Es war eine fahle, glimmende Scheibe, die fortwährend ihre Gestalt wechselte und ein fluoreszierendes Leuchten aussandte. Das Fehlen jedes Vergleichsobjektes machte es ihr unmöglich, Größe und Entfernung der unwirklichen Erscheinung abzuschätzen. Aber sie war sehr groß, und feurige Bögen schienen über ihr aufzusteigen.

»Boshemoi...«

Gregor war hinter ihr, ebenso gebannt wie sie.

»Was ist das? Was ist passiert?« fragte Coretta.

»Es ist eine Art Nordlicht... Stimulierte Lichtemission in den hohen Schichten der Atmosphäre. Sie könnte eigentlich nur durch eine Atomexplosion angeregt worden sein, aber das ist unmöglich. Wir bewegen uns jetzt weg davon.«

»Aber wodurch... Ich meine, was?«

»Was?« Patrick brüllte halb vor Schmerz und halb aus Zorn, während er die schluchzende Nadja in die Arme nahm. »Eine Bombe war das, nichts anderes. Eine Rakete mit einem Atomsprengkopf! Man hat versucht, uns abzuschießen!«

32

GET 23:27

Simon Dillwater hielt das Papierbündel mit beiden Händen umklammert und starrte auf das großformatige Foto der Sonne. Er blätterte eilig durch die Seiten, die mit Zahlenkolonnen gefüllt waren, dann blickte er auf.

»Sie haben Ihre Berechnungen natürlich genauestens überprüft, Professor Weisman?«

Der Angesprochene nickte. »In so entscheidenden Fragen läßt man sich ungern einen Fehler nachweisen. Ich habe die Zahlen immer wieder durch den Computer gejagt, vorwärts, rückwärts, rauf und runter. Ein Irrtum ist ausgeschlossen.«

»Können Sie mir erklären, warum meine Leute nicht darauf gekommen sind?«

»Wie sollten sie? Es ist ein enges Spezialgebiet, auch ein ziemlich junges. Ich könnte Ihnen nicht viele Astrophysiker nennen, die sich nur auf die Sonne konzentrieren. Und Spezialisten, die die Einwirkung der Sonnenaktivität auf die hohe Atmosphäre erforschen, gibt es nur eine Handvoll. Eigentlich sogar nur zwei, Moisch und mich.«

»Moisch?«

»Das ist mein Spitzname für ihn, obwohl ich ihn nie persönlich kennengelernt habe. Aber wir korrespondieren regelmäßig. Ich meine Professor Moschkin.«

»Ein Russe?«

»Selbstverständlich.«

»Ja, natürlich...« Dillwater erhob sich. »Professor, ich bin Ihnen zu großem Dank verpflichtet für Ihre Bemühungen, uns so rasch zu informieren. Mein Dank gilt auch Ihrer Begleitung.« Er verbeugte sich zu Margaret Tribe und dem Unterstaatssekretär. »Ich werde Ihre Erkenntnisse sofort dem Präsidenten vorlegen. Wo kann ich Sie erreichen, Professor Weisman?«

»In Philadelphia...«

»Nicht um diese Zeit«, unterbrach Dr. Tribe mit entschlossener Stimme. »Der Professor wird bei mir übernachten. Ich hinterlasse die Adresse bei Ihrem Sekretär.«

»Vielen Dank, nochmals vielen Dank.«

Das ferne Geräusch einer zuknallenden Tür lenkte Dillwater ab.

Was war da los? Im Weißen Haus wurden keine Türen zugeknallt! Eilige Schritte waren auf dem Korridor zu vernehmen, dann rannte ein Offizier mit einem Diplomatenkoffer in der Hand vorbei. Eine Eskorte von zwei Militärpolizisten folgte ihm.

»Bitte entschuldigen Sie mich«, verabschiedete sich Dillwater so gelassen wie möglich, machte auf dem Absatz kehrt und ging. Es mußte etwas Wichtiges vorgefallen sein. Nur mühsam widerstand er der Versuchung, den Weg in den Sitzungssaal im Laufschritt zurückzulegen. Aus allen Türen drangen Geräusche, die von hektischer Aktivität zeugten. Sehr ungewöhnlich, mitten in der Nacht. Vor dem Gang, der zu den Amtsräumen des Präsidenten führte, war eine Wache aufgezogen. Der kommandierende Offizier trat ihm entgegen und hob abwehrend die Hand.

»Bitte Ihre Legitimation, Sir.«

»Ich gehe doch wohl recht in der Annahme, daß Sie mich genauso gut kennen wie ich Sie! Was soll das Ganze?«

»Tut mir leid, Sir. Ihre Legitimation, wenn ich bitten darf!«

Dillwater glaubte zu träumen: Tatsächlich lag die rechte Hand des Hauptmanns auf dem Pistolenhalfter. Eilig kramte er den Dienstausweis aus der Tasche, der eigentlich am Jackettaufschlag getragen werden sollte. Der Offizier verglich mit einer Liste und nickte.

»Vielen Dank, Mr. Dillwater. Nur noch eine kleine Formalität. Bitte nennen Sie mir den Vornamen Ihrer Schwiegermutter.«

»Warum um alles in der Welt sollte ich das tun?«

»Weil Sie sonst nicht eingelassen werden! VSM-verschärfte Sicherheitsmaßnahmen! Ich habe gerade die Anweisungen aus dem Safe geholt.«

»Was ist los?«

»Das weiß ich leider nicht, Sir. Ich befolge nur meine Befehle. Der Name?«

»Maria.«

»Stimmt. Sie können passieren.«

Als Dillwater den Sitzungssaal betrat, blieb er überrascht stehen. Wo vor wenigen Minuten noch eine träge Atmosphäre von Niedergeschlagenheit und Müdigkeit geherrscht hatte, schien sich jetzt ein Irrenhaus zu befinden. Bandin stand, auf beide Arme gestützt, mit zornrotem Gesicht hinter dem Tisch und brüllte. Bannerman saß an seinem Platz, brüllte zurück und unterstrich jedes Wort mit Faustschlägen auf die Tischplatte.

»Dreimal Nein, der verfluchte Knopf wird gedrückt. Ich will die taktischen Bomber in der Luft haben und die Raketen in Bereitschaft...«

»Mr. President, es ist einfach zu früh für eine Mobilmachung der ganzen Luftwaffe. Das könnte verdammt nach hinten losgehen! Das Rote Telefon, rufen Sie sofort Poljarni an und stellen Sie fest, was er weiß. Sagen Sie ihm, daß es mit Sicherheit keine von uns war. Sagen Sie ihm das klar und deutlich, sonst starten russische Raketen!«

»Der Alarm...«

»Die Abwehrbasen sind in Bereitschaft, das reicht für den Augenblick. Davon wird nichts von hier nach außen dringen und es noch schlimmer machen. Und jetzt rufen Sie doch endlich Poljarni an!«

Bandin war außer sich und zu keiner Entscheidung fähig. Der Außenminister sprang Bannerman bei.

»Der General hat vollkommen recht, Mr. President. Unsere augenblickliche Sicherheit ist gewährleistet. Jede Maßnahme, die darüber hinausgeht, wäre von Übel. Rufen Sie Poljarni an und sagen Sie ihm, daß unsere Beobachtungssatelliten eine Atomexplosion im Weltraum über der Sowjetunion ausgemacht haben. Und daß sie nicht von uns stammt. Punkt.«

Benommen nahm Dillwater Platz und versuchte, das Gehörte in einen Zusammenhang zu bringen. Eine Atomexplosion im Weltraum — was konnte das bedeuten? Das Telefon, das ihn mit Houston verband, läutete; er nahm es automatisch ab. Flax war am anderen Ende der Leitung, und was er zu sagen hatte, ließ Dillwater erbleichen. Es war unmöglich, ausgeschlossen und undenkbar — aber er mußte Flax Glauben schenken. Schweigend notierte er Stichworte auf einen Notizblock, dann, endlich, sprach er.

»Danke, Flax, ich werde es dem Kabinett mitteilen. Ja.«

Er legte den Hörer auf und erhob sich zögernd. »Mr. President«, begann er, doch seine leise Stimme blieb ungehört. Etwas lauter setzte er abermals an, doch die hitzigen Wortwechsel übertönten ihn wieder. Er fühlte Zorn in sich aufsteigen, holte tief Luft und brüllte mit aller Kraft, die seine Lungen hergaben:

»RUHE! HALTET ENDLICH DIE SCHNAUZE! ALLESAMT!«

Totenstille. Schockiert vom unerwarteten Ausbruch eines Mannes, dessen Stimme sie nur in Zimmerlautstärke gewohnt waren, gaben Bandin und die Kabinettsmitglieder keinen Laut mehr von sich. Der Präsident erholte sich als erster, doch Dillwater kam ihm zuvor.

»Mission Control meldet, daß die Atomexplosion auf Prometheus gezielt war. Man hat versucht, die Station abzuschießen.«

»Wer… warum…?« Bandins Ratlosigkeit sprach für alle.

»Das ist noch unbekannt. Anscheinend hat die Bombe, Rakete oder was es war, ihr Ziel verfehlt. Aber es hat Verletzte an Bord der Raumstation gegeben. Sobald weitere Einzelheiten bekannt werden, wird Mission Control sich melden…« Wieder summte das Telefon neben seinem Sitz. Dillwater hob ab, nickte: »Mr. Dragoni, schalten Sie das Gespräch bitte auf den Raumlautsprecher. Wir erhalten einen Direktbericht von Prometheus.«

»Prometheus, hier Houston. Ihr könnt anfangen.«

»Hier Prometheus, es spricht Gregor Salnikow. Ich kann es nicht fassen, daß so etwas passieren konnte…«

Die Stimme erstarb zu Gemurmel.

»Prometheus, bitte melden! Der Präsident und das Kabinett hören mit. Was ist passiert?«

»Eine Explosion. Eine Atomexplosion im Weltraum. Ich kann keine Angabe über die Entfernung machen. Dr. Samuel und ich befanden uns in der Mannschaftskabine, als es geschah. Wir bemerkten nur die unglaubliche Helle, die durch die Luke kam. Aber die beiden Piloten in der Zentrale müssen direkt in das Licht geblickt haben. Sie können nichts mehr sehen, und ihre Augen schmerzen entsetzlich. Ich muß Schluß machen, Dr. Samuel braucht mich.« Die Stimme brach ab.

»Hallo, Flax«, fuhr Dillwater fort. »Wie weit war die Explosion von Prometheus entfernt?«

»Noch unbekannt. Wir haben versucht, die Fernsehkameras zwei und drei einzuschalten, bekommen aber kein Bild. Wenn die Bildröhren dort durchgebrannt sind, heißt das, die Explosion war hinter dem Raumschiff. Die Strahlungsmessungen in der Kabine stützen diese Annahme.«

»Was meinen Sie?«

»Die Instrumente, die die Strahlenbelastung der Besatzung messen, haben im Augenblick der Explosion nur einen minimalen Ausschlag gezeigt. Dies läßt darauf schließen, daß die Explosion hinter dem Heck erfolgte, weil nur dann das Strahlenschutzschild des Kerntriebwerks wirksam werden konnte.«

»Danken wir Gott dafür. Und was ist mit den Augen der Piloten? Sind sie erblindet?«

»Das können wir noch nicht beurteilen. Bericht folgt. Ende.«

Aufgeregtes Stimmengewirr erfüllte den Saal. Noch konnte sich niemand einen Reim auf das Gehörte machen.

»Wer, außer uns, hätte einen Grund, Prometheus abzuschießen?« Bandin war ebenso verwirrt wie alle anderen. Außer Dillwater. Er starrte auf das Foto der fleckenübersäten Sonne, das er immer noch in der Hand hielt, und begann zu sprechen. Seine leise Stimme erzwang Ruhe.

»Ich weiß, wer es getan hat. Und ich weiß, warum.« Er hob den Kopf. »Mr. President, dieser Raum ist doch abhörsicher?«

»Natürlich.«

»Dann möchte ich Sie informieren, daß es zweifelsfrei eine sowjetische Rakete war, die auf Prometheus abgefeuert wurde.«

»Können Sie das beweisen?« fragte Bannerman kalt.

»Nein, General, das werden Sie tun müssen. Aber ich kann Ihnen die Gründe nennen. Prometheus beginnt soeben seine sechzehnte Erdumkreisung. Vor wenigen Minuten, also etwa zum Zeitpunkt der Explosion, befand sich die Station über Sibirien — und genau dort haben die Sowjets Abschußbasen für ihre Atomraketen. Sie haben die letzte Gelegenheit nützen wollen, Prometheus unschädlich zu machen, bevor er am Ende dieses Umlaufs abstürzt — und womöglich auf Moskau!«

»Was sagen Sie da, Dillwater?« Der Präsident war leichenblaß geworden. »Es wird doch noch an die zwanzig Stunden dauern, bis das Ding auf die Atmosphäre knallt. Und zwar über den USA, nicht über Rußland.«

»Das ist überholt, Mr. President. Ich habe soeben neue Informationen erhalten, die der sowjetischen Führung mit Sicherheit auch vorliegen werden.« Er legte das Foto auf den Tisch. »Es besteht eine ziemliche Wahrscheinlichkeit, daß dieser Umlauf der letzte ist und daß Prometheus in etwa einer Stunde verglühen oder einschlagen wird.«

»Aber — was hat sich geändert?«

»Die Sonne, Sir. Die Strahlungsaktivität der Sonne ändert sich mit dem Auftreten von Sonnenflecken und Protuberanzen. Und die hohen Schichten der Atmosphäre reagieren auf solche Änderungen: Sie dehnen sich aus. Passiert das, müßte Prometheus wesentlich früher in die Atmosphäre eintreten als bisher angenommen.«

»Das Foto hat damit zu tun?« fragte Bannerman.

»Jawohl, General. Es wurde vor zwei Wochen aufgenommen.

Sehen Sie die dunklen Punkte hier außen? Es sind Sonnenflecken, die gerade hinter dem Rand der Sonne verschwinden. Sie müssen jetzt jeden Augenblick auf der anderen Seite wieder auftauchen, aber inzwischen werden sie sich in riesige Protuberanzen verwandelt haben, die ungeheuere Strahlungsmengen aussenden. Acht Minuten später wird diese Strahlung bei uns eintreffen, die Atmosphäre wird sich ausdehnen...«

»...und Prometheus prallt gegen eine massive Mauer aus Luft«, ergänzte Bannerman.

»So ist es. Die Sowjets scheinen dvon erfahren zu haben, und deshalb versuchten sie, das Raumschiff rechtzeitig zu zerstören.«

»Diese skrupellosen Schweine...«

»Darf ich Sie daran erinnern, daß Sie dieselbe Möglichkeit in Erwägung gezogen haben, General?« Dillwaters Bemerkung traf: Bannerman lief rot an und antwortete nicht.

»Sie sind ganz sicher, daß die Russen von der bevorstehenden Sonnenaktivität wußten?« erkundigte sich Bandin.

»So gut wie sicher, Sir. Aus welchem anderen Grund hätten sie die Rakete abfeuern sollen?«

»Charley, das Rote Telefon. Ich möchte mit Poljarni sprechen. Bin gespannt, wie er sich rauszureden versucht!«

33

GET 24:09

Das Taxi bog in die Rockefeller Plaza ein und hielt vor dem Baldachin, der zum Portal führte. Unsicher stieg Cooper aus, verbeugte sich vor dem Portier und überlegte, ob er ihm ein Trinkgeld geben sollte.

»Kann ich Ihnen behilflich sein, Sir?«

»Die Mike Moore Show. Ich sollte...«

»Die Dame am Empfang wird sich um Sie kümmern.« Mit diesen Worten ließ ihn der Portier stehen, um sich ganz dem weißen Rolls-Royce zu widmen, der hinter dem Taxi vorgefahren war. Cooper holte tief Luft, um das flaue Gefühl in der Magengrube zu vertreiben, dann betrat er so aufrecht wie möglich das Foyer. Eine perfekt geschminkte Empfangsdame begrüßte ihn mit schneeweißem Lächeln.

»Guten Morgen, Sir. Willkommen im Hauptquartier der größten Fernsehanstalt der Welt.«

»Wie bitte? Was... oh! Danke! Mein Name ist Cooper. Ich soll zur Mike Moore Show.«

»Aber ja, Mr. Cooper!« Immer lächelnd, fuhr sie mit dem Finger durch eine lange Namenliste. »Man erwartet Sie bereits. Bitte nehmen Sie den dritten Aufzug in der Reihe und fahren Sie in den dreiundvierzigsten Stock. Auf Wiedersehen!«

Alles an diesem imposanten Gebäude wirkte ebenso elegant wie künstlich. Als ihn der Fahrstuhl in die Knie zwang und gen Himmel schoß, blickte Cooper in den Spiegel, machte einen letzten Versuch, seine Haare aus der Stirn zu streichen, und rückte die Krawatte gerade. Er hatte die ganze Nacht an seinem Artikel gesessen und war hundemüde. Hoffentlich ging der Auftritt glatt.

»Hereinspaziert, hereinspaziert, Sie sind der letzte, wir erwarten Sie mit Sehnsucht!«

Mike Moore selbst war es, der Cooper mit wedelnden Handbewegungen hereinbat. Er war kleiner und wirkte wesentlich schmächtiger als auf dem Bildschirm. Aber beneidenswert braun war er. Cooper war zu kurzsichtig, um zu erkennen, daß diese Bräune nur aus Make-up bestand.

»Dr. Cooper, darf ich Ihnen Sharon Neil vorstellen, Sie kennen sie sicher von der Leinwand. Wir werden uns in der Show über ihren neuesten Film unterhalten, der ihr, nach allem, was man hört, einen zweiten Oscar einbringen könnte. Und hier natürlich Bert Shakey.«

Klopfenden Herzens griff Cooper vorsichtig nach Sharon Neils Hand; aus der Nähe betrachtet war sie noch zauberhafter. Dann begrüßte er den fetten Komiker.

»Na, iss was, Doc? Geht die Welt bald unter?«

»Das nicht, aber...«

»Dann iss' ja gut. Ich möchte 's nämlich nicht verpassen!« Shakey klatschte sich vor Vergnügen auf die Schenkel, Cooper rang sich ein höfliches Lächeln ab.

»Tja, Leute, ihr seid also meine Show heute vormittag. Ich freue mich wirklich auf die Unterhaltung mit euch!« Mike grinste strahlend und deutete auf ein kleines Buffet. »Bedient euch, wenn ihr noch nicht gefrühstückt habt. Nach der Aufzeichnung ist die Bar geöffnet, aber ich hoffe, vorerst seid ihr erst mal mit Kaffee zufrieden. Gut, glänzend. Wir alle, ganz Amerika, wenn nicht die ganze Welt, sind gespannt, was Sie über die Rakete zu sagen haben, Dr. Cooper.«

»Wird sie uns wirklich auf den Kopf fallen? Schlecht für einen, der so 'ne weiche Birne hat wie ich!«

»Falls das Triebwerk nicht rechtzeitig zündet — und dabei kommt es jetzt auf jede Minute an —, fürchte ich, daß Prometheus auf die Erde zurückstürzen wird.«

»Und *hier* einschlägt?« Mit treuherzigem Augenaufschlag griff sich Sharon an die Brust.

»Nichts so Schreckliches soll jemals *dort* einschlagen, Schätzchen!« Shakey gönnte sich einen tiefen Blick in den Ausschnitt und seufzte theatralisch.

»Ich meinte diesen Staat, New York, du geiles Karnickel!«

»Immer mit der Ruhe, Kinder!« unterbrach Mike fröhlich. »Könnte Prometheus auf New York stürzen, Dr. Cooper?«

Verwirrt von den weltlichen Worten, die er aus so heiligem Mund gehört hatte, mißlang es Cooper auch diesmal, den Doktortitel zurückzuweisen, den Moore ihm irrtümlich verlieh.

»Ja, theoretisch besteht die Möglichkeit. Und natürlich wären die Folgen wesentlich gravierender als in England. Ganz abgesehen von der radioaktiven Verseuchung durch den Uranbrennstoff, der sich an Bord befindet, würde die Explosivkraft des Einschlags beträchtlich größer sein.«

»Ein schneller Weg zu neuen Badeseen!« Shakey entblößte sein Gebiß zu einem breiten Grinsen.

»Heben Sie sich die Gags für später auf, alter Witzbold. Wie stehen die Chancen, Dr. Cooper, daß dieses Ding ins Schwarze trifft?«

»Das hängt ganz davon ab, an welcher Stelle der Umlaufbahn sich Prometheus im Augenblick des ersten Kontakts mit der Atmosphäre befindet. Es könnte New York treffen, aber ebensogut eine andere Stadt unseres Landes. Und nicht nur das — die Bahn führt ja um den ganzen Erdball. Der sechzehnte Umlauf wird genau über Moskau führen. Wenn es dort jetzt nicht heller Tag wäre, könnten die Moskauer die Station mit bloßem Auge sehen.«

»Sie könnte also genausogut dort einschlagen?«

»Das ist richtig...«

»Wär'n Volltreffer!«

»...vollkommen richtig, Mike. Prometheus ist eine tödliche Gefahr, aber wir wissen nicht für wen. Es bräuchte auch keine Stadt zu treffen. Der Einschlag könnte auf dem offenen Land erfolgen. Ganze Ernten würden radioaktiv verseucht, ganze Wälder könnten niederbrennen oder abgeholzt werden. Prometheus könnte auch vor unseren Küsten ins Meer stürzen und eine verheerende Flutwelle verursachen. Vielleicht steht uns die größte von Menschen verursachte Katastrophe in der Geschichte des Planeten bevor!«

»Sogar noch schlimmer als Schwiegermütter!«

Mike Moore ließ sein berühmtes Bildschirmlächeln blitzen und rieb sich die Hände. »Mir scheint, wir werden heute eine wirklich interessante und unterhaltende Show auf die Beine stellen. Wir haben einen Experten über das Damoklesschwert, das über uns schwebt, und wir haben die Schönheit und die Bestie...«

»Paß auf, Mike, für die Bestie wird der HERR dir Prometheus auf den Hals schicken!«

»Nehmt noch einen Kaffee, wenn ihr wollt, dann bringen wir euch in die Maske. Wir treffen uns in Studio drei. Im Publikum sind auch die Rotarier aus Potlach, Michigan. Vielleicht fällt euch eine nette Bemerkung ein...«

»Du meinst, 'ne ausgewogene...« Shakey grinste.

»Jedenfalls nichts unter der Gürtellinie, mein Lieber. Jetzt macht euch schön, wir sehen uns in einer halben Stunde.«

Die Tür wurde aufgestoßen, und ein Redakteur platzte herein. »Mike, eine Agenturmeldung, sie wird deinen Gast interessieren!«

»Meine Schwiegermutter ist gestorben?« fragte Shakey hoffnungsvoll.

»Schlimmer noch«, murmelte Mike, während er den Text auf dem Blatt überlas. »Dr. Cooper, was kann das bedeuten? Die NASA hat soeben bekanntgegeben, daß, ich zitiere, ›in unmittelbarer Nähe der Raumstation eine Atomexplosion stattgefunden hat. Das Raumschiff scheint unbeschädigt geblieben zu sein, jedoch wurden Besatzungsmitglieder verletzt. Die Ursache der Explosion ist unbekannt. Fest steht nur, daß sie nicht amerikanischen Ursprungs ist.‹ Was meint die NASA mit ›Ursprung‹? Sind da oben etwa noch andere Raumschiffe, die ein Scheibenschießen auf Prometheus veranstalten?«

»Nein, natürlich nicht. Unter ungünstigsten Umständen wäre es vielleicht denkbar, daß das Kerntriebwerk von Prometheus selbst explodiert. Aber in diesem Fall würde es natürlich nicht ohne Beschädigung des Raumschiffs abgegangen sein. ›Ursprung‹... Ich glaube, ich begreife. Die NASA spielt auf Raketen mit atomaren Sprengköpfen an. Man will sagen, daß es keine amerikanische Rakete war, die auf Prometheus abgefeuert wurde...«

»Aber wenn wir es nicht waren — wer dann!?«

»Das kann ich schlecht beantworten. Frankreich, England, China, die Sowjetunion — alle verfügen über geeignete Boden-Luft-Raketen für diesen Zweck. Wir müßten wissen, wo sich das Raumschiff zum Zeitpunkt der Explosion befand. Als Abwehrwaffen haben diese Raketen nur eine relativ geringe Reichweite. Allerdings könnte man sie auch von U-Booten aus abfeuern.«

»Gott, wie schrecklich!« hauchte Sharon.

»Das Schreckiche ist gut für's Geschäft, Baby!« Aufgeregt lief Mike auf und ab. »Irgend jemand hat soviel Angst vor Prometheus, daß er versucht, das Schiff rechtzeitig abzuschießen. Das beweist, wie groß die Gefahr tatsächlich ist! Der ganze Erdball zittert vor Angst! Wir werden eine Sendung machen, die unsre Talk-Show endgültig ins Abendprogramm bringt!«

34

GET 24:39

»Nein! Das kann ich ihnen nicht sagen! Kein Mensch kann erwarten, daß ich den armen Kerlen das sage.« Flax schüttelte seinen Kopf so leidenschaftlich, daß die schlaffen Wangen nach beiden Seiten schlenkerten. Er brüllte ins Telefon und bemerkte kaum, daß sich die Männer an den anderen Konsolen bereits nach ihm umdrehten. Es war ja alles egal, offenbar stand das Ende bevor. Während Dillwater noch sprach, legte er den Hörer auf die Gabel. Ja, schon gut, so behandelte man seinen Chef nicht, aber ihm war jetzt wirklich alles egal. Mühsam mit entzündeten Augen blinzelnd blickte er sich um.

»John«, rief er dem zunächst sitzenden Techniker zu.

»Was ist, Flax? Neuer Ärger?«

»Sie werden's erfahren. Hier, nehmen Sie meine Schlüssel und gehen Sie in mein Büro. In der unteren, rechten Schreibtischschublade ist eine Flasche Sliwowitz. Her damit.«

»Was-für'n-Witz?«

»Das ist eine Art Pflaumenschnaps. Gehen Sie schon!«

»Flax, Sie wissen genau, daß Alkohol verboten ist. Sie wollen doch nicht...«

»Ich will. Scheiß auf die Verbote. Meine Leute sterben da oben.«

Er war selbst überrascht, plötzlich etwas Feuchtes in den Augen zu spüren. Langsam liefen Tränen über seine Wangen, aber er wischte sie nicht weg. Er beweinte seine Toten. Diese letzte Sache mit den Sonnenflecken war fast zuviel für ihn. Wie konnte er es seinen Astronauten mitteilen? Von Anfng an war alles, aber auch alles schiefgegangen. Und es war noch immer nicht vorüber.

Er wimmerte leise und unartikuliert, ohne es selbst zu bemerken — ein dicker, alter Mann am Ende seiner Kraft. Mit dem schweißdurchtränkten Taschentuch tupfte er sich eine Träne von der Nasenspitze und starrte ins Leere, bis der Sliwowitz kam. Er sah harmlos aus in der Flasche, wie Öl. Oder wie Nitroglyzerin, das schien auch ganz harmlos... Er öffnete die Flasche und sog begierig den scharfen Geruch ein. Auf dem Tisch stand ein Styroporbecher mit kaltem Kaffee. Wir abwesend schüttete er ihn auf den Boden aus und füllte ihn zur Hälfte mit Sliwowitz.

Fabelhaft! Wie Feuer lief es ihm durch die Speiseröhre und explodierte im Magen wie eine Bombe. Bis in die Fingerspitzen spürte er die Wärme, die ihm Kraft gab. Ehe sie verfliegen konnte, griff er zum Mikrofon.

»Prometheus, hier Houston, bitte kommen.« Er mußte den Ruf zweimal wiederholen, bis Antwort kam.

»Hallo, Flax.«

War es Patrick? Die Stimme klang lallend, war kaum zu verstehen. »Ja, hier Flax, sind Sie dran, Patrick?«

»Ja. Coretta hat mir eine Spritze gegeben, gegen die Schmerzen. Kann kaum sprechen, aber Schmerzen sind okay. Nadja hat eine stärkere Dosis erhalten, sie schläft. Elys Zustand ist unverändert. Unsere Augen sind verbunden. Coretta kann nicht sagen, ob unsere Blindheit vorübergeht oder bleiben wird.« Seine Stimme zeigte keine Bewegung. *»Wissen Sie schon, wem wir das zu verdanken haben?«*

»Noch nicht, aber Sie sollen es als erster erfahren, Patrick.«

»Danke, es interessiert mich wirklich. Gregor ist jetzt bereit, auszusteigen und die Reparatur alleine zu versuchen. Ich werde den Funkverkehr übernehmen, Coretta kann mir assistieren.«

»Negativ, Patrick, Gregor wird nicht aussteigen.«

»Zum Teufel, was ist los, Flax? Wenn wir das Triebwerk nicht in Gang kriegen, ist es aus!«

»Leider hat es den Anschein, als würde die Zeit nicht mehr für die Isolierung des Elements reichen.«

»Nach unserer GET-*Anzeige bleiben uns noch siebzehn Stunden, bevor wir in die Atmosphäre eintreten?«*

»Die alte Berechnung gilt nicht mehr...«

»Was!?«

»Hören Sie zu: Ich habe gerade mit einem Professor Weisman gesprochen, er ist Astrophysiker und Spezialist für solare Einflüsse auf die Atmosphäre. Er erwartet eine Phase verstärkter Sonnenaktivität, einen Sonnensturm, der jeden Augenblick ausbrechen kann. Wenn es soweit ist, wird sich die Ionosphäre in eurer Höhe verdichten und euch bremsen.«

»Wann kann das sein?«

»Wie gesagt, so gut wie jeden Augenblick.«

»Und das ist zuverlässig, Flax? Kein Irrtum möglich?«

»Kein Irrtum, was die Rotation der Sonne angeht. Er hat die Flecken vor zwei Wochen am Rand der Scheibe verschwinden sehen, also werden sie jetzt auf der anderen Seite wohl wieder auftauchen. Und wenn sie dem normalen Entwicklungszyklus folgen, haben sie sich mittlerweile schon zu riesigen Protuberanzen ausgewachsen.«

»Geben Sie mir eine Risikoabschätzung, Flax. Sie wissen so gut wie ich, daß die Sonne kein gottverdammter Ofen ist, der nach einer Schaltuhr an- und ausgeht. Wie groß ist die Wahrscheinlichkeit einer starken Eruption?«

Flax zögerte, aber schließlich mußte er antworten. »Achtzig bis neunzig Prozent für den Sturm...«

»Das ist ja allerliebst...« Patrick klang verbittert. *»Ich werde es den anderen sagen. Ende.«*

Flax unterbrach die Verbindung und rief die Telefonzentrale. »Rufen Sie bei Weisman zurück und lassen Sie sich die Telefonnummern aller europäischen Observationen geben, die regelmäßig die Sonne beobachten. Stellen Sie Verbindungen her. Ich brauche eine kontinuierliche Berichterstattung über die Entwicklung der Sonnenaktivität. Die Leute in der Astronomie sollen die Daten für mich auswerten. Es eilt.«

»Gerade kommt ein Gespräch für Sie rein.«

»Ich bin nicht zu sprechen.«

»Es ist der Anruf, den Sie erwarten. Ein Wolfgang Ernsting.«

»Ach ja, stellen Sie durch.«

Er nippte noch einmal an dem Sliwowitz, doch es schien nicht mehr zu wirken; mit einem Achselzucken warf er den Becher in den Papierkorb. »Hallo, Wolfgang, bist du's? Hier Flax.«

»Ich hab' von deinem Ärger gehört. Es ist schrecklich...«

»Ja, Wolfgang, es ist schrecklich. Tut mir leid, daß ich dich damit belästigen wollte, aber jetzt ist es sowieso zu spät.«

»Ich will euch gerne helfen, wenn ich kann.«

»Das weiß ich, Wolfgang, aber ich habe gerade eine neue Hiobsbotschaft erhalten, nach der uns wahrscheinlich nicht genug Zeit bleiben wird, noch etwas mit dem Triebwerk zu unternehmen. Ich wollte dich eigentlich fragen, wann euer Raumtransporter frühestens starten kann. Ich hatte gehofft, daß Prometheus, selbst wenn der Kernreaktor nicht voll funktionsfähig wird, doch wenigstens ein paar Tage gewinnt. Dann wäre vielleicht genug Zeit geblieben, um die Besatzung mit eurer Fähre abzuholen.«

»Nun, du sagst ja selbst, daß es zu spät ist. Du hattest übrigens Glück, daß du mich hier noch erwischt hast, ich wollte gerade gehen. Vielleicht rufst du mich in einer halben Stunde zu Hause noch mal an? Tschüs, alter Junge!«

»Tschüs, Wolfgang.«

Langsam lehnte sich Flax zurück und überdachte, was er eben gehört hatte. Konnte Wolfgang nicht frei sprechen? Wurde sein Diensttelefon überwacht? Und was konnte er ihm noch mitzuteilen haben? Vielleicht gab es einen völlig harmlosen Grund, weshalb er ihn nochmals sprechen wollte. Was wirklich los war, konnte er nur durch den Anruf klären. Er nahm einen Notizzettel und merkte den Zeitpunkt vor. Andererseits — es war ja ohnehin nichts mehr zu retten. Prometheus war verloren, ganz gleich, welche Luftwaffengeheimnisse Wolfgang ausplaudern wollte. Er zerknüllte den Zettel und zielte auf den Papierkorb.

Dann ließ er die erhobene Hand sinken, strich das Stück Papier wieder sorgfältig glatt und heftete es an eine gut sichtbare Stelle an seiner Konsole. Er schuldete seinem alten Freund den Rückruf, schon aus Höflichkeit, und außerdem...

Er kam nicht dazu, sich zaghaft Hoffnung zu machen. Das gelbe Licht blinkte: *»Mr. Dillwater für Sie, Flax.«*

»Hier Flax.«

»A ja, Flax... Präsident Bandin möchte den Astronauten eine Erklärung verlesen...«

»Prometheus hat die Verbindung unterbrochen.«

»Es ist sehr wichtig...«

»Das ist es immer. Warten Sie, ich werde sehen, ob die Astronauten Zeit haben.«

Das improvisierte Sauerstoffzelt bestand aus aufgeschnittenen Plastikbeuteln, die Gregor an den Rändern geduldig zusammengeklebt hatte. Vom Überdruck des Sauerstoffs gebläht, schwebte es über Ely wie ein Segel. Elys Gesicht war fahl, seine Atmung so flach, daß sie mit dem Auge nicht wahrgenommen werden konnte. Coretta mußte auf die Anzeigen der Biomonitoren blicken, um sich zu vergewissern, daß ihr Patient noch lebte. Der Herzschlag war regelmäßig, aber viel zu schwach. Sie erhöhte den Druck der Tropfinfusion, mehr konnte sie nicht tun. Was für einen Sinn hatte es überhaupt, für die kurze Zeit, die ihnen noch zu leben blieb? Bei dem Gedanken, daß die Zukunft nur noch nach Stunden oder Minuten zählte, krampfte sich ihr Magen zusammen.

»Wie geht's ihm?« fragte Gregor leise.

»Unverändert.«

»Vielleicht ist er der Glückliche von uns. Er wird es nicht bewußt erleben...«

»Es ist einfach zu schrecklich, Gregor. Wie kann es so etwas geben!?« Sie warf sich in seine Arme, barg ihr Gesicht an seiner Brust – doch sie konnte nicht weinen. Man weint nicht über den eigenen Tod...«

»Prometheus von Houston, bitte kommen.«

Der Lautsprecher wiederholte den Ruf wieder und wieder. Niemand antwortete. Nadja lag auf der Liege neben Ely und stöhnte im Schlaf.

»Warum antwortet Patrick nicht?« fragte Coretta.

»Wir sollten nachsehen.«

Patrick hing schlafend in seiner Liege in der Kommandozentrale. Die Erschöpfung der vergangenen Tage, der Schmerz, die schmerzstillende Droge, alles forderte nun seinen Preis. Dazu kam die Erkenntnis, daß alle Anstrengung umsonst gwesen war, daß die Zeit nicht reichen würde. Sein Selbsterhaltungswille war gebrochen: Wozu sollte er sich noch wach halten, wenn es so viel bequemer war, sich im Schlaf vom Ende überraschen zu lassen.

»Prometheus, hier spricht Mission Control, bitte melden! Der Präsident möchte euch sprechen!« Wieder dröhnte der Ruf aus dem Lautsprecher.

»Müssen wir ihn nicht wecken?« fragte Gregor mit einem Blick auf den schlafenden Kommandanten. Coretta war neben ihm und hielt seine Hand umklammert, um nicht davonzuschweben und nicht allein zu sein. Sie schüttelte den Kopf.

»Ich weiß nicht, ob das gut wäre. Patrick braucht Ruhe. Außerdem kann ich mir kaum vorstellen, daß man uns noch irgend etwas Interessantes zu sagen hat.«

»Aber es ist der Präsident, der mit uns sprechen will!«

Coretta mußte über seinen ängstlichen Blick lächeln.

»Findest du nicht, daß du ein wenig zu autoritätsgläubig bist, mein Lieber? Bandin ist nicht der liebe Gott, er ist nur ein kleiner Opportunist, der sein politisches Fähnchen in jedem Wind flattern läßt. Wir werden es nicht mehr erleben, aber ich bin sicher, daß *er* keinen Schaden an diesem Flug nehmen wird. Vielleicht braucht es dieses Talent, um Präsident zu werden...«

»Coretta, du sprichst von deinem Staatsoberhaupt!«

»Für einen Revolutionär bist du erfrischend bürgerlich, mein kleiner russischer Bär. Wie steht es denn mit Poljarni? Ist der nicht so was wie der letzte Statthalter Stalins? Hatte er damals nicht mit den sibirischen Lagern zu tun?«

»Coretta, das sagt man nicht!« fiel er ihr aufgeregt ins Wort und drehte sich um. Sie bemerkte die Geste und brach in schallendes Gelächter aus. Noch prustend, mit Tränen in den Augen, fuhr sie fort.

»Du hättest dich sehen sollen, wie du dich eben umgeschaut hast, ob man dich belauscht — in einem Raumschiff, im Weltall, kurz bevor es verglüht! Sei nicht böse, ich lache nicht über dich. Ich lache über uns alle, über die unnötigen Ängste, über den Nationalismus und was noch alles an Ballast in unseren Knochen steckt. Wenigstens wir hier oben könnten ihn abwerfen, für die kurze Frist, die uns noch bleibt.« Sie zog sich zu ihm hin und küßte ihn. »Ich bin froh, daß ich dich getroffen habe. Das wiegt unser Pech zwar nicht auf, aber es wird erträglicher.«

»Und ich, du...«

»Funkkontakt, wir müssen antworten...«, rief Patrick mit seiner müden, belegten Stimme. Er versuchte, sich aufzurichten, aber die Gurte hielten ihn nieder. Verwirrt griffen seine Hände nach den verbundenen Augen; er hatte vergessen, was vorgefallen war, und wunderte sich über die Dunkelheit.

Langsam kehrte die schmerzliche Erinnerung wieder, langsam sank die Hand auf die Kommunikationskonsole und suchte nach den Schaltern.

»Hier ist Prometheus, wir hören euch, Mission Control.«

»Der Präsident möchte zu Ihnen sprechen. Sind Sie bereit?«

»Stellen Sie ihn durch«, antwortete Patrick achtlos. Nach wenigen Sekunden erklang Bandins Stimme.

»Hier spricht der Präsident der Vereinigten Staaten von Amerika...«

»Selbst am Telefon hört er sich an, wie Lincoln in Gettysburg«, zischte Coretta und drehte dem Lautsprecher demonstrativ ihren Rücken zu.

»Schweren Herzens richte ich diese Worte an euch kühne Astronauten, euch tapfere Bürger zweier Länder, die euer so tragisch verlaufender Flug dennoch mit einem Band der Freundschaft eint. Es ist meine traurige Pflicht, euch über den Ursprung der Explosion aufzuklären, die sich vor so kurzer Zeit in der Nähe eures Raumschiffs ereignet hat...«

»Also weiß man!«

»Ruhe!«

»Ich habe ein langes Gespräch mit meinem Freund Poljarni geführt, und er bittet mich, auch euch von seiner tiefempfundenen Bestürzung über diesen Unglücksfall zu berichten. Denn ein Unglücksfall war es: Ein einzelner Of-

fizier im sowjetischen Verteidigungsministerium hat, am Ende seiner Nervenkraft, den fatalen Befehl zum Abschuß der Rakete gegeben...«

»Mein Gott, es war einer von uns...«, stammelte Gregor.

»Er wurde festgenommen, doch es war zu spät. Wir können seine Panik verstehen, denn seit der entsetzlichen Tragödie in Großbritannien lebt die ganze Erde in ständiger Angst vor einer zweiten Katastrophe. Aber wir können seine Panik und die feige Tat, die ihr entsprang, bei allem Verständnis nicht entschuldigen. Ich folge meinem Freund Poljarni in seiner Bitte um Nachsicht, in der Tiefe seiner Sorge, in seiner Trauer über dieses tragische Ende des Anfangs einer neuen Ära. Ich teile seine Hoffnung und Zuversicht, daß andere vollenden, was ihr tapferen Pioniere begonnen habt. Lebt wohl!«

In der Stille, die diesen Worten folgte, waren Nadjas Rufe aus der Mannschaftskabine zu hören.

»Wo steckt ihr denn? Ich komme nicht von den Gurten los.«

»Ich helfe Ihnen«, antwortete Coretta und verschwand.

»Sind Sie das, Coretta? Der Lautsprecher hat mich geweckt. Ich habe alles gehört. Bitte bringen Sie mich zu den anderen.«

Gemeinsam betraten sie die Zentrale. Es fiel Nadja unendlich schwer, sich ohne die Hilfe ihrer Augen in schwerelosem Zustand zu bewegen.

»Haben Sie das gehört, Gregor?« fragte sie. »Glauben Sie es?«

»Was meinen Sie, Nadja?«

»Sie verstehen mich schon. Die Geschichte von dem verrückten Offizier mit dem Finger am Knopf. Ist sie wahr?«

Gregor holte tief Luft — dann schüttelte er verzweifelt den Kopf. »Nein, sie kann nicht wahr sein. So etwas könnte in unserem Land niemals vorkommen. Das Ganze ist eine alberne Ausflucht, eine Notlüge. Wenn es eine Panik gegeben hat, dann viel weiter oben. Man hat die Rakete kaltblütig abgefeuert, und nun versucht man, sich herauszureden. Ich schäme mich für mein Volk. Ich bitte euch, uns zu verzeihen...«

»Nehmen Sie es nicht persönlich«, entgegnete Patrick. »Uns kann es ohnehin egal sein.«

»Patrick hat leider recht«, meinte Coretta. »Außerdem möchte ich wetten, daß euch einige amerikanische Generale heftig um diesen Schuß beneiden. Wer weiß, wer als nächster den Finger am Drücker hat...«

»Coretta, das reicht!« Scharf fuhr Patrick dazwischen. »Ich bin selbst Offizier, ich möchte solche Unterstellungen nicht hören.«

»Entschuldigen Sie, Patrick. Meine Nerven wahrscheinlich.« Ihr war bewußt, daß sie besser geschwiegen hätte. Wozu in den letzten Augenblicken noch einen Streit provozieren. »Aber Sie haben recht: Uns kann es ohnehin egal sein.«

»Wie spät ist es eigentlich?«

»24:59 auf der GET.«

»Dann sollte die Sonnenaktivität bereits zunehmen. Kann man irgend etwas erkennen, Coretta?«

»Ich bin keine Astronautin...«

»Macht auch nichts. Geben Sie mir lieber zu trinken, Ihre Spritzen machen mich durstig.«

Flax starrte auf die GET-Anzeige. 24:59 und noch keine Zunahme der Protuberanzen. Der Papierfetzen mit der Telefonnummer und der Uhrzeit fiel ihm ins Auge. Wolfgang mußte jetzt zu Hause sein. Das war also die offizielle Erklärung — das alte Ammenmärchen vom Irren am roten Knopf. Wer auf der Welt war naiv genug, diese Geschichte zu glauben? Wahrscheinlich niemand. Aber man konnte das Gesicht wahren, und je größer die Nation, desto wichtiger das Gesicht. Vielleicht dachte man immer noch daran, das Projekt Prometheus fortzuführen? Warum nicht? Der Energiebedarf wuchs weiter, jeden Tag. Ein neuer Start, ein neues Glück. Was konnte Wolfgang nur von ihm wollen? Flax ließ die Verbindung herstellen. Das Telefon klingelte, aber niemand hob ab. Zum Teufel damit. Er zerknüllte den Zettel endgültig und warf ihn weg.

35

GET 25:03

»Wo befindet sich Prometheus jetzt?« fragte Bandin.

Dillwater schlug die Mappe mit den Bahnberechnungen auf, fuhr mit der Fingerspitze durch endlose Zahlenkolonnen und markierte schließlich die Zeile neben GET 25:03. Dann ging er zu der Weltkarte, die an der Wand des Sitzungssaals hing, und verschob den roten, magnetischen Ring, der die Position des Raumschiffs angab. Es befand sich mitten über dem Ozean.

»Schon besser!« ließ Grodzinski vernehmen. »Dort ist Wasser, und wir wären gerettet.»

»Aber in wenigen Minuten führt die Bahn schon wieder über Land«, entgegnete Bannerman. »Was dann? Dieses Ding ist und bleibt eine Bedrohung für die ganze Erde. Warum zum Teufel haben die Sowjets nicht besser gezielt!«

»General, es sind immer noch fünf Menschen an Bord«, bemerkte Dillwater pikiert.

»Und die werden auch dann noch an Bord sein, wenn der Vogel abstürzt. Ich bin wirklich kein Unmensch, Simon, aber wir müssen realistisch sein. Verträumte Humanisten haben noch keine Schlacht gewonnen. Prometheus stürzt ab und schlägt wahrscheinlich ein, ob es Ihnen paßt oder nicht. Wenn die Sonnenflecken mitmachen, kann es jeden Augenblick passieren, sogar jetzt, während wir davon reden. Und wenn die Sonne nicht mitmacht, dauert es eben ein paar Stunden länger. Oder hat sich an der Frist irgend etwas geändert?«

Dillwater schüttelte den Kopf. »Nichts. Die neuesten Berechnungen haben uns ein paar Minuten eingebracht, aber was hilft das schon.«

»Also ist die Besatzung in jedem Fall so gut wie tot. Für uns stellt sich nur noch die Frage, was aus ihrer fliegenden Bombe werden soll. Mein Vorschlag ist, sie mit einer unserer Abwehrraketen über dem Ozean abzuschießen, und damit basta!«

»Sind Sie wahnsinnig geworden?« schrie Bandin. »Wollen Sie, daß ich als der Präsident in die Geschichtsbücher eingehe, der seine eigenen Leute mit Atombomben bewerfen ließ?«

»Es ist das kleinere Übel«, beharrte Bannerman.

»Ist es nicht«, entgegnete Schlochter. »Wir müssen die Reaktion der öffentlichen Meinung einkalkulieren. Schon jetzt bahnt sich in Presse und Politik ein Aufruhr an wegen des radioaktiven Fallouts der sowjetischen Rakete. Sie war ziemlich unsauber, wie es ja die meisten russischen Atomwaffen sind. Bestimmt werden die amerikanischen Zeitungen am lautesten schreien. Radioaktive Verseuchung der Atmosphäre ist hierzulande nicht sonderlich populär. Schließlich haben wir das Abkommen initiiert, das alle Atomexplosionen über der Erde verbietet. Wenn wir jetzt selbst dagegen verstoßen, bezweifle ich, daß wir bei der nächsten Wahl mehr als vier Stimmen erhalten!«

»Weniger«, erwiderte Bandin. »Wir würden nicht einmal selbst für uns stimmen. Die Bombe ist gestorben, Bannerman, vergessen Sie es. So gerne wir es täten, oder so wichtig es wäre, wir können es uns nicht leisten.«

»Wäre mit TNT oder Nitro etwas auszurichten?« fragte Grodzinski. »Als ich noch ein Kind war, haben wir im Bergwerk damit gearbeitet. Es würde Prometheus bestimmt in kleine Stücke zerreißen.«

»Das wohl«, antwortete Dillwater. »Aber wie soll das TNT an Ort und Stelle gebracht werden? Einfacher wäre es, den Wasserstoffvorrat des Kernreaktors zur Explosion zu bringen. Vielleicht ist noch genug Sauerstoff für diesen Zweck an Bord. Ich möchte aber generell von einer chemischen Explosion abraten, weil dabei zwangsläufig der Uranbrennstoff frei würde. Er könnte sich in dieser Höhe verteilen und langsam in die tiefere Atmosphäre absinken. Die Folgen wären möglicherweise noch verheerender als bei einem Einschlag.«

»Was, zum Teufel, bleibt uns dann?« fragte Präsident Bandin und blickte sich in der Kabinettsrunde um. »Wir hocken auf unseren vier Buchstaben, reden uns das Maul fusselig und hoffen, daß das verdammte Ding nichts Wichtigeres treffen wird. Fällt uns wirklich nichts Besseres ein?«

Niemandem schien etwas einzufallen, denn nur Schweigen antwortete auf Bandins Frage. Gespannt wartete Dillwater, ob doch noch ein Vorschlag kam. Als die Stille drückend zu werden begann, erhob er sich langsam und entnahm seiner Mappe einen grell orangefarbigen Umschlag, auf dem in dunklen Buchstaben GEHEIM zu lesen stand. Alle Blicke waren jetzt auf ihn gerichtet.

»Nachdem niemand einen Ausweg aus unserem Dilemma zu wissen scheint, ist es meine Pflicht, Sie von der Existenz dieses Alternativprogramms in Kenntnis zu setzen. Ich möchte mich dabei ausdrücklich von jeder Stellungnahme zur Frage seiner Anwendung enthalten. Ich informiere Sie nur, daß dieses Programm mit dem Namen HOOPSNAKE existiert. Wie Sie wissen, werden vor dem Beginn einer Mission zahlreiche Alternativprogramme entwickelt, um möglichst jedem denkbaren technischen oder menschlichen Versagen sofort begegnen zu können. Die meisten dieser Programme sind realistisch, einige betreffen jedoch auch äußerst unwahrscheinliche potentielle Notsituationen. HOOPSNAKE gehört in die letztgenannte Kategorie. Das Programm wurde von Ingenieuren entwickelt, die nach meiner Ansicht über eine etwas morbide Phantasie verfügen. Als ich es durch Zufall kennenlernte, ließ ich es sofort unter Geheimhaltung stellen und archivieren...«

»Und, Dillwater? Was ist nun damit?« Bandins Geduld war erschöpft.

»Ich bitte um Ihr Verständnis, Mr. President. Ich lege großen Wert darauf, zu erklären, wie dieses Programm zustande gekommen und wie es in meine Hände gelangt ist. Bei HOOPSNAKE handelt es sich um eine Technik, das Raumschiff durch selbstinduzierte unkontrollierte Kernspaltung zu vernichten. Dabei würde der radioaktive Brennstoff an Bord selbstverständlich verbraucht werden.«

»Ich kann Ihnen nicht folgen«, unterbrach Grodzinski.

»Klingt ganz einfach«, erklärte Bannerman. »Er meint, man kann das Kerntriebwerk in eine Atombombe umfunktionieren.«

»Ja, das ist wenigstens das Prinzip. Ich habe mir von meinen Experten versichern lassen, daß die genaue Befolgung der Anweisungen mit Sicherheit zu einer atomaren Explosion führt. Ich muß jedoch ausdrücklich darauf hinweisen, daß die erforderlichen Maßnahmen nur von einem Besatzungsmitglied des Raumschiffs ausgeführt werden können. Mit anderen Worten: Wer die Explosion auslöst, kommt in ihr um. Es besteht keine Möglichkeit einer Fernzündung.«

»Sie verlangen, daß die Besatzung Selbstmord begeht, um eine Katastrophe auf der Erde zu verhindern?« vergewisserte sich Bandin.

»Ich verlange nichts, Sir. Ich beschreibe nur ein Programm, das ich hier habe. Zur Frage der Anwendung dieses Programms möchte ich nichts empfehlen.«

»Die Besatzung ist sowieso nicht zu retten«, bemerkte Bannerman ungerührt. »Ich finde, wir sollten ihnen das Programm sofort bekanntgeben, damit sie an die Arbeit gehen können. Es ist unsere einzige Chance.«

»Vielleicht müßten wir die Besatzung um ihre Meinung fragen?« schlug Dillwater vor.

»Für solchen Firlefanz haben wir keine Zeit«, antwortete Bannerman. »Major Winter ist Offizier, Major Kalinina ebenso. Beide sind es gewohnt, Befehle auszuführen. Wir müssen ihnen sofort mitteilen, was sie zu tun haben. Ich bin sicher, daß sie stolz sein werden, diesen Beitrag zur Abwendung eines größeren Unglücks zu leisten. Wenn das Programm angewendet werden soll, ist keine Zeit zu verlieren. Mr. President, ich bitte Sie hier und jetzt um Ihre Entscheidung.«

»Ich sollte vorher mit Poljarni sprechen. Er muß Major Kalinina den Befehl geben…«

»Poljarni hat uns nicht gefragt, als er die Rakete abfeuern ließ. Wir haben seine idiotische Geschichte gestützt — jetzt muß er unsere Entscheidung schlucken, Mr. President, wir warten!«

»Hat noch jemand was zu sagen?« fragte Bandin mit einem Hauch Verzweiflung in der Stimme. Er hatte seine hohe Position erreicht, indem er Entscheidungen vermied — nicht, indem er sie traf. »Nun gut. Wir können den Astronauten keinen Selbstmord befehlen, jedenfalls noch nicht jetzt, aber wir werden ihnen das Programm HOOPSNAKE in allen Einzelheiten erläutern. Wenn der Groschen fällt, wenn sie selbst die richtigen Schlüsse ziehen, brauchen wir nichts zu befehlen. Der Befehl bleibt als letztes Mittel, Bannerman. Zuckerbrot und Peitsche, Sie verstehen, was ich meine? Es sind gute Leute, ich vertraue ihnen. Ihr Schicksal ist besiegelt, und sie werden bestimmt die Gelegenheit nutzen, ihrem Tod einen Sinn zu geben. Nehmen Sie sofort Verbindung auf und geben Sie HOOPSNAKE durch.«

»Hoopsnake!« Grodzinski blickte erleuchtet auf. »Jetzt versteh' ich erst: Das bedeutet, die Schlange, die sich in den Schwanz beißt und selbst auffrißt!«

»Ach, halt's Maul«, murmelte Bannerman müde.

36

GET 25:28

Wolfgang Ernsting zog die Handbremse an und öffnete die Tür. Die Schwüle Floridas schlug ihm entgegen, daß er nach Luft schnappte. Er hatte sich nie an den abrupten Wechsel von der Kühle der Klimaanlagen zur Treibhausatmosphäre der Außenluft gewöhnen können. An der Haustür suchte er nach dem Schlüssel – und stockte: Klingelte das Telefon? Ja, er konnte das Geräusch leise, aber deutlich hören. Die Heimfahrt hatte ihn mehr Zeit gekostet, als er vermutet hatte. Hastig schloß er auf, ließ die Tür offen und eilte zum Telefon.

Das Läuten verstummte in dem Augenblick, als er den Apparat berührte. Alles, was er noch zu hören bekam, war das Freizeichen. Schnell legte er wieder auf, hoffte, daß es nochmals klingeln würde.

Aber das Telefon schwieg. Er blickte auf die Uhr. Ja, es mußte Flax gewesen sein. Niemand anders konnte genau zu diesem Zeitpunkt anrufen. Er wußte, daß Flax ein ungeheuer pünktlicher Mensch war. Was sollte er tun? Warten; sicher würde Flax es nach einigen Minuten erneut probieren.

Ernsting ging in die Küche, die spiegelblank war, wie er sie am Vortag verlassen hatte. Als eingefleischter Junggeselle hielt er mehr auf Sauberkeit und Ordnung, als selbst die putzwütigste Hausfrau ertragen hätte. An dem gewohnten Platz stand der gewohnte bayerische Bierkrug, ein altes Andenken mit Brauereiwappen und Zinndeckel. Er nahm die letzte Flasche Bier aus dem Kühlschrank und goß sie sorgfältig in den schräg gehaltenen Krug. Er mußte Bier holen gehen. Ganz hinten im Kühlschrank lag die Steingutflasche Schinkenhäger — auch sie enthielt nur noch ein knappes Glas. Er goß es ein und registrierte, daß die Lage ernst war. Keiner der Supermärkte in der Gegend führte importierten Schnaps, und mit Whiskey jeglicher Art hatte er sich nie anfreunden können. Resigniert kippte er den Schinkenhäger und nahm einen tiefen Zug aus dem Bierkrug. Das Feuer war nicht gelöscht — oder war es die Nervosität? Was sollte er jetzt tun?

Was sollte er tun, wenn Flax nicht nochmals anrief? Das war die entscheidende Frage, so ungern er auch daran dachte. Es ging hier wirklich nicht um seinen Verantwortungsbereich. Keiner konnte ihm einen Vorwurf machen, wenn er sich nicht in die Nesseln setzte. Würde Flax nicht mehr anrufen, nun, dann war der Fall für ihn erledigt. Mit einer wütenden Bewegung schob er den Stuhl zurück und ging mit großen Schritten in der Küche auf und ab. Aber er konnte seinen Gedanken nicht entfliehen — der Raum war zu eng dafür. Es dauerte fast eine Minute, bis er die zahlreichen Sicherheitsschlösser der Hintertür geöffnet hatte — die Gegend war ziemlich unsicher. Dann trat er hinaus in das Treibhausklima des Gartens. Nach all den Jahren, die er in den Vereinigten Staaten lebte, hatte sich sein Körper noch immer nicht umgestellt. Die klaren Winter und die milden Sommer seiner bayerischen Heimat steckten ihm noch in den Knochen. In den nächsten Ferien würde er hinüberfahren. Niemand konnte ihn für das Mißgeschick der Prometheus-Besatzung verantwortlich machen: Es war unmöglich, diesem Thema auszuweichen.

Verantwortung — davon hatte er in den ersten Nachkriegsjahren viel gehört: Mitverantwortung und Kollektivschuld. Er dachte nicht gern an diese Zeit zurück, vor allem nicht jetzt. Er war Wissenschaftler gewesen, er hatte Befehle ausgeführt, das war alles. Was konnte man anderes erwarten von einem Grünschnabel, der frisch von der Universität nach Peenemünde kam, als jüngster im Team? War er schuld, daß die Raketen, an denen er mitgebaut hatte, auf hilflose Londoner stürzten? Sein Traum war kühner gewesen! Man hatte ihn auch nie angeklagt, ganz im Gegenteil! Die Amerikaner waren glücklich, daß er nicht den Russen in die Hände gefallen war. Dankbar hatte er die Gelegenheit ergriffen, seine Arbeit unter besseren Bedingungen fortzuführen. Und es war ein guter Tausch gewesen. In diesem wohlhabenden Land hatten ihn die Zeitungsberichte über die Zustände im Nachkriegsdeutschland seltsam berührt, unwirklich, wie etwas sehr Fernes. Genauso war es mit den Kriegsverbrecherprozessen. Da hatten Offiziere Befehle ausgeführt — und nun schienen es Verbrechen gewesen zu sein. Sein ordnungsliebendes Hirn scheute vor solchen Gedanken zurück — und bald hörte er auf, darüber zu lesen. Er stürzte sich in die Arbeit und vergaß das Leben. Befehle waren bequeme Wegweiser.

Trotz der feuchten Schwüle war es wolkenlos, der Himmel wäßrig blau. Ernsting stand im Garten und starrte nach oben. Irgendwo in hundertdreißig Kilometer Höhe zog Prometheus seine Bahn — vielleicht genau über ihm. An Bord fünf Menschen, die dem sicheren Tod entgegengingen. Ein krampfartiges Zucken überfiel ihn, zwang ihn zu Boden und schüttelte ihn durch und durch, bis sein Innerstes nach außen gekehrt schien. Als der Anfall vorüber war, blickte er sich schuldbewußt um. Nein, er war unbeobachtet geblieben.

Er konnte sich einreden, was er wollte — das Schicksal der fünf Astronauten dort oben in ihrem Raumschiff betraf ihn. Er fühlte sich mitschuldig an ihrem Untergang, so wurde ihm plötzlich klar, weil er seit Jahrzehnten eine unbewältigte Schuld mit sich herumtrug. Schon einmal hatte ihn sein Schweigen in Verbrechen verstrickt, die gar nicht in seinem Namen geschahen. Sollte sich dieses Versagen wiederholen?

Ernsting ging zurück in das Haus, erfrischte sein Gesicht mit kaltem Wasser und griff nach dem Telefon. Nein, er konnte Flax unmöglich von hier anrufen. Das Fernamt würde seine Nummer registrieren, man würde Nachforschungen anstellen und mit Sicherheit auf ihn kommen. Er wandte sich zur Tür.

Der Motor, noch warm, sprang sofort an, und kühler Fahrtwind blies Ernsting über das schweißnasse Gesicht. Geistesabwesend, unentschlossen fuhr er immer geradeaus, bis er zu einem Stehausschank kam. Der Wirt blickte kaum von seiner Zeitung auf, als er eintrat. Ein unrasierter Tramper hing müde an der Theke, in der Ecke leierte die Musikbox. »Ein Bier.«

»Faß oder Flasche?«

»Faß. Danke.«

In der hinteren Ecke des engen Raumes war eine Telefonzelle. Schweigen und Schuld. Aber er hatte ja gar kein Kleingeld. Passivität und Verstrickung. Ernsting faßte in seine Brieftasche, um eine Ein-Dollar-Note für das Bier herauszunehmen.

Ohne daß er es wollte, griffen seine Finger einen Zehnerschein. Grün lag er auf dem braungemaserten Holz der Theke.

»Könnten Sie mir bitte Kleingeld herausgeben? Möglichst viele Vierteldollarmünzen?«

Der Wirt, grauhaarig und verbraucht, betrachtete den Schein mit Widerwillen: »Sie wissen schon, daß hier keine Bank ist? Könnt' ja jeder kommen!«

»Natürlich; ich nehme noch eine Sechserpackung Bier. Nein, besser gleich zwei.«

»Dann ist es was andres, für Kunden. Aber sonst gibt's das nicht. Nich' bei mir, nee.«

Ernsting trank aus und strich die Münzen in die hohle Hand. Rasch, ehe er es sich noch einmal überlegen konnte, betrat er die Zelle; sie stank nach kaltem Rauch und Schweiß. Das Amt antwortete sofort.

»Bitte ein Ferngespräch mit Voranmeldung, nach Houston. Houston in Texas, genau...«

»Hier spricht Flax, bitte kommen! Hören Sie mich, Patrick? Bitte kommen!«

Flax war müde auf den Tod, so müde, daß er keine Erschöpfung mehr empfand, sondern etwas völlig Neues. Es wäre leicht, sich einfach fallen zu lassen, um zu sterben, leichter jedenfalls, als zu leben und weiterzukämpfen. Er starrte auf den Zettel, den er gerade erhalten hatte, las die Worte, die darauf standen, registrierte ihre Bedeutung und fühlte doch nichts. Die Emotionen waren verbraucht, übrig blieb eine Maschine.

»Hier Prometheus.«

»Ich habe eine Meldung von den Medizinern, über die Biomonitoren...«

»Ja, die hab' ich ganz vergessen. Ich wollte Sie gerade informieren, aber nun wissen Sie's ja schon.«

»Hier steht, daß die Monitoren von Dr. Bron keinen Ausschlag zeigen. Es könnte sich um eine Störung handeln.«

»Es handelt sich allerdings um eine Störung: Ely ist tot.«

»Tut mir leid, Patrick, wir...«

»Was macht's? Wir sind alle tot hier oben. Ely hatte es nur etwas eiliger.«

Ein Bote hielt Flax einen neuen Zettel unter die Nase. DILLWATER MÖCHTE PROM SPRECHEN, stand darauf.

»Patrick, ich weiß nicht, was es euch nützt, aber wir fühlen mit euch. Ich erfahre gerade, daß Dillwater zu euch sprechen möchte...«

»Er soll die Tür von außen zumachen. Es gibt nichts mehr zu sagen.«

»Patrick, Major Winter, ich verbinde Sie mit dem Direktor der NASA!«

Langes Schweigen folgte, und Flax erwartete jeden Augenblick, daß Patrick etwas Drastisches sagen würde. Er hätte es ihm nachfühlen können. Doch als die Antwort kam, klang sie nur noch unbeteiligt und resigniert.

»Mission Control von Prometheus. Sind empfangsbereit.«

Erleichtert und enttäuscht zugleich schaltete Flax die Verbindung.

»Hier spricht Simon Dillwater.«

»Prometheus. Was haben Sie uns mitzuteilen, Mr. Dillwater?«

»Major Winter, ist Ihnen ein Alternativprogramm für das Kerntriebwerk bekannt, das den Namen HOOPSNAKE *trägt?«*

»Nein, da müßten Sie unseren Fachmann fragen, Dr. Ely Bron. Ich würde Sie gerne mit ihm verbinden, aber leider ist er so unhöflich und läßt sich nicht sprechen. Er ist vor wenigen Minuten gestorben.«

»Was haben Sie gesagt?... Das ist schrecklich, ich hatte es noch nicht gehört. Ich spreche Ihnen mein Beileid aus...«

»Wir bedanken uns, Mr. Dillwater! Worum handelt es sich nun bei HOOPSNAKE*?«*

Flax lauschte gespannt. Auch er hatte noch nichts von dem Programm gehört.

*»*HOOPSNAKE *ist ein Notprogramm für den Kernreaktor. Ich selbst habe seinerzeit veranlaßt, daß es nicht in den Katalog der Alternativprogramme aufgenommen wurde, da ich es für einen ebenso unsinnigen wie gefährlichen Vorschlag hielt. Nun allerdings, unter veränderten Umständen... und unter einem Befehl des Präsidenten...«*

»Sie zögern ja, Mr. Dillwater. So kenne ich Sie gar nicht.« Aus Patricks gleichmütigem Tonfall war nicht zu entnehmen, ob er seine Bemerkung sarkastisch meinte.

»Was ich Ihnen zu sagen habe, Major Winter, sage ich sehr ungern, bitte glauben Sie mir das. In diesem Programm wird eine Möglichkeit beschrieben, den Kernreaktor Ihres Raumschiffs zur Explosion zu bringen.«

»Das ist wahnsinnig interessant, Dillwater, aber warum erzählen Sie es uns ausgerechnet jetzt?«

»Sie zwingen mich, deutlicher zu werden, Major Winter, aber ich mache Ihnen deswegen keinen Vorwurf. Also ganz offen: Wenn Prometheus abstürzt und einschlägt, sind Zerstörungen größten Ausmaßes und schwerste Verluste unter der Bevölkerung zu erwarten. Sie werden verstehen, was das bedeutet.«

Patrick unterbrach. *»Ja, ich verstehe, Mr. Dillwater, und ich bedaure, was ich eben gesagt habe. Wenn unser Vogel vom Himmel fällt, sterben wir auf jeden Fall. Würde Prometheus aber in der Umlaufbahn zur Explosion gebracht werden, gäbe es wenigstens keine Katastrophe auf der Erde. Das ist doch die Alternative, auf die Sie hinauswollen?«*

»Sie beschämen mich, Major Winter. Ich weiß nicht, ob ich so handeln könnte wie Sie. Ja, das ist die Alternative, die ich aufzeigen wollte.«

ANRUF FÜR SIE, stand auf dem Zettel.

»Soll warten«, zischte Flax unwillig.

»Er sagt, es sei dringend«, entgegnete der Bote. »Aber er kann die Verbindung nicht lange halten.«

»Um Gottes willen nicht jetzt! Wer ist es überhaupt?«

»Ein Wolfgang Ernsting.«

»Die Nummer, ich rufe zurück.« Inzwischen sprach Patrick. Flax hatte einen Teil des Gesprächs verpaßt.

»...nicht meine Entscheidung. Ich werde es mit der Crew diskutieren, dann melden wir uns wieder. Damit wir gegebenenfalls keine Zeit verlieren, schlage ich vor, daß Sie HOOPSNAKE *schon vorsorglich auf unseren Fernschreiber geben. Dann haben wir gleich ein Exemplar an Bord.«*

»Ich weiß nicht, ob das technisch möglich ist.«

»Hier Mission Control«, unterbrach Flax, »es geht. Im Weißen Haus steht auch ein Fernschreiber für militärische Verschlußsachen, mit dem Sie Houston anwählen können. Wir werden den Text von hier aus auf Prometheus übertragen.«

»Danke, ich werde mich sofort darum kümmern.«

»Prometheus, Ende.«

Flax schaltete aus und sank auf seinen Stuhl. Es war einfach zuviel. Dann riß er sich wieder hoch und rief die Telefonzentrale. »Wenn das HOOPSNAKE-Ding durchkommt, schickt mir sofort eine Kopie. Ich muß wissen, was sie vorhaben.«

»Verstanden, Sir. Nehmen Sie jetzt den Anruf entgegen?«

»Welchen Anruf?«

»Diesen Ernsting.«

»Ja, gleich. Geben Sie mir vorher schnell das französische Observatorium, diese Sonnenleute...« Offensichtlich wurde die Leitung ständig freigehalten, denn er bekam sofort Verbindung. Das Gespräch war wenig aufschlußreich. Der diensthabende Astronom konnte kaum Englisch, und Flax brachte in seinem Zustand kein französisches Wort heraus. Aber er verstand das wenige, was zu sagen war. Ja, die Sonnenaktivität hatte zugenommen. Nein, sie war noch nicht so stark wie erwartet, aber das konnte sich jederzeit ändern. Wann ungefähr? Jeden Augenblick. Na prima, danke, wiederhören. Flax stöhnte, als er sein Mikrofon ausschaltete. Prometheus hatte sich noch nicht gemeldet. Sicher diskutierten sie noch über HOOPSNAKE — was für eine kurzweilige Konversation das sein mußte! Aber vielleicht waren sie auch schon zu abgestumpft, um noch viel dabei zu empfinden.

Irgend etwas war doch noch zu erledigen? Aber was? Pinkeln. Das konnte warten, wenn auch nicht mehr lange. Etwas anderes — a ja, Wolfgang. Weswegen hatte er ihn eigentlich damals angerufen? Kaum eine Stunde war seit dem Gespräch vergangen, und doch schien es schon eine Ewigkeit her zu sein. Prometheus schwieg noch immer. Also Wolfgang, damit das erledigt war.

»Stellen Sie Ernsting durch«, sagte er.

Zerschlagen und ausgelaugt hing Flax in seinem Drehstuhl, den Mund halb offen, die Gesichtshaut aschgrau und feucht. Niemand schien es zu bemerken, denn hinter den anderen Konsolen sah es ähnlich aus. Das gelbe Licht blinkte, er schaltete sein Mikrofon wieder ein.

»Hallo, Wolfgang, ich hab' es schon bei dir versucht, aber... *was*!?«

Die Worte, die ihm hastig ins Ohr geflüstert wurden, wirkten wie ein Energiestoß. Während er zuhörte, straffte sich sein Körper, er setzte sich auf, beugte sich begierig vor und preßte die Kopfhörer mit beiden Händen an die Ohren, um nur nichts zu verpassen. Die Erschöpfung verflog, sein Gesicht wurde rot vor Zorn.

»Ja«, sagte er. »Ja. Du bist absolut sicher? Ich weiß. Ich werde versuchen, dich da rauszuhalten, wenn es irgend geht. Ich weiß, was es für dich bedeutet. Aber du hattest recht, es mir zu sagen. Wie immer es ausgeht, Wolfgang, ich werde dir das nie vergessen. Du selbst wirst es nie vergessen, daß du das getan hast. Tschüs, Wolfgang... Du bist ein echter Freund.«

»Mission Control von Prometheus. Bitte verbinden Sie uns mit Mr. Dillwater...«

»Nein!« Flax war aufgesprungen und brüllte: »Nein! Ich verbinde euch mit dem Präsidenten der Vereinigten Staaten, Dillwater und dem gesamten Kabinett. Aber bevor sie hören, was ihr zu sagen habt, wird man sich anhören müssen, was *ich* zu sagen habe.«

Die Köpfe hinter den Konsolen fuhren hoch. Müde Gesichter starrten überrascht auf die massive Gestalt von Flax, der zornbebend in der Mitte des Raumes stand und in das Mikrofon brüllte, als sollten Prometheus und Bandin ihn auch ohne Mikrofon hören.

37

GET 25:57

»Gregor, ich brauche Hilfe«, rief Patrick.

»Moment, ich komme gleich.«

Nadja lag auf der äußeren Liege, die ehemals Oberst Kusnezow benutzt hatte. Sie schien zu schlafen, doch war das bei ihren verbundenen Augen schwer zu beurteilen. Gregor half Coretta, den Leichnam von Ely Bron in einen Schlafsack zu packen. Sie ging so sachlich und routiniert zu Werke, daß er sich seiner Gefühle und Hemmungen schämte. Er hatte noch nie eine Leiche berührt, aber bestimmt war es in der Schwerelosigkeit, die ihr immer wieder Leben zu verleihen schien, besonders schrecklich. Obwohl die Totenstarre noch nicht eingesetzt hatte, war es schwierig, den sperrigen Körper in den engen Schlafsack zu zwängen.

»So geht es nicht«, stellte Coretta fest. »Zieh ihn mal zurück und halt' ihn fest.« Dann rollte sie den leeren Sack zusammen und zog ihn über Ely wie einen Strumpf.

»Was machen wir mit... damit?« fragte Gregor.

»Gar nichts, wahrscheinlich«, entgegnete Coretta. »Weder Beerdigung noch Andacht, nehme ich an. Schnallen wir ihn wieder auf die Liege.«

»Am besten hier auf die hinterste«, ließ sich Nadja plötzlich vernehmen. »Kommt bitte jemand und hilft mir auf?«

Gregor war froh, Patricks Ruf folgen und die Mannschaftskabine verlassen zu können.

»Schalten Sie bitte den Fernschreiber ein«, bat Patrick und wies mit einem Blick seiner blinden Augen in die Richtung, in der das Gerät stand. »Sie brauchen nur den Kipphebel auf ›Ein‹ zu schalten und den anderen auf ›Senden‹. Dann tippen Sie ›empfangsbereit‹ und stellen zurück auf ›Empfang‹.«

Kaum hatte Gregor die Anweisungen ausgeführt, begann der Schreibkopf der Maschine über das Papier zu tanzen. Die erste Zeile, die er schrieb, lautete HOOPSNAKE PROGRAMMBESCHREIBUNG.

»Was hat das zu bedeuten?« fragte Gregor.

»Die anderen sollen herkommen, dann brauche ich es nicht zweimal zu sagen.«

Mit ruhiger Stimme erklärte Patrick, was Dillwater ihm gesagt hatte und was das Programm, das Zeile für Zeile auf der Papierrolle erschien, bezweckte. Gregor nahm die Neuigkeit mit stoischer Gelassenheit auf; Coretta wollte sie nicht in den Kopf.

»Was heißt das, ›Selbstzerstörungsprogramm‹?«

Patrick nickte. »Man wollte wohl das Wort ›Atombombe‹ vermeiden, aber genau darum geht es. Man erwartet, daß wir das Triebwerk in eine Bombe verwandeln und uns selbst vernichten, um schlimmere Verluste auf der Erde zu verhüten.«

»Das finde ich reizend«, erwiderte Coretta, ohne ihre Verbitterung noch zu verbergen. »Erst setzt man uns in ein zusammengeschludertes Raumschiff, verpatzt den Countdown, strandet uns im All, beschießt uns mit Raketen — und nun erwarten dieselben Leute, daß wir aus purer Dankbarkeit atomaren Selbstmord machen. Warum versuchen sie nicht noch einmal, uns abzuschießen? Vielleicht treffen die Amerikaner besser als die Sowjets!«

»Es wird Gründe geben«, antwortete Patrick. »Wahrscheinlich böte der Abschuß keine Gewähr, daß unser Raumschiff und vor allem der Uranbrennstoff wirklich unschädlich gemacht wird. Was meinen Sie dazu, Gregor?«

»Ich? Nichts. Ob wir ein paar Minuten früher oder später sterben — tot sind wir so oder so. Sie sind der Kommandant. Sie haben zu entscheiden.«

»Nein, wir werden abstimmen. Nadja?«

»Folgen Sie den Anweisungen, bringen Sie es zu Ende...«

Aus ihrer Stimme sprach mehr Qual als Mutlosigkeit. Patrick konnte ihr nachfühlen, teilte ihre Empfindungen. Der Schmerz in seinen Augen wurde von den Drogen nur betäubt, und gegen das quälende Bewußtsein, versagt zu haben, gab es kein Mittel. »Ihre Meinung, Coretta?«

»Meine? Wen kümmert es denn, was ich denke? Sie spielen hier den eiskalten Helden, der noch im letzten Augenblick logisch abwägt und sein kostbares Leben stolz opfert. Ich will Ihnen die Show nicht vermasseln. Tun Sie's und lassen Sie mich in Frieden.« Ihre Stimme wurde schrill, und sie merkte, daß sie die Kontrolle über sich zu verlieren begann. Die ausgebildete Ärztin, kühl und mit dem Tod vertraut, wurde hysterisch, während die beiden erblindeten Piloten noch im Angesicht des Endes gelassen und vernünftig blieben. Sie atmete ein paarmal tief durch und versuchte, die Ruhe ihrer Kameraden zu imitieren. »Tut mir leid, daß ich durchgegangen bin.«

»Sie haben ja allen Grund.« Patrick versuchte, ihr zu helfen.

»Mag sein, aber das gilt für alle, und ihr anderen erlaubt euch kein Selbstmitleid. Also werde ich versuchen, auch logisch zu denken. Wenn wir auf jeden Fall draufgehen, in Minuten, Stunden, oder wie immer die letzte Schätzung lautet...«

»Die Sonnenaktivität nimmt sehr langsam zu, der Sturm hat noch nicht die erwartete Stärke.«

»Wenn wir Glück haben, bläst er bald stärker, wenn nicht, bleiben uns auch nur siebzehn Stunden. Also polen Sie das Triebwerk um und drücken Sie auf den Knopf.«

»Ist das Ihre ehrliche Überzeugung, Coretta?«

»Scheiße ja, wozu das Kreuzverhör?«

»Einfach deshalb, weil weder Nadja noch ich mitmachen können. Die technischen Vorkehrungen müssen von Ihnen und Gregor getroffen werden.«

»Logisch«, warf Gregor ein.

Coretta war erst schockiert, dann begann sie, spöttisch zu lächeln. »Aha, so geht es aus: Die idealistische Dr. Coretta Samuel, Jüngerin Äskulaps, baut eine Bombe. Na, warum nicht, Kommandant! Warten Sie ab, bis man in den Ghettos Lieder über mich singt!«

»Dann haben wir Übereinstimmung«, konstatierte Gregor. »Wir tun's.«

»Einverstanden«, sagte Nadja.

»Ich gebe es durch.« Patrick schaltete sein Mikrofon ein. »Mission Control von Prometheus. Bitte verbinden Sie uns mit Mr. Dillwater...«

»Nein!« Flax' Antwort kam so laut, daß der Lautsprecher klirrte. *»Ich verbinde euch mit dem Präsidenten der Vereinigten Staaten, Dillwater und dem gesamten Kabinett.«*

»Flax, was ist?« fragte Patrick, doch von der Erde kam nur das Rauschen der Leitungen zurück.

»Er hört sich wütend an«, meinte Coretta. »Was kann da los sein?«

»Mr. President, Mission Control besteht darauf, zu Ihnen und dem gesamten Kabinett zu sprechen.«

»Warum? Was hat er?«

»Ich bin nicht sicher, Sir. Er klang sehr erregt. Er sagte mir nur, daß Prometheus eine Entscheidung über HOOPSNAKE getroffen hat, daß er, ich meine Flax, aber zuerst reden wolle.«

»Was mag in den Mann gefahren sein? Er kann mich doch nicht herumkommandieren...« Bandin wurde ärgerlich, und Dillwater beeilte sich, ihn zu beruhigen.

»Ich glaube nicht, daß er das will, Sir. Mr. Flax ist genauso übermüdet wie wir alle, und sicher handelt es sich um etwas Wichtiges...«

»Lassen Sie ihn reden, damit wir's hinter uns haben.« Dillwater nickte und griff wieder zum Telefonhörer. Die aufgeregte Stimme von Flax erklang im Lautsprecher.

»Hier spricht Mission Control. Ich habe eine Konferenzschaltung mit Prometheus, hört mich das Weiße Haus?« Rasch antwortete Dillwater, um dem verärgerten Bandin zuvorzukommen.

»Wir hören, es sind alle da.«

»Gut. Prometheus, bei euch auch?«

»Verstanden.«

»Dann bitte ich Sie alle, auf die Antwort zu achten, die General Bannerman auf meine Frage geben wird. General, ist es wahr, daß Sie uns vor einigen Stunden mitgeteilt haben, die Raumfähre der USAF *befinde sich bei der Nutzlastintegration?«*

»Das stimmt.«

»Nein, das stimmt nicht, das ist eine Lüge! Wahr ist, daß sich die Fähre in Cape Canaveral auf der Rampe befindet und sofort starten kann, wenn sie betankt ist. Stimmt das oder nicht?«

»Nein, es stimmt nicht.« Bannermans starrem Gesichtsausdruck war keine Regung anzusehen. Dillwater und die anderen Kabinettsmitglieder blickten wie elektrisiert auf den Lautsprecher. Flax fuhr fort.

»Sie lügen wieder. Die beiden Piloten, Cooke und Decosta, befinden sich in diesem Augenblick im Bereitschaftsraum im Startkomplex. Soll ich sie anrufen?«

Totenstille. Bannerman saß unbeweglich und antwortete nicht. Sekundenlang herrschte im Sitzungssaal gespanntes Schweigen. Dann erklang Patricks Stimme.

»Wir haben die Frage gehört — aber keine Antwort!«

»Ich bedaure«, sagte Bannerman schließlich mit zusammengekniffenen Lippen. »Dieser Flug der Air-Force-Fähre unterliegt strengster Geheimhaltung. Er kann hier nicht diskutiert werden...«

»Aber er muß!« Puterrot und am ganzen Körper zitternd war Dillwater aufgesprungen. »Ich kann es einfach nicht glauben!

Wenn der Raumtransporter auf der Rampe ist, könnte er schon längst gestartet sein und die Besatzung geborgen haben...«

»Unterbrechen Sie die Verbindung«, rief Bandin.

»Nein, Mr. President, wir brauchen Klarheit, die Crew auf Prometheus braucht Klarheit... Wenn es wahr ist, dann ist das ein so scheußliches Verbrechen...«

»Unterbrechen Sie, das ist ein *Befehl!*« Die Stimme klang tückisch.

»Sie dürfen nicht...« Ein Knacken im Lautsprecher, und Flax verstummte. Dillwater wandte sich zu Bandin.

»Sie wußten davon! Während all dieser Stunden, während die Menschen dort oben sich aufgeopfert haben, getötet wurden, geblendet wurden, während dieser ganzen Zeit wußten Sie, daß sie längst gerettet sein könnten! Sie haben erwartet, daß die Besatzung mit HOOPSNAKE Selbstmord begeht, und wußten währenddessen, daß die Fähre...«

»Halten Sie die Schnauze, Dillwater, setzen Sie sich! So werden Sie nicht mit Ihrem Präsidenten sprechen.«

»O doch, wenn der Präsident eine so abscheuliche Hinterhältigkeit begeht...«

»Dillwater, Sie sind außer sich und im Begriff, großen Ärger zu bekommen«, warf Bannerman ein. Er hatte sich ebenfalls erhoben und blickte Dillwater in die Augen. »Wir werden nichts mehr davon hören.«

»O doch, wir werden alles davon hören, General!« Dillwater hielt dem bohrenden Blick stand. »Wir leben immer noch in einem freien Land, und Sie werden mich nicht erschießen lassen können für das, was ich sage. Entweder, Sie erzählen uns jetzt die volle Wahrheit, oder ich verlasse auf der Stelle diesen Raum und sorge dafür, daß Presse und Weltöffentlichkeit von Ihrer dreckigen Lüge erfahren.«

»Dillwater, was Sie da sagen, ist Verrat!« Unwillkürlich griff Bannerman an seinen Gürtel, wo sonst die automatische Pistole mit dem perlmuttverzierten Griff zu stecken pflegte.

»Wirklich? Dann werden Sie mich doch erschießen müssen, denn es gibt kein anderes Mittel, mich zum Schweigen zu bringen. Ich werde nicht ruhen, bis alle Einzelheiten dieses schmutzigen Komplotts bekannt sind. Und vergessen Sie nicht, auch die Leute in Mission Control erschießen zu lassen, denn sie haben ebenfalls alles gehört...«

»Er hat recht, Mr. President«, bemerkte Schlochter ruhig. »Die Katze ist aus dem Sack, und wir werden sie nicht wieder hineinlokken können. Wir müssen uns auf eine gemeinsame Linie einigen, und zwar sehr rasch, ehe Mission Control Gerüchte in Umlauf bringen kann. Wenn die Fähre tatsächlich auf der Rampe ist, sollte sie so schnell wie möglich zu einer Rettungsmission starten. Vielleicht ist es noch nicht zu spät.«

»Ausgeschlossen!« Bebend wandte sich Bannerman seinem neuen Widersacher zu. »Die Fähre ist bereits beladen, ihre Fracht ist streng geheim und darf nicht berührt werden. Wenn auch nur ein Wort davon nach außen dringt, werden wir eine ganze Menge mehr Ärger haben, als uns selbst Prometheus schlimmstenfalls einbringt.«

»Was hat die Fähre an Bord?« fragte Schlochter.

»Sie haben das Memo selbst gesehen: Die CIA-Ladung, PEEKABOO.«

Schlochter wurde bleich und sank hilflos in seinen Sessel zurück. »Ja«, stöhnte er, »das darf nicht herauskommen. Wir müssen etwas unternehmen...«

»Ich brauche eine Amtsleitung.« Dillwater hatte zum Telefon gegriffen. »Hallo, Vermittlung, bitte machen Sie eine Konferenzschaltung mit den Washingtoner Nachrichtenredaktionen der Fernsehgesellschaften. Ja, die großen drei, CBS, NBC, ABC. Rufen Sie hier zurück, wenn die Verbindung steht.« Er legte auf und sagte, sehr leise, zu Bannerman: »Sie haben etwa eine Minute, mir alles über PEEKABOO zu erzählen.«

»Sie sind fertig, Dillwater«, schrie Bandin. »Verschwinden Sie und kommen Sie nie wieder!«

»Ich trete zurück, Mr. President, von meinem Amt bei der NASA und von jedem anderen, das Ihre Regierung zu vergeben hat. Sobald die Affäre hier beendet ist.«

»Ihr Starrsinn gefährdet die Sicherheit unserer Nation und dieses Staates. Ich könnte Sie dafür erschießen lassen. Bei PEEKABOO handelt es sich um ein avanciertes Abschreckungssystem, über dessen Existenz dieses Land einmal froh sein wird.«

»Wie soll es funktionieren?«

»Es besteht aus einem zwanzig Tonnen schweren Satelliten, der so ungefähr den größten Laser an Bord hat, der je gebaut wurde. Er ist in der Lage, sich vollkommen automatisch gegen jede Rakete zu verteidigen, die ihn angreift.«

»Und warum sollten ihn Raketen angreifen?« fragte Dillwater.

»Weil PEEKABOO in einer stationären Umlaufbahn genau über Moskau stehen wird. Der Laser wird von einem Kernreaktor mit Strom versorgt und ist wahrscheinlich das nächste Äquivalent zu einem ›Todesstrahl‹, das wir je haben werden. Ein Computer, in den der Stadtplan von Moskau einprogrammiert ist, steuert ihn mit extremer Genauigkeit. Er kann, nur im Verteidigungsfall natürlich, den Kreml wegputzen, ohne einen einzigen Pflasterstein auf dem Roten Platz direkt daneben zu beschädigen...«

»Jetzt verstehe ich«, sagte Dillwater sehr ruhig.

»Nun, ich nicht«, ließ sich Grodzinski vernehmen.

Dillwater erläuterte: »Bei diesem Waffensystem handelt es sich um eine heimliche Verletzung des Abkommens, das wir mit der Sowjetunion über einen Verzicht auf militärische Nutzung des Weltraums geschlossen haben. Wieder einmal mißachten wir im geheimen, was wir öffentlich predigen. Der CIA hat immer noch die chemischen und bakteriellen Waffen, die er vernichten sollte, das FBI führt die schwarzen Listen mit den vermeintlichen Verfassungsfeinden weiter und erklärt öffentlich, sie seien eingestampft. Und Bannerman und seine Militärs bauen eine Superwaffe, die den Weltfrieden bedroht.« Er blickte zu Bandin. »Und Sie haben von Anfang an davon gewußt, Mr. President?«

»Allerdings — weil mir die Sicherheit meiner Nation über alles geht. Wenn ihr Liberalen euren Willen hättet, würde über diesem Gebäude schon längst eine rote Flagge wehen.«

»Mr. President, meine Herren, die gegenwärtige Ladung der Raumfähre ist unwichtig.« Schlochter versuchte, seine Rolle als internationaler Friedensstifter zur Abwechslung einmal im eigenen Nest zu spielen. »Der Satellit kann weggepackt und vergessen werden. Wir haben überhaupt keine andere Wahl, als die Fähre sofort zu einem Rettungsversuch starten zu lassen. Zu viele wissen inzwischen, daß sie startbereit ist. Es bleibt Ihnen gar nichts anderes übrig, Mr. President, als einen diesbezüglichen Befehl zu geben.«

»Nein, Mr. President, lassen Sie sich nichts vormachen«, versuchte Bannerman, sich zu verteidigen. »Wir können verhindern, daß von dieser Sitzung etwas durchsickert. Sie dürfen PEEKABOO nicht aufs Spiel setzen, dazu ist das Projekt schon zu weit fortgeschritten. Sobald der Satellit im Orbit ist, kann uns nichts mehr passieren; die Sowjets werden es nicht wagen, irgend etwas gegen ihn zu unternehmen.«

Bandin saß auf seinem Platz und kritzelte Männchen auf ein Blatt Papier. Er suchte einen Kompromiß, den es nicht gab. »Mission Control und Prometheus erwarten, daß wir uns melden«, mahnte Dillwater. »Und auf der anderen Leitung habe ich die Fernsehstationen. Was soll ich ihnen sagen?«

In einer Mischung aus Wut und Verzweiflung zerknüllte Bandin das Papier. »Sagen Sie den Fernsehleuten, sie sollen sich für eine Sondermeldung bereithalten. Sagen Sie Cape Canaveral, daß die verfluchte Bombe aus dem Vogel ausgebaut wird. Sagen Sie Prometheus, daß wir keine falschen Hoffnungen wecken wollten und deshalb bisher nichts von der Luftwaffenfähre gesagt haben; aber unsere Männer hätten Tag und Nacht geschuftet, und nun sieht es so aus, als wäre da eine Chance. Und kein Wort, das hier gesprochen wurde, kommt mir je an die Öffentlichkeit!«

Erschöpft sank er zurück. Der Mann, den man Gummi-Bandin nannte, hatte sein elastisches Gewissen zum letztenmal bewiesen.

38

GET 26:19

»Meine Damen und Herren, aus aktuellem Anlaß unterbrechen wir das laufende Programm und informieren Sie über dramatische neue Entwicklungen im Fall des todgeweihten Raumschiffs Prometheus.«

Der Sprecher wußte, daß er in sämtliche Sendungen hineinplatzte, die in diesem Augenblick auf amerikanischen Bildschirmen liefen. Er gab sich daher große Mühe, die Notwendigkeit dieser Maßnahme mit einem gebührend ernsten Gesichtsausdruck zu unterstreichen.

»Es scheint, daß in buchstäblich letzter Minute doch noch ein Versuch unternommen wird, die Besatzung des Raumschiffs zu retten. Wie Präsident Bandin erklärte, wurden die Vorbereitungen bis jetzt geheimgehalten, da sehr fraglich war, ob sie rechtzeitig abgeschlossen werden konnten. Nun steht der Start einer Raumfähre vom Kennedy-Raumflugzentrum in Cape Canaveral jedoch unmittelbar bevor. Wir werden Sie über den Verlauf des Bergungsfluges auf dem laufenden halten und hoffen, auch die Astronauten selbst dazu hören zu können.«

»Nein, Minford, ausgeschlossen, auf keinen Fall jetzt«, rief Flax ins Telefon. »Ja, ich weiß, wie wichtig eure Public Relations für die NASA sind, vor allem nach dem Sie-wissen-schon in England. Aber es ist vollkommen ausgeschlossen, eine Live-Übertragung von Prometheus zu bringen. Die Leute dort oben sind krank, verletzt und vollkommen erledigt. Sie haben Probleme, neben denen Ihre nicht schlimmer sind als eine verspätete Periode. Also schlagen Sie sich das aus dem Kopf. Hier kommt ein Ruf von Prometheus, Ende.« Eilig schaltete er die Verbindung. »Prometheus von Mission Control, ich höre.«

»Flax, der Rettungsflug der Raumfähre, geht's vorwärts?«

»Ja, Patrick, ein dickes Okay. Ich wollte mich gerade mit dem Cape in Verbindung setzen und die Startzeit absprechen. Wir haben ein Bahnfenster für den Flug.«

»Wann?«

»In ziemlich genau vier Stunden. Eure Bahn führt euch dann wieder über Nordamerika, so daß euch die Fähre schon während ihrer ersten Erdumkreisung treffen kann. Das Rendezvous kann etwa sechzig Minuten nach dem Start stattfinden.«

»Und wir haben das alles nur deshalb nicht früher erfahren, damit wir uns keine falschen Hoffnungen machen?«

»So will es jedenfalls die offizielle Lesart, Patrick.«

»Das ist erstunken und erlogen, Flax, Sie wissen es genau!«

»Ja, Patrick. Ich bin Ihrer Ansicht.«

»Die Bodenzeit des Raumtransporters für sämtliche Wartungs- und Vorbereitungsschritte beträgt fast hundertsechzig Stunden, und von der Beladung bis zum Start dauert es immer noch hundert Stunden. Ich weiß, daß man davon fast nichts einsparen kann. Wenn das Ding heute auf der Rampe ist, dann hat man das seit Tagen gewußt. Warum erfahren wir es erst jetzt?«

»Ich weiß nicht, was sich hinter den Kulissen abgespielt hat — und vielleicht erfahren wir es nie.«

»Wir sollten der Sache nachgehen. Hören Sie sich um, Flax, Sie haben doch Ihre Kanäle. Falls wir zurückkommen, hätte ich gern einige Auskünfte!«

»Ich genauso.«

»Ende.«

Mit einer ärgerlichen Handbewegung schaltete Patrick das Funkgerät aus.

»Was geht da unten wohl vor?« fragte Coretta.

»Ich habe keine Ahnung und ich wage kaum, mir Gedanken darüber zu machen!« Vorsichtig betastete Patrick seine Augenbinde. Innerlich verfluchte er das Handikap, das seine Blindheit nun bedeutete: »Jedenfalls geht sehr Ungewöhnliches vor, sonst hätte Flax Bannerman nicht vor unseren Ohren zu einer Aussage gezwungen. Aber darüber können wir uns später den Kopf zerbrechen. Wir haben dringendere Probleme.« Wieder griff er sich an die Stirn. »Doktor, meinen Sie nicht, daß wir den Verband probehalber abnehmen sollten? Vielleicht sehen wir wieder?«

»Ich weiß, daß es Sie stört, Patrick«, antwortete Coretta mit ihrer sachlichsten Stimme. »Aber der Lichtblitz hat Sie und Nadja für mindestens einen Tag geblendet, ganz unabhängig von den Spätfolgen. Wenn Sie die Binde abnehmen, laufen Sie nur Gefahr, es zu verschlimmern. Sehen werden Sie nichts.«

»Meinen Sie, es könnte bleiben?« fragte Nadja ruhig.

»Ich kann nichts Genaues sagen, ich kann es auch nicht ausschließen, aber ich möchte es bezweifeln. Ihr habt eine gute Chance, daß eure Blendung vorübergeht!« Coretta sprach mit Nachdruck, denn sie log. Sie wußte viel zuwenig vom Ausmaß der Verletzung, um guten Gewissens von Chancen sprechen zu können. Aber es kam jetzt vor allem darauf an, den beiden Piloten Mut zu machen.

»Nun gut«, meinte Patrick. »Vergessen wir dieses Thema. Haben wir das HOOPSNAKE-Programm jetzt vollständig, Gregor?«

»Ja, ich habe die Rolle zerschnitten und die Blätter in eine Mappe geklemmt.«

»Bringen Sie sie bitte.«

»Wozu?« rief Coretta überrascht. »Ich denke, es ist eine Rettungsmission auf dem Weg? Wir brauchen uns nicht mehr in Stücke zu sprengen!«

»Im Grunde hat sich unsere Lage nicht verändert«, entgegnete Nadja. Sie lag auf ihrem Platz neben Patrick, angeschnallt wie er, gelassen wie er, blind wie er.

»Das ist leider wahr«, pflichtete Patrick bei. »In unserer Gleichung sind noch viel zu viele Unsicherheitsfaktoren. Unsere Umlaufbahn *kann* die Stunden bis zur Rettung halten, oder sie kann jeden Augenblick enden. Die Observatorien senden laufend Berichte über die Sonnenaktivität. Kleinere Gasausbrüche, keine dramatische Strahlungszunahme. Aber die gute Sonne dreht sich weiter, und wer weiß, was im nächsten Moment hinter ihr zum Vorschein kommt? Eine große Protuberanz, und es ist aus.«

»Und ich dachte schon...« Coretta verstummte.

»Es ist nunmal nicht zu ändern«, sagte Gregor und nahm Coretta tröstend in die Arme. Die Piloten konnten ja nichts sehen, und außerdem — was gab es zu verbergen?

Patrick nickte in sein privates Dunkel:

»Gregor hat recht. Und deshalb werden wir weitermachen, als gäbe es keine Fähre. Wenn sie uns rechtzeitig auffischt, gut und schön. Wenn aber nicht, gelten die Argumente für HOOPSNAKE weiter. Es wird einige Zeit in Anspruch nehmen, also fangen wir am besten sofort an.«

»Wieviel Zeit?« fragte Coretta.

»Wenn man berücksichtigt, daß ihr beide keinerlei Erfahrung im freien Raum habt, schätze ich drei Stunden, eher mehr.«

»Und was haben wir zu tun? Mir ist die Sache immer noch nicht ganz klar.«

»Die Programmbeschreibung in der Mappe ist sehr ausführlich«, entgegnete Gregor.

»Vielleicht für dich, mein Lieber. Mir kommt's spanisch vor.«

»Besser, ich erkläre es noch mal«, sagte Patrick. »Ihr müßt das Prinzip der Sache durchschauen, ehe ihr euch mit Einzelheiten plagt. Sie wissen, wie das Kerntriebwerk funktioniert?«

»Ja, jedenfalls in der grauen Theorie«, antwortete Coretta. »Wasserstoff wird als Moderator und auch als Treibmittel benutzt. Die Quarzröhren, die so leicht zu Bruch gehen, das sind die sogenannten Glühbirnen. In ihnen befinden sich Urangranulat und Neon. Wenn die Reaktion einsetzt, wird diese Füllung gasförmig und sehr heiß. Außen fließt Wasserstoff an den Röhren vorbei, der wird erwärmt und dehnt sich aus. In der Kammer entsteht ein Überdruck, der durch die Ausströmdüsen entweicht und uns antreibt. Fertig.«

»Perfekt, Coretta, Sie sehen, es ist ganz einfach. Sie und Gregor brauchen nun nichts weiter zu tun, als diesen Ablauf so zu stören, daß eine Bombe draus wird.«

»Und wie stellen wir das an?«

»In vier Schritten. Als erstes wird einer von euch aussteigen und mit einem MLS zum Heck gehen. Wir müssen einen Zugang zur Druckkammer schaffen, die Düsen sind zu eng. Man muß sie aufschneiden. Was kommt dann, Gregor? Mein Gedächtnis ist wie durchlöchert.«

Doch es war nicht das Gedächtnis, was ihm zu schaffen machte, es war der Schmerz. Die Wirkung der Medikamente hatte nachgelassen, und von seinen Augen ging ein so bohrendes Schmerzgefühl aus, daß er kaum noch einen Gedanken fassen konnte. Er erinnerte sich an jedes Wort, das Gregor ihm vorgelesen hatte, aber es war ihm fast unmöglich geworden, zu sprechen. Gregor blätterte um und deutete mit einem langen Finger auf den nächsten Absatz.

»Nachdem der Zugang erweitert ist, muß das Quarz zerschlagen werden, um den Innenraum der Druckkammer zu vergrößern. Das Material ist extrem hitzebeständig, aber sehr schockempfindlich. Sobald die Glühbirne in Stücke geschlagen ist, wird ein vier Meter langer Abschnitt aus dem Brennstoffvorrat entnommen und zusammengerollt, bis er nur noch etwa vierzig Zentimeter Durchmesser hat.«

»Und hier verließen sie ihn«, sagte Coretta.

»Der Uranbrennstoff befindet sich in einer Art Plastikschlauch«, erklärte Patrick. »Man kann das Zeug nicht einfach in einen Tank stopfen, ohne die kritische Masse zu überschreiten und eine Kettenreaktion auszulösen. Darum befindet es sich in diesen Schläuchen, die rund um das Heck gewickelt sind. Ein Teil davon muß also abgeschnitten und zu einer kompakten Masse zusammengerollt werden.«

»Moment mal«, warf Coretta ein. »Aus meinem Grundkurs in Nuklearmedizin weiß ich, daß so etwas ins Auge gehen kann. Wird es nicht explodieren?«

»Noch nicht. Die Strahlungsaktivität wird zunehmen, aber die kritische Masse ist noch nicht erreicht.«

»Wer immer das Zeug zusammenrollt, bekommt sein Quantum Strahlung ab!«

»Wer immer das tut, ist so gut wie tot«, meinte Patrick trocken. »Eine absolut tödliche Dosis in wenigen Minuten. Aber das ist ziemlich gleichgültig.«

»Allerdings!« Coretta bemühte sich, ebenso unbeteiligt zu wirken wie der Kommandant. »Es wird einige Stunden dauern, bis die Wirkung eintritt, und bis dahin ist alles vorbei.«

»Das stimmt«, sagte Gregor, während er umblätterte. »Wenn das Uranpaket fertig ist, wird die Pumpe eingeschaltet und die Druckkammer mit Wasserstoff gefüllt. Und dann schmeißt man das U-235 einfach hinein.«

»Das ist alles?« Coretta staunte. »Was passiert dann?«

»Der Wasserstoff in der Druckkammer wirkt als Moderator. Er bremst die Neutronenstrahlung des Urans ab, bis die Geschwindigkeit erreicht ist, bei der sie eine Kernspaltung hervorruft. Es entsteht eine Kettenreaktion...«

»...und die Atombombe ist fertig. Ich begreife. Und wann fangen wir an?«

»Sofort«, erwiderte Patrick. »Sagt mir bitte jemand die GET?«

Die Nutzlastwechselkammer wurde gerade an die Ladebucht des Orbiters angekoppelt, als Gordon Vaught aus seinem Wagen sprang und in das spinnenbeinige Stahlgerüst kletterte. Er war der Rampenchef, ein vertrauenerweckender, breitschultriger Mann mit einem braungebrannten, muskulösen Oberkörper. Da er aus Dothan, Alabama, stammte, nur wenige hundert Kilometer vom Cape entfernt, war er an das subtropische Klima gewöhnt und spürte die feuchte Hitze kaum. Um so stärker empfand er den Umschlag, als er die Luftschleuse passierte und in die kühle, keimfreie Atmosphäre der Wechselkammer trat. Die Halteklammern, die sie luftdicht an die Oberseite des Raumgleiters anschlossen, wurden gerade befestigt. Colonel Kober überwachte die Arbeiten. Er war klein und zackig, eine eher unangenehme Erscheinung, die man nie ohne Uniform und Bügelfalte sah. Vaught wußte, daß er kein flacher Kopf war — neben seinem militärischen Rang hatte er einen Titel als graduierter Ingenieur. Trotzdem konnte er ihn nicht ausstehen. Diese Abneigung beruhte freilich auf Gegenseitigkeit: Man arbeitete zusammen, weil man mußte, aber beide hätten gut darauf verzichten können.

»Wie lange werden Sie brauchen, um die Nutzlast auszubauen, Colonel?« fragte Vaught.

»Wir machen, so schnell wir können, wenn Sie das meinen, Mr. Vaught.«

»Eigentlich meinte ich mehr eine Zahl, Stunden, Minuten, Sie kennen das. Ich muß wissen, wann meine Leute die Ladebucht versiegeln können.«

Kober warf dem großen Zivilisten einen kalten Blick des Abscheus zu und strich sich die Spitzen seines makellosen Schnurrbarts glatt, während er sprach. »Ich gehe vom maximalen Arbeitstempo aus: Wir müssen die Versorgungsbrücken abnehmen, neue Stromquellen anschließen, die Befestigungsbolzen lösen, die Transportpalette aufbringen und schließlich die Wechselkammer mitsamt den Kränen abtransportieren — gute zwei Stunden! Aber das ist natürlich eine Schätzung.«

»So lange kann ich nicht warten. Ich lasse sofort mit der Betankung beginnen.« Vaught wandte sich zur Luftschleuse, doch Kobers schroffe Stimme hielt ihn zurück.

»Keinesfalls! Ich verbiete es Ihnen ausdrücklich. Die Disziplin der zivilen Mitarbeiter ist lax genug, aber keinesfalls werde ich es zulassen, daß Ihre Fahrlässigkeit dieses Projekt oder meine Leute gefährdet. Haben Sie mich verstanden, Vaught?«

»Erstens, Colonel, bin ich für Sie immer noch *Mister* Vaught, und zweitens möchte ich Ihnen nicht raten, mir irgend etwas verbieten zu wollen. Eher stellt ein Pekinese den Elefantenfurzrekord ein, als daß mir auf der Rampe jemand Vorschriften macht. Betankt wird *jetzt.*«

»Das dürfen Sie nicht! Es ist gegen die Vorschrift! Ich werde ...«

Seine Stimme brach ab, als Vaught die Tür der Luftschleuse hinter sich schloß. Mein Gott, war der kleine Kläffer leicht auf die Palme zu bringen. Es machte wirklich Freude, ihn zu ärgern! Vaught zog die Antenne seines Walkie-talkie aus und knipste das Gerät an.

»Station zwei, habt ihr die Rohre schon gekuppelt?«

»Wir sind beim letzten, Gordon.«

»Prima, ich bin hier auch klar. Seht zu, daß die Pumpen möglichst bald laufen.«

»Verstanden.«

Vaught steckte das Funkgerät wieder in die Schlaufe an seinem Gürtel, lehnte sich gegen das heiße Metall des Geländers und betrachtete den Vogel. Die eckige Form der Nutzlastwechselkammer verdeckte die Raumfähre fast ganz. Nur die beiden Feststoffraketen und der abwerfbare Treibstofftank ragten oben über sie hinaus. Daneben erhob sich der Wartungsturm, auf dessen Arbeitsplattformen plötzlich hektische Geschäftigkeit ausgebrochen war. Schon erschien die weiße Dampfwolke über den Druckventilen an seiner Spitze: Die Betankung hatte begonnen. Flüssigwasserstoff und Flüssigsauerstoff strömten durch tiefgekühlte, unterirdische Rohrleitungen vom Tanklager zur Rampe und vom Wartungsturm in den riesigen, fast fünfzig Meter hohen Tank des Raumtransporters. Drei Stunden würden vergehen, bis er gefüllt war — drei Stunden, in denen alle Flugvorbereitungen abgeschlossen werden mußten. Es gab nur einen Starttermin, nur ein ›Fenster‹, das getroffen werden mußte, sollte die Fähre Prometheus nicht verfehlen. Nun, er würde seinen Teil dazu tun, den Vogel rechtzeitig betanken und den Countdown pünktlich herunterzählen. Wenn nur die Ladung bis dahin weggeschafft war! Ein Beobachtungssatellit, hieß es, garniert mit ungewöhnlicher Geheimniskrämerei und schwerbewaffneten Militärpolizisten an allen Ecken und Enden. Etwas mehr als ein gewöhnlicher Beobachtungssatellit, sagten die Gerüchte. Ihm war es egal; Hauptsache, die Ladebucht wurde rechtzeitig frei. Die Betankung verlief problemlos, und so blieb ihm Zeit, wieder hineinzugehen, um Kober etwas Dampf zu machen. Vaught hatte selbst gedient und die Armee als Unteroffizier verlassen. Alles über dem Rang eines Oberfeldwebels war ihm automatisch suspekt. Und nun gar dieser naßforsche Obermotz mit seinen Vorschriften! Er rieb sich vergnügt die Hände und betrat die Luftschleuse.

Das Sonnenobservatorium der Universität Freiburg lag auf Capri, an den sanften, von silbrigen Olivenhainen bedeckten Terrassenhängen des Monte Solaro, hoch über dem zwar blauen, doch meist dunstverschleierten Meer. Die Lage war für ein Observatorium alles andere als ideal, doch Chianti, frische Pfirsiche und der gerade für Germanen so unwiderstehliche Zauber der Insel entschädigten mehr als reichlich für die getrübten Sichtverhältnisse. Es war kein großes Opfer, das den Freiburger Astronomen und ihren Familien abverlangt wurde, wenn sie wieder einmal der turnusmäßige Dienst im Süden traf. Auf dem flachen Dach des solide gemauerten Gebäudes war ein Spiegel montiert, der, von Elektromotoren bewegt, automatisch dem Lauf der Sonne folgte. Durch eine Art Schornstein reflektierte er ihr Bild in den Beobachtungsraum im darunterliegenden Stockwerk, wo es durch ein Spezialfilter, das nur für die Wellenlänge des Wasserstoffs durchlässig war, auf eine Leinwand projiziert wurde. Eine Kleinbildkamera mit Motorantrieb und einem Großraummagazin für siebenhundertfünfzig Aufnahmen fotografierte diese Projektion regelmäßig alle zwei Minuten.

Dr. Bruzik saß vor der Leinwand und betrachtete das Bild — eine wütende, brodelnde Scheibe von einem Meter Durchmesser, übersät mit fadenförmigen Strukturen, von einem zündelnden Flammenkranz umrahmt. Unbeeindruckt zog er an seiner wohlgestopften Meerschaumpfeife. Die Astronomie fordert ein Talent zur Muße von ihren Jüngern, und Bruzik besaß es in hohem Grad. Jutta, seine Frau, betrat den Raum.

»Dieser Mensch aus Texas ist wieder am Apparat. Er ist furchtbar wütend, weil das Fernamt in Neapel die Leitung für eine Viertelstunde unterbrochen hatte.«

»Wenn man sich jedesmal über das italienische Telefonnetz ärgern würde, hätte man den ersten Herzinfarkt schon vor dem ersten Kuß. Was will er denn?«

»Wie immer: Zustand der Sonne.«

»Du kannst ihm versichern, daß sich während der Unterbrechung nichts geändert hat. Normale Aktivität ... Gott im Himmel!«

Bruzik schnappte nach Luft und vergaß, daß er eine Pfeife im Mund hatte, seine Lieblingspfeife sogar. Sie fiel auf den gefliesten Boden und zerbrach — er merkte es nicht einmal.

Denn vor seinen Augen wuchs eine Feuerzunge aus der Sonnenscheibe, eine Protuberanz, wie er größer noch keine gesehen hatte. Wie hypnotisiert starrte er auf den flammenden Bogen, der sich über der Sonne erhob. Glühende Gasmassen im Gewicht von Abermillionen Tonnen wurden in den Weltraum hinausgeschleudert.

Was er nicht sehen konnte, waren die Magnetfelder und die unsichtbaren Strahlen, die die Sonne im gleichen Augenblick und mit gleicher Urgewalt aussandte. Jede Sekunde konnten sie die Erdatmosphäre in Aufruhr versetzen, den Funkverkehr lahmlegen, Nordlichter an den Himmel zaubern — und die Ionosphäre so verdichten, daß sie Prometheus aus seinem Orbit fegen würde. Ein leerer Raum mit wenigen, vereinzelten Molekülen war im Begriff, sich in eine dünne Atmosphäre zu verwandeln, die für das Raumschiff mit seinen achtundzwanzigtausend Stundenkilometern Geschwindigkeit wie eine Mauer aus Beton sein mußte.

»Bleib am Telefon!« rief Bruzik, »ich werde gleich selbst mit ihm sprechen. Versuch dem Amt klarzumachen, daß die Verbindung unter gar keinen Umständen unterbrochen werden darf!«

»Es sieht so aus, als hätte eine Phase stärkster Sonnenaktivität begonnen. Genau, wie Professor Weisman es vorhergesagt hat.«

39

GET 27:41

»Folgt genau meinen Anweisungen, Schritt für Schritt, langsam und sorgfältig, dann kann nichts schiefgehen«, sagte Patrick. »Sind Sie bereit, Gregor?«

»*Da.*«

»Coretta?«

»Ich auch, Patrick.«

Die Kommandozentrale war evakuiert und die Außenluke geöffnet. Coretta und Gregor blickten hinaus, Patrick sah dasselbe Bild mit dem Auge der Erinnerung. Coretta hatte ihm und Nadja die Binden abgenommen und durch leichte Pflaster ersetzt, damit sie die Raumhelme aufsetzen konnten. Das Anlegen der Druckanzüge war zeitraubend und mühselig gewesen: Die Schwerelosigkeit machte die erblindeten Piloten noch hilfloser, als sie es in diesem Zustand schon auf der Erde gewesen wären. Jede selbständige Bewegung versetzte sie in Rotation, die sie selbst, da es kein oben und unten gab, kaum spürten. So hatten sie sich völlig passiv verhalten und in die Zentrale bugsieren lassen, wie leblose Pakete. Patrick litt unter dem Demütigenden der Situation, aber er hatte geschwiegen. Es war ja sowieso das letzte gemeinsame Manöver vor der Rettung — oder vor dem Ende.

»Das MLS ist an einem Haltering vor der Luke befestigt. Seht ihr es?« — »Ja, es ist noch da«, Coretta antwortete.

»Gut, Gregor, Sie gehen jetzt rückwärts in die Luke. Vermeiden Sie jede hastige Bewegung und lassen Sie sich einfach hineingleiten. Coretta, Sie nehmen sein Versorgungskabel und passen auf, daß es sich nirgends verfängt.«

»Ich glaube nicht, daß das Kabel bis zum MLS reichen wird«, entgegnete Gregor.

»Es wird sicher nicht reichen, es ist ja nur für den Gebrauch in der Kabine gedacht. Aber Sie kommen weit genug hinaus, um die Sicherungsleine zu packen und das mobile System heranzuziehen. Die Leine auf keinen Fall schon lösen! Am MLS ist ein breiter Beckengurt, er muß jetzt offen sein. Bringen Sie das Ding hinter sich, greifen Sie die beiden Gurtenden und ziehen Sie das MLS an Ihren Körper. Dann sofort vorne den Gurt einklinken. Haben Sie alles verstanden?«

»Ogay.«

»Dann lassen Sie sich jetzt langsam aus der Luke hinaustreiben. Coretta, Sie beschreiben mir bitte, was er macht.«

»Gut. Ich habe ihm einen Schubs gegeben, so ist es leichter. Die Luke ist zwar sehr eng, aber er kommt durch. Ich gebe das Kabel aus...«

Gregor schwitzte und keuchte vor Anstrengung. An die Schwerelosigkeit und das verwirrende Eigenleben, das sie den Gegenständen zu verleihen schien, hatte er sich inzwischen gewöhnt. Aber im Innern des schwerfälligen Raumanzugs, der ihn an eine mittelalterliche Ritterrüstung erinnerte, sah alles anders aus. Jede Bewegung mußte gegen den Widerstand des Anzugs erzwungen werden.

Wagte er es, die Armmuskulatur auch nur einen Augenblick lang zu entspannen, spreizten sich seine Arme vom Körper ab wie bei einer Vogelscheuche. Was sich in Patricks Beschreibung wie ein Kinderspiel angehört hatte, entpuppte sich als knochenharte Schinderei.

»Ruh dich einen Moment lang aus«, riet Coretta, die ihn in ihren Kopfhörern keuchen hörte. »Sonst wird noch das Kühlsystem des Anzugs überlastet.«

»Sie hat recht«, drängte Patrick.

»Muß... erst fertig... machen. Gleich...«

Verärgert über seine eigene Schwerfälligkeit klammerte sich Gregor an die beiden Gurtenden und zerrte das klobige, stuhlähnliche Gerät gegen seinen Rücken. Wenn er jetzt losließ, würde ihn der Rückstoß wieder von dem MLS abtreiben. Mit letzter Kraft gelang es ihm, den Gurt einzuklinken.

»Großartig«, lobte Coretta lächelnd, als sie das stolze Zeichen bemerkte, das er mit erhobenen Daumen machte. »Er ist im MLS und für den nächsten Schritt bereit.«

»Ihr müßt jetzt unbedingt meine Reihenfolge einhalten«, fuhr Patrick fort. »Coretta, haben Sie die lange Sicherungsleine auf der Innenseite der Luke befestigt?«

»Sitzt fest«, antwortete Coretta, während sie noch einmal an der Nylonschnur zog, um sich zu vergewissern.

»Gut. Haken Sie das andere Ende in die Öse an Gregors Gürtel. Nicht an seinen Haltegurt, nur an den Raumanzug selbst! Wenn das erledigt ist, stecken Sie die freien Enden der Versorgungskabel des MLS in die Buchsen vorne auf Gregors Anzug.«

»Erledigt.«

»So, Gregor, jetzt können Sie den Wahlschalter über Ihren Einlaßventilen von V auf ML drehen.«

»Es geht nicht«, ächzte er.

»Das kommt vor.« Patrick blieb ganz ruhig. »Wasserreste im Sauerstoff, das Ventil wird vereist sein. Schalten Sie hin und her und drücken Sie ein bißchen.«

»So... ja, es ruckt schon – jetzt!«

»Sehr gut. Coretta, schließen Sie die Ventile an seinem Versorgungskabel, links vor der Luke, dann helfen Sie ihm, das Kabel vom Anzug zu lösen.«

Es war schnell getan: Das losgelöste Versorgungskabel schwebte im Innern der Kommandozentrale, während Gregor nun völlig auf das mobile Lebenserhaltungssystem auf seinem Rücken angewiesen war.

»Können Sie mich hören, Gregor?« fragte Patrick.

»Sehr deutlich.«

»Achten Sie darauf, daß Sie nicht aus Versehen den Frequenzwähler verstellen. Außen neben der Luke sehen Sie die Antenne, über die Sie mit der Intercom verbunden sind. Wenn Sie hinter dem Heck des Fahrzeugs sein werden, ist es denkbar, daß der Funkkontakt abreißt oder gestört wird, denken Sie daran. Sie sind jetzt völlig auf sich selbst gestellt. Lösen Sie auf keinen Fall die Sicherungsleine von Ihrem Anzug, damit Coretta Sie im Notfall zurückholen kann. Und jetzt los! Aber immer an den Handgriffen oder Befestigungsringen einhaken!«

»Kann ich nicht die Schubdüsen benützen?«

»Negativ! Man braucht viel Übung, um damit steuern zu können; besser, Sie vergessen sie. Betrachten Sie das MLS nur als großen Rucksack, den Sie mitschleppen müssen.«

»*Was ponjal,* ich bin unterwegs.«

»Haben Sie alle Werkzeuge, die Sie brauchen?« Erstmals schaltete Nadja sich ein.

Wie dumm von mir, dachte Patrick, wie dumm von mir, daß ich nichts sehen kann! »Danke, Nadja, ich hätte das nicht vergessen dürfen. Der Schneidbrenner und die meisten anderen Werkzeuge sind noch am Heck festgehakt. Er wird aber auch die hydraulische Winde benötigen. Coretta, würden Sie sie bitte rausbringen und so am MLS befestigen, daß Gregor sie erreichen kann?«

Es war kein leichter Weg. Coretta lehnte sich weit aus der Luke hinaus, um zu beobachten, wie Gregor vorwärtskam; alle konnten seinen rasselnden Atem über die Intercom hören. Das MLS saß ihm im Nacken, wie eine Zentnerlast. Es hatte zwar im Weltraum kein Gewicht, aber immer noch eine Masse, die einen eigenen Willen zu entwickeln schien. Es kostete Kraft, sie abzubremsen. Vor allem aber verlagerte sie seinen Schwerpunkt, so daß er immer, wenn er sich von einem Handgriff abstieß, in Rotation zu geraten drohte. ›Weltraumspaziergang‹ — er konnte fluchen, wenn er nur an das alberne Wort dachte.

»Beim Triebwerk!« keuchte er schließlich, ein atemloser Siegesruf.

»Gut gemacht«, lobte Patrick. Die anderen stimmten ein. »Haken Sie sich fest und hören Sie Coretta an. Sie wird Ihnen vorlesen, wie man am besten an die Druckkammer kommt. Sind Sie erschöpft?«

»Ja ... ein wenig.«

»Schnappen Sie erst mal Luft. Und trinken Sie etwas Wasser aus dem Schlauch.«

»Prometheus von Mission Control, bitte melden.«

»Wir hören, Flax.«

»Patrick, ich werde Sie gleich mit Major Cooke in Florida verbinden. Er ist der Kapitän der Raumfähre, die euch abholen soll. Sein Kopilot ist Hauptmann Decosta.«

»Cookie und Dee! Das ist wie Weihnachten bei der Familie! Wir waren gemeinsam in der Ausbildung.«

»A-okay, das macht die Verständigung leichter. Dann ist da noch etwas für euch: Die Sonnenaktivität nimmt zu. Gerade habe ich die Meldung erhalten.«

Patrick spürte, wie eine kalte Spannung nach ihm griff, der blitzartige Gedanke, daß er Cookie vielleicht doch nicht wiedersehen würde.

Eine Hoffnung auf Rettung — zerplatzt wie eine Seifenblase. Aber er wollte sich nichts anmerken lassen.

»Sind schon Auswirkungen auf die Ionosphäre festgestellt worden?«

»Noch nicht. Die Strahlungsintensität wächst erst allmählich.«

»Gibt es Schätzungen, Hochrechnungen, Zeitangaben?«

»Die Burschen in der Astronomie wagen sich nicht an Vorhersagen. Sie wollen erst korrelieren, wenn die Daten vollständig vorliegen.«

»Mit anderen Worten: Wir hier werden es zuerst erfahren. Nun gut, Flax, wenn doch noch eine Schätzung kommt, können Sie sie ja durchgeben. Jetzt stellen Sie uns bitte zum Cape durch, wenn Sie soweit sind.«

Die Verbindung war schon geschaltet, das Gespräch kam sofort.

»Hier Major Cooke, Prometheus, bitte melden!«

»Cookie, ich dachte schon, ich hör' Sie nie mehr!«

»Danke, gleichfalls, Pat! Dee ist auch hier, wir sitzen im Bereitschaftsraum und warten auf den Countdown.«

»Hockt ihr schon lange auf euren vier Buchstaben, Cookie?«

Cooke blickte zu Decosta, der ihm gegenüber am Tisch saß und mithörte. Der kleine, dunkelhaarige Mann mit dem melancholischen Gesichtsausdruck wurde noch bedrückter, als er Patricks Frage hörte. Er streckte seinen Zeigefinger aus, so daß seine Hand einer Pistole glich, führte ihn an die Schläfe und drückte den imaginären Abzug. Der blonde, breite Cookie, der eher an einen Rugbyspieler erinnerte, als an einen Piloten, nickte zustimmend mit dem Kopf.

»Gerade lange genug«, antwortete er. »Wir werden in ein paar Minuten zur Fähre hinausgehen und den Countdown vorziehen, damit wir dann nur noch das Ende der Betankung abzuwarten brauchen. Wir werden das Fenster schon erwischen!«

»Das hoffen wir wirklich hier oben.«

»Verstanden. Ich möchte vorher noch das Rendezvous mit euch besprechen. Werden wir Schwierigkeiten haben?«

Patricks Lachen war bitter. *»Ihr werdet nichts anderes haben als Schwierigkeiten. Zwei von uns können nicht sehen, ihr werdet uns also rüberschleppen müssen. Außerdem brauchen wir Sauerstoffgeräte für die Atmung.«*

»Das ist kein Problem, Dee wird sie hinüberschaffen, sobald wir längsseits liegen. Zwei von euch werden in der Nutzlastbucht zurückfliegen müssen, wir haben insgesamt nur vier Plätze in der Druckkabine.«

»Ich weiß; was haben Sie vor?«

»Wir lassen gerade zwei Konturliegen auf eine Palette montieren, die wir in der Bucht anbringen werden. Die Sauerstoffgeräte halten zwei Stunden durch, in dieser Zeit sind wir längst gelandet.«

Eine längere Pause entstand, während der nur das Rauschen der Leitung zu hören war.

Dann meldete sich Patrick wieder. *»Cookie, sagen Sie Ihrem Rampenchef, er soll vier Liegen einbauen lassen. Die Ladebucht ist ja groß wie eine Scheune.«*

»Positiv — aber wir haben zwei Plätze im Cockpit frei.«

»Tun Sie, was ich gesagt habe, Major. Ich habe so eine Ahnung, daß es vielleicht auf Sekunden ankommen wird. Dann ist es gut, wenn wir die Zeit in der Luftschleuse einsparen können.«

»Verstanden, Prometheus.«

»Prima! Und nun macht, daß ihr euren Zwittervogel pünktlich in die Luft bringt! Wir haben wirklich Sehnsucht nach euch!«

»Ihr könnt euch auf uns verlassen. Dee und ich ziehen uns jetzt um. Wir melden uns aus der Maschine wieder.« Cooke schaltete das Mikrofon aus und legte es auf den Tisch.

»Ob sie Bescheid wissen?« fragte Decosta.

Cooke zuckte mit den Schultern. »Etwas weiß er, das steht fest.«

»Aber wieviel? Ob er weiß, daß wir hier schon in Bereitschaft waren, bevor er überhaupt gestartet ist? Daß wir schon vor ihm im Orbit gewesen wären, wenn wir den Countdown nicht unterbrochen hätten?«

»Laß das, Dee, bitte.«

Cooke trat ans Fenster und blickte hinaus auf die Rampe. Die Nutzlastwechselkammer wurde gerade abgenommen und gab den Blick auf die Raumfähre frei. Der Orbiter, der in die Umlaufbahn aufsteigen und wieder zurückkehren konnte, war die kleinste Einheit des Gesamtsystems. Hinter seinen Pfeilflügeln erhoben sich die beiden Starthilfsraketen, die beide noch von dem abwerfbaren, riesigen Zusatztank überragt wurden. »Niemand hat uns gezwungen, diesen geheimen Flug zu übernehmen — wir haben uns freiwillig gemeldet. Wir hätten sogar noch zurücktreten können, nachdem wir über das Projekt informiert waren. Ich glaube, daß der Abschreckungssatellit eine Investition in den Frieden ist.«

»Das finde ich ja auch in Ordnung. Nicht in Ordnung finde ich aber, daß wir uns hier einen absitzen und Karten spielen, statt den armen Kerlen auf Prometheus zu helfen.«

»Wir helfen ja, oder?«

»Nur eben ein bißchen spät! Vielleicht zu spät. Vielleicht sind sie verbrannt, ehe wir hinkommen.«

»Ach, halt doch den Rand, mexikanischer Zwiebeltreter!«

»Erst, wenn dein steinernes Gringo-Herz so weich ist, wie *tacos de corazón*!«

Die Anspielungen auf Decostas Herkunft waren nicht ernst gemeint. Beide kannten einander gut und lange genug, um zu wissen, was sich hinter den rauhen Scherzen verbarg: die Scham darüber, unwiederbringliche Zeit untätig vergeudet zu haben bis jetzt, wo es vielleicht zu spät war.

40

GET 28:54

Als der Präsident den Sitzungssaal verlassen hatte, beugte sich der Außenminister zu Dillwater hinüber.

»Kommen Sie, Simon, ich lade Sie zu einer Tasse Kaffee ein.«

»Danke, Dr. Schlochter, aber ich habe schon ziemlich viel davon gehabt.«

»Dann zu einem Drink. Seit wir hier sitzen, habe ich Sie noch nichts anderes trinken sehen als immer nur Kaffee.«

»Ich trinke selten Alkoholika, aber einen kleinen Sherry könnte ich vielleicht nehmen.«

Sie gingen zu dem Servierwagen mit alkoholischen Getränken, der diskret hinter dem Tisch mit den Sandwiches und den kaffeegefüllten Thermoskannen stand. Bandin hatte ihn vor einigen Stunden hereinrollen lassen, um seine Sehnsucht nach mehreren großen Bourbons hinter einem großzügigen Angebot für alle zu tarnen. Mit ruhiger Hand schenkte Schlochter einen trockenen Tio Pepe und für sich selbst einen Wodka auf Eis mit einem Stück Zitronenschale ein. Er reichte Dillwater den Sherry und hob sein Glas.

»Auf den Erfolg der Rettungsmission!«

»Darauf stoße ich an, aber sonst auf nichts«, entgegnete Dillwater.

»Der Präsident ist ein vielbeschäftigter Mann, Simon. Er hat mehr Probleme am Hals als Sie ahnen!«

»Immer der Friedensstifter — Sie können wohl nicht mehr aus Ihrer Haut, Dr. Schlochter? Nur werden Sie diesmal leider nichts ausrichten. Ich habe erklärt, daß ich zurücktrete, sobald die Astronauten entweder sicher gelandet oder tot sind — und diese Erklärung steht. Der Präsident und General Bannerman wußten beide, daß die Raumfähre für den Rettungsflug bereitstand. Dennoch haben sie erst etwas unternommen, als sie gezwungen wurden.« Er blickte Schlochter offen in die Augen: »Wußten Sie ebenfalls von der Fähre?«

»Ich bin in der beneidenswerten Lage, mit nein antworten zu können. Hätte ich davon gewußt, ich wäre ebenso hin und her gerissen gewesen wie der Präsident.«

»Dr. Schlochter, gleich bringen Sie mich zum Weinen!«

»Ich kann Ihre Ironie gut verstehen, Simon, und möchte nicht mit Ihnen rechten. Aber Sie sollten doch dabei auch bedenken, daß unser Präsident zu der schweren, größten Pflicht berufen ist, unser Staatsschiff in Krieg und Frieden sicher zu steuern. Solange noch die geringste Chance bestand, daß Prometheus sein Triebwerk zünden und sich selbst aus seiner Falle befreien würde — so lange konnte er PEEKABOO unmöglich gefährden! Er mußte das Risiko der wenigen billigend in Kauf nehmen für die Sicherheit von vielen. Keinem Staatsmann bleiben solche Gewissenskonflikte erspart!«

Dillwater starrte in sein geleertes Glas, dann stellte er es entschlossen auf den Wagen zurück. Die dunklen Schatten unter den Augen waren das einzige Zeichen seiner Erschöpfung. Er neigte sich zu Schlochter und sprach so schnell und leise, daß nur dieser ihn verstehen konnte.

»Ich entstamme einer Gesellschaftsschicht, Dr. Schlochter, die aus dem heutigen Amerika fast verschwunden ist. Von früh auf wurde mir gelehrt, vulgäre und gewöhnliche Wörter zu meiden, und mein Leben lang bin ich mit dieser Maxime gut gefahren. Jedoch gibt es Ausnahmen: Was Sie soeben über Präsident Bandin gesagt haben, ist lauter gelackter Stuß und verdammter Bockmist in höchster Potenz! Dieser Mann ist nichts anderes als ein erbärmlicher politischer Opportunist, der alles und jeden bereitwillig opfert, wenn es seiner Wiederwahl dient. Moralisch würde selbst Mr. Nixon neben ihm wie ein unbescholtener Chorknabe dastehen!«

Schlochter nickte aufmerksam, als verfolge er eine komplizierte wissenschaftliche Beweisführung.

»Dennoch haben Sie einen Posten in seiner Regierung übernommen? Obwohl Sie von seinen, wie sagen wir, moralischen Rückschlägen wußten?«

»Ja. Er brauchte mich als Vertreter des liberalen Establishments der Ostküste — um dort Stimmen zu fangen. Ich fand die NASA wichtig genug, um meine Unterstützung zu rechtfertigen.«

»Nun gut, was hat sich geändert?« Schlochter unterstrich seine Argumente mit ausgestrecktem Zeigefinger. »Der Präsident ist und bleibt so, wie er schon damals war. Und die NASA und das Projekt benötigen Ihre Erfahrung und Ihre sachkundige Führung noch dringender als bisher.«

»Ich habe mich bereits entschieden und den Rücktritt eingereicht. Ich sehe mich nicht in der Lage, Mitglied einer Regierung zu sein, der dieser Mensch vorsteht.«

»Überstürzen Sie nichts! Ich habe mit Moskau gesprochen und vereinbart, daß wir die Fortsetzung des Projekts mit allen Mitteln durchsetzen werden, ganz gleich, wie dieser Flug ausgeht. Wir haben schon zuviel investiert, und wir sind zu sehr auf den Energiezuwachs angewiesen.«

»Und Bandin auf seine Wiederwahl!«

»Genau. Sie sind wahrscheinlich der einzige, der Prometheus nach dieser Schlappe noch zum Erfolg führen kann.« Er hob abwehrend die Hand, als Dillwater antworten wollte. »Sagen Sie jetzt nichts — lassen Sie sich erst noch einmal alles durch den Kopf gehen. Läutet da nicht Ihr Telefon?«

Eilig ging Dillwater zu seinem Apparat und hob ab.

»Hier Simon Dillwater.«

»Flax, ich wollte einen Lagebericht geben. Die Rettungsmission wird in etwa fünfzig Minuten starten, der Countdown verläuft planmäßig. Allerdings — der Sonnensturm nimmt zu.«

»Was bedeutet das für die Verweildauer in der Umlaufbahn?«

»Niemand scheint einigermaßen verläßliche Schätzungen machen zu können. Aber es ist wohl damit zu rechnen, daß der Orbit von Prometheus bald zusammenbricht. Es könnte noch vor dem Rendezvous sein oder kurz danach.«

»Keine herzerfrischenden Neuigkeiten.« Dillwater klammerte sich an den Telefonhörer, daß seine Finger schmerzten; er zwang sich, den Griff zu lockern. »Ich nehme an, daß Sie die Besatzung des Raumschiffs auf dem laufenden halten.«

»Ja, Sir, wir geben alle Meldungen sofort weiter. Die Crew arbeitet an dem HOOPSNAKE*-Programm.«*

»Woran? Ich hatte gedacht...«

»Daß es abgeblasen worden sei? Nein Sir, die Besatzung schätzt die Wahrscheinlichkeit eines Einschlags sehr hoch ein, während die Möglichkeit der Rettung mehr so etwas wie eine Hoffnung ist. Deshalb haben sie mit den Vorbereitungen zu HOOPSNAKE *vorsorglich begonnen.«*

»Ich hätte das Programm zerreißen sollen, als ich es zum erstenmal sah«, flüsterte Dillwater bedrückt.

»Ich habe eben nicht verstanden...«

»Macht nichts. Melden Sie sich wieder, wenn etwas vorliegt.«

Hoch über der Erdoberfläche, bedrohlich dicht über einer Atmosphäre in Aufruhr, zog Prometheus seine gleichförmige Bahn. Langsam drehte sich die riesige, blaue Kugel unter dem Raumschiff vorbei. Die andere Hälfte des Himmels war schwarz und kalt. Mitten unter den eisigen Lichtpunkten der Sterne stand eine unbarmherzige Sonne, deren gellende Helligkeit kein menschliches Auge zu ertragen vermochte. Gregor wandte ihr den Rücken zu und sog den überwältigenden Anblick des Weltalls, gesehen aus dem Weltall, in sich ein. Er war das gottgleiche Auge, der schwebende Beobachter außerhalb von Zeit und Raum. Unerreichbar fern schienen ihm Wärme und Geborgenheit, Atemluft und Wasser seines Heimatplaneten, und doch hatte er ihn zum Greifen plastisch vor Augen. Intensiver als je zuvor fühlte er sich als Bewohner dieser Erde, die ihm zu Füßen lag, und die seine Füße vielleicht nie wieder betreten würden.

»Haben Sie sich erholt, Gregor?« Patricks Stimme rief ihn aus seinen Gedanken zurück.

»Ja, es geht wieder, ich war nur etwas außer Atem.«

»Sie haben schon viel geschafft.«

»Nicht genug.« Er drehte sich um und betrachtete das verformte Metall am Heck des Raumschiffs. »Ich habe die Versteifung entfernt, um Zugang zur Ausströmdüse zu bekommen. An der Basis der Düse habe ich zwei Einschnitte gemacht und die Winde angesetzt, um eine dreieckige Öffnung aufzubiegen. Durch sie kann ich jetzt in die Druckkammer gelangen und die Glühbirne zerschlagen.«

»Wie wollen Sie das machen?«

»Ich habe einen Stahlträger losgeschnitten, der müßte reichen.«

»Viel Glück!«

Auch Coretta und Nadja wünschten ihm Erfolg; er antwortete nicht, sondern nickte nur stumm und konzentrierte sich auf die Aufgabe, die vor ihm lag. Die Sicherungsleine, mit der er sich am Heck des Raumschiffs festgehakt hatte, beeinträchtigte seine Bewegungsfreiheit. Da er den Stahlträger in einer Hand hielt, sah er keine Möglichkeit, die Leine nach jedem Schritt zu lösen und wieder neu zu befestigen. Es würde auch ohne sie gehen — zwischen all den Rohrleitungen, über die er klettern mußte, gab es genug Gelegenheiten, sich festzuhalten. Außerdem war er ja immer noch durch das lange Nylonseil gesichert, das bis zur Luke zurückführte.

Von Griff zu Griff hangelte er sich langsam zu der Druckkammer, die er vor wenigen Minuten geöffnet hatte. Zehn Stunden waren nun schon vergangen, seit Patrick und Ely hier versucht hatten, das Triebwerk zu reparieren, das er nun in eine Bombe verwandelte. Der Gedanke an Ely berührte ihn eigenartig – besser, er versuchte, ihn zu vergessen. Rund um ihn ragten die Ausströmdüsen der vier anderen Triebwerkselemente meterhoch auf. Als er am Ziel war, stoppte er, hielt sich fest und wartete schwankend, bis die Bewegungsenergie verpufft war. Dann erst hakte er die Sicherungsleine wieder fest. Der Handscheinwerfer war auf der linken Seite seines MLS befestigt. Mit präzisen, abgemessenen Bewegungen nahm er den Stahlträger in die andere Hand und griff nach der Lampe. Ein runder Lichtkreis erschien auf dem dunklen Metall, das nur vom Widerschein der Erde blaugrün beleuchtet wurde. Er zog sich zur Öffnung der Druckkammer, leuchtete hinein – und hielt den Atem an.

Auf diesen Anblick war er nicht gefaßt: Statt einer verrußten schwarzen Röhre aus dem ausgeglühten Metall einer Raketenbrennkammer sah er Aladins Höhle aus Tausendundeiner Nacht. Eine drei Meter lange Kammer mit spiegelnden Wänden wurde von einer kostbaren, kristallinen Struktur ausgefüllt – dem Quarzzylinder, den man so geringschätzig Glühbirne nannte. In Wirklichkeit glich er einem schimmernden Gefäß aus Kristallglas, gefüllt mit funkelnden Diamanten, in denen sich das Licht der Lampe vielfarbig brach. Als er den Scheinwerfer bewegte, blitzte ein flirrendes Feuerwerk vor seinen Augen auf, so unerwartet und bunt, daß er schockiert glaubte, das Triebwerk würde aus sich selbst heraus leuchten.

»Werden Sie die Birne zerschlagen können?« Patricks Stimme schien aus großer Entfernung zu kommen.

Nur mühsam fand Gregor in die Realität zurück. Dies war keine Kathedrale zum höheren Ruhm der Wissenschaft – es war ein Ort der Zerstörung...

»Ja, es wird gehen«, antwortete er.

Er hielt den Scheinwerfer in der linken Hand und schob den Stahlträger mit der rechten langsam und vorsichtig durch die Öffnung, bis seine volle Länge zwischen dem Quarzzylinder und der Spiegelwand schwebte. Noch einen Augenblick lang gab er sich dem Farbenspiel hin – dann schlug er zu.

Es war ein Zeitlupenballett der Zerstörung, geräuschlos und

von den Fesseln der Schwerkraft befreit. Das Quarz zersprang, und Tausende winziger, blitzender Splitter schwebten langsam in alle Richtungen. Die Öffnung war etwa einen halben Meter breit; Gregor hing mit dem Oberkörper darüber und streckte seinen Arm hinein, so tief er konnte. Mit schlängelnden Bewegungen des ganzen Körpers versuchte er, den Rückstoß der Schläge auszugleichen. Als er wieder in die Kammer hineinblickte, war das Zerstörungswerk vollendet. Leuchtende Glaspartikel trieben ihm langsam entgegen wie Sterne in den schlechten Trickaufnahmen, die er aus Science-fiction-Filmen gewohnt war.

»Geschafft!« Er sprach zu sich selbst, doch die anderen hörten.

»Dann kommen Sie sofort zurück«, drängte Patrick. »Verlieren Sie keine Zeit!«

Gregor bemerkte die Spannung, die in Patricks Stimme lag. Er zuckte mit den Schultern. Warum nicht — es gab wahrlich Gründe genug dafür. Oder gab es inzwischen einen neuen? In Gedanken versunken, schleuderte er den Stahlträger von sich und löste seine Sicherungsleine. Mit beiden Beinen stieß er sich ab und streckte schon die Hand aus, um nach einem Rohrende zu greifen.

Er verfehlte es.

Von Entsetzen gepackt sah er, wie das Heck des Raumschiffs knapp außerhalb der Reichweite seiner Finger vorbeiglitt. Schon schwebte er querab, schon sah er die winzige Luke in fünfzig Meter Entfernung. Corettas Raumhelm ragte heraus.

»Gregor, du solltest nicht so weit hinter dem Schiff sein!«

»Leider keine Absicht — ich habe meinen Halt verloren.«

»Ich ziehe dich an der Leine zurück.«

»STOPP!« schrie Patrick aufgeregt. »Halt, tut gar nichts! Solange er an der Sicherungsleine hängt, besteht keine Gefahr. Ist die Leine fest, Coretta?«

»Fest an beiden Enden.«

»Gut. Jetzt beschreiben Sie mir genau, wo Sie Gregor sehen.«

»Nun, er ist gerade hinter dem Heck zum Vorschein gekommen. Er scheint sich rechtwinklig vom Schiff zu entfernen.«

»Wie schnell?«

»Ich weiß es nicht. Es hat etwa eine, zwei Sekunden gedauert, bis er ganz sichtbar war.«

»Sehr gut.« Patrick schätzte Gregors Driftgeschwindigkeit ab und versuchte, sie zur Länge der Leine in Beziehung zu setzen. »Ziehen Sie ganz vorsichtig, bis die Leine straff ist. Dann holen Sie

sie *sehr langsam* etwa einen Meter weit ein. Nehmen Sie sich gute drei Sekunden für diesen Meter. Es geht auf keinen Fall darum, Gregor herzuziehen, wir brauchen ihm nur einen leichten Stoß in die richtige Richtung zu geben. Das Schlimmste wäre, ihn zu schnell zu bewegen. Wir könnten ihn nicht mehr bremsen, und er würde am Ende seines Bogens gegen die Außenhaut geschmettert werden.«

»Ich bin soweit.«

»Glänzend. Jetzt halten Sie die Leine kurz, aber ziehen Sie um Gottes willen nicht mehr. Einfach einholen, während er näher kommt.«

Die Situation war unter Kontrolle, und dennoch machte sie Gregor Angst. Er bewegte sich nun zwar langsam auf die Höhe der Luke zu, *entfernte* sich aber immer noch vom Raumschiff. Das war nur logisch, versuchte er sich einzureden, ein einfaches geometrisches Problem. Seine Bewegung war die Resultierende zweier Vektoren, von denen der ursprüngliche senkrecht vom Raumschiff weg, der zweite, von Coretta hinzugefügte, jedoch parallel zum Rumpf wies. Eine Rechenaufgabe aus der Volksschule — doch wenn man selbst am Ende der Schnur hing, fand man sie gar nicht mehr simpel.

Patrick versuchte, den Vorgang mit Hilfe seiner Vorstellungskraft zu verfolgen. Sehen konnte er nur durch Corettas Augen. »Er ist fast gleichauf.«

»Warten Sie, bis er genau auf Höhe der Luke ist — dann keine Leine mehr einholen. Er wird einen Viertelkreis beschreiben, der ihn wieder zur Station zurückbringt. Bitte alles ganz sanft — er darf nicht beschleunigt werden.«

Gregor spürte den leichten Zug der Sicherungsleine an seinem Gürtel, dann schwebte er wieder auf Prometheus zu. Mit ausgestreckten Armen bremste er den Stoß ab und fand rechtzeitig einen Haltegriff, ehe er zurückprallte.

»Kontakt!« keuchte er triumphierend.

»Dann schnell herein mit Ihnen«, befahl Patrick. Er wartete, bis Gregor sich zur Luke gehangelt hatte, dann fuhr er fort: »Sichern Sie das MLS mit einer Extraleine, ehe Sie die Luke schließen.«

»Warum?« fragte er überrascht. Nadja antwortete ihm auf russisch.

»Wir haben mit Mission Control gesprochen, während Sie draußen waren. Houston hat jetzt eine Schätzung. Mit einer Wahrscheinlichkeit von achtzig Prozent treten wir im nächsten Perigäum in die Atmosphäre ein. In etwa zehn Minuten also.«

»Aber das ist einen Umlauf zu früh! Während der nächsten Erdumkreisung wird die Raumfähre hier sein und uns abholen!« Ungläubig starrte er seine Kameraden an. Hinter dem spiegelnden Lichtschutzfilter der Raumhelme waren ihre Gesichter nur undeutlich zu erkennen.

»Das wissen wir alle«, entgegnete Nadja ruhig. »Vielleicht hat uns unser Glück verlassen. Wir werden es in wenigen Minuten erfahren.«

Gregor ging wieder zur Luke. »Ich muß hinaus! HOOPSNAKE ist noch nicht fertig!«

»Keine Zeit mehr«, hielt ihn Patrick zurück. »Warten wir ab, ob wir diesmal noch durchkommen, dann können wir entscheiden. Was ist die GET?«

»30:04«, antwortete Coretta.

»Noch sechs Minuten. Und dann noch eine knappe Stunde, wenn die Fähre pünktlich abhebt.«

Sie konnten nur noch abwarten. Für Patrick und Nadja lief die Uhr im Dunkeln langsamer.

41

GET 29:43

»Wie ist der Tankstatus?« fragte Decosta.

»Sie sind fast fertig«, antwortete Cooke.

»Wird auch Zeit. Das ist eine verdammt unbequeme Position.«

Die beiden Piloten saßen angeschnallt in ihrem Cockpit — oder vielmehr, sie lagen. Der Orbiter war ein Zwitterprodukt aus Flugzeug und Rakete. Bei der Rückkehr aus dem Weltall war er ein antriebsloser Gleiter mit deltaförmigen Flügeln, der auf einer normalen Piste landete. Für den Start wurde er mit zwei wiederverwendbaren Feststoffraketen zusammenmontiert und stand senkrecht auf der Rampe. Das Cockpit ähnelte dem eines Flugzeugs — doch beim Start lagen die Piloten mit dem Rücken auf ihren Sitzen, wie hilflose Käfer.

»Was ist mit den Liegen?« fragte Decosta ins Mikrofon.

»Wir bringen die Palette gerade auf«, antwortete der Beladungstechniker.

»Und die Atmungsgeräte?«

»Verstauen wir in der Luftschleuse...«

»Halt! Das ist nicht gut.« Decosta neselte an seinem Gurt.

»Was hast du vor?« fragte Cooke erstaunt.

»Ich flitze nach unten und bringe was in Ordnung.«

»Bist du wahnsinnig? Wir sind in der Endphase des Countdown, knapp zwanzig Minuten vor Null! Ich kann die Startvorbereitungen nicht fortsetzen, wenn du dich in der Ladebucht rumtreibst.«

»Du wirst einfach müssen. Vergiß die Checkliste für dieses Mal!« Während er sprach, war er schon über seinen Sitz geklettert und hatte sich von der Lehne herabgelassen. Er stand nun auf der Rückwand des Cockpit, die im Augenblick der Boden war. »Wir dürfen beim Rendezvous keine Zeit verlieren. Die Ausrüstung muß sofort griffbereit sein, ohne langes Fummeln.«

Er verschwand durch die seitliche Öffnung im Mitteldeck der Druckkabine.

»Wenn du nicht rechtzeitig zurückkommst, fliege ich ohne dich los!« rief ihm Cooke nach.

Der Eingang zur Luftschleuse ragte aus der Kabinenrückwand, wie ein Schrank, der auf dem Boden lag. Decosta öffnete die innere Luke, beugte sich hinein und entriegelte auch die äußere, die zur Ladebucht führte. Ein Abgrund von achtzehn Meter Tiefe tat sich vor ihm auf. Direkt unter der Lukentür schwebte die Hebebühne, auf der der Beladungstechniker arbeitete. Decosta grinste in sein erschrockenes Gesicht.

»Was haben Sie denn hier verloren, Hauptmann?«

»Ich suche meine Kontaktlinsen. Zur Seite!«

Decosta drehte sich um, kletterte in die Schleuse hinunter und sprang auf die Hebebühne. Der Ausleger, an dem sie befestigt war, schwankte unter der plötzlichen Belastung.

»Das sind die Atmungsgeräte?« fragte Decosta mit einem Blick auf die Stahlflaschen, die auf dem Boden lagen.

»Ja, Sir, ich wollte sie gerade festzurren.«

»Vergessen Sie's, ich habe eine bessere Idee. Lassen Sie uns hinunter.«

Langsam sank die Arbeitsbühne zwischen den weit geöffneten Klappen der Ladebucht in die Tiefe. Normalerweise war dieser zylindrische Raum von achtzehn Meter Länge und viereinhalb Meter Durchmesser mit Nutzlasten wie dem soeben entfernten Satelliten gefüllt. Jetzt herrschte gähnende Leere: Als einzige Ladung war die Palette mit den vier Konturliegen unmittelbar unter der Luftschleuse befestigt worden.

»Ganz runter«, sagte Decosta, »bis zum Ende des Manipulators.«

Der Manipulator war ein fernsteuerbarer Arm, der am Ende mit einem Greifglied versehen war und dazu diente, Nutzlasten im Weltraum aus- und einzuladen. Er reichte durch die ganze Ladebucht und wirkte für diese Länge absurd dünn. Seine schwachen Elektromotoren konnten unter dem Einfluß der Schwerkraft kaum sein eigenes Gewicht bewegen — erst im All wurde er funktionsfähig. Decosta betrachtete ihn und überlegte fieberhaft, welche Situation sie beim Rendezvous vorfinden würden.

»Hallo! Hallo Hauptmann!« Ein Techniker auf dem Wartungsturm versuchte, das Summen und Zischen der Ventile und Elektromotoren zu übertönen. »Major Cooke sagt, daß Sie nur noch fünfzehn Minuten haben.«

»Ich weiß, ich weiß«, rief Decosta zurück. Er begann zu schwitzen. »Fahren Sie ganz hinunter und setzen Sie mich auf der Rückwand der Ladebucht ab. Wir werden die Sauerstoffflaschen dort verstauen.«

Decosta sprang von der Arbeitsbühne, bevor sie aufgesetzt

hatte. Der Techniker reichte ihm die Flaschen hinaus. »Haben Sie Nylonschnur?« fragte Decosta.

»Weiß und rot.«

»Die weiße bitte.«

So rasch er konnte, zurrte Decosta die Atmungsgeräte an den Ringbolzen auf der Rückwand der Ladebucht fest. Er benützte eine einzige Schnurlänge, so daß ein Schnitt genügen würde, alle vier Flaschen zu lösen.

»Messer.«

Der Techniker reichte ihm ein schweres Taschenmesser. Decosta klappte die große Klinge heraus und schnitt die weiße Schnur durch. Dann griff er hastig nach der roten, fädelte sie durch die Transportösen der vier Stahlflaschen und sprang auf die Hebebühne zurück.

»Hoch bis zum Ende des Manipulatorarms.«

Die Bühne stieg summend, während Decosta die rote Nylonleine auslaufen ließ. »Nur noch acht Minuten!« rief es aus dem Wartungsraum. Er kappte die Schnur und befestigte das freie Ende am Greifglied des Manipulators. Dann schnitt er noch ein kurzes Stück ab und benützte es, um das Taschenmesser direkt daneben zu befestigen.

»He, das ist mein Messer!« rief der Techniker.

»Es wird einen Ausflug machen. Reichen Sie eine Verlustmeldung ein. Und jetzt nichts wie weg hier.«

Quälend langsam hob sich die Arbeitsbühne weiter, bis sie wieder unter der Luftschleuse am oben Ende der Ladebucht angelangt war. Decosta kletterte hinauf und hing plötzlich mit beiden Beinen in der Luft, während die Bühne hastig zur Seite geschwenkt wurde. Im selben Augenblick begannen sich die beiden riesigen Klappen der Ladebucht zu schließen. Mit einem Klimmzug gelang es ihm, sich ganz in die Schleuse hineinzuziehen. Erschöpft schloß er die Luke und hörte Cookes ungeduldiges Rufen.

»Beeil dich! Nur noch zwei Minuten!«

»Ich komme!« keuchte Decosta. Er verriegelte die innere Lukentür der Luftschleuse, kletterte quer in das Cockpit, griff nach der Lehne des Sitzes und quälte sich mit einem zweiten Klimmzug hoch.

»Dreißig Sekunden! Pumpen laufen, Ladebucht ist zu, fertig zur Zündung. Schnall dich an, um Gottes willen, *schnell*!«

Mit letzter Kraft kippte sich Decosta in den Sitz, wühlte nach den Gurtenden, klinkte sie ein: Ein Stoß ins Rückgrat — die Triebwerke hatten gezündet.

Auf einem Schweif aus Feuer hob sich die Raumfähre in den Himmel, schnell und immer schneller, ihrem Rendezvous im All entgegen.

»Die Fähre ist ›go‹«, rief Flax ins Mikrofon. Vier Astronauten auf Prometheus hörten ihn mit wenig Hoffnung. *»Eine Minute seit Liftoff.«*

Patrick hatte den Raumgleiter selbst oft geflogen und wußte, was in diesen Augenblicken vorging. Eine Minute und fünfzig Sekunden feuerten die Feststoffraketen gemeinsam mit den Triebwerken des Orbiters. Dann, bei über fünftausend Stundenkilometern, in fünfzig Kilometer Höhe...«

»Brennschluß, Stufentrennung.«

Leergebrannt, wurden die beiden vierundvierzig Meter langen Starthilfsraketen von der Raumfähre abgesprengt, um in einem weiten Bogen zur Erde zurückzufallen. Bremsfallschirme ließen sie weich auf dem Atlantik niedergehen, wo die Bergungsschiffe schon warteten, die sie zur Wiederverwendung nach Cape Canaveral zurückbringen sollten.

Die drei Haupttriebwerke des Orbiters feuerten weiter, noch volle sieben Minuten, bis die letzten Tropfen Treibstoff aus dem Außentank gesaugt waren. Und immer noch war die Raumfähre nicht in der Umlaufbahn. Immer noch würde sie zur Erde zurückfallen, wenn jetzt etwas passierte.

»Ich kann euch nicht hören, Orbiter, stimmt etwas nicht? Okay, jetzt geht es besser. Verstanden, Außentank abgeworfen.«

Die Haupttriebwerke schwiegen nun. Kleine Manövertriebwerke übernahmen die letzte Aufgabe, den Raumgleiter in die Umlaufbahn einzuschießen. Er war auf dem Weg.

»Was ist das?« rief Coretta. »Da fliegen Funken, außen, vor dem Fensterschlitz.«

Während sie noch sprach, begann es schon zu zittern, zu schütteln, zu beben...

»Die Atmosphäre!« schrie Patrick. »Wir schlagen auf...«

Der Bildregisseur saß im Mischraum, betrachtete die Bildschirme auf der Monitorenwand und maulte in sich hinein. Was für eine miserable Auswahl! Vance Cortwright samt Leichenbittermiene und Grabesstimme war auf Sendung, Monitor zwei. Auf Monitor eins hatte er den Ameisenhaufen namens Mission Control: Seit dreißig Stunden das gleiche Bild,obendrein mal wieder ohne Ton; Flax hatte ihn abdrehen lassen. Monitor drei war die Studiokamera. Einer dieser Science-fiction-Schreiberlinge war als Weltuntergangsexperte zu Gast. Er hatte schon eine Menge Provozierendes von sich gegeben, doch im Augenblick brauchte das Publikum eine Abwechslung. Bildschirm vier blieb blind. Über ihn war gerade der Trickfilm mit dem Start der Raumfähre gelaufen. Nun stand er für die weiteren Trickfilme zur Verfügung, die zur Verdeutlichung aller erdenklichen Ereignisse vorproduziert worden waren. Der Bildregisseur drehte Cortwrights Ton hoch, während er weiter überlegte.

»...dramatischen Ereignisse der vergangenen Stunden drängen einer Entscheidung entgegen. Wie sie ausfallen wird, wagen wir zu hoffen, aber nicht zu prophezeien. Die Raumfähre befindet sich jetzt in antriebslosem Flug in einer Umlaufbahn. Doch noch ist diese Bahn von der des unglücklichen Prometheus weit entfernt. Die Besatzung bereitet in diesen Augenblicken die Kurskorrekturen vor, die schließlich zum Rendezvousmanöver führen sollen. Ein Tausendstel eines einzigen Prozents — größer darf die Abweichung vom errechneten Kurs nicht sein, wenn das Manöver gelingen soll. Doch was werden sie vorfinden? Die tapfere Besatzung des angeschlagenen Raumschiffs hat hart gearbeitet und sogar ihr Leben gegeben, um diesen Punkt zu erreichen. Wie unbeschreiblich grausam, wenn alle Opfer umsonst gewesen wären, wenn das Ende der Rettung zuvorkäme. Denn dieser Flug in die Hölle ist seinem Ende nah! Die letzte Erdumkreisung...«

»Laßt den Prometheus-brennt-Film abfahren«, raunzte der Bildregisseur in sein Mikro. Sobald die bewegte Trickzeichnung auf Bildschirm vier erschien, schaltete er sie auf Sendung und ließ Cortwrights Ton weiterlaufen.

»...dünn wie das Vakuum im Inneren einer Glühbirne. Doch bei der unvorstellbaren Geschwindigkeit von achtundzwanzigtausend Stundenkilometern wird dieselbe Luft für Prometheus wie eine solide Mauer sein.« Im Trickfilm begann die Nase des Raumschiffs zu glühen. Dramatisch kolorierte Funken stoben über den Bildschirm. »Reibungswärme wird...«

Cortwright verstummte mitten im Satz und wurde plötzlich bleich. Aufgeregt preßte er den Miniaturkopfhörer in sein Ohr.

Als er fortfuhr, verhaspelte er sich fast vor Erregung. »Es ist geschehen, mein Gott, es passiert in diesem Augenblick, während ich davon spreche! Prometheus hat Kontakt mit der Atmosphäre gemeldet, dann brach die Verbindung ab. Wir wissen, daß die Reibungshitze die Luft ionisiert und den Funkkontakt unterbricht. Vielleicht handelt es sich nur darum — vielleicht ist aber auch das Schlimmste passiert, die Katastrophe, die wir seit Stunden fürchten. Es mag ein schwacher Trost sein, daß sie zu diesem Zeitpunkt nur die tapferen Astronauten und Kosmonauten trifft, denn Prometheus befindet sich noch über den menschenleeren Wasserwüsten des Pazifischen Ozeans. Die Tragödie von Cottenham New Town kann sich im Augenblick nicht wiederholen...«

»Phantastisch, einfach Spitze!« schmunzelte der Regisseur im Bildmischraum und rieb sich die Hände. »Sie sind in die Atmosphäre eingetreten, während wir den Film mit dem brennenden Raumschiff auf Sendung hatten. Was für ein phantastisches Timing!«

»Ich weiß es nicht«, sagte Flax. *»Bei allen Heiligen, ich habe einfach keine Ahnung.«*

»Ich verstehe, daß Sie nichts sagen können und wollen, Mr. Flax.« Simon Dillwater spürte die Erschöpfung, die Qual in der Stimme seines Gesprächspartners. Er merkte, daß er ihn nicht weiter drängen durfte. »Diese Verbindung bleibt offen, und wir alle sind bereit, wenn Sie uns eine Neuigkeit mitzuteilen haben. Wir beten, daß es eine gute Neuigkeit sein wird.«

Langsam legte Dillwater den Hörer auf die Gabel und blickte in die wartenden Gesichter. »Keine weiteren Informationen.«

»Houston muß doch etwas wissen!« rief Bandin. »Acht Milliarden Dollar Elektronik, und sie haben keinen Hinweis? Vielleicht genügt es, ein Fernrohr aufzustellen und zum Himmel zu schauen?«

»Sie können sich darauf verlassen, daß alles technisch Machbare getan wird, Mr. President. Nur noch ein paar Minuten Geduld!«

Bannerman erhob sich und ging zu der Karte, auf der die letzte Position des Raumschiffs markiert war.

»Wir brauchen Klarheit, so schnell es geht. Noch würde das Ding nur ein Loch in den Meeresgrund bohren. Wenn es sich aber nur ein paar Minuten länger im Orbit hält, kann es bereits auf Los Angeles stürzen.«

Niemand antwortete. Niemand war fähig, auszudrücken, was er bei diesen Worten empfand.

»Nichts«, sagte Cooke. »Noch immer nichts.« Er hatte die Augen geschlossen, um sich auf das Rauschen in seinem Kopfhörer konzentrieren zu können.

»Sie können nicht verglühen, nicht, wenn wir so nahe sind«, entgegnete Decosta. Er öffnete seinen Gurt und stand auf. »Ich lege meinen Druckanzug an.«

»Du weißt gar nicht, ob du ihn noch brauchen wirst.«

»Das ist mir klar!« Seine Stimme klang bitter, wütend auch. Er öffnete die Schiebetür in der Kabinenrückwand und zerrte seinen Anzug heraus. »Es ist wie mit dem Klopfen auf Holz: Man ist nicht abergläubisch, aber man tut's doch. Ich ziehe diesen Anzug jetzt an und ich werde ihn auch brauchen, basta!«

»Gut gebrüllt, Löwe!« Cooke versuchte zu lächeln, doch er hatte sich in seinem ganzen Leben noch nie so elend gefühlt. Apathisch griff er zum Mikrofon. »Orbiter an Mission Control, habt ihr etwas gehört?«

»Nichts«, antwortete Flax. »Tut mir leid, Cooke, gar nichts. Euer Flugplan gilt vorerst weiter. Nächste Kurskorrektur in sieben Minuten.«

»Verstanden, Mission Control, Ende.«

Flax war jenseits aller Erschöpfung. Daß es so enden sollte, so plötzlich und sinnlos, so kurz vor der glücklichen Rettung. Er wandte seinen Kopf zur GET. Keine Dreiviertelstunde mehr bis zum Rendezvous...

»Da ist was auf der Wellenlänge!«

Der Schrei scheuchte die Männer hinter den Konsolen hoch wie Marionetten an der gleichen Schnur. Angespannt starrte ganz Mission Control auf den Wandlautsprecher, aus dem es zischte und dröhnte. War da eine menschliche Stimme hinter dem Brausen des elektronischen Wasserfalls? Kaum hörbar, zu erahnen mehr als zu verstehen, drangen Wortfetzen durch das Rauschen.

»...sion Control... ometheus... bitte mel...«

GET 30:20

»Jetzt sehe ich nichts mehr«, sagte Coretta. »Die Flammen, die glühenden Fetzen, sie sind alle weg.«

»Fünf Minuten schon, mindestens«, entgegnete Patrick. »Wir sind durch und im letzten Umlauf.«

»Wieso? Woher wollen Sie wissen...?«

»Wir waren soeben am Perigäum, dem erdnächsten Punkt unserer Bahn. Hier haben wir die Atmosphäre angekratzt — oder vielmehr, sie uns. Wir waren gerade noch hoch und schnell genug, um von ihr abzuprallen, wie ein flacher Stein von der Wasseroberfläche. Aber am selben Punkt unseres nächsten Umlaufs, also genau achtundachtzig Minuten nach diesem ersten Kontakt mit der Atmosphäre, wird die Mission mit Sicherheit beendet sein.« Blind tappte er nach dem Schalter seines Mikrofons. »Mission Control von Prometheus, ich möchte mit dem Orbiter sprechen.«

»Verstanden, Patrick, der Orbiter ist auf eurer Frequenz.«

»Wie geht's Ihrem Vogel, Cookie?«

»Er frißt uns aus der Hand: Alles im Grünen!«

»Was ist Ihre Schätzzeit für das Rendezvous?«

»In zirka vierzig Minuten sind wir bei euch.«

»Das wird gerade ausreichen, wenn ihr euch nicht verspätet. Wir erwarten den Eintritt in die Atmosphäre bei GET 31:38. Es bleibt euch also eine knappe halbe Stunde, um euch heranzumanövrieren und uns an Bord zu nehmen. Allerdings empfehle ich euch dringend, daß der Anflug beim ersten Versuch klappt.«

»Empfehlung akzeptiert, Pat. Ich werde mich anstrengen.«

»Ich weiß das, Cookie. Ende.«

Nadja hatte ungeduldig gewartet, bis das Gespräch beendet war: »Haben wir genug Zeit, um die Kommandozentrale noch einmal unter Druck zu setzen und dann wieder zu evakuieren?«

»Mehr als genug«, antwortete Patrick.

»Könnten wir das bitte tun? Meine Augen... da ist ein unangenehmes Gefühl, ein Schmerz.«

»Sie hätten sich gleich melden sollen. Gregor, komprimieren Sie die Kabine, Sie wissen, wo die Hebel sind.« Patrick streckte einen Arm aus und suchte im Dunkeln, bis seine Finger die andere Liege fanden. Vorsichtig tastete er sich weiter, bis er ihren Arm, ihre

Hand berührte. Er hielt sie fest und schämte sich, weil er Nadja über seinen Aufgaben völlig vergessen hatte.

»Es tut mir leid...«

»Seien Sie nicht albern! Sie haben alles für uns getan, was möglich war.«

»Druck«, meldete Gregor, löste seinen Raumhelm und nahm ihn ab. Nach dem Schweißgestank seines eigenen Körpers im engen Anzug wirkte sogar die künstliche, wiederaufbereitete Atemluft der Kabine frisch. Auch Coretta hatte ihren Helm schon abgesetzt. Gemeinsam halfen sie Nadja und Patrick.

»Sie bekommen einen frischen Verband und eine Spritze«, sagte Coretta zu Nadja.

»Ich möchte nicht wieder schlafen!« Die Antwort klang heftig.

»Nur keine Angst. Eine Injektion gegen die Schmerzen — Sie werden die Fähre nicht verpassen! Patrick bekommt auch eine.«

Über ihrer Aufgabe, zu helfen, schien Coretta alle Müdigkeit zu vergessen. Gregor beobachtete sie fasziniert. Ihr Haar war voll und schwarz, ganz anders als seine blonden, kurzen Locken. Und ihre Haut — braun, warm und sanft. Sie war so verschieden von den Frauen, die er bisher getroffen hatte. Er spürte ein Verlangen, sich über sie zu beugen und ihren Hals zu küssen, dort über dem starren Nackenring des Druckanzugs. Er widerstand; bei der Arbeit durfte er sie nicht stören. Statt dessen blickte er auf die GET-Anzeige, dann durch die Fensterschlitze hinaus auf die Erde.

»Sobald Coretta fertig ist, müssen wir die Zentrale evakuieren. Ich will das HOOPSNAKE-Programm zu Ende bringen.«

»Nein!« Aufgeregt stieß Coretta die Worte hervor: »Wir brauchen doch nicht, wir werden doch geholt!«

»Das ändert nichts an der Notwendigkeit, die Raumstation zu zerstören. Wir müssen eine Katastrophe auf der Erde ausschließen.«

»Aber Mission Control glaubt doch, daß Prometheus über dem Ozean abstürzen wird...«

»Glauben heißt nicht wissen! Genausogut könnte es Kalifornien treffen. Ich muß dieses Risiko ausschalten.«

»Ich fürchte, wir haben diese Wahl nicht«, schaltete sich Patrick ein. »Wir haben unser Bestes gegeben, aber Sie werden Ihre Aufgabe nicht vollenden können. Wenn die Zerstörungen am Raumschiff so groß sind, wie ihr mir berichtet habt, dürfen wir kaum hoffen, daß das MLS noch vor der Luke hängt. Und ohne das mobile Lebenserhaltungssystem führt kein Weg mehr zum Triebwerk.«

»Daran hatte ich nicht gedacht«, entgegnete Gregor aufgeregt. Hastig stieß er sich ab, schwebte zum Fenster und preßte sein Gesicht seitlich an das kalte Glas. Er konnte die Außenseite der Luke sehen — sonst nichts.

»Es ist weg«, murmelte er enttäuscht. »Aus und vorbei.«

Coretta zerbrach die gebrauchten Injektionsnadeln und schob sie durch die Einwegschleuse eines Abfallbehälters. Dann zog sie sich zu Gregor hin. Geistesabwesend, hatte sie sich zuviel Schwung gegeben, so daß sie seine Arme packen mußte, um sich abzubremsen. Sie ließ ihn nicht mehr los.

»Sei nicht traurig. Du hast getan, was du konntest, wir alle haben getan, was wir konnten. Keiner braucht sich Vorwürfe zu machen.«

Er starrte auf die beiden Piloten mit ihren bandagierten Köpfen. Ein Ausdruck schmerzlicher Verzweiflung schnitt sich tief in sein Gesicht. Er flüsterte, so daß nur Coretta ihn hören konnte: »Ich wollte es tun, es wäre wichtig gewesen, nicht nur für die Menschen unten, auch für mich. Sieh dir Patrick und Nadja an, hilflos, blind vielleicht für ihr ganzes Leben. Mein Land hat das getan, und ich schäme mich dafür. Ich hoffte, ich könnte es wiedergutmachen, ein wenig, wenn ich Prometheus zerstörte...«

»Aber du hast doch die Meldung gehört. Es war nicht dein Land, das uns die Rakete geschickt hat, es war ein einzelner Mann.«

Gregor lächelte gequält. »Du bist eine schöne Frau, *Dorogaja*, aber jetzt sprichst du wie ein Kind. Unglücksfälle dieser Art gibt es bei uns nicht. Nein, es war alles genau geplant, und als es mißlang, wurde ein Zündenbock gefunden...«

»Es heißt Sündenbock, mein Lieber, nicht Zündenbock, und ich glaube dir jedes Wort. Aber es ist nicht deine Schuld, und du kannst jetzt nichts tun, als es zu vergessen. Wenn unser Omnibus pünktlich kommt, werden wir leben! Wir werden zum Abendessen in Florida sein!«

Weit offen waren ihre dunklen Augen, tief blickten sie in seine blauen, als er sich plötzlich vorbeugte und sie auf den Mund küßte. Klirrend stießen die metallenen Nackenringe der Raumanzüge gegeneinander, und beide mußten lange Hälse machen, ehe sich die Lippen trafen. Es hätte komisch sein können, zwei aufgeblasene Michelin-Männchen, die mit der Tücke des Objekts kämpften. Es hätte komisch sein können — aber es war es nicht. Er küßte sie, und sie küßte ihn wieder, mit weit offenen Augen, die mehr sagten, als Worte jemals vermochten.

»Was zeigt die GET?« fragte Patrick plötzlich.

»30:45«, antwortete Coretta, nachdem sie sich von Gregor gelöst und auf die Anzeige geblickt hatte.

»Es ist Zeit, die Kommandozentrale wieder zu dekomprimieren. Setzt die Raumhelme auf und helft uns. Der Orbiter muß sich bereits im Endanflug befinden.«

»Prometheus, ich habe euch auf dem Nahbereichsradar. Wir sind im Anflug«, meldete Cooke.

»Wir erwarten euch, Orbiter. Die Luke ist geöffnet, wir sind bereit.«

»Unsere Annäherungsgeschwindigkeit beträgt jetzt noch zwölf Meter pro Sekunde.«

»Da sind sie!« rief Decosta, als Prometheus plötzlich in Sicht kam. Cooke nickte. Er war mit den Instrumenten beschäftigt.

»Wir können euch jetzt sehen. Wir nähern uns von der erdzugewandten Seite. Euer Mannschaftsmodul liegt im Schatten des Hecks, ich kann nicht erkennen, auf welcher Seite die Luke ist.«

»Meine Leute halten Ausschau — jetzt haben sie euch gesichtet. Unsere Luke liegt auf der erdabgewandten Seite, etwa in einem Winkel von dreißig Grad zu eurer Bahnebene.«

»Okay, Pat, ich werde seitlich versetzen und um die Längsachse rollen, während wir herantreiben. Ein Kinderspiel.«

Es war alles andere als das. Cooke wußte, daß er es beim ersten Versuch schaffen mußte, daß es keine Chance einer Wiederholung gab. Noch 755 Meter Entfernung, relative Geschwindigkeit 5,2 Meter pro Sekunde. Er zündete die Bremsraketen in der Nase des Raumgleiters. 350 Meter, 2,8 Meter pro Sekunde. Langsam, aber stetig wurde das Raumschiff vor den Cockpitfenstern größer.

»Ein Glück, daß sie die Nutzlast im vorderen Teil des Schiffs haben«, bemerkte Decosta. »Alles verglüht und verbrannt. Aber besser der Generator als die Besatzung.« Er schaltete den Sauerstoffkreislauf seines Anzugs ein und setzte den Raumhelm auf. »Sprechverbindung okay?« fragte er.

»Okay.«

»Ich öffne die Ladebucht und mache die Atmungsgeräte fertig.«

Er tauchte kopfüber in das mittlere Stockwerk der Druckkabine, löste die Verriegelung der Luftschleuse, öffnete die Innenluke und zog sich hinein. Dann verschloß er die Lukentür wieder hinter sich und betätigte das Druckausgleichsventil. Der Zeiger des Manometers kreiste über die Skala, bis das rote Warnlicht aufleuchtete. Die Außenluke der Luftschleuse schwang geräuschlos in das Dunkel der Ladebucht. Unmittelbar außerhalb lag das Schaltfeld für die Klappen und die Bedienung des Manipulators. Decosta kippte den Hebel auf ›Öffnen‹: Geräuschlos glitten die beiden achtzehn Meter langen Klappen über der Bucht auseinander. Licht drang durch einen schmalen Spalt, der sich rasch erweiterte. Nun konnte Decosta den Manipulatorarm erkennen, der sich von seiner Verankerung neben der Luftschleuse durch die ganze Ladebucht erstreckte. An ihm entlang zog er sich zum heckseitigen Ende, wo die Atmungsgeräte verstaut waren, ohne für Prometheus mehr als einen flüchtigen Blick übrig zu haben.

Das Raumschiff war nun weniger als hundert Meter vom Orbiter entfernt — etwas mehr als seine eigene Länge. Immer noch lag die Luke im Schatten, doch Decosta wußte, daß die Astronauten bereit standen und auf ihn warteten.

»Auf dem Weg«, meldete er ins Cockpit, als er das Ende des Manipulators erreichte. Das Messer hing genau dort, wo er es befestigt hatte. Vorsichtig tastete er nach dem Handgriff und schnitt die Nylonschnur mit der Klinge durch. Dann stieß er sich mit beiden Händen leicht ab und schwebte die letzten drei Meter bis zur Rückwand der Ladebucht. Ein schneller Schnitt durchtrennte die weiße Nylonschnur und löste die vier Stahlflaschen.

Hastig knotete er das Messer an der roten Schnur fest, die die vier Atmungsgeräte untereinander und mit dem Manipulator verband, dann machte er sich auf den Rückweg zur Luftschleuse. Erst als er bei den Bedienungshebeln des Manipulators angekommen war, nahm er sich die Zeit, wieder hinauszusehen.

Das Rendezvous war gelungen. Keine zwanzig Meter lagen mehr zwischen dem Orbiter und dem riesigen Zylinder des Raumschiffs, der die Erde verdunkelte. Decosta erkannte die Fenster der Kommandozentrale, er sah die offene Luke, aus der Licht drang und in der eine kleine behelmte Figur stand und winkte.

»Ich bin soweit«, sagte er in sein Mikrofon.

»Du kannst direkt mit Prometheus sprechen.«

»Prometheus, hier spricht Dee, ich kann euch sehen.« Er setzte den Manipulator in Bewegung.

»Was sollen wir tun?« fragte Patrick.

»Hier kommen die Sauerstoffflaschen. Sie sind am Ende des Arms.«

Der Manipulator hob sich und begann, im Zeitlupentempo über den Abgrund zu schwenken. Die Atmungsgeräte baumelten an der Schnur, die an seinem Ende befestigt war. »Versucht, sie zu packen, aber Vorsicht, sie schwingen hin und her. Ein Messer, mit dem ihr sie losschneiden könnt, ist mit dabei.«

Auf Prometheus standen die Astronauten zusmmengedrängt in der Luke und warteten. Zwei von ihnen sahen den Orbiter näher kommen. Er glich einem großen Flugzeug, doch diese Illusion wurde rasch zerstört, als er sich plötzlich auf den Kopf stellte und quer zur Ebene seiner Flügel manövrierte. Dann schien sein Rükken fast in voller Länge aufzuplatzen: Die Klappen der Ladebucht öffneten sich, und nun kam der Manipulatorarm auf sie zu wie ein Spinnenbein. Ein Bündel von Metallzylindern schwebte an seinem Ende. »Was passiert?« fragte Patrick ungeduldig.

»Verzeihung«, sagte Coretta, »ich vergaß ganz. Jetzt kommt ein langer, dünner Kran herüber. An seinem Ende baumeln und schaukeln die Sauerstoffflaschen. Nun steht er still...«

»Könnt ihr hinüberreichen, Prometheus?«

»Nein.« Gregor beugte sich vor, so weit er konnte. »Es fehlen noch mindestens zwei Meter.«

»Der Arm ist ganz ausgefahren«, rief Decosta.

»Ich komme noch ein Stück näher«, antwortete Cooke aus dem Cockpit.

Ein kurzer Schubstoß aus dem Lageregelungstriebwerken, und der Orbiter trieb seitwärts auf Prometheus zu.

»Genug!« schrie Gregor, als der dünne Arm schon gegen die Außenhaut zu prallen schien. Weißes Gas spritzte aus den Prometheus zugewandten Steuerdüsen des Raumgleiters und stoppte die Bewegung. »Jetzt geht es! Coretta, pack mich bei den Füßen.«

Mit einem Arm umschlang Coretta seine beiden Knöchel, mit dem anderen und beiden Beinen verankerte sie sich in der Luke. Gregor schwebte vor der Öffnung und streckte beide Arme weit aus. Mit den Fingerspitzen bekam er das Bündel zu packen.

»Ich hab' sie!«

Ein Schnitt, und die Flaschen waren frei; zusammen mit seiner Beute zog Coretta Gregor in die Kabine.

»Legt eure zuerst an«, sagte Patrick. »Dann löst die Versorgungskabel von den Druckanzügen und helft uns.«

Gregor befestigte das Atmungsgerät eilig an seinem Gürtel und steckte die Schläuche in die Ventile auf seiner Brust. Mit ruhiger Hand half er Patrick, während Coretta noch mit sich selbst beschäftigt war. Als sie aufblickte, um Nadja beizustehen, war Gregor verschwunden.

»Gregor?«

»Ich bin draußen, unterwegs zum Triebwerk. Ich weiß, ich hätte noch helfen sollen, aber mir bleiben nur zehn Minuten. Die Wasserstoffpumpen laufen bereits. Ihr habt noch Zeit, aber ich muß mich beeilen.«

»Was hast du vor?« rief sie, obwohl sie die Antwort wußte.

»HOOPSNAKE natürlich. Bitte haltet euch jetzt nicht auf!«

»Richtig«, unterbrach Decosta. *»Hängt euch an den Manipulator, damit ich euch herüberholen kann.«*

»Gregor«, schaltete Patrick sich ein, »Sie wissen, daß Sie es nicht zu tun brauchen?«

»Danke, ich weiß es, aber ich muß.«

Coretta zog Nadja hinter sich her zur Luke. »Öffnen Sie Ihre Hand. Hier ist ein Seil, fühlen Sie es?«

»Ich hab's, danke. Schubsen Sie mich hinaus und holen Sie Patrick.«

Coretta eilte in die Kommandozentrale zurück, nahm Patrick am Arm, brachte auch ihn zur Luke und half ihm hindurch. Nadja hatte sich schon bis zum Manipulator gezogen und wartete. Sie trieb langsam um den dünnen Arm herum, da ihr Griff so schmal war, daß sie den Bewegungsimpuls nicht abzubremsen vermochte. Endlich fand auch Patrick Halt; Coretta klammerte sich neben ihm an das Metall.

»Wir sind fertig«, meldete sie.

»Haltet euch gut fest. Ich hole euch herüber.«

Als der Arm zu schwenken begann und sich von der Luke entfernte, konnte Coretta zum erstenmal nach Gregor Ausschau halten. Sie sah ihn winzig klein kurz vor dem Heck arbeiten, wo er an einem losen Stück Metallverkleidung zerrte, das er schon vorher gelockert hatte.

»Gregor...«, sagte sie mit tonloser Stimme, dann fand sie keine Worte mehr.

»Es war... sehr schön, mit euch allen zusammenzuarbeiten«, antwortete er keuchend, während er mit der Stahlplatte kämpfte. »Ich danke euch für diese... Gelegenheit...«

»Wir haben noch fünf Minuten.« Die Ruhe, mit der Cooke sprach, wirkte nachdrücklicher als jedes Drängen.

»Wir brauchen das Licht, um zu sehen«, antwortete Decosta.

»Ich kann die Klappen nicht schließen, ehe alle angeschnallt sind.«

»Bitte verliert keine Zeit. Ich kann erst manövrieren, wenn die Bucht geschlossen ist.«

Langsam knickte der Manipulatorarm ein, faltete sich zusammen und senkte die Menschentraube an seiner Spitze auf die wartenden Konturliegen hinab. Noch drei Meter, langsamer, ein Meter, halt. Kaum hatte Decosta die Motoren abgestellt, stieß er sich schon ab und schwebte zu den anderen.

»Einer von euch kann sehen, ich weiß nicht wer, er soll sich selbst anschnallen. Ich versorge die beiden Blinden.«

Coretta zog sich zu einer Liege. Sobald sie sich bewegte, griff Decosta nach einem der anderen. »Ich habe jemanden bei der Hand, bitte loslassen, ich mach' das schon.« Aus der Nähe konnte er die Augenbinde hinter dem Visier des Raumhelms erkennen. Er schob die unförmige Gestalt im Druckanzug über eine Liege, drückte sie nieder und befestigte die Gurte. Dann die zweite. Eine Liege blieb leer.

»Ich muß noch den Manipulator in Ruhestellung bringen und die Klappen schließen«, meldete Decosta ins Cockpit.

»Kann ich schon beschleunigen? Wir sind bei Null, es kann jeden Augenblick soweit sein...« Jetzt klang auch Cooke angespannt, nervös.

»Negativ, nur noch ein paar Sekunden. Arm ist in Position, Klappen schließen sich, Schaltfeld gesichert. Ich bin in der Schleuse, jetzt ist die Luke zu... *jetzt*!«

Gregor war auf der gleichen Frequenz und hörte jedes Wort. Er hatte die Platte endlich gelöst und nahm sich Zeit für einen kurzen Blick. Flammen schossen aus den Düsen der Manövertriebwerke im Heck des Orbiters, lange Feuerzungen im luftleeren Raum. Das geflügelte Raumfahrzeug beschleunigte rasant.

»Lebt wohl!« sagte er leise und schob sich durch die Öffnung, ohne eine Antwort abzuwarten. Die Metallhaut des Raumschiffs, hinter der er sich nun befand, schirmte den Sender in seinem Anzug ab. Im Licht der Handlampe sah er die aufgereihten Kunststoffschläuche.

»Genau wie beschrieben«, sagte er zu sich selbst. Er hatte das HOOPSNAKE-Programm oft genug gelesen, große Teile davon sogar auswendig gelernt, um jeden Fehler zu vermeiden. »Einer der Schläuche ist zu durchtrennen. Mit diesem nagelneuen Messer, das uns die Fähre mitgebracht hat.« Da der Schlauch weich und elastisch war, stach er mit der Messerspitze ein Loch, um leichter einschneiden zu können. Zum ersten und letzten Mal in seinem Leben sah er die tödlichen Körner des Urangranulats. »U-235, nicht berühren!« Er lächelte, als ihm bewußt wurde, daß er keine Angst mehr empfand. »Eine bemerkenswerte Entdeckung«, sagte er laut, obwohl ihn niemand mehr hörte. »Ich wünschte, ich könnte Wladimir davon erzählen. Nun, vielleicht kann ich es, wenn die Kirche recht hat und nicht die Kommunistische Partei. Ich würde dem Oberst gerne sagen, daß Mut keine alleinige Tugend seiner Generation ist.«

Endlich hatte er den gummiartigen Kunststoff durchgesäbelt. Er zog die benötigte Schlauchlänge heraus, fädelte sie durch die Öffnung und tauchte hinterher. Von Handgriff zu Handgriff hangelte er sich das kurze, verbleibende Wegstück zum Heck, dann quer über die Installationen in der Mulde zu der aufgeschnittenen Ausströmdüse des Reaktors. Ein Kometenschweif von Wasserstoffpartikeln, die zu Kristallen froren, sobald sie aus der Düse austraten, wies ihm den Weg.

»Jetzt wird es kritisch«, murmelte er, als er den weißen Wirbel erreichte. »Es muß sofort klappen, beim allerersten Versuch.«

In den Augenwinkeln sah er etwas aufblitzen, dort, wo eben noch die Schwärze des Weltraums gewesen war. Er drehte den Kopf. Glühende Teile der Außenhaut flogen vorbei.

Prometheus war in der Atmosphäre. Jetzt blieben ihm nur noch Augenblicke. Gregor opferte eine Sekunde, um seine Sicherungsleine einzuhaken. Er brauchte festen Halt und mußte beide Hände frei haben, um den urangefüllten Schlauch zu einem kompakten Ball zusammenzurollen. Es ging schwerer, als er erwartet hatte, und als er fertig war, staunte er über die geringe Größe der Kugel, die er zwischen seinen Händen hielt. Er spürte die Strahlung nicht, die von ihr ausging, doch er wußte, daß er soeben seinen ersten Tod gestorben war. Zwei standen ihm noch bevor, doch wenn alles gut- ging, würde er den dritten nicht mehr erleben.

»Ja«, sagte er mit lauter Stimme, »es ist Zeit.«

Langsam beugte er sich über die Öffnung in der Basis der Düse. Die Sonne stand jetzt genau hinter dem Raumschiff und leuchtete senkrecht in die Druckkammer.

Es war atemberaubend. Seit mehreren Minuten war flüssiger Wasserstoff in stetigem Strom in die Kammer geflossen. Zuerst war er verdampft, doch dabei wurden die Quarzwände und die freischwebenden Splitter ihrerseits abgekühlt, und so hatte die Verdampfung schließlich aufgehört. Nun war der Spiegelraum bis an den Rand mit der fahl leuchtenden, durchscheinenden Flüssigkeit gefüllt, zweihundertundfünfzig Minusgrade kalt. Da immer noch Wasserstoff eingepumpt wurde, lösten sich Tropfen aller Größen von der Oberfläche und schwebten Gregor entgegen. Sie sahen aus wie silberne Christbaumkugeln, doch sobald eine das Visier seines Raumhelms berührte, verpuffte sie geräuschlos zu unsichtbarem Gas.

Eine endlose Sekunde lang starrte er in den kalten See — dann stieß er die Urankugel vorwärts. Sie hatte eine enorme Masse, und er mußte regelrecht anschieben, um sie in Bewegung zu versetzen. Langsam, aber unaufhaltsam glitt sie auf die Oberfläche zu und tauchte hinein. Der Wasserstoff, mit dem sie in Berührung kam, verdampfte erst und umgab die Kugel mit einer schützenden Gashülle. Noch wurde die Neutronenstrahlung nicht auf die Geschwindigkeit abgebremst, bei der sie eine Kernspaltung auslöste.

Doch die Oberfläche der Kugel kühlte schnell aus. Die Gashülle brach zusammen, und der dichte, flüssige Wasserstoff berührte das Uran...

Angeschnallt und von der Beschleunigung in die Gurte gepreßt, warf Coretta einen letzten Blick auf Prometheus. Wie winzig das riesige Raumschiff aus wachsender Entfernung wirkte, eingeklemmt in den schmalen Spalt der sich schließenden Ladeklappen. Nun berührten sie sich — Prometheus war verschwunden.

»Wir sind bereits über hundert Kilometer entfernt«, dröhnte Cookes Stimme in den Kopfhörern der Raumhelme. *»Wir steigen und — mein Gott!«* Er verstummte einen Augenblick, dann fuhr er stammelnd fort. *»Es war hinter uns, zum Glück. Ist bei euch alles in Ordnung? Ein Blitz, eine Explosion, ich habe nie etwas Vergleichbares gesehen. Es ist tatsächlich explodiert. Es wird nicht mehr einschlagen. Die Menschen auf der Erde sind außer Gefahr.«*

Es war schwarz in der unbeleuchteten Ladebucht, für Coretta ebenso wie für die geblendeten Piloten.

»Adieu, Gregor«, flüsterte sie leise ins antwortlose Dunkel.

43

GET 30:20

»Fahrt dreihundert Knoten.« Decosta las die Instrumente ab, Cooke saß am Steuerknüppel.

»Ich bin genau auf dem Gleitpfad. Fahrwerk ausfahren!«

Decosta betätigte die Schalter und wartete, bis die grünen Kontrollampen aufflackerten. »Fahrwerk ausgefahren und eingerastet.«

Die ganze Ostküste der USA lag unter einer dichten Wolkendecke, die sie aus dem All von Florida bis Neufundland überblickt hatten. Näher und näher war die weiße Watte gekommen, während der Orbiter in die Atmosphäre zurücktauchte und zum Landeanflug ansetzte. Ob Wolken oder klare Sicht, machte für die Piloten keinen Unterschied. Da die Raumfähre antriebslos landete und nicht die Möglichkeit hatte, im Notfall durchzustarten, wurde der Anflug zur Sicherheit immer nach Instrumentenflugregeln und unter Computerkontrolle durchgeführt. Nun stieß der Gleiter bereits durch die Wolkenuntergrenze und schwebte auf die regennasse Landebahn zu, in der sich die Lichterketten der Befeuerung spiegelten. Regentropfen, die die Nase der Maschine trafen, verdampften sofort: Immer noch war die Außenhaut, die während der Wiedereintrittsphase Temperaturen von fast zweitausend Grad ausgehalten hatte, glühend heiß.

»Gelandet«, sagte Cooke, als die schweren Reifen mit einem quietschenden Geräusch auf den nassen Beton aufsetzten. Decosta löste seine Gurte und erhob sich.

»Ich sehe nach unseren Passagieren.«

»Mach mir schleunigst Meldung.«

Decosta stieg in das Mitteldeck hinunter und öffnete die Innenluke der Luftschleuse. Er brauchte sie nicht mehr zu verschließen, ehe er auch die Außenluke entriegelte. Coretta blickte ihm entgegen, als er die finstere Ladebucht betrat. Sie löste ihren Raumhelm und sog begierig die feuchte Luft ein. »Es riecht nach Meer«, sagte sie und hob eine Hand vor die Augen. »Und Sie können Ihre verdammte Taschenlampe von mir wegnehmen.«

»Entschuldigung. Sonst alles in Ordnung?«

»Gleich, wenn wir den beiden die Helme abgenommen haben. Helfen Sie mir.«

Der Raumgleiter rüttelte, als die Bremsen betätigt wurden, dann rollte er ruhig aus. Sobald der Raumhelm gelöst war, preßte Patrick beide Hände vor seine verbundenen Augen. Dann setzte er sich auf und drehte sich in Nadjas Richtung. Aber er schwieg. Keiner von beiden sagte ein einziges Wort.

»Bin gleich zurück«, rief Decosta und wandte sich ab.

»Halt, lassen Sie die Lampe da!« rief Coretta ihm nach. »Oder kann man hier auch Licht machen?«

»Hier nicht, aber gehen wir doch alle in die Kabine.« Wieder rüttelte der Gleiter, als der Schlepper ankuppelte und begann, ihn zu den Hallen zu ziehen.

Sie waren unbeholfen und schwerfällig nach dem Aufenthalt in der Schwerelosigkeit, sanken fast unter ihrem eigenen Gewicht in die Knie. Die unförmigen Druckanzüge hatten jetzt keine Funktion mehr und störten nur. Sie zogen sie aus, ehe sie in die Kabine gingen. Alles geschah wortlos und wie in Trance. Stumm setzten sie sich und warteten, bis die Maschine stillstand und die Türen geöffnet wurden.

Erst als sie die begeisterten Rufe der Menge hörten, wurde ihnen bewußt, daß die Reise tatsächlich zu Ende war.

»Und hier in der Mitte des Bildschirms, meine Damen und Herren, sehen wir sie kommen, drei winzige Gestalten aus dieser Entfernung, doch wahre Riesen in der Geschichte der Raumfahrt. Ein Krankenwagen steht bereit, und sie besteigen ihn. Moment, nein, sie halten. Dr. Coretta Samuel sagt etwas, aber wir können nichts verstehen, es ist kein Mikrofon draußen. Jetzt dreht sie sich wieder um und folgt den anderen in den Wagen, dessen Tür sich hinter ihr schließt. Und damit ist dieses heroische Abenteuer für die Hauptbeteiligten beendet. Wir werden in wenigen Augenblicken mit Major Cooke und Hauptmann Decosta sprechen, den beiden Piloten der Rettungsmission...«

Eine nach der anderen wurden die Konsolen in Mission Control abgeschaltet. Lichter verlöschten flackernd, die Zeiger auf den Skalen sanken zur Null. Auf dem großen Bildschirm flimmerte das Bild aus Florida: Die drei Geretteten vor dem Krankenwagen, dazu hohle Worte des Sprechers, die in dem leeren Raum gespenstisch widerhallten. Flax saß hinter seinem Pult und starrte erst auf das Bild,dann auf die schwere Zigarre in seiner Hand. Die Siegeszigarre. Feuer frei, wenn eine Mission erfolgreich beendet war.

Langsam preßte er die Finger zur Faust, und die Zigarre zerbrach zu Krümeln, regnete in kleinen Stücken auf den Boden.

Drei waren heil zurück, in buchstäblich letzter Minute aus dem Feuer geholt; das war schon etwas. Aber die beiden Piloten, gute Piloten, trugen Binden vor den Augen und würden vielleicht nie wieder sehen. Eine große Katastrophe war abgewendet worden, die zweite... San Francisco konnte weiter auf das Erdbeben warten, Prometheus war keine Gefahr mehr. Der Russe hatte seine Sache gut gemacht, wirklich sehr gut.

Flax' Gedanken bewegten sich in erschöpften Kreisen; lähmende Mattigkeit sickerte durch seine Glieder, und der Stein, der seit vierzig Stunden in seiner Magengrube gewachsen war, schien seinen ganzen Rumpf auszufüllen.

Langsam wie in Zeitlupe rutschte er vorwärts, bis seine Stirn auf den kalten Kunststoff der Konsole stieß. Seine Arme gaben nach und glitten seitlich hinunter, die Schwerkraft griff nach dem massigen Körper und zog ihn wie im Triumph zu Boden. Regungslos lag er neben seinem Platz.

»Um Gottes willen!« rief einer der Techniker. »Es ist Flax. Schnell einen Arzt!«

Sie wälzten ihn ächzend auf die Seite, öffneten das Hemd und den meterlangen Gürtel. Eilige Schritte, der Arzt kam.

»Ist er tot, Doc?« fragte eine Stimme. »Herzschlag?« Der Arzt ignorierte den Frager, tastete nach dem Puls, drückte das Stethoskop tief in die schwammige Brust und lauschte. Schließlich runzelte er die Stirn und erhob sich zögernd.

»Tot...?« Die fragende Stimme war viel leiser. Der Arzt straffte sich und schüttelte den Kopf.

»Er schläft«, antwortete er. »Der Mann ist erschöpft, total erschöpft und übermüdet. Lassen Sie eine Tragbahre bringen. Er muß sofort ins Bett.«

Sechs Mann waren nötig, um Flax auf die Bahre zu legen, vier brauchte es, sie zu tragen. Sie verließen den Raum in feierlicher Prozession — nicht siegreich, doch auch nicht geschlagen.

Der Ingenieur in der Nachrichtenzentrale war allein. Auch er legte seine Schaltungen still, eine nach der anderen, bis er zur letzten kam. Noch einmal setzte er den Kopfhörer auf, noch einmal stellte er eine Verbindung her.

»Mr. Dillwater«, sagte er.

»Ja, nochmals vielen Dank, auf Wiederhören.« Simon Dillwater legte den Hörer auf die Gabel und erhob sich. Er fühlte sich benommen; es war eine lange Zeit gewesen.

»Wenn Sie gehen wollen, ich kann Sie absetzen.« Auch Grodzinski stand und streckte sich gähnend. »Mein Wagen steht bereit.«

»Das ist sehr freundlich von Ihnen.«

»Bitte gehen Sie noch nicht, Simon«, schaltete sich Schlochter ein. »Der Präsident möchte Sie sprechen. Sie und General Bannerman.«

»Ich bin keineswegs sicher, daß auch ich ihn sprechen möchte.«

»Doch, Sie wollen, Simon, glauben Sie mir. Ich hatte gerade ein langes und offenes Gespräch mit ihm; ich glaube, daß er Ihre Haltung versteht.«

Bannerman beobachtete die beiden, dann wandte er sich um und ging zum Servierwagen mit den Spirituosen. Immer noch klirrten seine Sporen bei jedem Schritt. Aber er war müde — es waren anderthalb knochenharte Tage gewesen. Ein letzter Drink und dann Schluß. Er goß sich drei Finger hoch Whiskey ein, fügte zwei Eiswürfel hinzu und schwenkte das Glas. Als sich die Tür öffnete, blickte er auf: Es war Bandin. Er hatte sich umgezogen, war frisch rasiert und für das Fernsehen geschminkt. Auf den ersten Blick hätte man ihn für ausgeschlafen und erholt halten können, doch unter der Maske fühlte er sich ebenso erschlagen wie seine Kabinettskollegen.

»In wenigen Minuten werde ich zur Nation sprechen«, verkündete er mit feierlichem Ernst, den einschlägigen Tonfall schon in der Stimme. »Vorher möchte ich diese Gelegenheit benützen und Sie beide mit einigen Entscheidungen vertraut machen, die ich getroffen habe. Ihnen, General, habe ich mitzuteilen, daß die Operation PEEKABOO eingestellt werden wird...«

»Das ist unmöglich, das können wir nicht tun, nach alldem, was wir hineingesteckt haben!« Bannerman war überrascht und empört.

»Es *ist* möglich, und wir *können* es tun. Wir müssen sogar. Wenn wir das Projekt jetzt niederschlagen, können wir es noch dementieren, falls sich Gerüchte ausbreiten. Niemand, der bei dieser Affäre von dem Satelliten gehört hat, hat ihn je gesehen.«

»Wenn Sie PEEKABOO einstellen lassen, Mr. President, setzen Sie die Sicherheit und sogar die Zukunft dieser Nation aufs Spiel!«

»Mit einer Bombe weniger?« Dillwater wußte, daß er sich besser nicht in die Diskussion mischte, doch die Müdigkeit lähmte seine Selbstkontrolle. »Unser Land und die Sowjetunion haben beide soviel Atomwaffen, daß sie die ganze Erde achtmal hintereinander verwüsten könnten. Ich finde, diese Kapazität reicht aus.«

»Sie würde ausreichen, wenn es nach Ihnen ginge!« bellte Bannerman. »Wenn wir die kommunistische Aggression aber stoppen wollen, müssen wir die Nase vorn haben und stärker sein.«

»Sie tun mir einfach leid«, entgegnete Dillwater so ruhig, daß der aufgeregte Bannerman verstummte. »Mit Ihren lächerlichen Stiefeln und Sporen und Ihrem säbelrasselnden Hurrapatriotismus erinnern Sie mich an einen Dinosaurier: Viel Panzer und wenig Hirn. Wann merken Sie endlich, daß Ihre Sorte schon längst ausgestorben ist? Die Menschlichkeit hat zu wählen, zwischen der atomaren Selbstvernichtung und einer gemeinsamen Anstrengung, die schwindenden Vorräte dieses ausgeplünderten Planeten zum gemeinsamen Besten zu nützen. Sie werden nie begreifen, welche Wahl in die Zukunft führt!« Abrupt und brüsk drehte er sich um und kehrte dem General den Rücken zu. »Mr. President, ich begrüße Ihre Entscheidung.«

»Ich war sicher, daß Sie das tun würden«, erwiderte Bandin.

»Ich habe mit Poljarni gesprochen: Wir werden das Projekt Prometheus mit allem Nachdruck fortführen. Wir brauchen die Energie aus dem All. Und wir brauchen Sie! Poljarni und ich, wir beide wollen, daß Sie das Projekt auch in Zukunft leiten. Okay?«

»Nichts anderes hat mich in den vergangenen Stunden beschäftigt, Mr. President. Mein Rücktritt steht – außer, Sie räumen mir die alleinige Entscheidungsvollmacht über Prometheus ein.«

»Sie haben schon immer...«

»Nein, Sir, ich hatte leider nicht. Zu oft sind technische Notwendigkeiten aus politischen Gründen mißachtet worden. Ich bin überzeugt, daß die Katastrophe von Prometheus Eins einzig und allein darauf zurückzuführen ist, daß der Start unter politischem Druck zu früh angesetzt wurde. Erst wenn ich über Vollmachten verfüge, die solche Einmischungen ausschließen, bin ich bereit, meine Arbeit fortzusetzen.«

»Sie verlangen verdammt viel, Dillwater.«

»Ich verspreche auch verdammt viel: Wenn alles gutgeht, müßte in spätestens einem Jahr der erste Strom fließen.« Er lächelte verhalten: »So könnte es sein, daß ich Ihnen sogar die nächste Wahl verspreche, Mr. President!«

Bandin zögerte, blickte unsicher zum Außenminister hinüber.

»Nun gut«, stöhnte der Präsident schließlich. »Dillwater, Sie bekommen den Job…«

»Und natürlich eine schriftliche Generalvollmacht, Sir, von Ihnen persönlich unterzeichnet!«

Bandin atmete tief durch, starrte seinen Kontrahenten vielsagend an, machte auf dem Absatz kehrt und ging. Auch Simon Dillwater verließ den Saal, und General Bannerman blieb allein zurück.

Er hob sein Glas, blickte einen Moment lang abwesend hinein, und trank es aus.

»Nun gut, PEEKABOO ist tot«, sagte er zu sich selbst, während er seinen Gürtel fester schnallte und die Uniformjacke zuknöpfte. »Aber NANCY JANE ist fast aus dem Planungsstadium heraus, und wenigstens davon weiß dieser Bastard Dillwater noch nichts…«

Seine Nasenflügel bebten wie die Nüstern eines Schlachtrosses, als er, mit klirrenden Sporen, aus dem Raum stampfte.

Cooper tippte die Zahlen in seinen Taschenrechner und beobachtete, wie die roten Leuchtziffern hin und her sprangen: Jedesmal endeten sie bei dem gleichen Ergebnis. Wenn die Auflagensteigerung, die seine Artikel über Prometheus der *Gazette-Times* eingebracht hatten, ein Jahr lang vorhielt, würde der Verlag allein aus dem Straßenverkauf eine Mehreinnahme von 850000 Dollar erzielen. Das waren 16345,15 Dollar pro Woche; aber dazu kam sicher noch ein Mehrfaches aus dem Anzeigengeschäft! Und er hatte sich mit einer Lohnerhöhung von zwanzig Dollar abspeisen lassen, dem baren Achtel eines einzigen Prozents der Summe, die er seinem Verleger verdient hatte. Nicht einmal das: Nach Abzug aller Steuern würden ihm vielleicht sieben Scheine pro Woche übrigbleiben, und wenn er darüber hinaus noch die steigende Inflationsrate in sein Kalkül einbezog, war er am Ende des Jahres sogar um dreizehn Prozent ärmer. Desillusioniert schmiß er den Taschenrechner in die Schreibtischschublade. Die Tür öffnete sich, ohne daß geklopft worden wäre, und ein Botenjunge feuerte einen Umschlag auf die Schreibmaschine.

Vom Verleger! Es sah wohl doch nicht alles so schwarz aus, wie er befürchtete. Hastig riß er den Umschlag auf und entnahm ihm ein Blatt, das mit selbstbewußten Großbuchstaben beschrieben war.

NICHT GANZ GLÜCKLICH MIT IHREM LETZTEN ARTIKEL. KALTER KAFFEE. SUCHEN SIE EIN ERGIEBIGES NEUES THEMA. SCHLAGE DIE CHROMVERGIFTUNGEN IN JAPAN VOR. KÖNNTE DAS GLEICHE BEI UNS PASSIEREN? MANUSKRIPT BALDMÖGLICHST.

Feine Schweißtropfen standen auf Coopers Stirn, als er resignierend zum Regal ging und nach dem dicken, blauen Wälzer griff, *Jahresberichte zur Umweltforschung, I. Halbband, Chemische Industrieabfälle*...

»Hier können Sie nicht rein, Schwester«, sagte der Militärpolizist. »Da drin ist eine Einsatzbesprechung.«

Coretta trat zurück und betrachtete ihr Gegenüber mit spöttischem Tadel: »Schaun Sie noch mal hin, Soldat. Ich bin keine Krankenschwester, sondern Ärztin. Und wenn Sie noch genauer schauen, müßten Sie mich sogar erkennen.«

Der Mann lächelte, doch inzwischen war Corettas Gesichtsausdruck kühl geworden. Vorsichtshalber nahm er Haltung an.

»Ich bitte um Verzeihung, Dr. Samuel. Ich habe meine Befehle.«

»Nicht in einem Krankenhaus, Freundchen. Versuchen Sie bloß nicht, zwischen einen Arzt und seinen Patienten zu treten. Aus dem Weg!« Der Militärpolizist trat zur Seite, und Coretta stieß die Tür mit Schwung auf. Die vier Offiziere, die um Patricks Bett herumstanden, blickten sich erstaunt an.

»Was hat Ihre Anwesenheit zu bedeuten?« fragte sie.

»Wir unterhalten uns nur mit dem Major«, antwortete der Colonel, der das Tonbandgerät hielt. »Eine Einsatzbesprechung. Dr. Pointsman meinte, das wäre völlig in Ordnung.«

»Dies ist mein Patient, Colonel, nicht Major Pointsmans. Ich bestehe darauf, daß Sie das Zimmer sofort verlassen.«

»Es dauert nicht mehr lange...«

»Da haben Sie vollkommen recht: Gerade so lange, wie Sie brauchen, um zur Tür zu gehen.«

Offiziere höheren Ranges sind es nicht gewohnt, in diesem Tonfall angesprochen zu werden. Schon wuchsen Eiszapfen an der Zimmerdecke, als Patrick sich zu Wort meldete.

»Ich habe Dr. Samuel gerufen, ehe Sie gekommen sind. Ich brauche eine Spritze, der Schmerz... Ich hatte gehofft, ich könnte Ihre Fragen noch beantworten, aber...«

»Wir verstehen, Major, selbstverständlich. Dr. Pointsman wird uns mitteilen, wann wir zurückkehren können.«

Mit gewahrtem Gesicht und in hierarchischer Reihenfolge verließen die ungebetenen Gäste den Raum. Coretta schloß die Tür hinter ihnen und wandte sich zu Patrick.

»Haben Sie wirklich Schmerzen?« Er schüttelte den Kopf und lächelte in ihre Richtung. »Nein, gar keine mehr, ich wollte nur meinen lieben Besuch loswerden.« Sein Lachen verlosch, als sie den Verband berührte. »Was sagen die Augenärzte?«

»Nichts Neues — zu früh für eine Prognose. Aber ich habe mich lange mit ihnen unterhalten und den Eindruck gewonnen, daß sie doch optimistisch sind. Wenn die Verbrennung der Netzhaut nicht zu ausgedehnt ist, wird eine gewisse Funktion wiederkehren.«

»Konkret?«

»Sie werden sehen können, wenn auch nicht mehr allzugut. Brillengläser, dick wie Flaschenböden.«

»Besser dicke Gläser als die flachen, schwarzen Augenklappen. Wo ist Nadja?«

»Sie liegt auf dem gleichen Gang.«

Patrick warf die Bettdecke von sich und setzte sich auf. »Bitte helfen Sie mir, mein Bademantel muß irgendwo herumliegen. Und führen Sie mich bitte zu dem Raum.«

»Ich werde es gern tun. Hier, ziehen Sie sich an.«

Der Militärpolizist hielt immer noch Wache, als sie aus der Tür traten. Er war verwirrt: Offensichtlich hatte er für diesen Fall keinen passenden Befehl zur Hand. Coretta fühlte fast Mitleid. »Keine Angst«, beruhigte sie ihn, »wir gehen nicht weit. Kommen Sie mit und bleiben Sie vor der Tür stehen, dann sind Sie weiterhin auf Posten.«

Nadja wandte das Gesicht zur Tür, als die beiden eintraten. »Wer ist da?« fragte sie.

»Coretta. Ich habe Patrick bei mir.«

»Kommt herein, wenn ihr wollt.« Ihre Stimme klang müde und leer. »Ich laß euch am besten allein«, meinte Coretta.

»Wie Sie wollen«, entgegnete Nadja.

»Nein, bleiben Sie«, bat Patrick. »Schließen Sie die Tür. Wir waren zusammen an Bord, wir sind auch jetzt noch zusammen.«

Er tastete sich bis zum Bett und setzte sich auf die Kante. Nadja rutschte unwillkürlich auf die gegenüberliegende Seite, so daß er sie nicht berührte. Nur Coretta hatte es bemerkt. Sie starrte auf die blinden Gesichter und die unbeholfenen Körper und fühlte, daß ihr die Tränen kamen.

»Ich habe euch etwas mitgebracht«, sagte sie mit der muntersten Stimme, zu der sie fähig war. Sie griff in ihre Tasche, holte die Bündel heraus und legte sie den beiden in die Hände.

»Was ist das?« fragte Patrick und betastete die Papierränder.

»Die Ersttagsbriefe! Ihr militärischen Gemüter habt sie ganz vergessen. Vielleicht, weil ihr gewohnt seid, daß sich andere um euch kümmern. Aber Coretta hat daran gedacht. Als wir die Druckanzüge anlegten und plötzlich eine Chance da war, heil zurückzukommen, habe ich schnell hundert Stück in meine Anzugtasche gestopft. Hundert sollten reichen. Seltenheit bedeutet Geld im Briefmarkengeschäft, das habe ich mir jedenfalls sagen lassen. Fünfundzwanzig für jeden von uns.« Ihr Lächeln erstarb, als sie diese Worte aussprach, doch keiner konnte es sehen, und so versuchte sie, die Emotion auch nicht hörbar werden zu lassen.

»Tja, Gregor braucht seine nun nicht mehr. Ich teile sie unter uns auf, dann bekommt jeder von euch dreiunddreißig. Ich selbst vierunddreißig, das ist meine Provision. Bestimmt werden die Dinger mal sehr wertvoll: Aus dem brennenden Raumschiff unter Gefahr für Leib und Leben gerettet, an den Rändern noch verkohlt vom Feuer...«

»Von welchem *Feuer*?« fragte Patrick.

»Vom Feuer des Streichholzes, mit dem ich sie vorsichtig angesengt habe. Bestimmt bringt der braune Rand hundert Dollar mehr pro Stück!«

Nadja staunte, während Patrick in lautes Lachen ausbrach.

»Coretta, ich würde Sie zu meiner Managerin machen, wenn Sie nicht schon meine Ärztin wären. Ich bezweifle, daß ich in Zukunft noch viel fliegen werde, deshalb ist der Gedanke vielleicht gar nicht so dumm. Wie wär's, Nadja, willst du — wollen Sie mit uns ins Briefmarkengeschäft einsteigen?«

»Ich verstehe nichts davon. In der Sowjetunion...«

»Geh nicht zurück nach Rußland. Bleib hier bei mir.«

Er tastete mit der Hand über die Bettdecke, bis er ihre fand. Sie wollte sie ihm entziehen, doch er hielt sie fest und sprach, hastig und stotternd. Dies war es, was er sagen wollte, seit er den Raum betreten hatte, ohne erst zu wissen, wie. Er hatte wenig Erfahrung in solchen Geständnissen.

»Ich gehe jetzt«, sagte Coretta laut.

»Nein, bitte, bleiben Sie«, erwiderte Patrick. »Wir haben keine Geheimnisse voreinander, dazu haben wir gemeinsam zuviel durchgemacht. Nadja, geh nicht zurück. Ich meine, bleib hier, bei mir. Oder laß mich mit dir gehen. Ich kann dir nur meine Offizierspension anbieten — und Corettas Briefmarken.«

»Patrick...« Sie blickte zu ihm auf, als könnte sie ihn sehen.

»Nadja, es ist so, ich bin verliebt in dich... Nein, nicht verliebt, ich liebe dich, lange schon! So, und jetzt kannst du mich ruhig rausschmeißen. Ich wollte es nur einmal gesagt haben.«

Sekunden vergingen, ehe Nadja antwortete. »Das ist wirklich freundlich von Ihnen. Sie können jetzt gehen.«

»Zum Teufel!« rief er schockiert. »Ist das alles, was du mir zu sagen hast?«

»Was erwarten Sie denn von mir? Was geziemt sich denn zu sagen? Oh, vielen Dank, mein Herr, Sie sind zu gütig! Wenn ein Mann das sagt, was Sie soeben gesagt haben, natürlich, dann schwebt eine Frau im siebten Himmel und flötet *ja* und freut sich schon auf ein langes Leben voll Sockenstopfen und Kinderkriegen! Sie verlangen eine ganze Menge!«

»Nicht von einer Frau, wirklich nicht. Aber vielleicht ist es für eine Testpilotin zuviel...«

»Seid still!« rief Coretta. »Seid still, ehe ihr euch vergeßt und Dinge sagt, die ihr nicht mehr zurücknehmen könnt. Hört auf euren Doktor. Patrick, daß Sie Nadja lieben, bezweifelt keiner von uns. Aber bloß deshalb wird Nadja doch kein anderer Mensch, der alles vergißt und nur noch fürs Häuschen im Grünen lebt...«

»Das weiß ich!«

»Sie wissen es vielleicht, aber Sie fühlen es nicht. Nadja ist immer noch der Mensch, der sie immer war, und als das müssen Sie sie akzeptieren. Und Sie, Nadja, müssen zu akzeptieren versuchen, daß es kein Verbrechen ist, wie eine Frau zu fühlen. Zärtlichkeit kann sehr, sehr schön sein — verstehen Sie mich?«

Nadja nickte. Ihre Stimme zeugte von beherrschter Anspannung. »Es ist wirklich nicht leicht für mich, über solche Dinge zu sprechen. Vielleicht liegt es an meiner Ausbildung. Die Liebe war für mich immer etwas, das im Kino vorkam, aber nicht im Leben einer Testpilotin oder Kosmonautin. Mag sein, daß man mir eine Rolle anerzogen hat — aber heute komme ich kaum mehr aus dieser Rolle heraus, und immer, wenn ich es versuche, werde ich verletzt...«

»Sprichst du von dir und mir, in Texas?«

»Ja, ich glaube.«

»Bitte versuch, mich zu verstehen. Wahrscheinlich habe ich mich damals wie ein überdrehter Don Juan aufgeführt, und das tut mir leid. Aber meine Gefühle für dich waren ehrlich, und genauso sind sie es jetzt. Willst du mich heiraten, Nadja?«

»Nein.«

»Möchtest du es dir nicht wenigstens überlegen?«

»O ja, überlegen werde ich es mir sehr intensiv. Wenn du wirklich glaubst, mich verstehen zu können, möchte ich mit dir zusammen sein. Bei dir bleiben und mit dir leben und selbst herausfinden, ob wir heiraten sollen. Ich habe Angst, Patrick, aber ich möchte es versuchen. Du mußt Geduld mit mir haben...«

»Ich werde Geduld haben. Wenn du auch mit mir geduldig bist.« Als er wieder nach ihrer Hand suchte, fand er sie sofort. Es war ein Anfang.

Coretta warf einen letzten Blick auf die beiden und hob ihre Hand zu einem halben Winken, das keiner sah. Dann schlich sie auf Zehenspitzen durch die Tür und schloß sie leise hinter sich.

»Der Major, was ist...?« fragte der Militärpolizist verwundert.

»Keine Angst, mein Feund. Major Winter geht es gut, einfach gut. Er hat Ruhe gefunden da drinnen, also lassen Sie ihn am besten in Frieden.«

Damit drehte sie sich um und ging auf klappernden Absätzen den Gang hinunter, bis sie auf der Treppe verschwand.

Über dem Krankenhaus, über Cape Canaveral und der dichten Wolkendecke, hoch über dem Luftmeer der Atmosphäre, schien die Sonne strahlend wie immer. Gasstürme rasten über ihre Oberfläche und schleuderten ihre Energien ins All. Sichtbare und unsichtbare Strahlung strömte verschwenderisch in alle Richtungen. Ein winziger Bruchteil fiel auf die Erde, spendete Leben, wärmte und nährte es, machte den blauen Planeten für Menschen wohnlich.

Zeitlos und unaufhörlich leuchtete die Sonne vom irdischen Himmel. Eines nahen Tages würde ein anderer glitzernder Punkt über die dünne Lufthülle der Erde aufsteigen und hoch im Weltraum sein silbriges Netz entfalten, um den Menschen mehr von dieser unerschöpflichen Energie zu schenken, ehe sie sich in der ewigen Nacht des interstellaren Raumes verlor.

Erst einer... ein zweiter... dann immer mehr...